PATRICIA CORNWELL

Trübe Wasser sind kalt

Buch

An diesem letzten Tag »des blutigsten Jahres, das Virginia seit dem Bürgerkrieg erlebt hat«, wird Kay Scarpetta, Chefin der Gerichtsmedizin von Virginia und forensische Beraterin des FBI, noch einmal zum Schauplatz eines Mordes gerufen. Auf dem alten Schiffsfriedhof am Elizabeth River soll eine Leiche liegen, und, wie sich herausstellt, kannte Kay Scarpetta den Toten. Was trieb den Reporter Ted Eddings dazu, zwischen ausrangierten U-Booten und Frachtern der US-Marine zu tauchen? Scarpetta muß selbst in den schlammigen Wassern, wo die Sicht kaum einen halben Meter weit ist, nach Beweisen suchen und die Leiche bergen. Kurz darauf wird ein Mitarbeiter Scarpettas ermordet, und im Leichenschauhaus wird Strahlenalarm ausgelöst. Auch ihre Nichte Lucy, FBI-Agentin und Computergenie, verhält sich seltsam. Schon bald gerät Scarpetta in einen Strudel des Bösen, aus dem sie sich kaum befreien kann.
Zusammen mit dem getreuen Captain Marino und ihrem FBI-Kollegen und Liebhaber Benton Wesley versucht sie einen Fall zu lösen, der all ihre detektivischen Fähigkeiten und den Einsatz modernster Technologie fordert. Aber am Ende kann nur sie allein die Katastrophe verhindern, die ihrem Land droht ...

Autorin

Patricia Cornwell arbeitete als Gerichtsreporterin und Computerspezialistin in der forensischen Medizin, bevor sie für ihre Thriller um Kay Scarpetta in den USA, in Großbritannien und Frankreich mit hohen literarischen Auszeichnungen bedacht wurde. Die Autorin lebt in Richmond, Virginia und Malibu. Weitere Titel sind in Vorbereitung. Weitere Informationen zu Patricia Cornwell finden Sie im Internet: www.patriciacornwell.com

Bei Goldmann bereits erschienen:

Die Tote ohne Namen. Roman (43536) · Ein Fall für Kay Scarpetta. (Mord am Samstagmorgen) Roman (44138) · Ein Mord für Kay Scarpetta. Roman (44230) · Kay Scarpetta bittet zu Tisch (44541)

Patricia Cornwell

Trübe Wasser sind kalt

Roman

Aus dem Amerikanischen
von Klaus Pemsel

GOLDMANN

Die amerikanische Originalausgabe erschien 1996
unter dem Titel »Cause of Death«
bei G. P. Putnam's Sons, New York

Umwelthinweis:
Alle bedruckten Materialien dieses Taschenbuches
sind chlorfrei und umweltschonend.

Der Goldmann Verlag
ist ein Unternehmen der Verlagsgruppe Bertelsmann

Einmalige Sonderausgabe März 2001

Umschlaggestaltung: Design Team München
Umschlagmotiv: Photonica/Lawrence
Druck: Elsnerdruck, Berlin
Made in Germany · Titelnummer: 44927

ISBN 3-442-44927-8

www.goldmann-verlag.de

Für Susanne Kirk –
weitblickende Lektorin
und Freundin

Er aber sprach zum dritten Mal zu ihnen:
Was hat denn dieser Übles getan?
Ich finde nichts an ihm,
das des Todes schuldig wäre.

Lukas 23,22

1

Noch vor Anbruch des letzten Tages im blutigsten Jahr, das Virginia seit dem Bürgerkrieg erlebt hatte, machte ich Feuer und setzte mich an das dunkle Fenster, das mir nach Sonnenaufgang das Meer zeigen würde. Ich saß im Morgenmantel im Schein der Lampe und sah die Jahresstatistik meiner Behörde über die Verkehrsunfälle, Prügeleien, Schießereien und Messerstechereien durch, als um Viertel nach fünf das Telefon aufdringlich klingelte.

»Verdammt«, brummte ich, denn meine Bereitschaft, an Dr. Philip Mants Telefon zu gehen, ließ spürbar nach. »Schon gut, schon gut.«

Sein verwittertes Cottage in der kleinen Gemeinde Sandbridge direkt an der Küste Virginias zwischen dem Marinestützpunkt und dem Naturschutzgebiet Back Bay lag versteckt hinter einer Düne. Mant war mein Leichenbeschauer für den Bezirk Tidewater. Seine Mutter war bedauerlicherweise an Heiligabend gestorben. Unter normalen Umständen hätte seine Reise nach London, wo er die Familienangelegenheiten regeln mußte, keine Notlage in der Gerichtsmedizin Virginias geschaffen, aber die stellvertretende forensische Pathologin war im Mutterschaftsurlaub, und der Leichenschauhaus-Aufseher hatte gerade gekündigt.

»Bei Dr. Mant«, meldete ich mich. Vor den Fensterscheiben zauste der Wind die dunklen Umrisse der Kiefern.

»Hier ist Officer Young von der Polizei Chesapeake«, sagte jemand, der wie ein im Süden geborener und aufgewachsener Weißer klang. »Könnte ich bitte Dr. Mant sprechen?«

»Er ist verreist«, entgegnete ich. »Kann ich Ihnen irgendwie behilflich sein?«

»Sind Sie Mrs. Mant?«

»Ich bin Dr. Kay Scarpetta, Chief Medical Examiner. Ich vertrete Dr. Mant.«

Der Anrufer zögerte und fuhr dann fort: »Wir haben einen Hinweis auf einen Todesfall bekommen. Einen anonymen Anruf.«

»Wissen Sie, wo es sich ereignet haben soll?« Ich hatte mir schon Stift und Papier bereitgelegt.

»Auf dem Schiffsfriedhof der Marine.«

»Wie bitte?« Ich blickte auf.

Er wiederholte seine Worte.

»Um wen handelt es sich, einen Navy-SEAL?« Ich war verblüfft, denn meines Wissens hatten nur diese speziell ausgebildeten Marinetaucher im Manövereinsatz Zugang zu den in der Werft vertäuten, ausrangierten Schiffen.

»Wir wissen nicht, wer es ist, aber er könnte nach Überbleibseln aus dem Bürgerkrieg gesucht haben.«

»Im Finstern?«

»Ma'am, das Gelände ist militärischer Sicherheitsbereich. Aber das hat die Leute schon früher nicht davon abgehalten, sich da herumzutreiben. Sie stehlen sich in Booten hin, und das geht immer nur im Dunkeln.«

»So etwas hat der anonyme Anrufer angedeutet?«

»So ziemlich.«

»Klingt ja interessant.«

»Das dachte ich auch.«

»Und die Leiche ist noch nicht gefunden worden«, sagte ich, denn ich wunderte mich immer noch, warum dieser Officer es für nötig gehalten hatte, zu so früher Stunde einen Gerichtspathologen zu verständigen, wenn nicht einmal eindeutig feststand, daß es eine Leiche gab oder daß überhaupt jemand vermißt wurde.

»Wir sind auf der Suche danach, und die Navy schickt ein paar Taucher, da kriegen wir die Sache in den Griff, wenn alles gutgeht. Ich wollte Sie lediglich darauf aufmerksam machen. Und richten Sie Dr. Mant mein Beileid aus.«

»Ihr Beileid?« rätselte ich, denn wenn er von Dr. Mants Situation wußte, warum hatte er dann nach ihm gefragt.

»Ich habe gehört, seine Mutter ist gestorben.«

Ich setzte die Spitze meines Stifts auf das Blatt Papier.

»Würden Sie mir bitte Ihren vollen Namen nennen, und wie Sie zu erreichen sind?«

»S. T. Young.« Er gab mir eine Telefonnummer, und wir legten auf.

Ich starrte in das schwache Feuer im Kamin und fühlte mich unbehaglich und einsam, als ich aufstand, um Holz nachzulegen. Ich wäre viel lieber in Richmond gewesen, in meinem eigenen Haus mit Kerzen in den Fenstern und der mit altem Christbaumschmuck dekorierten Fraser-Tanne. Ich wollte Mozart und Händel hören statt des schrill ums Dach pfeifenden Winds, und ich wünschte, ich hätte Mants freundliches Angebot, in seinem Haus statt in einem Hotel zu wohnen, nicht angenommen. Ich machte weiter mit der Überprüfung der Statistik, aber meine Gedanken schweiften immer wieder ab. Ich stellte mir das schlammige Wasser des Elizabeth River vor, das zu dieser Jahreszeit wohl eine Temperatur von weniger als 15 Grad hatte, und die Sicht betrug bestenfalls einen halben Meter.

Gut, manche tauchten im Winter in der Chesapeake Bay nach Austern oder fuhren dreißig Meilen auf den Atlantik hinaus, um einen versunkenen Flugzeugträger oder ein deutsches U-Boot zu erkunden oder andere Wunderdinge, wonach zu tauchen sich lohnte. Aber im Elizabeth River, wo die Navy ihre ausrangierten Schiffe hinbrachte, schien es wenig Verlockendes zu geben, egal bei welchem Wetter. Ich konnte mir nicht vorstellen, daß jemand dort im Winter nach Einbruch der Dunkelheit allein tauchen sollte, um nach altem Gerümpel oder so zu suchen, und glaubte, der anonyme Hinweis würde sich als pures Spinnertum erweisen.

Ich stand aus dem Lehnstuhl auf und ging ins Schlafzimmer, wo meine Habseligkeiten fast über den ganzen kühlen, kleinen Raum verbreitet waren. Ich zog mich rasch aus und duschte hastig, denn ich hatte schon am ersten Tag hier entdeckt, daß der Boiler nicht viel hergab. Offen gestanden fühlte ich mich überhaupt nicht wohl in Dr. Mants zugigem Haus mit der knorrigen, hellen Kieferntäfelung und den dunkelbraun gestrichenen Böden, auf denen jedes Stäubchen zu sehen war. Mein britischer Deputy Chief schien in einem düsteren Windfang zu leben, und ich fror ständig in seiner spärlich möblierten Bleibe. Zudem verstörten mich hier unidentifizierbare Geräusche, weswegen ich manchmal aus dem Schlaf hochfuhr und nach meiner Waffe griff.

In einen Morgenmantel gehüllt, das Haar mit einem Handtuch umwickelt, kontrollierte ich Gästezimmer und Bad, um mich zu vergewissern, daß alles für die Ankunft meiner Nichte Lucy am Mittag bereit war. Dann warf ich einen Blick in die Küche, die im Vergleich zu meiner eigenen erbärmlich war. Es schien, als hätte ich bei meiner gestrigen Einkaufsfahrt nach Virginia Beach nichts vergessen, aber ich würde ohne Knoblauchpresse, Spaghettimaschine, Mixer und Mikrowellenherd auskommen müssen. Ich fragte mich schon ernsthaft, ob Mant jemals zu Hause aß oder sich überhaupt hier aufhielt. Wenigstens hatte ich daran gedacht, mein eigenes Besteck und Kochgeschirr mitzubringen, und solange ich gute Messer und Töpfe hatte, würde ich schon zurechtkommen.

Ich las noch ein wenig, schlief dann aber im Schein der Stehlampe wieder ein. Wieder riß mich das Telefon hoch, und ich griff nach dem Hörer, während sich meine Augen erst noch an das Sonnenlicht gewöhnen mußten, das mir nun ins Gesicht fiel.

»Hier Detective C. T. Roche, Chesapeake«, sagte eine andere, mir unbekannte männliche Stimme. »Soviel ich weiß, vertreten Sie Dr. Mant, und wir brauchen unbedingt sofort eine Antwort von Ihnen. Es sieht so aus, als hätte es auf dem Marine-Schiffsfriedhof einen Todesfall beim Tauchen gegeben. Wir müssen uns an die Bergung der Leiche machen.«

»Ich nehme an, es handelt sich um den Fall, von dem mich einer Ihrer Beamten vorhin schon unterrichtet hat?«

Auf langes Schweigen folgte die eher defensive Bemerkung: »Soweit ich weiß, bin ich der erste, der Sie benachrichtigt.«

»Ein Officer Young rief mich heute früh um Viertel nach fünf an. Einen Augenblick.« Ich sah auf meinen Notizzettel. »Initialen S wie Sam und T wie Tom.«

Wieder Sendepause, dann sagte er im gleichen Ton: »Also, ich habe keine Ahnung, von wem Sie reden, bei uns ist niemand mit diesem Namen.«

Mein Adrenalinpegel stieg, während ich mir Notizen machte. Es war dreizehn Minuten nach neun. Ich war verblüfft über das, was er gesagt hatte. Wenn der erste Anrufer nicht von der Polizei war, wer war er dann, warum hatte er angerufen, und woher kannte er Mant?

»Wann wurde die Leiche gefunden?« fragte ich Roche.

»Gegen sechs Uhr bemerkte ein Wachmann einen Kahn, hinter einem der Schiffe vertäut. Ein langer Schlauch führte ins Wasser, als würde dort jemand tauchen. Und als sich nach einer Stunde nichts gerührt hatte, wurden wir gerufen. Ein Taucher fand dann, wie schon gesagt, eine Leiche.«

»Ist sie identifiziert?«

»Wir haben im Boot eine Brieftasche gefunden. Der Führerschein ist auf einen Theodore Andrew Eddings ausgestellt.«

»Der Reporter?« sagte ich ungläubig. »Der Ted Eddings?«

»Weiß, zweiunddreißig Jahre alt, braunes Haar und blaue Augen, dem Foto nach. Er wohnt in der West Grace Street in Richmond.«

Der Ted Eddings, den ich kannte, war ein preisgekrönter Reporter für Associated Press. Es verging kaum eine Woche, in der er nicht wegen irgend etwas anrief. Einen Augenblick lang konnte ich fast nicht denken.

»Wir haben aus dem Boot auch eine Neun-Millimeter-Pistole geborgen«, sagte er.

Als ich wieder sprach, klang ich sehr entschieden. »Seine Identität darf auf keinen Fall der Presse oder sonst wem bekanntgegeben werden, bevor sie nicht bestätigt ist.«

»Das habe ich allen bereits gesagt. Keine Bange.«

»Gut. Und niemand hat eine Ahnung, warum diese Person auf dem Schiffsfriedhof getaucht haben könnte?« fragte ich.

»Er könnte nach irgendwelchem Zeug aus dem Bürgerkrieg gesucht haben.«

»Wie kommen Sie zu dieser Vermutung?«

»Eine Menge Leute suchen in den Flüssen hier nach Kanonenkugeln und solchen Sachen«, meinte er. »Okay. Wir machen also weiter und holen ihn raus, damit er nicht länger als notwendig dort unten bleibt.«

»Ich möchte nicht, daß er berührt wird, und wenn er noch etwas länger im Wasser bleibt, macht das auch nichts mehr.«

»Was haben Sie vor?« Er klang wieder abwehrend.

»Das weiß ich erst, wenn ich dort bin.«

»Also, ich glaube nicht, daß Ihre Anwesenheit notwendig ...«

»Detective Roche«, unterbrach ich ihn, »ob es notwendig ist, daß ich zum Tatort komme, und was ich dort tue, darüber zu entscheiden, liegt nicht in Ihrem Ermessen.«

»Nun ja, ich hab da all die Leute warten, und heute nachmittag soll es schneien. Niemand will sich da draußen an der Pier die Beine in den Bauch stehen.«

»Nach dem in Virginia gültigen Recht bin ich für die Leiche zuständig, und nicht sie oder irgend jemand anderes, ob von der Polizei, der Feuerwehr, der Rettung oder einem Beerdigungsinstitut. Niemand berührt die Leiche, bis ich es erlaube.« Ich sprach mit gerade soviel Schärfe, daß er merkte, ich konnte auch streng sein.

»Wie schon gesagt, dann werde ich all den Leuten auf dem Gelände mitteilen müssen, daß sie sich zu gedulden haben, und das wird sie nicht freuen. Die Navy setzt mir bereits ganz schön zu, ich soll das Gelände verlassen, bevor Reporter auftauchen.«

»Das ist kein Fall der Navy.«

»Das müssen Sie denen sagen. Es sind ihre Schiffe.«

»Das werde ich ihnen gern sagen. In der Zwischenzeit teilen Sie allen mit, daß ich unterwegs bin«, sagte ich, bevor ich auflegte. Da mir klar war, daß ich erst in ein paar Stunden wieder zu dem Cottage zurückkehren würde, heftete ich an die Haustür eine Nachricht mit verschlüsselten Anweisungen für Lucy, wie sie in meiner Abwesenheit ins Haus gelangen konnte. Ich versteckte einen Schlüssel so, daß nur sie ihn finden konnte, und packte dann meine Arzttasche und die Tauchausrüstung in den Kofferraum meines schwarzen Mercedes. Um Viertel vor zehn war die Temperatur auf drei Grad angestiegen, und meine Versuche, Captain Pete Marino in Richmond zu erreichen, hatten bisher zu nichts geführt.

»Gott sei Dank«, murmelte ich, als endlich mein Autotelefon klingelte.

Ich schnappte es. »Scarpetta.«

»Hi.«

»Du hast deinen Piepser an. Das schockiert mich«, sagte ich.

»Wenn du so schockiert bist, warum, zum Teufel, rufst du dann an?« Er klang erfreut, von mir zu hören. »Was ist los?«

»Erinnerst du dich an den Reporter, den du überhaupt nicht leiden magst?« Ich achtete darauf, keine Details preiszugeben, weil wir über Funk sprachen und abgehört werden konnten.

»Welcher denn?«

»Der für AP arbeitet und immer bei mir im Büro vorbeischaut.« Er dachte einen Augenblick nach und sagte dann: »Worum geht's denn? Hast du einen Termin mit ihm?«

»Bedauerlicherweise ja. Ich bin unterwegs zum Elizabeth River. Chesapeake hat gerade angerufen.«

»Augenblick mal. Nicht die Art von Termin.« Er hörte sich besorgt an.

»Ich fürchte, doch.«

»Ach du Scheiße.«

»Wir haben bisher nur einen Führerschein. Wir können also noch nicht sicher sein. Ich werde runtergehen und ihn mir anschauen, bevor wir ihn rausholen.«

»Jetzt halt, zum Teufel, noch mal, die Luft an«, sagte er. »Warum mußt du unbedingt so was machen? Können das nicht andere erledigen?«

»Ich muß ihn sehen, bevor er bewegt wird«, wiederholte ich.

Marino war sehr ungehalten, weil er stets viel zu besorgt war um mich. Er brauchte gar kein Wort mehr zu sagen, um mir das zu vermitteln.

»Ich habe mir bloß gedacht, du könntest eventuell seine Wohnung in Richmond überprüfen«, sagte ich ihm.

»Ja ja. Das mache ich todsicher.«

»Ich weiß nicht, was uns erwartet.«

»Also ich wünschte mir, du würdest die das zuerst rausfinden lassen.«

In Chesapeake nahm ich die Ausfahrt Elizabeth River und bog nach links auf die High Street ab, wo ich an Kirchen, Gebrauchtwagenangeboten und Wohnwagensiedlungen vorbeikam. Hinter dem örtlichen Gefängnis und dem Polizeirevier verlor sich die Marinekaserne in weiträumigem, deprimierendem Schrottgelände, das von einem stacheldrahtbewehrten, rostigen Zaun umgeben war. Inmitten dieser riesigen Fläche, wo überall Metall herumlag und das Unkraut nur so wucherte, befand sich ein Kraftwerk, das anscheinend Müll und Kohle verbrannte, um den Schiffsfriedhof mit Energie für sein trostloses und träges Geschäft zu versorgen. Schornsteine und Gleisanlagen waren heute nicht in Betrieb, alle Kräne am Trockendock standen still. Schließlich war Silvester. Ich fuhr auf das Hauptquartier zu, einen Bau aus langweiligen, rotgrauen Hohlblocksteinen, hinter dem sich lange, gepflasterte Kais erstreckten. Am Wachtor trat ein junger Mann in Zivilkleidung und mit Schutzhelm aus seinem Häuschen. Ich ließ das Fenster herunter. Am windgepeitschten Himmel wirbelten die Wolken vorbei.

»Dies ist militärischer Sicherheitsbereich.« Er verzog keine Miene.

»Ich bin Dr. Kay Scarpetta, Chief Medical Examiner«, sagte ich und hielt meine Messingplakette hoch, das Symbol dafür, daß ich bei jedem plötzlichen, unbeobachteten, unerklärlichen oder gewaltsamen Todesfall im Bundesstaat Virginia juristisch zuständig war.

Er beugte sich vor und studierte meine Beglaubigung. Ein paarmal blickte er mir ins Gesicht und starrte auf meinen Wagen.

»Sie sind der Chief Medical Examiner?« fragte er. »Wie kommt es dann, daß Sie keinen Leichenwagen fahren?«

Ich hatte das schon öfter gehört und antwortete geduldig: »Leute, die in Bestattungsunternehmen arbeiten, fahren Leichenwagen. Ich arbeite nicht in einem Bestattungsunternehmen. Ich stelle die Todesursache fest.«

»Ich brauche noch einen anderen Ausweis von Ihnen.«

Ich gab ihm meinen Führerschein und hatte keine Zweifel mehr daran, daß solche Art von Einmischung nicht aufhören würde, nachdem ich eine Durchfahrtsgenehmigung bekommen hatte. Er trat ein paar Schritte von meinem Auto zurück und hob ein Funkgerät an die Lippen.

»Einheit elf an Einheit zwei.« Er drehte sich von mir weg, als würde er gleich eine Geheimsache durchgeben.

»Zwei«, kam krächzend die Antwort.

»Ich hab eine Dr. Scaylatta hier.« Er sprach meinen Namen so falsch wie kaum jemand.

»Ten-four. Bereit.«

»Ma'am«, sagte der Wachtposten zu mir, »fahren Sie einfach geradeaus, dann kommt rechts ein Parkplatz.« Er deutete mit der Hand in die Richtung. »Sie stellen Ihren Wagen dort ab und gehen zur Pier Zwei, wo Sie Captain Green erwartet. An den müssen Sie sich wenden.«

»Und wo finde ich Detective Roche?« fragte ich.

»Sie müssen sich an Captain Green wenden«, sagte er noch einmal.

Ich kurbelte das Fenster wieder hoch, während er ein Tor öffnete, auf dem Schilder mir verkündeten, daß ich nun Gelände betrat, wo Gefahr drohte von Farbsprühfilm, Sicherheitsausrüstung verlangt und Parken nur auf eigenes Risiko erlaubt war. In der Ferne ragten graue Frachter, Panzerlandungsschiffe, Minensucher, Fregatten und Tragflächenboote bedrohlich in den kalten Himmel. Auf der zweiten Pier hatten sich Rettungswagen, Polizeiautos und eine kleine Menschengruppe eingefunden.

Ich stellte meinen Wagen wie befohlen ab und schritt dann forsch auf sie zu. Sie starrten mir entgegen. Ich hatte meine Arzttasche und die Tauchausrüstung im Auto gelassen und lieferte ihnen so das Bild einer Frau mittleren Alters mit leeren Händen, in Wanderstiefeln, Wollhose und armeegrünem Mantel. Kaum hatte ich den Kai betreten, schnitt mir ein kultiviert aussehender, uniformierter Mann mit grauen Schläfen den Weg ab, als wäre ich unbefugt auf das Gelände eingedrungen. Ohne den Anflug eines Lächelns trat er mir entgegen.

»Kann ich Ihnen helfen?« fragte er in einem Ton, der mir

Halt gebot. Der Wind hatte seine Haare aufgerichtet und seine Wangen gerötet.

Ich erklärte noch einmal, wer ich war.

»Ah gut.« Er klang eindeutig nicht so, als meinte er dies. »Ich bin Captain Green vom Navy Investigative Service. Wir müssen wirklich mit der Sache vorankommen. Hör zu«, er wandte sich von mir ab und sprach zu jemand anderem. »Wir müssen diese KDs wegschaffen ...«

»Entschuldigen Sie? Sie sind vom NIS?« schaltete ich mich ein, denn das mußte sofort geklärt werden. »Ich war der Meinung, daß dieses Gelände nicht der Navy gehört. Wenn es Navy-Gelände ist, dann ist meine Anwesenheit nicht erforderlich. Dann ist das ein Navy-Fall, und die Autopsie sollte ein Pathologe der Navy vornehmen.«

»Ma'am«, sagte er, als wollte ich seine Geduld strapazieren, »dieses Gelände untersteht einem Zivilunternehmen und gehört deshalb nicht der Navy. Aber wir haben ein naheliegendes Interesse, weil offenbar jemand unbefugt bei unseren Schiffen getaucht ist.«

»Haben Sie eine Vermutung, warum jemand das getan haben könnte?« Ich blickte mich um.

»Ein Paar Schatzjäger meinen, sie würden im Wasser hier Kanonenkugeln, alte Schiffsglocken und was weiß ich noch alles finden.«

Wir standen zwischen dem Frachter *El Paso* und dem U-Boot *Exploiter*, beide glanzlos und starr im Fluß. Das Wasser sah wie Cappuccino aus, und mir wurde klar, daß die Sicht noch schlechter sein würde, als ich befürchtet hatte. Neben dem U-Boot war eine Tauchplattform. Aber ich sah nichts, was auf das Opfer hindeutete, keine Rettungs- oder Polizeitrupps, die diesen Todesfall bearbeiten sollten. Ich fragte Green danach, während der vom Wasser wehende Wind mir das Gesicht taub werden ließ, und statt einer Antwort bekam ich wieder den Rücken zugedreht.

»Hör mal, ich kann nicht den ganzen Tag auf Stu warten«, sagte er zu einem Mann in einem Overall und einer schmutzigen Skijacke.

»Wir könnten Bo herpfeifen, Captain«, lautete die Antwort.

»Zwecklos, José«, sagte Green, der diese Werftarbeiter gut zu kennen schien. »Bringt nichts, den Kerl herzurufen.«

»Zum Teufel«, sagte ein Mann mit einem langen, krausen Bart. »Wir wissen doch alle, daß er so spät am Vormittag nicht mehr nüchtern ist.«

»Also, wenn da nicht ein Esel den anderen Langohr schimpft«, ließ sich Green vernehmen, und alle lachten.

Der bärtige Mann hatte ein Gesicht wie rohes Hackfleisch. Er beäugte mich verstohlen, derweil er sich eine Zigarette anzündete, mit seinen groben, bloßen Händen den Wind abhaltend.

»Ich hab seit gestern nichts mehr getrunken. Nicht mal Wasser«, schwor er, worauf seine Kumpel wieder lachten. »Verdammt, hier ist es lausig kalt.« Er schlang die Arme um den Körper. »Ich hätte 'nen dickeren Mantel anziehen sollen.«

»Ich sag dir mal, was hier kalt ist: der da unten«, meinte ein anderer Arbeiter, mit klappernden Zähnen. Er sprach von dem toten Taucher. »Der Kerl ist echt kalt.«

»Der spürt nichts mehr.«

Ich zügelte meinen aufsteigenden Unmut, als ich zu Green sagte: »Ich weiß, Sie sind scharf darauf anzufangen, und ich bin es genauso. Aber ich sehe keine Rettungsmannschaften oder Polizisten. Ich habe auch noch nicht das Boot oder den Flußabschnitt gesehen, wo die Leiche sein soll.«

Ich spürte ein halbes Dutzend Augenpaare auf mich gerichtet und musterte die gegerbten Gesichter dieser Männer, die leicht als Piraten in modernem Gewand hätten durchgehen können. Ich war nicht in ihren Geheimbund aufgenommen und fühlte mich an die frühen Jahre erinnert, als Grobheit und Mißachtung mir noch Tränen in die Augen getrieben hatten.

Green antwortete endlich. »Die Polizisten sind drinnen an den Telefonen. Im Hauptgebäude dort drüben, mit dem großen Anker darauf. Die Taucher sind wahrscheinlich auch da drinnen und halten sich warm. Das Rettungsteam ist auf einem Anlegeplatz auf der anderen Flußseite und wartet dort auf Ihre Ankunft. Und es dürfte Sie interessieren, daß an diesem Anleger die Polizei gerade einen Lkw mit Anhänger gefunden hat, der, glauben sie, dem Verstorbenen gehörte. Wenn Sie mir folgen wollen. Ich zeige Ihnen die Stelle, die Sie interessiert. Soviel ich weiß, haben Sie vor, mit den anderen Tauchern nach unten zu gehen.«

»Das stimmt.« Ich schritt neben ihm die Pier entlang.

»Mir ist völlig unklar, was Sie sich davon erwarten.«

»Ich habe schon lange gelernt, keine Erwartungen zu haben, Captain Green.«

Als wir an den alten, müden Schiffen vorbeikamen, fielen mir die vielen dünnen Drähte auf, die davon ins Wasser führten. »Was ist das?« fragte ich.

»KDs – Kathodendrähte«, antwortete er. »Sie sind elektrisch geladen, um die Korrosion zu bremsen.«

»Ich hoffe doch, daß jemand sie ausgeschaltet hat.«

»Ein Elektriker ist schon unterwegs. Er wird die ganze Pier abschalten.«

»Da könnte der Taucher also an die KDs geraten sein. Ich bezweifle, daß sie gut zu sehen waren.«

»Das hätte keine Rolle gespielt. Die Spannung ist sehr gering«, sagte er, als wüßte das jeder. »Das ist so wie ein Schlag von einer Neun-Volt-Batterie. Die KDs haben ihn nicht getötet. Das können Sie schon mal von Ihrer Liste streichen.«

Wir standen am Ende des Kais, wo das Heck des teilweise unter Wasser liegenden U-Boots gut zu sehen war. Keine zehn

Meter davon entfernt ankerte der dunkelgrüne Aluminiumkahn mit dem langen schwarzen Schlauch, der vom Kompressor wegführte und auf der Passagierseite in einer Ummantelung steckte. Der Boden des Bootes war mit Werkzeugen, Tauchausrüstung und anderen Gegenständen übersät, die, wie ich vermutete, jemand ziemlich nachlässig untersucht hatte. Mir wurde eng ums Herz, denn ich war wütender, als ich nach außen hin zeigen wollte.

»Er ist womöglich einfach ersoffen«, sagte Green gerade. »Beinahe jeder Tauchertod, den ich zu Gesicht bekommen habe, ist durch Ertrinken verursacht worden. Man kann selbst in so seichtem Wasser sterben.«

»Auf jeden Fall finde ich seine Ausrüstung ungewöhnlich.« Ich ignorierte seine Anmaßung in medizinischen Fragen.

Er blickte auf den Kahn, der von der Strömung kaum bewegt wurde. »Eine *hookah,* ein Niederdrucktauchgerät. Ja ja, das ist hier ungewöhnlich.«

»Lief sie, als das Boot gefunden wurde?«

»Kein Benzin mehr.«

»Was können Sie mir darüber sagen? Eigenbau?«

»Handelsüblich«, sagte er. »Ein 5-PS-Kompressor mit Benzinmotor, der die Außenluft durch einen Niederdruckschlauch ansaugt, der mit einem Stufenregler verbunden ist. Er hätte vier, fünf Stunden unten bleiben können. So lange, wie das Benzin reichte.« Er blickte immer noch von mir weg.

»Vier oder fünf Stunden? Wofür? Das würde mir einleuchten, wenn jemand auf Hummer oder Abalonen scharf ist.«

Er schwieg.

»Was ist da unten?« fragte ich. »Und sagen Sie jetzt nicht, Bürgerkriegsrelikte, weil wir beide wissen, daß die hier nicht zu finden sind.«

»In Wahrheit ist nicht die Bohne da unten.«

»Aber er hat gedacht, da wäre was«, meinte ich.

»Unglücklicherweise hat er sich geirrt. Sehen Sie bloß diese

Wolken da. Es wird uns ganz bestimmt erwischen.« Er stellte den Mantelkragen hoch. »Ich nehme an, Sie haben einen Tauchschein.«

»Seit vielen Jahren.«

»Sie werden ihn mir vorzeigen müssen.«

Ich blickte hinüber zu dem Kahn und dem nahegelegenen U-Boot, während ich mich fragte, wie unkooperativ diese Leute wohl noch sein würden.

»Sie müssen ihn bei sich haben, wenn Sie da runtergehen wollen«, sagte er. »Ich dachte, Sie wissen das.«

»Aha, aber diese Anlage untersteht nicht dem Militär.«

»Ich kenne die Bestimmungen. Wem sie untersteht, ist nicht maßgeblich.« Er schaute mich an.

»Verstehe.« Ich starrte zurück. »Und vermutlich brauche ich eine Genehmigung, wenn ich mein Auto hier auf diesem Kai abstellen will, damit ich meine Tauchausrüstung nicht einen halben Kilometer schleppen muß.«

»Sie brauchen allerdings eine Genehmigung, um auf dem Kai zu parken.«

»Die habe ich aber nicht. Ich habe meine offizielle Zulassung zum Rettungstauchen oder mein Tauchbuch nicht dabei. Und auch nicht meine Bescheinigungen, daß ich in Virginia, Maryland und Florida als Ärztin tätig sein darf.«

Ich sprach sehr sanft und leise, und weil er mich nicht aus der Ruhe bringen konnte, wurde er nur um so entschiedener. Er blinzelte ein paarmal, und ich konnte seinen Haß spüren.

»Ich werde Sie jetzt ein letztes Mal bitten, mir die Ausübung meines Berufs zu gestatten«, fuhr ich fort. »Es hat hier einen unnatürlichen Todesfall in meinem Zuständigkeitsbereich gegeben. Wenn Sie nicht kooperieren wollen, kann ich gerne die Staatspolizei, den U.S. Marshal oder das FBI anrufen. Die Wahl überlasse ich Ihnen. In zwanzig Minuten kann ich wahrscheinlich jemanden hierherbekommen. Ich habe mein Handy hier in der Tasche.« Ich klopfte darauf.

»Sie wollen tauchen« – er zuckte mit den Achseln – »dann tun Sie das. Aber Sie werden eine Verzichtserklärung unterschreiben müssen, womit Sie den Anlagenbetreiber von aller Verantwortung freisprechen, sollte Ihnen ein Unglück zustoßen. Und ich bezweifle ernsthaft, daß es hier Formblätter dafür gibt.«

»Verstehe. Jetzt muß ich etwas unterschreiben, was Sie nicht haben.«

»Stimmt.«

»Na fein«, sagte ich. »Dann werde ich für Sie eine Verzichtserklärung aufsetzen.«

»Das müßte ein Anwalt machen, und es ist Feiertag.«

»Ich bin Anwältin und arbeite an Feiertagen.«

Seine Kiefer verkrampften sich. Ich wußte, er würde sich nicht mehr mit Formblättern abgeben, da er nun eines bekommen konnte. Wir gingen wieder zurück, und mein Magen zog sich vor Unbehagen zusammen. Ich wollte gar nicht tauchen und mochte auch die Leute nicht, die ich an diesem Tag getroffen hatte. Gewiß hatte ich mich schon früher im bürokratischen Stacheldraht verheddert, wenn die Regierung oder große Firmen mit den Fällen zu tun hatten. Aber das hier war anders.

»Sagen Sie mir eines.« Green sprach wieder in seinem verächtlichen Ton. »Tauchen Leichenbeschauer immer persönlich nach Leichen?«

»Selten.«

»Dann erklären Sie mir, warum Sie es diesmal für nötig halten.«

»Der Schauplatz ist nicht mehr derselbe, wenn die Leiche bewegt worden ist. Ich glaube, die Umstände sind ungewöhnlich genug, um einen Blick darauf zu werfen, solange ich es noch kann. Und im Augenblick betreue ich gerade den Bezirk Tidewater und war zufällig anwesend, als der Anruf kam.«

Er schwieg kurz und raubte mir den letzten Nerv, als er

sagte: »Es hat mir wirklich leid getan, als ich das von Dr. Mants Mutter erfuhr. Wann ist er wieder zurück?«

Ich versuchte, mich an den Anruf von heute morgen zu erinnern und an den Mann, der sich Young nannte, mit seinem auffälligen Südstaatenakzent. Green klang nicht wie ein Südstaatler, aber das tat ich auch nicht, was noch lange nicht hieß, daß einer von uns die Sprechweise nicht nachahmen konnte.

»Ich bin nicht sicher, wann er zurückkehrt«, erwiderte ich vorsichtig. »Aber ich frage mich, woher Sie ihn kennen.«

»Manchmal überschneiden sich Fälle, wohl oder übel.«

Ich war mir nicht sicher, worauf er anspielte.

»Dr. Mant ist so klug, sich nicht einzumischen«, fuhr Green fort. »Mit solchen Leuten läßt es sich gut arbeiten.«

»In was mischt er sich nicht ein, Captain Green?«

»In die Fälle der Navy zum Beispiel, oder wenn es darum geht, ob dieser oder jener zuständig ist. Es gibt viele verschiedene Arten, sich einzumischen. Und das ist jedesmal problematisch und kann Schaden anrichten. Zum Beispiel dieser Taucher. Er hat sich wo rumgetrieben, wo er nichts zu suchen hatte, und Sie sehen ja, was mit ihm passiert ist.«

Ich blieb stehen und starrte ihn ungläubig an. »Es muß an meiner Einbildungskraft liegen«, sagte ich, »aber ich glaube, Sie wollen mir drohen.«

»Holen Sie Ihr Zeug. Sie können hier in der Nähe parken, an dem Zaun dort drüben«, sagte er und ging.

2

Green war schon lange in dem Gebäude mit dem Anker verschwunden, und ich saß auf der Pier und bemühte mich, den dicken Taucheranzug über meinen Unterzieher zu streifen.

Nicht weit von mir machten einige Rettungstaucher ein Boot mit flachem Boden bereit, das an einem Pfahl vertäut war. Arbeiter vom Schiffsfriedhof liefen neugierig herum, und auf der Tauchplattform prüften zwei Männer in königsblauem Neopren Funkgeräte und schienen sehr gründlich die Tauchausrüstung, einschließlich meiner eigenen, zu inspizieren.

Ich sah, daß die Taucher miteinander redeten, aber ich konnte kein Wort verstehen, als sie Schläuche abschraubten und Bleigürtel anlegten. Von Zeit zu Zeit blickten sie in meine Richtung, und ich war überrascht, als einer von ihnen sich entschloß, die Leiter zu meinem Kai hochzuklettern. Er kam auf mich zu und setzte sich neben mich auf das kalte Pflaster.

»Ist der Platz hier noch frei?« Er war ein hübscher junger Schwarzer mit der Statur eines Olympiaschwimmers.

»Es gibt eine Menge Anwärter darauf, aber ich weiß im Moment nicht, wo sie sind.« Ich mühte mich immer noch mit dem Taucheranzug ab. »Verdammt. Ich hasse diese Dinger.«

»Stellen Sie sich doch einfach vor, Sie würden sich einen Luftschlauch überstülpen.«

»Ja, das hilft ungemein.«

»Ich muß mit Ihnen über die Unterwasserkommunikationsgeräte reden. Haben Sie so was schon mal benutzt?« fragte er.

Ich blickte in sein ernstes Gesicht: »Sind Sie von der Polizei?«

»Nee, bloß von der guten alten Navy. Und ich weiß nicht, wie das mit Ihnen ist, aber so habe ich mir Silvester garantiert nicht vorgestellt. Ich habe keine Ahnung, warum jemand in diesem Fluß tauchen will, es sei denn, er hat die fixe Idee, daß er eine blinde Kaulquappe in einer Schlammpfütze ist. Oder er hat vielleicht Eisenmangel und glaubt, der ganze Rost da drin könnte ihm helfen.«

»Von dem ganzen Rost kriegen Sie bloß Tetanus.« Ich

blickte mich um. »Wer tritt sonst noch von der Navy gegen die Polizei an?«

»Die beiden im Rettungsboot sind von der Polizei. Ki Soo da unten auf der Plattform ist der einzige andere von der Navy, außer unserem beherzten Ermittler von der NIS. Ki ist gut. Er ist mein Kumpel.«

Er gab Ki Soo ein Okay-Zeichen, und der gab ihm ein Okay zurück. Ich fand das alles ziemlich interessant und ziemlich anders als meine bisherigen Erfahrungen.

»Jetzt hören Sie mal zu.« Mein neuer Bekannter sprach, als arbeite er schon jahrelang mit mir zusammen. »Die Kommunikationsgeräte können problematisch werden, wenn Sie sie noch nie benutzt haben. Die können echt gefährlich werden.« Sein Gesicht blieb ernst.

»Ich bin damit vertraut«, versicherte ich ihm, unbekümmerter, als mir zumute war.

»Na, Sie müssen mehr als nur vertraut damit sein. Sie müssen sie wie einen Freund sehen, denn wie Ihr Tauchgefährte können sie Ihr Leben retten.« Er schwieg kurz. »Die können Sie auch töten.«

Ich hatte erst einmal eine Unterwasserkommunikationsausrüstung benutzt und war noch nervös, daß mein Mundstück mit Absperrventil durch eine fest versiegelte Maske mit einem Mundstück ohne Spülventil ersetzt werden sollte. Ich hatte Angst, daß Wasser in meine Maske dringen könnte und ich sie abreißen müßte, während ich wie verrückt nach der alternativen Luftversorgung oder gar einem Oktopus griff. Aber das würde ich nicht erwähnen, nicht hier.

»Ich schaff das schon«, versicherte ich ihm erneut.

»Großartig. Ich habe gehört, Sie sind ein Profi«, sagte er. »Übrigens, ich heiße Jerod, und ich weiß bereits, wer Sie sind.« Er saß im Schneidersitz da, warf Kiesel ins Wasser und schien von den sich langsam ausdehnenden Kreisen fasziniert zu sein. »Ich hab 'ne Menge toller Sachen über Sie gehört.

Und wenn meine Frau rausfindet, daß ich Sie kennengelernt habe, wird sie eifersüchtig werden.«

Mir war nicht klar, warum ein Navy-Taucher irgend etwas über mich gehört haben sollte, über das hinaus, was in den Nachrichten war, und das war nicht immer freundlich. Aber seine Worte waren Balsam in meiner aufgewühlten Stimmung, und ich wollte ihm das gerade sagen, als er auf seine Uhr schaute, dann auf die Plattform starrte und Ki Soos Blick auffing.

»Dr. Scarpetta.« Jerod stand auf. »Ich glaube, wir sind bereit zu einem Tänzchen. Wie steht's mit Ihnen?«

»Ich bin soweit fertig.« Ich stand ebenfalls auf. »Was ist der beste Zugang?«

»Der beste, eigentlich der einzige, ist der, seinem Schlauch nach unten zu folgen.«

Wir gingen zum Rand des Kais, und er deutete auf den Kahn.

»Ich bin schon einmal unten gewesen, und wenn Sie nicht dem Schlauch folgen, werden Sie ihn nie finden. Mußten Sie schon mal ohne Licht durch einen Abwasserkanal waten?«

»Nicht daß ich wüßte.«

»Nun, da können Sie einen Scheiß sehen. Und das hier ist genauso.«

»Soweit Sie wissen, hat niemand etwas an der Leiche verändert«, sagte ich.

»Außer mir ist niemand in ihre Nähe gekommen.«

Er sah zu, wie ich meine Weste aufhob und eine Lampe in meine Tasche steckte.

»Damit würde ich mich nicht herumplagen. Unter den Bedingungen ist Ihnen eine Taschenlampe nur im Weg.«

Aber ich wollte sie dennoch mitnehmen, weil ich jeden nur möglichen Vorteil nutzen wollte. Jerod und ich stiegen die Leiter zur Tauchplattform hinunter, um die Vorbereitungen abzuschließen. Ich ignorierte das Starren der Leute am Kai, als ich mir Cremespülung ins Haar rieb und die Neoprenhaube überstreifte. Ich schnallte mir ein Messer an die Innenseite des rechten Unterschenkels und griff dann nach beiden Enden des fünfzehn Pfund schweren Bleigürtels, den ich rasch um die Hüfte schnallte. Ich überprüfte die Sicherheitsventile und streifte die Handschuhe über.

»Bereit«, sagte ich zu Ki Soo.

Er brachte die Kommunikationsgeräte und mein Mundstück.

»Ich schließe Ihren Luftschlauch an die Gesichtsmaske an.« Er sprach akzentfrei. »Soviel ich weiß, haben Sie so ein Gerät schon mal benutzt.«

»Das stimmt«, erwiderte ich.

Er hockte sich neben mich und senkte die Stimme, als wären wir Verschwörer. »Sie, Jerod und ich sind über die Sprechgeräte in ständigem Kontakt.«

Sie sahen wie rote Gasmasken aus und hatten fünf Gurte zum Anlegen. Jerod stellte sich hinter mich und half mir beim Überziehen der Weste und der Tauchflasche, während sein Kumpel weitersprach.

»Wie Sie wissen«, sagte Ki Soo gerade, »atmen Sie normal und verwenden den Druckknopf am Mundstück zum Sprechen, wenn Sie etwas mitteilen wollen.« Er führte es vor. »Jetzt müssen wir das ordentlich und sicher über Ihr Kopfteil tun und anlegen. Jetzt stopfen wir die herausspitzenden Haare noch rein, und lassen Sie mich noch einmal zur Sicherheit überprüfen, daß es hinten richtig fest sitzt.«

Ich haßte die Sprechgeräte am meisten, wenn ich nicht im Wasser war, weil das Atmen so schwerfiel. Ich saugte, so gut ich konnte, Luft ein, während ich durch das Plastik auf diese beiden Taucher spähte, denen ich gerade mein Leben anvertraut hatte.

»Zwei Rettungsmänner sind in einem Boot und überwachen uns mit einem Energieumwandler, der ins Wasser gelassen wird. Alles, was Sie sagen, wird von allen gehört, die an der Oberfläche lauschen. Haben Sie verstanden?« Ki Soo sah mich an, und ich wußte, daß ich gerade eine Warnung erhalten hatte.

Ich nickte. Mein Atem klang laut in meinen Ohren.

»Wollen Sie jetzt Ihre Flossen anziehen?«

Ich schüttelte den Kopf und deutete aufs Wasser.

»Dann gehen Sie erst rein, und ich werfe sie Ihnen zu.«

Mit mindestens achtzig Pfund mehr Gewicht als vorher bewegte ich mich vorsichtig an den Rand der Tauchplattform und überprüfte noch einmal den Sitz meiner Maske am Kopfteil. Kathodendrähte hingen wie Welsbarten von den riesigen, schlafenden Schiffen, der Wind kräuselte das Wasser. Ich stählte mich für den zermürbendsten Riesenschritt, den ich jemals gemacht hatte.

Die Kälte war zuerst ein Schock, und mein Körper brauchte eine Weile, bis er das in meine Gummihaut dringende Wasser erwärmte, als ich meine Taucherflossen anzog. Schlimmer noch war, daß ich meine Computerkonsole und meinen Kompaß nicht sehen konnte. Ich konnte nicht einmal die Hand vor den Augen sehen und verstand erst jetzt, warum es sinnlos war, eine Taschenlampe mitzunehmen. Das schwebende Sediment schluckte das Licht wie ein Löschblatt und zwang mich, häufig aufzutauchen, um mich zu orten, als ich auf den Fleck zuschwamm, wo der Schlauch vom Kahn wegführte und im Fluß verschwand.

»Ten-four?« Ki Soos Stimme ertönte in dem an meinen Schädelknochen gedrückten Empfangsgerät.

»Ten-four«. Ich sprach ins Mundstück und versuchte, mich zu entspannen, während ich knapp unter die Oberfläche paddelte. »Sind Sie am Schlauch?« Diesmal sprach Jerod.

»Ich habe ihn jetzt in den Händen.« Er kam mir seltsam straff vor, und ich achtete darauf, ihn so wenig wie möglich zu verändern.

»Folgen Sie ihm nach unten. Vielleicht zehn Meter. Er sollte direkt über dem Grund schweben.«

Ich begann meinen Abstieg und hielt in Abständen inne, um den Druck in den Ohren auszugleichen, während ich versuchte, nicht in Panik zu geraten. Ich konnte nichts sehen. Mein Herz klopfte, als ich mit aller Willenskraft versuchte, mich zu entspannen und tief durchzuatmen. Einen Augenblick hielt ich an und schwebte, während ich meine Augen schloß und langsam atmete. Ich folgte weiter dem Schlauch, doch dann bekam ich es wieder mit der Angst zu tun, als ein dickes, rostiges Kabel plötzlich vor mir auftauchte.

Ich versuchte, darunter durchzutauchen, aber ich konnte nicht sehen, wo es herkam und wo es hinführte, und außerdem trieb ich mehr ab, als mir lieb war, und hätte mehr Gewicht in meinem Gürtel oder in den Taschen meiner Weste brauchen können. Das Kabel erwischte mich von hinten, stieß hart an mein Sperrventil. Ich spürte ein Ziehen an meinem Lungenautomaten, als würde mich jemand von hinten packen, und der gelockerte Tank glitt an meinem Rücken hinab und zog mich mit sich. Ich riß die Klettverschlüsse meiner Weste auf und entledigte mich ihrer rasch, während ich versuchte, mich nur auf das zu konzentrieren, was ich für so einen Fall zu tun gelernt hatte.

»Ten-four?« ertönte Ki Soos Stimme in meiner Maske.

»Technisches Problem«, sagte ich.

Ich bugsierte den Tank zwischen meine Beine, so daß ich auf ihm treiben konnte, als ritte ich im kalten, dunklen All auf einer Rakete. Ich brachte die Gurte wieder an und bekämpfte meine Angst.

»Brauchen Sie Hilfe?«

»Nein. Muß auf Kabel aufpassen«, sagte ich.

»Sie müssen auf alles mögliche aufpassen«, hörte ich wieder seine Stimme.

Es kam mir in den Sinn, daß es viele Arten gab, hier unten zu sterben, während ich mit den Armen in die Weste schlüpfte. Ich machte eine Rolle rückwärts und klinkte mich wieder fest ein.

»Ten-four?« ertönte wieder Ki Soos Stimme.

»Ten-four. Es gibt Unterbrechungen.«

»Zu viele Interferenzen. All die großen Kähne. Wir sind gleich hinter Ihnen. Sollen wir näher kommen?«

»Noch nicht«, sagte ich.

Sie hielten klug Abstand, weil Sie wußten, daß ich die Leiche sehen wollte, ohne abgelenkt oder gestört zu werden. Wir mußten einander nicht ins Gehege kommen. Langsam ließ ich mich tiefer sinken, und schon beinahe am Grund erkannte ich, daß der Schlauch eingeklemmt sein mußte, weshalb er so straff war. Ich war mir nicht sicher, wohin ich mich wenden sollte, und versuchte, etwas weiter nach links zu gelangen, wo mich etwas streifte. Ich drehte mich um, und da hatte ich ihn direkt vor mir, den toten Mann, dessen Körper torkelte und schwankte. Ich schreckte unwillkürlich zurück. Träge schaukelte und schwebte er am Ende seiner Leine, die gummiumkleideten Arme wie ein Schlafwandler ausgestreckt, als ich durch meine Bewegung ihn hinter mir herzog.

Ich ließ ihn nahe herantreiben, und er schwankte und torkelte noch immer, aber nun hatte ich keine Angst mehr, weil ich nicht mehr überrascht war. Es war so, als versuchte er, meine Aufmerksamkeit zu erregen oder mit mir durch die höllische Dunkelheit des Flusses zu tanzen, der sich ihn geholt hatte. Ich hielt mich in neutraler Schwebe, bewegte kaum die Flossen, weil ich nicht den Grund aufwühlen oder mich an rostigem Schrott schneiden wollte.

»Ich hab ihn. Oder vielleicht sollte ich sagen, er hat mich.« Ich drückte auf den Sprechknopf. »Können Sie mich verstehen?«

»Kaum. Wir sind etwa vier Meter über Ihnen. Warten.«

»Warten Sie noch ein paar Minuten. Dann geht's los.«

Ich probierte für alle Fälle ein letztes Mal die Taschenlampe aus, aber sie blieb nutzlos, und mir war klar, daß ich diese Szenerie mit meinen Händen sehen mußte. Ich steckte die Lampe wieder in die Weste und hielt die Computerkonsole fast direkt an meine Maske. Ich konnte gerade noch erkennen, daß ich mich in fast zehn Meter Tiefe befand und noch mehr als einen halben Tank Luft hatte. Ich schwebte am Kopf des Toten und konnte durch die Düsternis die vagen Konturen seines Gesichts erkennen und die Haare, die um seine Maske trieben.

Während ich ihn an den Schultern festhielt, befühlte ich seine Brust und ertastete den Schlauch. Er war durch seinen Bleigürtel gesteckt, und ich folgte ihm zu der Stelle, wo er festklemmte. In knapp drei Metern tauchte eine rostige Schiffsschraube vor meinen Augen auf. Ich berührte das muschelverkrustete Metall der Schiffswand und versuchte, mich auf der Stelle zu bewegen, um nicht näher heranzutreiben. Ich wollte nicht unter ein Ungetüm von der Größe eines Spielfelds geraten und mich blind nach draußen tasten müssen, bevor mir die Luft ausging.

Der Schlauch war verhakt, und ich fühlte an ihm entlang, um festzustellen, ob er so geknickt oder eingedrückt war, daß die Luftzufuhr abgeschnitten war, fand aber keine Anzeichen dafür. Tatsächlich stellte ich fest, daß es gar nicht schwer war, ihn von der Schraube zu lösen. Ich konnte keinen Grund erkennen, warum der Taucher sich nicht selbst hätte befreien können, und mich beschlich der Verdacht, daß sein Schlauch sich erst nach seinem Tod verfangen hatte.

»Sein Luftschlauch hat sich verheddert«, meldete ich mich wieder. »An einem der Schiffe. Ich weiß nicht, welchem.«

»Brauchen Sie Hilfe?« Das war Jerod.

»Nein, ich hab ihn. Sie können ihn rausholen.«

Ich spürte, wie der Schlauch sich bewegte.

»Okay. Ich werde ihn hinaufgeleiten«, sagte ich. »Ziehen Sie weiter, aber ganz langsam.«

Ich klammerte mich mit den Armen von hinten an die Leiche und konnte wegen der eingeschränkten Bewegungsfreiheit statt mit den Oberschenkeln nur mit Knöcheln und Knien paddeln.

»Vorsichtig«, sprach ich warnend ins Mikrofon, denn ich konnte pro Sekunde nur dreißig Zentimeter hochsteigen. »Langsam, langsam.«

In Abständen schaute ich nach oben, konnte aber nicht sehen, wo ich war, bis wir die Wasseroberfläche durchstießen. Dann war auf einmal der Himmel mit schiefergrauen Wolken überzogen, und das Rettungsboot schaukelte in der Nähe. Ich ließ Luft in meine Weste und in die des Toten, dann drehte ich ihn auf den Bauch und löste seinen Bleigürtel, den ich beinahe fallen ließ, so schwer fühlte er sich an. Aber ich schaffte es, ihn den Rettungsmännern zu geben, die Taucheranzüge trugen und zu wissen schienen, was sie in ihrem alten flachen Boot taten.

Jerod, Ki Soo und ich mußten unsere Masken noch aufbehalten, weil wir noch zur Plattform zu schwimmen hatten. Und so verständigten wir uns über die Sprechgeräte und atmeten die Luft aus den Flaschen ein, während wir die Leiche in einen feinmaschigen Korb bugsierten. Wir schoben ihn direkt ans Boot und halfen dann den Rettungsleuten, ihn hochzuheben.

»Wir müssen ihm die Maske abnehmen«, sagte ich und deutete auf die Rettungsleute.

Sie kamen mir verwirrt vor, und wo auch immer der Energieumwandler sein mochte, bei ihnen war er eindeutig nicht. Sie konnten kein Wort verstehen.

»Brauchen Sie Hilfe beim Abnehmen der Maske?« schrie einer und langte nach mir.

Ich winkte ab und schüttelte den Kopf. Dann griff ich nach der Bootskante und zog mich so weit nach oben, daß ich den Korb erreichte. Ich nahm dem Toten die Maske ab, leerte das

Wasser aus und legte sie neben seinen Kopf mit dem wirren, langen, nassen Haar. Da erkannte ich ihn dann, trotz der ovalen Druckstellen um seine Augen. Ich kannte die gerade Nase und den dunklen Bart um seinen vollen Mund. Ich erkannte den Reporter, der mir gegenüber immer so fair gewesen war.

»Okay?« Einer der Rettungsmänner zuckte mit den Achseln.

Ich signalisierte ihnen okay, obwohl mir klar war, daß sie die Bedeutung meiner Handlung nicht verstanden. Der Grund war rein kosmetischer Natur, denn je länger die Maske Druck auf rasch erschlaffendes Gewebe ausübte, desto geringer war die Chance, daß die Einkerbungen wieder zurückgingen. Für Ermittler und Sanitäter war das nicht von Belang, um so mehr aber für die Angehörigen, die Ted Eddings' Gesicht noch einmal sehen wollten.

»Bin ich zu verstehen?« fragte ich dann Ki Soo und Jerod, als wir im Wasser auf und ab tanzten.

»Prima. Was soll mit dem Schlauch geschehen?« fragte Jerod.

»Schneiden Sie ihn in zirka drei Meter Entfernung von der Leiche durch, und klemmen Sie das Ende ab«, sagte ich. »Versiegeln Sie das und sein Mundstück in einem Plastiksack.«

»Ich habe einen Bergungssack bei mir«, bot Ki Soo an.

»Fein. Nehmen wir den.«

Nachdem wir unser möglichstes getan hatten, ruhten wir uns einen Augenblick lang aus, wobei wir in der Schwebe blieben und über das schlammige Wasser zu dem Boot mit der *hookah* schauten. Als ich guckte, wo ich gewesen war, stellte ich fest, daß die Schraube, an der sich Eddings' Schlauch verfangen hatte, zur *Exploiter* gehörte. Das U-Boot war, wie es aussah, nach dem Zweiten Weltkrieg gebaut worden, vielleicht um die Zeit des Korea-Kriegs, und ich fragte mich, ob es ausgeschlachtet und als Schrott verkauft werden sollte. Ich fragte mich auch, ob Eddings aus einem bestimmten Grund dort getaucht hatte oder ob er nach seinem Tod dorthin getrieben worden war.

Das Rettungsboot war auf halbem Weg zu dem Anleger auf der anderen Flußseite, wo ein Krankenwagen darauf wartete, den Toten ins Leichenschauhaus zu schaffen. Jerod gab mir ein Okay-Zeichen, und ich signalisierte zurück, obwohl sich alles überhaupt nicht okay anfühlte. Die Luft rauschte aus unseren Rettungswesten, und wir tauchten wieder unter. Das Wasser hatte die Farbe alter Münzen.

Eine Leiter führte aus dem Wasser auf die Tauchplattform, und von da ging eine weitere auf die Pier. Mit zitternden Beinen kletterte ich hoch, denn ich war nicht so stark wie Jerod und Ki Soo, die ihre ganze Ausrüstung trugen, als wiege sie kaum schwerer als ihre Haut. Doch ich entledigte mich allein meiner Weste und meiner Tauchflasche und bat nicht um Hilfe. Ein Polizeiwagen rumpelte zu meinem Auto, und jemand zog Eddings' Kahn über den Fluß zum Steg. Er müßte identifiziert werden, aber für mich gab es da keine Zweifel.

»Na, was glauben Sie?« fragte plötzlich eine Stimme von oben.

Als ich aufblickte, stand Captain Green mit einem großen, schlanken Mann auf der Pier. Green hatte jetzt offenbar ritterliche Anwandlungen, denn er streckte mir eine Hand entgegen. »Hier«, sagte er, »geben Sie mir Ihre Flasche.«

»Ich werde erst nach der Untersuchung Genaueres wissen«, sagte ich und hob erst den Tank und dann die übrige Ausrüstung hoch. »Danke. Das Boot sollte mit dem Schlauch und allem direkt ins Leichenschauhaus gebracht werden«, fügte ich hinzu.

»Was haben Sie damit vor?« fragte er.

»Die *hookah* muß auch zur Autopsie.«

»Sie werden Ihr Zeug sehr gründlich abspülen müssen«, sagte der Schlanke, als kenne er sich besser aus als Jacques

Cousteau; seine Stimme kam mir bekannt vor. »Da drin ist alles voller Öl und Rost.«

»Wohl wahr.« Ich kletterte auf den Kai.

»Detective Roche«, stellte er sich vor. Er trug Jeans und eine alte Lederjacke. »Ich habe gehört, wie Sie sagten, sein Schlauch habe sich irgendwo verfangen.«

»Ja, aber ich frage mich, wann Sie mich das haben sagen hören.« Ich stand jetzt auf der Pier und konnte mich nicht mit der Idee anfreunden, mein nasses, schmutziges Zeug wieder zum Auto zu tragen.

»Wir haben selbstverständlich die Bergung der Leiche überwacht.« Das war wieder Green. »Detective Roche und ich haben im Gebäude mitgehört.«

Mir fiel Ki Soos Warnung wieder ein, und ich blickte zur Plattform, wo er mit Jerod noch Geräte aufräumte.

»Der Schlauch war verhakt«, antwortete ich. »Aber ich kann Ihnen nicht sagen, wann das geschehen ist. Vielleicht vor, vielleicht auch nach seinem Tod.«

Roche schien das nicht zu interessieren, denn er starrte mich weiter auf eine Art und Weise an, die mich befangen machte. Er war sehr jung und beinahe hübsch, mit zarten Gesichtszügen, üppigen Lippen und kurzen, dunklen Locken. Nur seine Augen gefielen mir nicht, ich fand seinen Blick stechend und selbstgefällig. Ich zog mir das Kopfteil ab und fuhr mir mit den Fingern durch mein öliges Haar, und er sah zu, wie ich meinen Taucheranzug öffnete und das Oberteil bis zur Hüfte herabzog. Die letzte Schicht war mein Unterzieher. Wasser war durchgedrungen, und meine Haut kühlte rasch ab. Bald würde mir unerträglich kalt sein. Meine Fingernägel waren bereits blau.

»Einer vom Rettungsteam sagt, daß sein Gesicht ganz rot aussieht«, meinte der Captain, während ich mir die Ärmel des Taucheranzugs um die Hüften band. »Ich frage mich, ob das was zu bedeuten hat.«

»Kälteflecken«, erwiderte ich.

Er sah mich erwartungsvoll an.

»Wenn Leichen Kälte ausgesetzt sind, verfärben sie sich hellrot«, sagte ich und fing schon an zu zittern.

»Ach so. Also heißt es nicht ...«

»Nein«, schnitt ich ihm das Wort ab, weil mir viel zu ungemütlich war, als daß ich ihnen weiter zuhören wollte. »Das hat nicht unbedingt etwas zu bedeuten. Sagen Sie, gibt es hier eine Toilette, wo ich mich umziehen kann?« Ich schaute mich um und entdeckte nichts, was danach aussah.

»Dort drüben.« Green deutete auf einen kleinen Bauwagen neben dem Verwaltungsgebäude. »Möchten Sie, daß Detective Roche Sie begleitet und Ihnen alles zeigt?«

»Das ist nicht nötig.«

»Hoffentlich ist nicht zugesperrt«, fügte Green hinzu.

Das wäre mein Glück, dachte ich. Aber dem war nicht so, und drinnen war es schrecklich, nur Toilette und Waschbecken, und nichts schien in letzter Zeit gereinigt worden zu sein. Eine Tür zum Männerklo auf der anderen Seite war durch ein Vorhängeschloß mit einer dicken Kette gesichert, als wäre das eine oder das andere Geschlecht um seine Tugend besorgt.

Es gab auch keine Heizung. Ich zog mich aus, nur um festzustellen, daß es nicht einmal warmes Wasser gab. Ich säuberte mich notdürftig und zog mir schnell einen Trainingsanzug, Moon-Boots und eine Mütze über. Mittlerweile war es halb zwei, und Lucy befand sich wahrscheinlich schon in Mants Haus. Ich hatte noch nicht mal mit der Tomatensoße angefangen. Ich sehnte mich nach einer langen heißen Dusche oder einem Bad.

Green ließ sich nicht abwimmeln und ging mit zu meinem Auto und half mir, meine Tauchausrüstung im Kofferraum zu verstauen. Mittlerweile war das Boot auf einen Anhänger geladen worden und unterwegs zu meinem Büro in Norfolk.

Ich sah weder Jerod noch Ki Soo, und es tat mir leid, daß ich mich nicht von ihnen verabschieden konnte.

»Wann führen Sie die Autopsie durch?« fragte mich Green.

Ich sah ihn an, er gab das typische Bild eines schwachen Mannes ab, der zu Macht oder Ansehen gekommen war. Er hatte alles mögliche versucht, um mich einzuschüchtern, und als das zu nichts führte, hatte er beschlossen, Freundschaft zu schließen.

»Jetzt.« Ich ließ den Wagen an und drehte die Heizung auf.

Er sah überrascht aus. »Das Leichenschauhaus ist heute offen?«

»Ich hab's gerade geöffnet«, sagte ich.

Ich hatte die Tür noch nicht zugemacht, und er stützte die Arme auf den Rahmen und starrte zu mir herab. Er war so dicht vor mir, daß ich die geplatzten Äderchen auf seinen Wangen und Nasenflügeln und die Pigmentveränderungen von der Sonne erkennen konnte.

»Geben Sie mir Ihren Bericht durch?«

»Wenn Todesursache und Todesart klar sind, werde ich das mit Ihnen besprechen«, sagte ich.

»Die Todesart?« Er runzelte die Stirn. »Meinen Sie, es bestehen noch Zweifel an einem Unfalltod?«

»Die können und werden immer da sein, Captain Green. Das gehört zu meinem Job.«

»Nun, wenn Sie ein Messer oder eine Kugel in seinem Rücken finden, rufen Sie mich hoffentlich zuerst an«, sagte er mit leiser Ironie und gab mir seine Karte.

Ich fuhr los, suchte mir die Nummer von Mants Assistenten heraus und hoffte, ihn zu Hause zu erreichen.

»Danny, hier Dr. Scarpetta«, sagte ich.

»Oh, ja, Ma'am«, sagte er überrascht.

Weihnachtslieder erklangen im Hintergrund, und ich hörte erregte Stimmen. Danny Webster war Anfang Zwanzig und wohnte noch bei seinen Eltern.

»Tut mir leid, Sie an Silvester zu stören«, sagte ich, »aber wir haben eine Leiche, die unverzüglich obduziert werden muß. Ich bin jetzt unterwegs zum Büro.«

»Brauchen Sie mich?« Er klang nicht abgeneigt.

»Wenn Sie mir helfen könnten, würde ich Ihnen das ungeheuer hoch anrechnen. Ein Boot und eine Leiche sind unterwegs.«

»Kein Problem, Dr. Scarpetta«, sagte er fröhlich. »Ich bin gleich da.«

Ich probierte es bei meiner derzeitigen Unterkunft, aber Lucy nahm nicht ab, und so gab ich den Code ein, um den Anrufbeantworter abzuhören. Es waren zwei Nachrichten darauf, beide von Freunden Dr. Mants, die ihr Beileid bekundeten. Mittlerweile fiel Schnee vom bleiernen Himmel, auf der vollen Interstate fuhren die Leute schneller, als gut für sie war. Ich fragte mich, ob meine Nichte aufgehalten worden war und warum sie nicht angerufen hatte. Lucy war dreiundzwanzig und hatte gerade ihren Abschluß an der FBI-Academy hinter sich. Ich machte mir immer noch Sorgen um sie, so als ob sie meinen Schutz bräuchte.

Das Bezirksbüro Tidewater befand sich in einem kleinen, voll ausgenutzten Anbau auf dem Gelände des Sentara Norfolk General Hospital. Wir mußten uns das Gebäude mit der Gesundheitsbehörde teilen, wozu unglücklicherweise das Büro zur Untersuchung der Fischqualität gehörte. Bei dem Gestank verwesender Leichen und verrottender Fische war der Parkplatz zu jeder Tages- und Jahreszeit kein besonders angenehmer Aufenthaltsort. Dannys uralter Toyota stand schon da, und als ich den Lagerraum aufsperrte, war zu meiner Freude auch der Kahn bereits eingetroffen.

Ich zog das Tor hinter mir wieder zu und schaute mich um. Der lange Niederdruckschlauch war sauber zusammengerollt, und wie ich es gewünscht hatte, war das eine abgeschnittene Ende mit dem Lungenautomaten daran in Plastik gehüllt. Das andere Ende war noch mit dem kleinen Kompressor verbunden, an dem der Ansaugschlauch angeschlossen war. Daneben befanden sich noch eine Gallone Benzin und das zu erwartende Sortiment an Tauch- und Bootsausrüstung, darunter zusätzliche Gewichte, ein Tank mit Preßluft, ein Paddel, ein Rettungsring, eine Taschenlampe, eine Decke und eine Leuchtpistole.

Eddings hatte auch einen zusätzlichen 5-PS-Schleppmotor angebracht, den er eindeutig dazu benutzt hatte, in den Sicherheitsbereich einzudringen, wo er gestorben war. Der 35-PS-Hauptmotor war hochgeklappt und abgeschlossen, so daß der Propeller nicht im Wasser war, und ich erinnerte mich, daß er in dieser Stellung war, als ich den Kahn am Tatort gesehen hatte. Mehr als alles andere interessierte mich aber ein Behälter aus Hartplastik, der offen auf dem Boden stand. In der Schaumstoffauskleidung lagen Kamerazubehör und Schachteln mit 100-ASA-Kodakfilmen. Aber ich sah keine Kamera und kein Blitzgerät, und so dachte ich mir, daß sie für immer auf dem Grund des Elizabeth River verloren waren.

Ich ging eine Rampe hoch und sperrte eine weitere Tür auf. Da, in dem weiß gekachelten Gang lag Ted Eddings in seinem Sack auf einer Bahre neben dem Röntgenraum. Seine steifen Arme drückten gegen das schwarze Vinyl, als wollte er sich gewaltsam daraus befreien, und Wasser tropfte langsam auf den Boden. Ich wollte gerade nach Danny schauen, als er mit einem Stapel Lappen um die Ecke humpelte. Um sein rechtes Knie trug er eine knallrote Manschette, nach einer Verletzung beim Fußball hatte sein vorderes Kreuzband geflickt werden müssen.

»Wir sollten ihn schleunigst in den Autopsieraum bringen«, sagte ich. »Sie wissen, wie mir zumute ist, wenn Leichen unbeaufsichtigt im Vorraum bleiben.«

»Ich hatte Angst, jemand könne ausrutschen«, sagte er, während er mit den Lappen das Wasser aufwischte.

»Nun, die einzigen hier sind heute Sie und ich.« Ich lächelte ihm zu. »Aber danke für die Aufmerksamkeit, ich will keinesfalls, daß Sie ausrutschen. Wie geht's dem Knie?«

»Ich glaube, es wird nie wieder gut. Es sind jetzt schon drei Monate, und ich kann immer noch kaum eine Treppe hinuntergehen.«

»Nur Geduld, machen Sie mit Ihrer Physiotherapie weiter, und dann wird's schon besser werden«, wiederholte ich meine Worte von früher. »Haben Sie ihn schon geröntgt?«

Danny hatte schon mit Tauchopfern zu tun gehabt. Er wußte, es war höchst unwahrscheinlich, daß wir nach Projektilen oder gebrochenen Knochen suchen würden, aber beim Röntgen könnten ein Pneumothorax oder eine Mittelfellverlagerung sichtbar werden, verursacht durch aus der Lunge ausgetretene Luft infolge eines Barotraumas.

»Ja, Ma'am. Der Film ist im Entwickler.« Er hielt inne, seine Miene verfinsterte sich. »Und Detective Roche von der Polizei Chesapeake ist auf dem Weg hierher. Er will bei der Autopsie dabeisein.«

Auch wenn ich Detectives ansonsten dazu ermunterte, bei Autopsien zuzusehen, wollte ich gerade Roche nicht unbedingt dabeihaben.

»Kennen Sie ihn?« fragte ich.

»Er war schon mal hier. Machen Sie sich selbst ein Urteil von ihm.«

Er richtete sich auf und bündelte sein Haar wieder zu einem Pferdeschwanz, weil einzelne Strähnen ihm in die Augen hingen. Schlank und grazil sah er wie ein junger Cherokee aus, mit einem strahlenden Grinsen. Ich fragte mich oft, warum er hier arbeiten wollte. Ich half ihm, die Leiche in den Autopsieraum zu rollen. Während er sie wog und vermaß, verschwand ich im Umkleideraum und duschte. Als ich gerade meine Arbeitskleidung anzog, meldete sich Marino über meinen Piepser.

»Was gibt's?« fragte ich, als ich ihn am Telefon hatte.

»Er ist's, wie wir geglaubt haben, stimmt's?« fragte er.

»Ein vorsichtiges Ja.«

»Obduzierst du ihn jetzt?«

»Ich wollte gerade anfangen«, sagte ich.

»Gib mir fünfzehn Minuten. Ich bin schon fast da.«

»Du kommst her?« fragte ich erstaunt.

»Ich spreche über Autotelefon. Wir reden später. Ich bin gleich da.«

Ich fragte mich zwar, was das alles sollte, aber gleichzeitig war mir klar, daß Marino in Richmond etwas gefunden haben mußte. Sonst machte es keinen Sinn, daß er nach Norfolk kam. Ted Eddings' Tod fiel nicht in Marinos Zuständigkeit, es sei denn, das FBI war bereits involviert, aber das würde ebenfalls keinen Sinn ergeben.

Marino und ich waren beide Berater für das FBI-Programm zur Ermittlung und Analyse von Verbrechen, besser bekannt als die Spezialeinheit zur Erstellung von Täterprofilen, welche die Polizei bei ungewöhnlich grausigen und schwierigen Fällen unterstützte. Wir wurden routinemäßig zu Fällen außerhalb unseres Zuständigkeitsbereiches hinzugezogen, aber nur auf Anforderung, und daß Chesapeake das FBI eingeschaltet hatte, dafür schien es mir ein bißchen früh.

Detective Roche traf vor Marino ein. Er hatte eine Papiertüte dabei und bestand darauf, daß ich ihm Kittel, Handschuhe, Gesichtsschild, Mütze und Schuhschoner gab. Während er sich im Umkleideraum mit seiner Rüstung abmühte, machten Danny und ich Fotos und sahen uns Eddings an, so wie er bei uns eingeliefert worden war, nämlich noch im Taucheranzug, von dem noch immer langsam Wasser auf den Boden tropfte.

»Er ist schon eine Weile tot«, sagte ich. »Ich habe so das Gefühl, daß ihm schon kurz, nachdem er runtergegangen ist, etwas zugestoßen ist.«

»Wissen wir, wann das war?« fragte Danny, während er den Skalpellhaltern neue Klingen einpaßte.

»Wir nehmen an, irgendwann nach Einbruch der Dunkelheit.«

»Er sieht noch ziemlich jung aus.«

»Zweiunddreißig.«

Er blickte auf Eddings' Gesicht, und er sah betrübt aus. »Das ist so, als wenn Kinder hier eingeliefert werden, oder dieser Basketballspieler, der neulich in der Turnhalle tot umgefallen ist.« Er sah mich an. »Geht Ihnen das manchmal ans Gemüt?«

»Das darf ich nicht zulassen, weil ich hier meinen Job einwandfrei erledigen muß«, sagte ich, während ich mir Notizen machte.

»Und wenn Sie damit fertig sind?« Er blickte auf.

»Wir sind nie damit fertig, Danny«, sagte ich. »Unsere Herzen bleiben gebrochen für den Rest unseres Lebens, und wir werden nie mit den Menschen fertig, die hier herkommen.«

»Weil wir sie nicht vergessen können.« Er kleidete einen Eimer mit einem Organbeutel aus und stellte ihn neben mir auf den Boden. »Zumindest ich kann's nicht.«

»Wenn wir sie vergessen, dann stimmt mit uns was nicht«, sagte ich.

Roche tauchte aus dem Umkleideraum auf. Mit dem Gesichtsschild und dem Papieranzug sah er wie ein Astronaut aus. Er hielt Abstand zur Bahre, mir aber rückte er so nahe wie nur möglich.

Ich sagte zu ihm: »Ich habe einen Blick ins Boot geworfen. Welche Gegenstände haben Sie entfernt?«

»Seine Waffe und seine Brieftasche. Ich habe beides bei mir«, erwiderte er. »Dort drüben im Beutel. Wieviel Paar Handschuhe haben Sie an?«

»Keine Kamera, kein Film oder ähnliches?«

»Es war sonst nichts im Boot. Sieht aus, als hätten Sie mehr als ein Paar Handschuhe an.« Er beugte sich zu mir, seine Schulter preßte sich gegen meine.

»Ich trage zwei Paar.« Ich trat einen Schritt von ihm weg. »Ich schätze, ich brauche noch ein Paar.«

Ich zog den Reißverschluß von Eddings' nassen Taucherstiefeln auf und sagte: »Die Handschuhe sind drüben im Schrank.«

Mit einem Skalpell trennte ich Taucheranzug und Unterzieher an den Säumen auf, weil sie von der vollkommen starren Leiche zu schwer abzuziehen gewesen wären. Während ich ihn vom Neopren befreite, konnte ich sehen, daß seine Haut durch die Kälte ganz und gar rosig geworden war. Ich zog ihm die knappe Badehose aus, und Danny und ich hoben ihn auf den Autopsietisch, wo wir ihm die erstarrten Arme brachen und weitere Fotos machten.

Eddings hatte keine Verletzungen, bis auf ein paar alte Narben, hauptsächlich an den Knien. Aber die Biologie hatte ihm sehr früh schon einen bösen Streich gespielt; er hatte eine Hypospadie, was bedeutete, daß seine Harnröhrenöffnung an der Unterseite seines Penis statt in der Mitte war. Dieser an sich geringfügige Makel mußte ihm erheblichen Kummer bereitet haben, besonders als Junge. Als Mann mochte er sich so sehr geschämt haben, daß er Scheu vor Sex hatte.

Er war gewiß nie schüchtern oder zurückhaltend gewesen bei beruflichen Treffen. Eigentlich hatte ich ihn immer ziemlich selbstsicher und charmant gefunden, obwohl ich mich von Charme kaum beeindrucken ließ, am wenigsten bei einem Journalisten. Aber ich wußte auch, daß der äußere Schein nichts darüber verriet, wie sich zwei Menschen benahmen, wenn sie allein waren, und dann verbot ich mir weitere Gedanken.

Ich wollte nicht an Ted Eddings, wie ich ihn gekannt hatte, erinnert werden, während ich Bemerkungen und Maße in die Diagramme auf meinem Klemmbrett eintrug. Aber ein Teil meines Gedächtnisses kämpfte mit meinem Willen, und ich dachte an das letzte Mal, das ich ihn gesehen hatte. Es war in der Woche vor Weihnachten gewesen, und ich war in meinem Büro in Richmond, mit dem Rücken zur Tür, und sortierte Dias in ein Karussell. Ich hatte ihn hinter mir nicht gehört, bis er sprach, und als ich mich umdrehte, stand er in der Tür mit einer Topfpaprika, die üppige knallrote Früchte trug.

»Darf ich hereinkommen?« fragte er. »Oder wollen Sie, daß ich damit wieder zu meinem Auto zurückgehe?«

Ich begrüßte ihn und dachte frustriert an mein Empfangspersonal. Sie wußten, daß sie ohne meine Zustimmung keine Reporter hinter die kugelsichere Trennwand in der Lobby lassen durften, aber vor allem die weiblichen Angestellten hatten Eddings ein bißchen zu gern. Er trat ein und stellte die Pflanze auf den Teppich neben meinen Schreibtisch, und er strahlte übers ganze Gesicht.

»Ich habe nur gedacht, hier gehört etwas Lebendiges und Fröhliches hin.« Seine blauen Augen fixierten mich.

»Hoffentlich ist das keine Kritik an meiner Person.« Ich konnte mir ein Lachen nicht verkneifen.

»Können wir ihn jetzt umdrehen?«

Das Diagramm auf meinem Klemmbrett wurde wieder scharf, und ich merkte, daß Danny mit mir sprach.

»Entschuldigung«, brummelte ich.

Er beäugte mich besorgt, während Roche herumwanderte, als wäre er noch nie in einem Leichenschauhaus gewesen, in Glasschränke schaute und immer wieder in meine Richtung blickte. »Alles in Ordnung?« fragte Danny auf seine feinfühlige Art.

»Wir können ihn jetzt umdrehen«, sagte ich.

Meine Gedanken flackerten hin und her, wie eine kleine, heiße Flamme. Eddings hatte an jenem Tag eine Khakihose und einen schwarzen Militärsweater getragen, und ich versuchte, mich an den Ausdruck in seinen Augen zu erinnern.

Ich fragte mich, ob irgend etwas darin gewesen war, das an das hier hätte denken lassen können.

Der vom Wasser ausgekühlte Körper fühlte sich eisig an, und ich entdeckte allmählich weitere Kleinigkeiten an ihm, die das vertraute Bild verzerrten, und das verstörte mich noch mehr. Das Fehlen der vorderen Backenzähne wies auf eine zahnorthopädische Behandlung hin. Er hatte teure, sehr teure Porzellankronen und trug Kontaktlinsen, deren Tönung seinen ohnehin lebhaften Augenausdruck hatten verstärken sollen. Auffälligerweise war die rechte Linse nicht ausgeschwemmt worden, als seine Maske mit Wasser vollief, und sein trüber Blick war verstörend asymmetrisch, als würden zwei Tote aus schläfrigen Lidern starren.

Ich war mit der äußeren Untersuchung beinahe fertig, es blieb nur noch der intimste Teil, der aufdringlichste, denn bei jedem unnatürlichen Tod war es notwendig, nach Hinweisen auf die sexuellen Praktiken des Opfers zu suchen. Selten erhielt ich ein so offensichtliches Zeichen wie eine Tätowierung, welche die eine oder die andere Orientierung offenbarte, und in der Regel würde sich auch niemand, mit dem das Opfer intim gewesen war, freiwillig mit Auskünften melden. Aber es hätte ohnehin keine Rolle gespielt, was mir wer erzählte. Ich würde dennoch nach Spuren von Analverkehr suchen.

»Wonach suchen Sie?« Roche kehrte zum Tisch zurück und stellte sich hinter mich.

»Mastdarmentzündung, kleine Fissuren, Verdickung des Epithels durch Verletzung«, erwiderte ich, während ich weitermachte.

»Sie nehmen also an, er war schwul.« Er spähte mir über die Schulter.

Dannys Wangen verfärbten sich, und aus seinen Augen blitzte Zorn.

»Der Schließmuskel und das Epithel sind unauffällig«, sagte ich und machte mir Notizen. »Mit anderen Worten, er hat keine Verletzung, die zu einem aktiven homosexuellen Leben passen würde. Und, Detective Roche, Sie werden mir ein bißchen mehr Platz machen müssen.«

Ich spürte seinen Atem im Nacken.

»Sie wissen, daß er in dieser Gegend viele Interviews gemacht hat.«

»Was für Interviews?« Er ging mir allmählich ernsthaft auf die Nerven.

»Das weiß ich nicht.«

»Wen hat er interviewt?«

»Letzten Herbst hat er etwas über den Schiffsfriedhof gemacht. Captain Green könnte Ihnen wahrscheinlich mehr erzählen.«

»Ich war gerade bei Captain Green, und er hat mir nichts davon gesagt.«

»Die Geschichte erschien im *Virginian Pilot,* vergangenen Oktober, glaube ich. Keine große Sache. Bloß das übliche Feature«, sagte er. »Meiner persönlichen Meinung nach hat er beschlossen, noch einmal zurückzukommen, um wegen einer größeren Geschichte herumzuschnüffeln.«

»Und was könnte das gewesen sein?«

»Fragen Sie mich nicht. Ich bin kein Reporter.« Er blickte über den Tisch auf Danny. »Ich persönlich hasse die Medien. Sie kommen immer mit diesen wilden Theorien an und versuchen um jeden Preis, sie zu beweisen. Und der Kerl ist hier in der Gegend einigermaßen berühmt, ein bedeutender Reporter für AP und so. Es geht das Gerücht, wenn er mit Mädchen zusammen war, dann war das nur Fassade. Wenn man dahinterschaute, war da nichts, wenn Sie wissen, was ich meine.« Er hatte ein grausames Lächeln im Gesicht, und ich konnte kaum fassen, wie sehr ich ihn verachtete, obwohl ich ihn heute erst kennengelernt hatte.

»Woher haben Sie Ihre Informationen?« fragte ich.

»Mir kommt so einiges zu Ohren.«

»Danny, wir brauchen Proben von Haaren und Fingernägeln«, sagte ich.

»Wissen Sie, ich nehme mir die Zeit, mit den Leuten auf der Straße zu reden«, fügte Roche hinzu. Er streifte meine Hüfte.

»Soll ich von seinem Bart auch etwas abzupfen?« Danny holte sich von einem Instrumentenwagen eine Pinzette und Beutel.

»Meinetwegen.«

»Ich vermute, Sie wollen ihn auch auf HIV testen.« Roche streifte mich wieder.

»Ja«, erwiderte ich.

»Dann glauben Sie also, er könnte eine Tunte gewesen sein.«

Ich hörte mit meiner Arbeit auf, weil ich genug hatte.

»Detective Roche« – ich wandte mich zu ihm um, und meine Stimme war hart – »wenn Sie sich in meinem Leichenschauhaus aufhalten, dann müssen Sie mir Raum zum Arbeiten geben. Sie werden aufhören, sich an mich zu pressen, und Sie werden meine Patienten mit Respekt behandeln. Dieser Mann hat nicht darum gebeten, hier nackt und tot auf dem Tisch zu liegen. Und ich mag das Wort Tunte nicht.«

»Also, egal, wie Sie es nennen, seine sexuelle Orientierung könnte irgendwie wichtig sein.« Er war verblüfft, wenn nicht gar erfreut über meine Gereiztheit.

»Ich weiß nicht mit Sicherheit, ob dieser Mann schwul war oder nicht«, sagte ich. »Aber ich weiß mit Sicherheit, daß er nicht an Aids gestorben ist.«

Ich griff mir ein Skalpell vom Instrumentenwagen, und Roches Betragen änderte sich abrupt. Er trat zurück, bekam auf einmal schwache Nerven, weil ich mit dem Schneiden anfangen wollte, und nun hatte ich auch noch mit diesem Problem zu kämpfen.

»Haben Sie schon bei einer Autopsie zugesehen?« fragte ich ihn.

»Bei einigen.« Er sah aus, als müsse er sich gleich übergeben.

»Warum setzen Sie sich nicht dort drüben hin«, schlug ich nicht gerade freundlich vor, während ich mich fragte, warum Chesapeake ihn mit diesem oder mit irgendeinem Fall betraute. »Oder Sie gehen in den Lagerraum.«

»Es ist bloß heiß hier.«

»Wenn Ihnen schlecht wird, gehen Sie zum nächsten Abfallkübel.« Danny mußte sich mit aller Kraft bemühen, nicht loszulachen.

»Ich setze mich dort drüben eine Weile hin.« Roche ging zu dem Schreibtisch bei der Tür.

Ich führte rasch den Y-Schnitt durch, zog die Klinge von den Schultern zum Brustbein und zum Becken. Als das Blut mit der Luft in Berührung kam, vermeinte ich, einen Geruch wahrzunehmen, der mich sofort innehalten ließ.

»Wissen Sie, bei Lipshaw gibt es einen echt guten Schleifapparat, den ich mir für hier wünsche«, sagte Danny. »Er schleift und wetzt mit Wasser, so daß wir nur die Messer reinstecken und sonst nichts mehr tun müssen.«

Der Geruch war eindeutig, aber ich konnte es nicht glauben.

»Ich hab mir erst neulich den Katalog angesehen«, fuhr er fort. »Machen mich ganz verrückt, all die tollen Sachen, die wir uns nicht leisten können.«

Das konnte nicht mit rechten Dingen zugehen.

»Danny, machen Sie die Türen auf«, sagte ich mit leiser Dringlichkeit, was ihn verblüffte.

»Was ist?« fragte er voll Schreck.

»Wir brauchen viel Luft hier drin. Und zwar sofort«, sagte ich.

Er bewegte sich schnell trotz seines verletzten Knies und öffnete die Doppeltüren, die in die Eingangshalle führten.

»Was ist los?« Roche richtete sich auf.

»Dieser Mann verströmt einen sonderbaren Geruch.« Ich wollte meinen Verdacht jetzt nicht äußern, besonders nicht vor ihm.

»Ich rieche nichts.« Er stand auf und blickte sich um, als wäre dieser mysteriöse Geruch etwas, das er sehen könnte.

Das Blut von Eddings hatte einen Bittermandelgeruch, und es überraschte mich nicht, daß weder Roche noch Danny ihn wahrnahmen. Die Fähigkeit, Zyankali zu riechen, ist eine geschlechtsgebundene, rezessiv vererbte Eigenschaft, die nur weniger als dreißig Prozent der Bevölkerung erben. Ich gehörte zu den wenigen Glücklichen.

»Vertrauen Sie mir.« Ich hob die Haut von den Rippen ab, wobei ich darauf achtete, nicht die Zwischenrippenmuskeln zu durchtrennen. »Er riecht äußerst sonderbar.«

»Und was heißt das?« wollte Roche wissen.

»Das werde ich erst nach Durchführung von Tests beantworten können«, sagte ich. »In der Zwischenzeit werden wir seine ganze Ausrüstung untersuchen, um sicherzugehen, daß alle Geräte funktionierten und er zum Beispiel keine Abgase in seinen Schlauch bekommen hat.«

»Kennen Sie sich mit solchen Geräten aus?« fragte mich Danny, der wieder an den Tisch getreten war, um zu helfen.

»Ich habe nie eines benutzt.«

Ich stieß seitlich unter den mittleren Brusteinschnitt. Indem ich das Gewebe abhob, formte ich eine Hauttasche, die Danny mit Wasser füllte. Dann steckte ich meine Hand hinein und stieß die Skalpellklinge zwischen zwei Rippen. Ich prüfte, ob Blasen aufstiegen, die auf einen Tauchunfall hindeuten würden, bei dem Luft in den Brustkorb ausgetreten war. Aber es kamen keine.

»Schaffen wir die *hookah* und den Schlauch aus dem Boot und bringen sie her«, entschied ich. »Es wäre gut, wenn wir einen Tauchexperten als Gutachter hätten. Kennen Sie jemanden hier, den wir an einem Feiertag erreichen könnten?«

»In der Hampton Road ist ein Taucherladen, den Dr. Mant manchmal konsultiert.«

Er beschaffte sich die Nummern und rief an, aber der Laden war an diesem verschneiten Silvestertag geschlossen, und der Besitzer schien nicht zu Hause zu sein. Dann ging Danny in den Lagerraum, und als er kurze Zeit später zurückkehrte, hörte ich eine vertraute Stimme laut mit ihm sprechen, und schwere Schritte dröhnten über den Flur.

»Sie würden es Ihnen nicht erlauben, wenn Sie ein Cop wären«, drang Pete Marinos Stimme in den Autopsiesaal.

»Ich weiß, aber ich versteh's nicht«, sagte Danny.

»Na ja, ich kann Ihnen einen verdammt guten Grund nennen. Bei so langen Haaren wie Ihren haben die Arschlöcher zusätzlich etwas zum Hinlangen. Ich? Ich würde es abschneiden. Außerdem würden die Mädchen Sie mehr mögen.«

Er war gerade rechtzeitig gekommen, um beim Hereintragen der *hookah* und der Schlauchschlingen zu helfen, und erteilte Danny eine väterliche Lektion. Es war mir nie schwergefallen zu verstehen, warum Marino enorme Probleme mit seinem eigenen erwachsenen Sohn hatte.

»Weißt du etwas über *hookahs?*« fragte ich Marino, als er hereinkam. Er blickte ausdruckslos auf die Leiche.

»Was? Hat er irgendeine Spinnerkrankheit?«

»Was du da trägst, nennt sich eine *hookah*«, erklärte ich.

Er stellte mit Danny die Ausrüstung auf einen leeren Stahltisch neben meinem.

»Sieht so aus, als wären die Tauchergeschäfte für die nächsten paar Tage geschlossen«, fügte ich hinzu. »Aber der Kompressor kommt mir ziemlich simpel vor – eine von einem 5-PS-Motor getriebene Pumpe, die Luft durch ein Einlaßventil mit Filter saugt und dann durch einen Niederdruckschlauch, der mit dem nachgeschalteten Drosselventil verbunden ist. Der Filter sieht in Ordnung aus. Die Benzinleitung ist intakt. Das ist alles, was ich dir sagen kann.«

»Der Tank ist leer«, bemerkte Marino.

»Ich glaube, ihm ist erst nach dem Tod das Benzin ausgegangen.«

»Warum?« Roche war zu uns gekommen und starrte so intensiv auf mich und die Vorderpartie meines Arbeitsanzugs, als wären wir beide die einzigen Menschen im Raum. »Woher wissen Sie, daß er nicht das Zeitgefühl verloren hat und ihm der Treibstoff ausgegangen ist?«

»Weil er immer noch genügend Zeit hatte, an die Oberfläche zu kommen, selbst wenn die Luftversorgung den Geist aufgab. Er war nur in zehn Meter Tiefe«, sagte ich.

»Das ist ein langer Weg mit einem Schlauch, der sich irgendwo verfangen hat.«

»Sicher. Aber in seiner Lage hätte er den Bleigürtel fallenlassen können.«

»Ist der Geruch verschwunden?« fragte er.

»Nein, aber er ist nicht mehr so überwältigend.«

»Was für ein Geruch?« wollte Marino wissen.

»Sein Blut hat einen sonderbaren Geruch.«

»Meinst du so was wie Alkohol?«

»Nein, das nicht gerade.«

Er schnupperte einige Male und zuckte mit den Achseln, als Roche an mir vorbeiging, den Blick abgewandt von dem, was auf dem Tisch lag. Es war nicht zu fassen, aber er streifte mich wieder, obwohl genug Platz war und ich ihn schon gewarnt hatte. Marino, groß und fast kahlköpfig, in einem schaffellgefütterten Mantel, folgte ihm mit den Blicken.

»Und wer ist das?« fragte er mich.

»Ach ja, ich habe euch beide einander ja noch nicht vorgestellt«, sagte ich. »Detective Roche von Chesapeake, das ist Captain Marino, Richmond.«

Roche sah sich die *hookah* sehr genau an, und das Geräusch vom Nebentisch, wo der junge Danny mit einer Knochenschere Rippen durchtrennte, setzte ihm zu. Sein Gesicht hatte wieder die Farbe von Milchglas angenommen, seine Mundwinkel hingen nach unten.

Marino zündete sich eine Zigarette an, und an seiner Miene konnte ich sehen, daß er über Roche sein Urteil gefällt hatte und es ihm nicht vorenthalten würde.

»Ich weiß nichts über Sie«, sagte er zu dem Detective, »aber eines habe ich schon früher entdeckt: Wer einmal in diesen Schuppen gekommen ist, der sieht Leber mit anderen Augen an. Passen Sie auf.« Er steckte das Feuerzeug in seine Hemdtasche. »Ich hab sie mit viel Zwiebeln gemocht.« Er blies Rauch aus. »Jetzt könnten Sie mich nicht mal unter Androhung der Todesstrafe dazu bringen, Leber anzurühren.«

Roche beugte sich tiefer über die *hookah,* vergrub sein Gesicht fast darin, als wäre der Geruch von Gummi und Benzin das Gegengift, das er brauchte. Ich nahm meine Arbeit wieder auf

»He, Danny«, fuhr Marino fort, »haben Sie je so'n Zeug wie Nieren oder Hirn gegessen, seit Sie hier arbeiten?«

»Ich habe in meinem ganzen Leben noch nie so was gegessen«, sagte er, als wir das Brustbein entfernten. »Aber ich weiß, was Sie meinen. Wenn ich Leute sehe, die in Restaurants große Scheiben Leber bestellen, muß ich fast zur Tür stürzen. Besonders, wenn sie so gerade noch rosa ist.«

Der Geruch verstärkte sich, als die Organe freigelegt wurden, und ich beugte mich zurück.

»Riechen Sie es?« fragte Danny.

»Oh ja«, sagte ich.

Roche zog sich in die entfernteste Ecke zurück, und da Marino nun seinen Spaß mit ihm gehabt hatte, kam er her und stellte sich neben mich.

»Du glaubst also, er ist ertrunken?« fragte Marino rasch.

»Im Augenblick glaube ich das nicht. Aber ich werde das sicherlich überprüfen«, sagte ich.

»Wie kannst du herausfinden, daß er nicht ertrunken ist?«

Marino war mit dem Tod durch Ertrinken nicht vertraut, da die Menschen selten einen Mord auf die Art begingen, und so war er ungeheuer neugierig. Er wollte alles verstehen, was ich tat.

»Eigentlich tue ich bereits eine ganze Menge«, sagte ich, während ich weiterarbeitete. »Ich habe bereits seitlich in der Brust eine Hauttasche gebildet, sie mit Wasser gefüllt und eine Klinge in den Thorax gestoßen, um nach Bläschen zu schauen. Ich werde den Herzbeutel mit Wasser füllen und eine Nadel ins Herz einführen, wieder um zu sehen, ob sich Bläschen bilden. Und ich werde das Gehirn auf Blutungen aus den Kapillaren untersuchen und am weichen Gewebe des Mediastinums nach extraalveolärer Luft schauen.«

»Was soll dabei herauskommen?« fragte er.

»Möglicherweise Pneumothorax oder Luftembolie, was in weniger als fünf Meter Wassertiefe eintreten kann, wenn der Taucher nicht richtig atmet. Es kommt daher, daß übermäßiger Druck in den Lungen zu kleinen Rissen an den Lungenbläschen führen kann, was Blutungen und den Austritt von Luft in den Brustraum verursacht.«

»Und das könnte einen schätzungsweise umbringen.«

»Ja«, meinte ich. »Das könnte es ganz bestimmt.«

»Was ist, wenn einer zu schnell aufsteigt oder abtaucht?« Er war auf die andere Seite des Tisches getreten, damit er zusehen konnte.

»Druckveränderungen oder Barotrauma beim Auf- oder Abstieg sind in der Tiefe, in der er sich befand, nicht sehr wahrscheinlich. Und wie du sehen kannst, ist sein Gewebe nicht schwammig, wie ich es erwarten würde, wenn er an Barotrauma gestorben wäre. Willst du Schutzkleidung haben?«

»Damit ich wie ein Kammerjäger aussehe?« Marino blickte in Roches Richtung.

»Beten Sie nur, daß Sie nicht Aids kriegen«, sagte Roche matt von seinem Platz aus.

Marino legte Schürze und Handschuhe an, während ich die einschlägigen Negativbefunde erklärte, die ich benötigte, um auch Tod durch Druckabfall, Caissonkrankheit oder Ertrinken auszuschließen. Als ich dann eine Achtzehner-Nadel in die Luftröhre einführte, um eine Probe für den Zyankalitest zu bekommen, entschied sich Roche zu gehen. Er schritt schnell durch den Raum, und Papier raschelte, als er seine Tüte mit dem Beweismaterial von einem Tisch nahm.

»Wir werden also erst etwas wissen, wenn Sie die Tests durchführen«, sagte er von der Tür her.

»Richtig. Einstweilen sind Ursache und Art des Todes noch nicht geklärt.« Ich hielt inne und schaute ihn an. »Sie erhalten eine Kopie meines Berichts, sobald er vollständig ist. Und ich möchte seine persönlichen Habseligkeiten sehen, bevor Sie gehen.«

Er wollte nicht näher kommen, denn ich stand mit blutigen Händen da.

Ich sah Marino an. »Würdest du vielleicht?«

»Mit dem größten Vergnügen.«

Er ging zu ihm, nahm die Tüte und sagte schroff. »Kommen Sie. Wir werden das in der Vorhalle durchsehen, damit Sie etwas Luft schnappen können.«

Sie gingen nur hinter die Tür, und als ich weiterarbeitete, raschelte wieder Papier. Ich hörte, wie Marino das Magazin aus einer Pistole nahm, den Schlitten öffnete und sich laut beschwerte, daß die Waffe nicht gesichert war.

»Ich kann's nicht fassen, daß Sie das Ding geladen mit sich herumtragen«, dröhnte Marinos Stimme. »Himmelherrgott! Sie wissen doch, das ist kein verdammtes Lunchpaket.«

»Das Ding ist noch nicht auf Fingerabdrücke untersucht worden.«

»Na, dann ziehen Sie eben Handschuhe an und schmeißen die Munition raus, wie ich es Ihnen gerade vorgemacht habe. Und dann leeren Sie die Kammer, wie ich jetzt. Wo kommen

Sie denn her? Von der Polizeiakademie der Keystone Cops, wo Sie auch Ihre feinen Manieren her haben?«

Marino war jetzt in Fahrt, und nun war klar, warum er Roche in den Vorraum geführt hatte, jedenfalls nicht wegen der frischen Luft. Danny blickte mich über den Tisch an und grinste.

Gleich darauf kam Marino kopfschüttelnd wieder herein, Roche war weg. Ich war deutlich erleichtert.

»Guter Gott«, sagte ich. »Was hat der wohl?«

»Er denkt mit dem Kopf, den Gott ihm gegeben hat«, meinte Marino. »Dem zwischen seinen Beinen.«

»Ich hab's ja gesagt«, wiederholte sich Danny, »er ist schon ein paarmal hier gewesen und hat Dr. Mant wegen irgendwelcher Sachen belästigt. Aber ich habe vergessen zu erwähnen, daß er mit ihm immer oben gesprochen hat. Er wollte nie runter in die Leichenhalle kommen.«

»Ich bin geschockt«, sagte Marino im Spaß.

»Ich habe gehört, daß er sich auf der Polizeiakademie an dem Tag krank gemeldet hat, als sie hierher zu einer Autopsievorführung kommen sollten«, fuhr Danny fort. »Außerdem ist er gerade erst von der Abteilung für Jugenddelikte in die Mordkommission versetzt worden. Er ist also erst seit zwei Monaten dabei.«

»Na fein«, meinte Marino. »Genau der Kerl, den wir für so etwas brauchen.«

Ich fragte ihn: »Kannst du das Zyankali riechen?«

»Nee. Momentan rieche ich bloß meine Zigarette, und genau das will ich auch.«

»Danny?«

»Nein, Ma'am.« Er klang enttäuscht.

»Bislang kann ich keine Beweise für einen Tauchunfall erkennen. Keine Bläschen im Herz oder im Brustraum. Keine Emphyseme. Kein Wasser im Magen oder in den Lungen. Ich kann nicht sagen, ob er einen Blutstau hat.« Ich schnitt etwas vom Herz weg. »Nun ja, er hat Blutandrang im Herz. Aber kommt das davon, daß die linke Herzhälfte vor der rechten versagt hat – also schlicht vom Sterben, mit anderen Worten? Und er hat Rötungen im Magen, was zu Zyankali paßt.«

»Doc«, sagte Marino, »wie gut kennst du ihn?«

»Persönlich eigentlich gar nicht.«

»Also dann will ich dir mal erzählen, was in der Tüte war, weil Roche nicht wußte, was er vor sich hatte, und ich wollte es ihm nicht sagen.«

Endlich schlüpfte er aus seinem Mantel und sah sich nach einem sicheren Ort um, wo er ihn ablegen konnte. Er entschied sich für eine Stuhllehne. Dann zündete er sich noch eine Zigarette an.

»Verdammt, diese Böden sind tödlich für meine Füße«, sagte er, als er zu dem Tisch ging, wo *hookah* und Schlauch abgelegt waren, und lehnte sich an die Kante. »Das muß doch auch tödlich für Ihr Knie sein«, sagte er zu Danny.

»Absolut tödlich.«

»Eddings hat eine Neun-Millimeter-Browning in einer sandfarbenen Birdsong-Ausführung.«

»Was ist Birdsong?« Danny legte die Galle in eine Hängewaage.

»Der Rembrandt der Pistolenveredler. Mr. Birdsong ist derjenige, dem du deine Waffe schickst, wenn du sie wasserdicht und so angemalt haben willst, daß sie mit der Umgebung verschmilzt«, antwortete Marino. »Im Grunde zerlegt er sie, strahlt sie ab und besprüht sie dann mit Teflon, das aufgebacken wird. Alle Pistolen des HRT sind Birdsong-Ausführungen.«

Das HRT war das Hostage Rescue Team des FBI, das Geiselrettungsteam. Ich war mir sicher, daß Eddings bei der Menge von Artikeln, die er über Gesetzeshüter geschrieben hatte, mit der FBI-Academy in Quantico und ihren am besten ausgebildeten Agenten in Kontakt gekommen sein mußte.

»Klingt so, als würden Navy-SEALs auch solche haben«, überlegte Danny.

»Die, SWAT-Teams, Terroristenbekämpfer, Leute wie ich.« Marino sah sich wieder die Benzinleitung der *hookah* und die Einsaugventile an. »Und die meisten von uns haben auch die Novak-Visiere, die er hat. Aber wir haben nicht die KTW-Munition, die durch Metall dringt, auch bekannt als Copkiller.«

»Er hat teflonbeschichtete Munition?« Ich blickte auf.

»Siebzehn Patronen, eine in der Kammer. Alle mit rotem Lack um das Zündhütchen zur wasserdichten Versiegelung.«

»Also die Munition, die Panzerungen durchschlägt, hat er hier nicht bekommen. Zumindest nicht legal, weil die seit Jahren in Virginia gesetzlich verboten ist. Und was die Ausführung der Pistole betrifft, bist du sicher, es ist Birdsong, dieselbe Firma, die das FBI benutzt?«

»Sieht mir nach Birdsongs magischer Berührung aus«, erwiderte Marino. »Freilich gibt es andere Firmen, die ähnliche Arbeit liefern.«

Ich öffnete Eddings' Magen, während sich mein eigener Magen wie eine Faust zusammenzog. Eddings hatte sich als Polizeifan ausgegeben. Ich hatte gehört, daß er oft mit der Polizei mitfuhr, zu ihren Picknicks und ihren Bällen ging. Er war mir nie als Waffennarr aufgefallen, und ich war verblüfft, daß er eine Pistole mit illegaler Munition geladen hatte, Munition, die berüchtigt dafür war, daß sie zur Ermordung und Verstümmelung genau der Leute benutzt wurde, die seine Informanten und wohl auch seine Freunde waren.

»Der Mageninhalt besteht nur aus einer kleinen Menge bräunlicher Flüssigkeit«, fuhr ich fort. »Er hat in den letzten Stunden vor dem Tod nicht gegessen, was ich auch nicht erwartet hätte, wenn er vorhatte zu tauchen.«

»Irgendeine Chance, daß er Abgase erwischt haben könnte, sagen wir, wenn der Wind richtig blies?« Marino studierte weiter die *hookah.* »Könnte ihn das nicht auch so rosig aussehen lassen?«

»Sicher, wir werden auch auf Kohlenmonoxyd testen. Aber das erklärt nicht, was ich rieche.«

»Und du bist dir sicher?«

»Ich weiß, was ich rieche«, sagte ich.

»Sie glauben, es ist Mord, nicht wahr?« fragte Danny mich.

»Davon sollten wir nicht sprechen.« Ich zog ein Kabel von einer Spule über den Tisch und steckte die Stryker-Säge ein. »Nicht zur Chesapeake-Polizei. Zu niemand. Nicht, bis alle Tests abgeschlossen sind und ich eine offizielle Verlautbarung herausgegeben habe. Ich weiß nicht, was hier vorgeht. Ich weiß nicht, was am Tatort vor sich ging. Und so müssen wir mehr Vorsicht als sonst walten lassen.«

Marino schaute Danny an. »Wie lange arbeiten Sie schon in dieser Bude?«

»Acht Monate.«

»Sie haben gehört, was sie gerade gesagt hat, ja?«

Danny blickte auf, von Marinos Wechsel im Tonfall überrascht.

»Sie können Ihren Mund halten, ja?« fuhr Marino fort. »Kein Prahlen vor den Jungs, kein Versuch, Ihre Eltern oder Ihre Freundin zu beeindrucken. Kapiert?«

Danny hielt seinen Zorn zurück, während er unten am Hinterkopf einen Einschnitt von Ohr zu Ohr machte.

»Also, wenn irgendwas durchsickert, werden ich und der Doc hier wissen, wo es herkommt«, fuhr Marino in seinem Angriff fort, zu dem niemand ihn provoziert zu haben schien.

Danny klappte die Kopfhaut zurück. Er zog sie über die Augen nach vorn, um den Schädel freizulegen, und Eddings' Gesicht fiel zusammen, traurig und schlaff, als wüßte er, was passierte, und grämte sich. Ich schaltete die Säge ein, und der Raum war erfüllt vom Sirren des Sägeblatts, das durch Knochen drang.

3

Um halb vier war die Sonne tief hinter einen grauen Schleier gesunken, und Schnee lag mehrere Zentimeter hoch und hing wie Rauch in der Luft. Marino und ich folgten Dannys Fußspuren über den Parkplatz, denn der junge Mann war schon gegangen, und ich hatte Gewissensbisse.

»Marino«, sagte ich, »du kannst mit den Leuten nicht so reden. Mein Personal weiß, was Diskretion ist. Danny hat nichts getan, was deine Grobheiten gerechtfertigt hätte, und ich finde das nicht gut.«

»Er ist noch ein Kind«, meinte er. »Wenn du ihn dir richtig erziehst, wird er sich dir gegenüber anständig benehmen. Wir müssen doch an Disziplin glauben.«

»Es ist nicht deine Aufgabe, meine Leute zu erziehen. Und ich habe nie Probleme mit ihm gehabt.«

»Ach ja? Und vielleicht kannst du gerade dieses Mal keine Probleme mit ihm gebrauchen«, erwiderte er.

»Ich würde es wirklich sehr schätzen, wenn du nicht versuchen würdest, mein Büro zu leiten.«

Ich war müde und mißgelaunt, und Lucy ging noch immer nicht ans Telefon in Mants Haus. Marino hatte neben mir geparkt. Ich machte meine Fahrertür auf.

»Na, was macht Lucy über Neujahr?« fragte er, als kenne er meine Sorgen.

»Verbringt es hoffentlich mit mir. Aber ich habe noch nichts von ihr gehört.« Ich stieg ins Auto.

»Der Schnee ist von Norden gekommen, da hat's Quantico zuerst erwischt«, sagte er. »Vielleicht ist sie steckengeblieben. Du weißt doch, wie es auf der 95 zugehen kann.«

»Sie hat ein Autotelefon. Außerdem kommt sie von Charlottesville«, sagte ich.

»Wieso das?«

»Die Academy hat beschlossen, sie wieder an die UVA zu schicken, zu einem weiteren Graduiertenseminar.«

»In was? Raketenkunde für Fortgeschrittene?«

»Anscheinend besucht sie einen Spezialkurs über virtuelle Realität.«

»Ach, vielleicht ist sie irgendwo zwischen hier und Charlottesville hängengeblieben.« Er wollte nicht, daß ich wegfuhr.

»Sie hätte eine Nachricht hinterlassen können.«

Er blickte sich auf dem Parkplatz um. Der Parkplatz war leer bis auf den dunkelblauen, inzwischen schneebedeckten Leichenwagen. Flocken fingen sich in Marinos strähnigen Haaren, und auf seinem kahl werdenden Kopf fühlten sie sich vermutlich kühl an, aber ihm schien es nichts auszumachen.

»Hast du Silvester etwas vor?« Ich ließ den Motor an und betätigte dann die Scheibenwischer, um den Schnee von der Windschutzscheibe zu fegen.

»Ein paar von uns Jungs werden wahrscheinlich Poker spielen und Chili essen.«

»Das klingt nach Spaß.« Ich sah zu seinem großen, geröteten Gesicht hoch, während er weiterhin den Blick abgewandt hielt. »Doc, ich hab Eddings' Apartment drüben in Richmond durchsucht und wollte das vor Danny nicht zur Sprache bringen. Ich glaube, du solltest es dir auch mal ansehen.«

Marino wollte reden. Er wollte weder bei den Jungs noch allein sein. Er wollte mit mir zusammensein, aber das würde er nie zugeben. In all den Jahren, die wir uns kannten, konnte er sich zu seinen Gefühlen für mich nicht bekennen, egal, wie offensichtlich sie sein mochten.

»Mit einer Runde Poker kann ich nicht konkurrieren«, sagte ich zu ihm und schnallte mich an, »aber ich wollte heute abend Lasagne machen. Und es sieht nicht so aus, als würde Lucy kommen. Wenn du also ...«

»Es sieht auch nicht so aus, als wäre es besonders toll, nach

Mitternacht heimzufahren«, unterbrach er mich. Schnee wirbelte in kleinen Böen über den Asphalt.

»Ich habe ein Gästezimmer«, fuhr ich fort.

Er sah auf die Uhr und beschloß, daß es an der Zeit war, eine zu rauchen.

»Außerdem ist jetzt heimzufahren auch keine tolle Idee«, sagte ich. »Und es sieht aus, als müßten wir miteinander reden.«

»Ja ja, schön, du hast wahrscheinlich recht«, sagte er.

Als wir langsam hintereinander her nach Sandbridge fuhren, hatte allerdings keiner von uns damit gerechnet, daß bei unserer Ankunft Rauch aus dem Kamin steigen würde. Lucys grüner Suburban stand schneebedeckt in der Einfahrt, sie war also schon eine Weile hier.

»Ich versteh's nicht«, sagte ich zu Marino, als wir die Wagentüren zuschlugen. »Ich habe dreimal angerufen.«

»Vielleicht sollte ich wieder fahren.« Er stand an seinem Ford und wußte nicht, was er machen sollte.

»Das ist doch lachhaft. Komm schon. Wir finden schon etwas. Es gibt noch eine Couch. Lucy wird begeistert sein, dich zu sehen.«

»Hast du deine Tauchsachen dabei?« fragte er.

»Im Kofferraum.«

Wir holten sie zusammen raus und schleppten sie zu Dr. Mants Haus, das bei diesem Wetter noch kleiner und verlorener aussah. Auf der Rückseite war eine vergitterte Veranda, und dort legten wir meine Ausrüstung auf den Holzboden. Lucy öffnete die Küchentür, und der Duft von Tomaten und Knoblauch umfing uns. Sie sah verblüfft aus, als sie Marino und die Taucherausrüstung erblickte.

»Was, zum Teufel, geht hier vor?« sagte sie.

Ich sah ihr an, daß sie enttäuscht war. Das hätte ein Abend nur für uns werden sollen, und wir hatten in unserem komplizierten Leben nicht viele solcher Abende.

»Das ist eine lange Geschichte.« Ich begegnete ihrem Blick.

Wir folgten ihr nach drinnen, wo ein großer Topf auf dem Herd simmerte. Auf der Anrichte daneben war ein Schneidbrett, und Lucy hatte, als wir ankamen, offenbar gerade Peperoni und Zwiebeln geschnitten. Sie trug einen FBI-Trainingsanzug und Skisocken und sah kerngesund aus, aber ich merkte ihr an, daß sie nicht viel Schlaf bekommen hatte.

»In der Kammer ist ein Schlauch, und gleich bei der Veranda neben einem Wasserhahn ist ein leerer Plastikkübel«, sagte ich zu Marino. »Wenn du den füllst, können wir mein Zeug einweichen.«

»Ich helfe euch«, sagte Lucy.

»Auf keinen Fall.« Ich drückte sie an mich. »Nicht bevor wir uns erst einmal richtig begrüßt haben.«

Wir warteten, bis Marino draußen war, dann zog ich sie an den Herd und hob den Deckel vom Topf. Ein köstlicher Duft stieg auf, und ich war glücklich.

»Das kann ich gar nicht glauben«, sagte ich. »Gott segne dich.«

»Als du um vier noch nicht zurück warst, habe ich mir gedacht, ich sollte lieber schon mal die Soße machen, sonst bekommen wir heute abend keine Lasagne.«

»Da sollte noch ein bißchen mehr Rotwein dran. Und vielleicht noch etwas Basilikum und eine Prise Salz. Ich wollte Artischocken statt Fleisch verwenden, obwohl Marino darüber nicht glücklich sein wird, aber er kann ja noch Prosciutto essen. Wie findest du das?« Ich tat den Deckel wieder auf den Topf.

»Tante Kay, warum ist er hier?« fragte sie.

»Hast du meinen Zettel gesehen?«

»Klar. So bin ich ja reingekommen. Aber da stand nur drauf, daß du zu einem Tatort gefahren bist.«

»Ja, leider. Aber ich habe ein paarmal angerufen.«

»Ich wollte in einem fremden Haus nicht ans Telefon gehen«, sagte sie. »Und du hast keine Nachricht hinterlassen.«

»Ich habe mir eben gedacht, du wärst nicht hier, und so habe ich Marino eingeladen. Ich wollte nicht, daß er bei dem Schnee nach Richmond zurückfährt.«

In ihren intensiv grünen Augen flackerte Enttäuschung auf. »Kein Problem. Solange er und ich nicht im selben Zimmer schlafen müssen«, bemerkte sie trocken. »Aber ich verstehe nicht, was er überhaupt in Tidewater zu tun hatte.«

»Wie gesagt, eine lange Geschichte«, antwortete ich. »Der Fall hat eine Verbindung nach Richmond.«

Wir gingen auf die kalte Veranda hinaus und schwenkten Flossen, Unterzieher, Tauchanzug und anderes Zeug im eisigen Wasser. Dann trugen wir alles auf den Boden, wo nichts gefrieren würde, und legten es auf mehrere Lagen Handtücher. Ich duschte so lange, wie der Warmwasserboiler es zuließ, und es kam mir unwirklich vor, daß Lucy, Marino und ich an einem verschneiten Silvesterabend zusammen in diesem Cottage an der Küste waren.

Als ich aus dem Schlafzimmer kam, tranken sie in der Küche italienisches Bier und beschäftigten sich mit einem Rezept zum Brotbacken.

»Also gut«, sagte ich zu ihnen, »nun übernehme ich.«

»Nimm dich in acht«, sagte Lucy.

Ich scheuchte sie aus dem Weg und gab Mehl, Hefe, ein wenig Zucker und Olivenöl in eine große Schüssel. Ich stellte den Backofen auf niedrige Temperatur und öffnete eine Flasche Côte Rôtie, für die Köchin. Zum Essen würde ich einen Chianti servieren.

»Hast du Eddings' Brieftasche durchsucht?« fragte ich Marino, während ich Steinpilze schnitt.

»Wer ist Eddings?« fragte Lucy.

Sie saß auf einer Anrichte und trank Peroni. In den Fenstern hinter ihr schraffierte der Schnee die einbrechende Dunkelheit. Ich erklärte etwas ausführlicher, was heute geschehen war, und sie stellte keine weiteren Fragen, sondern schwieg, als Marino sprach.

»Mir ist nichts in die Augen gesprungen«, sagte er. »Eine Master-Card, eine Visa, AmEx, Versicherungsbescheinigung. So ein Kram. Und ein paar Quittungen. Sehen nach Restaurantbelegen aus, aber das überprüfen wir. Darf ich mir noch so ein Bier holen?« Er warf seine leere Flasche in den Müll und öffnete den Kühlschrank. »Was sonst noch?« Glas klirrte. »Er hatte nicht viel Bargeld. Siebenundzwanzig Dollar.«

»Was ist mit Fotos?« fragte ich, während ich auf der mehlbestäubten Arbeitsplatte Teig knetete.

»Nichts.« Er machte den Kühlschrank zu. »Und du weißt ja, daß er nicht verheiratet war.«

»Wir wissen nicht, ob er nicht eine Beziehung mit jemandem hatte«, sagte ich.

»Das könnte sein, weil wir jedenfalls verteufelt wenig wissen.« Er sah Lucy an. »Weißt du, was Birdsong ist?«

»Meine Sig hat eine Birdsong-Veredelung.« Sie sah zu mir herüber. »Und die Browning von Tante Kay auch.«

»Nun, der Typ hatte eine Neunmillimeter-Browning, wie deine Tante, in einer sandfarbenen Birdsong-Ausführung. Außerdem ist seine Munition teflonbeschichtet und hat roten Lack auf dem Zündhütchen. Ich meine, damit könnte einer in einem verdammten Wolkenbruch zwölf Telefonbücher durchlöchern.«

Sie war überrascht. »Was macht ein Journalist mit so etwas?«

»Manche Leute sind eben Waffennarren«, sagte ich. »Aber ich wußte nicht, daß Eddings einer war. Er hat es mir gegenüber nie erwähnt – was er nicht unbedingt hätte tun müssen.«

»Ich hab noch nie KTW in Richmond gesehen«, sagte Marino, auf den Hersteller der teflonbeschichteten Patronen anspielend. »Legal oder sonstwie.«

»Hätte er die nicht bei einer Waffenbörse bekommen können?« fragte ich.

»Vielleicht. Eines ist sicher. Der Typ hat einige davon besucht. Ich hab dir noch nicht von seiner Wohnung erzählt.«

Ich deckte ein feuchtes Tuch über den Teig und stellte die Schüssel bei niedrigster Stufe in den Backofen.

»Ich biete euch jetzt nicht die ganze Tour«, fuhr er fort, »bloß das Wichtigste, angefangen bei dem Zimmer, wo er offensichtlich seine eigene Munition geladen hat. Wo er bloß all diese Kugeln verschossen hat, wer weiß. Aber er hat eine Menge Pistolen zur Auswahl, dazu noch ein paar andere Handfeuerwaffen, eine AK-47, eine MP5 und eine M16. Nicht gerade das, was einer zur Ungezieferbekämpfung benutzt. Außerdem hatte er eine ganze Anzahl von Survival-Magazinen abonniert, darunter *Soldier of Fortune, U. S. Cavalry Magazine* und *Brigade Quartermaster*. Schließlich« – Marino trank einen Schluck Bier – »haben wir einige Videos mit Lehrgängen für Scharfschützen gefunden. Weißt du, spezielle Kampfausbildung und so 'n Scheiß.«

Ich vermischte Ricotta mit Eiern und Parmesan.

»Irgendein Hinweis, worin er verwickelt gewesen sein könnte?« Das Geheimnis des Toten wurde immer unergründlicher und brachte mich noch mehr aus der Fassung.

»Nein, aber er ist todsicher hinter etwas her gewesen.«

»Oder etwas hinter ihm«, sagte ich.

»Er war in Panik«, sagte Lucy, als wisse sie Bescheid. »Niemand geht in der Dunkelheit tauchen und hat eine wasserdichte Neunmillimeter mit Panzerknacker-Munition dabei, wenn er nicht in Panik ist. So benimmt sich doch nur einer, der glaubt, er steht auf der Abschußliste.«

Da erst erzählte ich ihnen von meinem seltsamen frühmorgendlichen Anruf von einem Officer Young, der anscheinend nicht existierte. Ich erwähnte Captain Green und beschrieb sein Benehmen.

»Warum sollte er anrufen, wenn er der Täter war?« Marino runzelte die Stirn.

»Er hat mich eindeutig nicht am Tatort haben wollen«, sagte ich. »Und vielleicht hätte ich, wenn mir die Polizei ausführliche Informationen gegeben hätte, bloß gewartet, bis die Leiche eingeliefert wird, wie ich es gewöhnlich tue.«

»Also für mich klingt das, als solltest du eingeschüchtert werden«, sagte Lucy.

»Ich glaube, darauf lief es hinaus«, stimmte ich zu.

»Hast du es unter der Telefonnummer probiert, die dieser nichtexistierende Officer Young dir gegeben hat?« fragte sie.

»Nein«, sagte ich.

»Wo ist sie?«

Ich holte sie ihr, und sie wählte.

»Es ist die Nummer des lokalen Wetterberichts«, sagte sie und legte auf.

Marino zog einen Stuhl unter dem mit einem karierten Tuch bedeckten Frühstückstisch hervor und setzte sich verkehrt herum darauf, die Arme über die Lehne gefaltet. Eine Weile sprach niemand, während wir im Kopf die Daten durchgingen, die von Minute zu Minute seltsamer wurden.

»Hör mal, Doc.« Marino ließ seine Fingergelenke knakken. »Ich muß unbedingt eine rauchen. Darf ich hier drin, oder muß ich rausgehen?«

»Draußen«, sagte Lucy, wies mit dem Daumen zur Tür und sah bissiger aus, als sie in Wirklichkeit war.

»Und wenn ich in eine Schneewehe falle, du kleines Biest?«

»Es liegen da draußen nur zehn Zentimeter Schnee. Die einzige Schneewehe, in die du fällst, ist die in deinem Kopf.«

»Morgen gehen wir an den Strand und schießen auf Dosen«, sagte er. »Hin und wieder brauchst du einen kleinen Dämpfer, Special Agent Lucy.«

»Ihr werdet ganz gewiß auf gar nichts schießen an diesem Strand«, sagte ich zu beiden.

»Ich schätze, wir könnten Pete erlauben, das Fenster zu öffnen und den Rauch rauszublasen«, sagte Lucy. »Aber da sieht man nur mal wieder, wie süchtig du bist.«

»Solange du schnell rauchst«, sagte ich zu ihm. »In diesem Haus ist es schon kalt genug.«

Das Fenster war störrisch, aber Marino war hartnäckiger. Nach heftigem Zerren kriegte er es auf. Er zog den Stuhl ans Fenster, zündete sich eine Zigarette an und blies den Rauch durchs Gitter. Lucy und ich trugen Silberbesteck und Servietten ins Wohnzimmer, da wir beschlossen hatten, es wäre gemütlicher, vor dem Kaminfeuer zu essen statt in Dr. Mants Küche oder im vollgestopften, zugigen Eßzimmer.

»Du hast mir noch gar nicht erzählt, wie es dir geht«, sagte ich zu meiner Nichte, als sie sich mit dem Feuer beschäftigte.

»Mir geht's großartig.«

Funken sprühten in den rußigen Schlund des Kamins, als sie Holz nachlegte, und an ihren Händen stachen die Adern hervor, ihre Rückenmuskeln dehnten sich. Ihre Begabung lag in Computertechnik und seit neuestem in Robotronik, das hatte sie am MIT studiert. Mit diesem Fachwissen war sie sehr attraktiv für das Hostage Rescue Team des FBI, aber von ihr wurde Gehirnarbeit, keine körperliche Leistung erwartet. Keine Frau hatte bisher die mörderischen Anforderungen des HRT erfüllt, und ich machte mir Sorgen, daß sie ihre Grenzen nicht akzeptieren wollte.

»Wie oft trainierst du?« fragte ich sie.

Sie hakte das Funkengitter ein, setzte sich auf den Kaminrand und sah mich an. »Ziemlich oft.«

»Wenn du noch mehr abnimmst, bist du nicht mehr gesund.«

»Ich bin sehr gesund und habe eigentlich zuviel Fett.«

»Wenn du magersüchtig wirst, werde ich nicht den Kopf in den Sand stecken, Lucy. Ich weiß, daß Eßstörungen tödlich sein können. Ich habe die Opfer gesehen.«

»Ich habe keine Eßstörung.«

Ich ging zu ihr und setzte mich neben sie; das Feuer wärmte uns den Rücken.

»Ich schätze, ich muß dir glauben.«

»Gut.«

»Hör zu« – ich klopfte ihr aufs Bein – »du bist dem HRT als technische Beraterin zugeteilt. Niemand verlangt von dir, daß du dich von Hubschraubern abseilen und mit den Männern die Meile in vier Minuten laufen sollst.«

Sie sah mich mit blitzenden Augen an. »Du mußt gerade von Grenzen reden. Ich sehe nicht, daß du dich je aufgrund deines Geschlechts von irgend etwas abhalten läßt.«

»Ich kenne meine Grenzen sehr genau«, wandte ich ein. »Und ich umgehe sie mit meinem Verstand. So habe ich überlebt.«

»Weißt du«, sagte sie aufgebracht, »ich bin es leid, Computer und Roboter zu programmieren, und immer wenn etwas Großes passiert – wie der Bombenanschlag in Oklahoma City –, brechen die Kerle zum Luftwaffenstützpunkt Andrews auf, und mich lassen sie zu Hause. Und selbst wenn ich mit darf, sperren sie mich irgendwo in ein Kämmerchen ein, als wäre ich bloß ein Fachidiot. Ich bin verdammt noch mal kein Fachidiot. Ich will keine Agentin zweiter Klasse sein.«

In ihren Augen schimmerten plötzlich Tränen, und sie drehte sich von mir weg. »Ich schaffe jeden Hinderniskurs, auf den sie mich schicken. Ich kann mich abseilen, aus dem Hinterhalt schießen und tauchen. Und was noch wichtiger ist, ich kann es aushalten, wenn sie sich wie Schweine benehmen. Weißt du, nicht alle sind glücklich darüber, mich dabeizuhaben.«

Daran zweifelte ich nicht. Lucy war immer ein Wesen, das die Leute extrem polarisierte, weil sie hochbegabt war und so schwierig sein konnte. Sie war auch eine Schönheit mit klaren, strengen Zügen, und ich wunderte mich, offen gestanden, wie sie überhaupt in einem Sondereinsatzkommando mit fünfzig Männern überleben konnte, von denen sie mit keinem jemals ausgehen würde.

»Wie geht's Janet?« fragte ich.

»Sie ist ins Washingtoner Büro versetzt worden, um Fälle von Wirtschaftskriminalität zu bearbeiten. Zumindest ist sie so nicht allzu weit weg.«

»Das muß gerade erst gewesen sein.« Ich war verblüfft.

»Ja, gerade.« Lucy stützte ihre Unterarme auf die Knie.

»Und wo ist sie heute abend?«

»Ihre Eltern haben eine Wohnung in Aspen.«

Mein Schweigen bedeutete eine Frage, und sie klang gereizt, als sie die Antwort darauf gab. »Nein, ich bin nicht eingeladen. Und nicht, weil Janet und ich zerstritten sind. Es war einfach keine gute Idee.«

»Verstehe.« Ich zögerte, bevor ich hinzufügte: »Dann wissen es ihre Eltern noch nicht?«

»Verdammt, wer weiß es schon? Meinst du, wir verbergen es bei der Arbeit nicht? Sogar so weit, daß wir gemeinsam irgendwohin gehen, und die eine von uns beiden darf zusehen, wie die andere von Männern angemacht wird. Das ist ein besonderes Vergnügen«, meinte sie verbittert.

»Ich weiß, wie es bei der Arbeit ist«, sagte ich. »Ich habe dir nichts anderes vorausgesagt. Ich bin mehr an Janets Familie interessiert.«

Lucy starrte auf ihre Hände. »Es liegt hauptsächlich an ihrer Mom. Ehrlich gesagt, ich glaube nicht, daß es ihrem Dad etwas ausmachen würde. Er wird nicht annehmen, es käme daher, daß er etwas falsch gemacht hat, wie meine Mutter meint. Bloß glaubt die, es kommt daher, daß du etwas falsch gemacht hast, da du mich ja hauptsächlich großgezogen hast und meine eigentliche Mutter bist, wie sie sagt.«

Es hatte nicht viel Sinn, mich gegen die ignoranten Vorstellungen meiner einzigen Schwester Dorothy zu wehren, die unglücklicherweise Lucys Mutter war.

»Und Mutter hat jetzt noch eine andere Theorie. Sie sagt, du seist die erste Frau gewesen, in die ich mich verliebt habe, und irgendwie erkläre das alles«, fuhr Lucy in ironischem Ton fort. »Egal, ob das nun Inzest genannt wird und du hetero bist. Denk dran, sie schreibt diese verständnisvollen Kinderbücher und ist deshalb eine Expertin in Psychologie, und offensichtlich ist sie auch noch eine Sextherapeutin.«

»Es tut mir leid, daß du zu allem anderen auch noch das durchmachen mußt«, sagte ich mitfühlend. Ich wußte nie genau, was ich tun sollte, wenn wir solche Gespräche führten. Sie waren für mich immer noch neu, und in gewisser Hinsicht machten sie mir auch angst.

»Weißt du« – sie stand auf, als Marino ins Wohnzimmer kam – »mit einigen Dingen mußt du einfach leben.«

»Also, ich habe gute Nachrichten für euch«, verkündete Marino. »Der Wetterbericht sagt, das ganze Zeug schmilzt. Morgen früh sollten wir alle von hier wegkommen.«

»Morgen ist Neujahr«, sagte Lucy. »Ich will mich nicht streiten, aber warum sollten wir weg von hier?«

»Weil ich deine Tante zu Eddings' Bude bringen muß.« Er schwieg, dann fuhr er fort: »Und Benton muß sich auch dorthin auf die Socken machen.«

Ich ließ mir nichts anmerken. Benton Wesley war der Leiter des FBI-Programms für Ermittlung und Analyse, und ich hatte gehofft, ihn während der Feiertage nicht sehen zu müssen.

»Was soll das heißen?« sagte ich leise.

Er setzte sich aufs Sofa und betrachtete mich eine Weile nachdenklich. Dann beantwortete er meine Frage mit einer Gegenfrage. »Eines interessiert mich, Doc. Wie kann man jemand unter Wasser vergiften?«

»Vielleicht ist es nicht unter Wasser passiert«, schlug Lucy vor. »Vielleicht hat er vor dem Tauchen Zyankali geschluckt.«

»Nein. So ist es nicht gewesen«, sagte ich. »Zyankali ist sehr ätzend, und hätte er es oral zu sich genommen, dann hätte ich eine erhebliche Schädigung seines Magens gesehen. Wahrscheinlich auch noch von Mund und Speiseröhre.«

»Was kann also geschehen sein?« fragte Marino.

»Ich glaube, er hat Blausäuregas eingeatmet.«

Er sah verdutzt aus. »Wie? Durch den Kompressor?«

»Der saugt Luft durch ein Einlaßventil an, das mit einem Filter versehen ist«, erinnerte ich ihn. »Jemand hätte dann nur ein bißchen Salzsäure mit einer Zyankalitablette vermischen und das Fläschchen nahe genug an das Einlaßventil halten müssen, damit das Gas eingesaugt wird.«

»Wenn Eddings Blausäuregas eingeatmet hat, während er unten war«, sagte Lucy, »was wäre geschehen?«

»Ein Anfall, dann der Tod. In Sekunden.«

Ich dachte an den verhakten Luftschlauch und fragte mich, ob Eddings bei der Schraube der *Exploiter* gewesen war, als er plötzlich Blausäuregas inhalierte. Das könnte die Position erklären, in der ich ihn gefunden hatte.

»Kannst du die *hookah* auf Zyankalispuren untersuchen?« fragte Lucy.

»Na ja, wir können es probieren«, sagte ich, »aber ich denke nicht, daß ich etwas finde, es sei denn, die Zyankalitablette wurde direkt an den Filter des Ventils gehalten. Aber selbst dann könnte jemand an dem Zeug herumgemacht haben, bis ich hinkam. Mehr Glück könnten wir mit dem Abschnitt des Schlauchs haben, der seinem Körper am nächsten war. Ich werde morgen toxikologische Tests durchführen, wenn ich jemanden dazu bewegen kann, an einem Feiertag ins Labor zu kommen.«

Meine Nichte ging zu einem Fenster und sah hinaus. »Es kommt immer noch ganz schön viel Schnee herunter. Erstaunlich, wie es die Nacht erhellt. Ich kann den Ozean sehen. Er ist diese schwarze Mauer«, sagte sie nachdenklich.

»Was du siehst, ist eine Mauer«, sagte Marino. »Die Backsteinmauer am Ende des Gartens.«

Sie sprach eine Weile nicht, und ich dachte, wie sehr ich sie vermißte. Zwar hatte ich sie während ihres Studiums an der UVA schon wenig gesehen, aber nun sahen wir uns noch seltener, denn selbst wenn ich wegen eines Falls nach Quantico kam, gab es nie eine Garantie, daß wir die Zeit für ein Treffen fanden. Es betrübte mich, daß ihre Kindheit vorbei war, und ein Teil von mir wünschte, sie hätte sich ein Leben und eine Laufbahn ausgesucht, die weniger hart wären.

Dann dachte sie laut nach, während sie noch durch die Scheibe blickte. »Also, da haben wir einen Reporter, der sich mit Survival-Waffen beschäftigt. Irgendwie wird er mit Zyanidgas vergiftet, während er nachts in einem Sperrgebiet an ausrangierten Schiffen taucht.«

»Das ist bloß eine Möglichkeit«, erinnerte ich sie. »Der Fall ist noch offen. Wir sollten das nicht aus den Augen verlieren.«

Sie drehte sich um. »Wo ließe sich Zyankali beschaffen, wenn du jemand vergiften willst? Wäre das schwer?«

»Du könntest es von einer Vielzahl industrieller Einrichtungen bekommen«, sagte ich.

»Zum Beispiel?«

»Na ja, zum Beispiel wird es benutzt, um Gold aus Erz zu extrahieren. Es wird auch beim Galvanisieren verwendet und als Desinfektionsmittel und zur Herstellung von Phosphorsäure aus Knochen«, sagte ich. »Mit anderen Worten könnte jeder, vom Juwelier über einen Industriearbeiter bis zum Kammerjäger, Zugang zu Zyankali haben. Noch dazu sind Zyankali und Salzsäure in jedem Chemielabor zu finden.«

Marino ergriff das Wort. »Also, wenn jemand Eddings vergiftet hat, dann mußte er wissen, daß er mit seinem Boot rausfahren würde. Er mußte wissen, wo und wann.«

»Dieser Jemand mußte vieles wissen«, stimmte ich zu. »Zum Beispiel hätte er wissen müssen, welchen Typ von Atmungsgerät Eddings verwenden wollte, denn wenn er mit einer Flasche statt einer *hookah* getaucht wäre, hätte der Modus operandi vollkommen anders sein müssen.«

»Ich wünschte bloß, wir wüßten, was, zum Teufel, er dort unten gemacht hat.« Marino öffnete das Kamingitter, um das Feuer zu schüren.

»Was es auch war«, sagte ich, »jedenfalls hatte er Fotos machen wollen. Und aufgrund der Kameraausrüstung, die er dabei hatte, sieht es so aus, als wäre es eine ernste Geschichte gewesen.«

»Aber es wurde keine Unterwasserkamera gefunden«, sagte Lucy.

»Nein«, sagte ich. »Die Strömung hätte sie überallhin mitreißen können, oder sie könnte im Schlick begraben sein. Dummerweise ist die Ausrüstung, die er offenbar hatte, nicht an die Oberfläche getrieben.«

»Ich würde wahnsinnig gern den Film in die Finger kriegen.« Sie blickte noch immer in die Schneenacht hinaus, und ich fragte mich, ob sie an Aspen dachte.

»Eines ist verdammt sicher, er hat keine Fische fotografiert.« Marino schob einen dicken Holzscheit hinein, der etwas zu grün war. »Bleiben eigentlich nur noch Schiffe. Und ich glaube, er war an einer Story dran, von der jemand anderer nicht wollte, daß sie bekannt wird.«

»Er könnte an einer Story gearbeitet haben«, pflichtete ich bei, »aber das heißt nicht, daß sie mit seinem Tod etwas zu tun hat. Jemand könnte die Gelegenheit genutzt haben, um ihn aus einem anderen Grund umzubringen.«

»Wo hast du das Anmachholz?« Er gab es auf mit dem Feuer.

»Draußen unter einer Plane«, antwortete ich. »Dr. Mant will es nicht im Haus haben. Er hat Angst vor Termiten.«

»Na, er sollte mehr Angst vor den Feuern und dem Wind in diesem Moderloch haben.«

»Hinten, gleich bei der Veranda«, sagte ich. »Danke, Marino.«

Er zog sich Handschuhe an, aber keinen Mantel, und ging hinaus, während das Feuer hartnäckig qualmte und der Wind in dem Backsteinkamin ein geisterhaftes ächzendes Geräusch verursachte. Ich sah meiner Nichte zu, die immer noch am Fenster stand.

»Wir sollten uns ans Abendessen machen, meinst du nicht?« sagte ich zu ihr.

»Was macht er denn?« sagte sie mit dem Rücken zu mir.

»Marino?«

»Ja. Der große Tolpatsch hat sich verirrt. Schau, er ist ganz da draußen an der Mauer. Halt mal. Jetzt seh ich ihn nicht mehr. Er hat die Taschenlampe ausgeschaltet. Das ist aber seltsam.«

Bei ihren Worten sträubten sich mir die Nackenhaare. Ich sprang auf, rannte ins Schlafzimmer und schnappte mir meine Pistole vom Nachttisch. Lucy folgte mir auf den Fersen.

»Was ist denn?« rief sie.

»Er hat keine Taschenlampe.«

4

In der Küche riß ich die Tür zur Veranda auf und prallte mit Marino zusammen. Wir rannten einander fast über den Haufen. »Was zum Teufel ...« schrie er hinter einem Armvoll Holz.

»Da draußen ist jemand«, sagte ich mit leisem Nachdruck. Das Feuerholz polterte laut auf den Boden, und er rannte wieder in den Garten, die Pistole gezückt. Mittlerweile hatte auch Lucy ihre Waffe geholt und kam nach draußen. Wir waren gerüstet, mit einem Aufstand fertig zu werden.

»Schaut euch ums Haus herum um«, ordnete Marino an. »Ich gehe dort rüber.«

Ich holte Taschenlampen, und eine Weile gingen Lucy und ich um das Cottage herum, sperrten Augen und Ohren auf, aber nichts war zu sehen oder zu hören, bis auf das Knirschen unserer Schuhsohlen, während wir Spuren im Schnee hinterließen. Ich hörte, wie Marino den Hahn seiner Pistole entspannte, als wir im tiefen Schatten bei der Veranda wieder zusammentrafen.

»Da an der Mauer sind Spuren«, sagte er. Sein Atem bildete eine weiße Fahne. »Das ist wirklich merkwürdig. Sie führen hinunter zum Strand und verschwinden dann einfach am Wasser.« Er blickte sich um. »Hast du irgendwelche Nachbarn, die vielleicht einen Spaziergang gemacht haben?«

»Ich kenne Dr. Mants Nachbarn nicht«, erwiderte ich. »Aber sie sollten sich wohl kaum auf seinem Grundstück herumtreiben. Und wer würde bei diesem Wetter am Strand entlanglaufen, wenn er einigermaßen bei Trost ist?«

»Wo führen die Fußspuren denn hin?« fragte Lucy.

»Sieht so aus, als wäre er über die Mauer gekommen und noch zwei Meter in den Garten gegangen, bevor er wieder umkehrte«, antwortete Marino.

Ich dachte an Lucy, die vor dem Fenster gestanden hatte, vom Feuer und den Lampen angestrahlt. Vielleicht hatte der Eindringling sie entdeckt und war abgeschreckt worden.

Dann fiel mir etwas anderes ein. »Woher wissen wir, daß die Person ein Er war?«

»Wenn nicht, dann tut mir eine Frau mit solchen Kähnen leid«, sagte Marino. »Die Schuhgröße entspricht etwa meiner.«

»Schuhe oder Stiefel?« fragte ich, während ich auf die Mauer zuging.

»Ich weiß es nicht. Sie haben so ein Profil mit Schraffierung.« Er folgte mir.

Die Abdrücke, die ich sah, lösten noch mehr Besorgnis in mir aus. Sie kamen nicht von typischen Stiefeln oder Turnschuhen. »Mein Gott«, sagte ich. »Ich glaube, die Person hat Taucherstiefel oder etwas ähnliches in Mokassin-Form getragen. Schaut.«

Ich wies Lucy und Marino auf das Muster hin. Sie hatten sich neben mir gebückt. Das Licht meiner Taschenlampe fiel schräg auf die Fußspuren.

»Kein Spann«, bemerkte Lucy. »Das sieht eindeutig nach Taucherstiefeln oder Wasserschuhen aus. Das ist ziemlich bizarr.«

Ich erhob mich und starrte über die Mauer auf dunkles, wogendes Wasser. Es schien unfaßbar, daß jemand aus dem Meer gekommen sein könnte.

»Kannst du davon Fotos machen?« fragte ich Marino.

»Klar. Aber ich hab nichts, um Abgüsse zu machen.«

Dann kehrten wir ins Haus zurück. Er klaubte das Holz auf und trug es ins Wohnzimmer, während Lucy und ich unsere Aufmerksamkeit wieder dem Abendessen zuwandten. Ich war mir gar nicht mehr sicher, ob ich etwas essen konnte, so angespannt war ich. Ich goß mir noch ein Glas Wein ein und versuchte, den Eindringling als zufälligen Gast abzutun, jemand, der harmlos umherirrte, weil er Schnee oder gar nächtliches Tauchen liebte.

Aber ich wußte es besser, behielt meine Waffe in Reichweite und schaute häufig aus dem Fenster. Ich fühlte mich bedrückt, als ich die Lasagne in den Backofen schob. Ich nahm den Parmesan aus dem Kühlschrank und rieb ihn. Danach legte ich Feigen und Melonenscheiben auf die Teller und dazu ordentlich Prosciutto für Marino. Lucy machte Salat, und eine Zeitlang werkelten wir stumm vor uns hin.

Als sie schließlich zu reden anfing, klang sie nicht glücklich. »Du bist da echt in etwas hineingeraten, Tante Kay. Warum passiert dir immer so etwas?«

»Wir dürfen unserer Fantasie nicht die Zügel schießen lassen«, sagte ich.

»Du bist hier draußen allein in einer gottverlassenen Gegend, ohne Alarmanlage und mit Schlössern, die so schwach wie Dosenblech sind ...«

»Hast du den Champagner schon kalt gestellt?« unterbrach ich. »Es ist bald Mitternacht. Die Lasagne braucht nur etwa zehn Minuten, vielleicht fünfzehn, wenn Dr. Mants Herd nicht so wie alles andere hier funktioniert. Dann könnte es bis nächstes Jahr um diese Zeit dauern. Ich habe nie verstanden, warum die Leute Lasagne stundenlang brutzeln lassen. Und dann wundern sie sich, daß alles zäh wie Leder ist.«

Lucy blickte mich an, ließ ihr Zwiebelmesser neben eine Salatschüssel sinken. Sie hatte genügend Sellerie und Karotten geschnitten, um ein Orchester zu bewirten.

»Eines Tages werde ich wirklich mal Lasagne coi carciofi für dich machen. Mit Artischocken, und statt Marinara kommt Béchamel rein ...«

»Tante Kay«, schnitt sie mir ungeduldig das Wort ab. »Ich mag es nicht, wenn du so was tust. Und ich lasse es auch nicht zu. Momentan kümmert mich die Lasagne einen Dreck. Du hast heute früh einen seltsamen Anruf erhalten. Dann gab es einen bizarren Todesfall, und Leute haben dich am Tatort verdächtig behandelt. Und heute nacht hattest du einen Eindringling, der womöglich einen verdammten Taucheranzug getragen hat.«

»Es ist nicht wahrscheinlich, daß der Kerl zurückkommt. Wer es auch war. Es sei denn, er will es mit uns dreien aufnehmen.«

»Tante Kay, du kannst hier nicht bleiben«, sagte sie.

»Ich muß Dr. Mants Bezirk mit übernehmen, und das kann ich nicht von Richmond aus«, sagte ich zu ihr, während ich wieder aus dem Fenster über der Spüle blickte. »Wo ist Marino? Fotografiert er noch draußen?«

»Er ist schon vor einer Weile reingekommen.« Ihre Enttäuschung war so spürbar wie ein aufziehendes Gewitter.

Ich ging ins Wohnzimmer und sah, daß er auf der Couch eingeschlafen war, doch das Feuer loderte. Meine Augen wanderten zu dem Fenster, aus dem Lucy geschaut hatte, und ich ging dorthin. Hinter kaltem Glas schimmerte der verschneite Garten schwach wie unter einem fahlen Mond und war mit elliptischen Schatten, die unsere Füße hinterlassen hatten, betüpfelt. Die Mauer war dunkel, und ich konnte nicht über sie hinaussehen, wo grober Sand ins Meer strudelte.

»Lucy hat recht«, ertönte Marinos verschlafene Stimme in meinem Rücken.

Ich wandte mich um. »Ich dachte, dich hätte es umgehauen.«

»Ich höre und sehe alles, auch wenn es mich umgehauen hat«, sagte er. Ich konnte mir ein Lächeln nicht verkneifen.

»Mach, daß du schleunigst von hier wegkommst. Das ist mein Rat.« Er richtete sich mühsam auf. »Es geht nicht, daß du hier in diesem Kasten mutterseelenallein bleibst. Wenn etwas passiert, hört niemand dich schreien.« Seine Augen fixierten mich. »Bis dich jemand findet, bist du gefriergetrocknet. Wenn dich nicht vorher noch ein Hurrikan aufs Meer hinausweht.«

»Genug«, sagte ich.

Er nahm seine Waffe vom Teetisch, stand auf und steckte sie sich hinten in die Hose. »Du könntest doch einen deiner anderen Ärzte hierherschicken und ihn Tidewater übernehmen lassen.«

»Ich bin die einzige, die keine Familie hat. Ich bin beweglicher, besonders um diese Jahreszeit.«

»Was für ein Riesenschwachsinn. Du brauchst dich nicht dafür zu entschuldigen, daß du geschieden bist und keine Kinder hast.«

»Ich entschuldige mich nicht.«

»Es geht ja auch nicht darum, daß du jemanden bittest, für sechs Monate umzuziehen. Außerdem bist du verdammt noch mal die Chefin. Du solltest andere Leute hierherschicken, Familie hin oder her. Du solltest in deinem eigenen Haus sein.«

»Ich hatte ursprünglich nicht gedacht, daß mein Aufenthalt hier so unerfreulich wird«, sagte ich. »Manche Leute zahlen viel Geld, um in einem Cottage am Ozean zu wohnen.«

Er streckte sich. »Hast du irgendwas Amerikanisches zu trinken hier?«

»Milch.«

»Ich hab eher an so etwas wie ein kühles Miller gedacht.«

»Ich möchte wissen, warum du Benton hinzuziehst. Ich persönlich glaube, es ist zu früh, das FBI einzuschalten.«

»Und ich persönlich glaube nicht, daß du das objektiv beurteilen kannst.«

»Reiz mich nicht«, warnte ich. »Es ist schon sehr spät, und ich bin müde.«

»Ich sag nur, wie es ist.« Er klopfte eine Marlboro aus der Packung und steckte sie sich zwischen die Lippen. »Und er wird nach Richmond kommen. Daran zweifle ich nicht. Er und seine Frau sind über die Feiertage nicht weggefahren, also ist er meiner Vermutung nach gerade jetzt bereit zu einem kleinen Außeneinsatz. Und das wird ein guter sein.«

Ich konnte seinem Blick nicht standhalten und ärgerte mich, daß er wußte, warum.

»Außerdem«, fuhr er fort, »bittet auch nicht Chesapeake das FBI um irgendwas. Ich tue es, und ich bin dazu befugt. Falls du es vergessen hast, ich bin Leiter des Reviers, in dem sich Eddings' Wohnung befindet. Wenn du mich nun fragst, so ist dies eine Ermittlung, die unter mehrere Zuständigkeiten fällt.«

»Der Fall gehört Chesapeake, nicht Richmond«, sagte ich. »In Chesapeake ist die Leiche gefunden worden. Du kannst dir nicht wie ein Bulldozer deinen Weg in ihren Zuständigkeitsbereich bahnen, das weißt du. Du kannst das FBI nicht in ihrem Namen einladen.«

»Schau mal«, fuhr er fort, »nachdem ich Eddings' Wohnung durchsucht und das gefunden ...«

Ich unterbrach ihn. »Was gefunden? Du redest dauernd von dem, was du gefunden hast. Meinst du sein Waffenarsenal?«

»Ich meine mehr als das. Ich meine Schlimmeres. Wir sind dazu noch nicht gekommen.« Er sah mich an und nahm die Zigarette aus dem Mund. »Es läuft darauf hinaus, daß Richmond Grund hat, an diesem Fall Anteil zu nehmen. Betrachte dich also als eingeladen.«

»Ich fürchte, das war ich schon, als Eddings in Virginia starb.«

»Tön jetzt nicht so, als hättest du dich heute früh so wahnsinnig erwünscht gefühlt, als du auf dem Schiffsfriedhof warst.«

Ich sagte nichts, weil er recht hatte.

»Vielleicht ist heute nacht ein Gast auf dein Grundstück gekommen, damit du merkst, wie unerwünscht du bist«, fuhr er fort. »Ich möchte das FBI jetzt hier dabei haben, weil es um mehr geht als um einen Kerl in einem Kahn, den du aus dem Wasser hast fischen müssen.«

»Was hast du noch in Eddings' Wohnung gefunden?« fragte ich ihn.

Ich konnte seinen Widerwillen erkennen, als er versuchte wegzuschauen, verstand ihn aber nicht.

»Ich serviere erst das Abendessen, dann reden wir«, sagte ich.

»Wenn das bis morgen warten könnte, wäre es besser.« Er blickte zur Küche, als sei er besorgt, daß Lucy mithörte.

»Marino, seit wann hast du Bedenken, mir etwas zu erzählen?«

»Das ist anders.« Er rieb sich mit den Händen das Gesicht. »Ich glaube, Eddings hat sich mit den Neuen Zionisten angelegt.«

Die Lasagne war ausgezeichnet, weil ich frischen Mozzarella in Tüchern ausgewrungen hatte, damit der Käse während des Backens nicht zuviel Wasser abgab, und natürlich war die Pasta selbstgemacht. Ich hatte die Lasagne weich serviert, statt sie zu knusprig werden zu lassen, und am Tisch darübergestreuter Parmesan hatte das Ganze abgerundet.

Marino aß praktisch alles Brot, dick mit Butter bestrichen, mit mehreren Lagen Prosciutto belegt und mit Tomatensoße übergossen, während Lucy in der kleinen Portion auf ihrem Teller herumstocherte. Der Schneefall war heftiger geworden, und Marino erzählte uns von der Bibel der Neuen Zionisten, die er gefunden hatte, als plötzlich in Sandbridge Feuerwerk zu hören war.

Ich schob meinen Stuhl zurück. »Es ist Mitternacht. Wir sollten den Champagner aufmachen.«

Ich war verstörter, als ich zugeben mochte, denn was Marino erzählte, war schlimmer, als ich befürchtet hatte. Im Lauf der Jahre hatte ich ziemlich viel von Joel Hand und seinen faschistischen Gefolgsleuten gehört, die sich die Neuen Zionisten nannten. Sie wollten eine neue Ordnung errichten, ein ideales Land schaffen. Ich hatte schon immer befürchtet, daß sie sich hinter den Mauern ihrer Ansiedlung in Virginia so mucksmäuschenstill verhielten, weil sie etwas Verheerendes ausheckten.

»Wir müßten auf der Farm dieses Arschlochs eigentlich eine Razzia machen«, sagte Marino, als er vom Tisch aufstand. »Das hätte schon vor langer Zeit passieren sollen.«

»Welchen plausiblen Grund gäbe es dafür?« sagte Lucy.

»Das fragst du mich, bei Schweinen wie ihm braucht es keinen plausiblen Grund.«

»Oh, gute Idee. Das solltest du Gradecki vorschlagen«, sagte sie schnippisch, auf die Justizministerin anspielend.

»Hör mal, ich kenne einige Leute in Suffolk, wo Hand lebt, und die Nachbarn sagen, dort gehen ein paar wirklich beschissene, merkwürdige Dinge vor.«

»Nachbarn denken immer, merkwürdige, beschissene Dinge gehen bei ihren Nachbarn vor«, sagte sie.

Marino holte den Champagner aus dem Kühlschrank, während ich Gläser bereitstellte.

»Was für merkwürdige Dinge?« fragte ich ihn.

»Barkassen fahren den Nansemond River hinauf und laden Kästen aus, die so groß sind, daß sie Kräne dafür brauchen. Niemand weiß, was dort vorgeht, aber Piloten haben nachts große Feuer entdeckt, als fänden dort okkulte Rituale statt. Die Leute aus dem Ort schwören, daß sie Gewehrschüsse hören, und es seien Morde auf seiner Farm geschehen.«

Ich ging ins Wohnzimmer, wir würden später abspülen.

Ich sagte: »Ich weiß über die Morde in diesem Bundesstaat Bescheid, und ich habe nie etwas von einer Verbindung zu den Neuen Zionisten gehört – und auch nicht in Zusammenhang mit irgendeinem anderen Verbrechen. Bloß von Außenseiterpolitik und abwegigem Extremismus. Sie scheinen Amerika zu hassen und wären wahrscheinlich glücklich, wenn sie irgendwo ihr eigenes kleines Land hätten, wo Hand König sein könnte. Oder Gott. Oder was immer er für sie ist.«

»Soll ich den Korken knallen lassen?« Marino hielt den Champagner hoch.

»Das neue Jahr wird nicht mehr jünger«, sagte ich. »Jetzt muß ich das erst auf die Reihe kriegen.« Ich ließ mich auf der Couch nieder. »Eddings hatte Verbindungen zu den Neuen Zionisten?«

»Nur weil er eine ihrer Bibeln hatte, wie ich dir schon gesagt habe«, meinte Marino. »Ich habe sie gefunden, als ich sein Haus durchsuchte.«

»Und die sollte ich nicht zu Gesicht bekommen?« Ich sah ihn spöttisch an.

»Heute abend ja«, sagte er. »Weil ich eher besorgt bin, daß sie es sieht, wenn du es wissen willst.« Er blickte zu Lucy.

»Pete«, sagte meine Nichte sehr vernünftig, »du brauchst mich nicht mehr zu beschützen, auch wenn ich so etwas schätze.«

Er schwieg.

»Was für eine Bibel?« fragte ich ihn.

»Keine, die du je zur Messe mitnehmen würdest.«

»Satanisch?«

»Nein, das kann man so nicht sagen. Zumindest sieht sie nicht aus wie die, die ich gesehen habe, weil es nicht um die Verehrung Satans geht und nicht die Art von Symbolen darin ist, die man damit verbindet. Aber es ist todsicher nicht das, was du vor dem Einschlafen lesen möchtest.« Er schaute wieder zu Lucy.

»Wo ist sie?« Ich wollte es wissen.

Er wickelte die Folie vom Flaschenhals und löste den Draht. Der Korken knallte laut, und er goß den Champagner so ein, wie er Bier einschenkte, hielt die Gläser schräg, damit kein Schaum entstand.

»Lucy, könntest du meine Aktentasche holen? Sie ist in der Küche«, sagte er. Als sie aus dem Zimmer war, senkte er die Stimme. »Ich hätte sie nicht hergebracht, wenn ich gedacht hätte, daß ich Lucy hier treffen würde.«

»Sie ist eine erwachsene Frau. Sie ist FBI-Agentin, verdammt noch mal«, sagte ich.

»Ja ja, und manchmal dreht sie durch, und das weißt du auch. Sie muß sich so ein gespenstisches Zeug nicht ansehen. Ich sag dir, ich hab sie gelesen, weil ich es mußte, und mir ist es kalt über den Rücken gelaufen. Mir war danach, zur Messe zu gehen, und wann hast du mich das je sagen hören?« Sein Gesicht war angespannt.

So etwas hatte ich noch nie von ihm gehört, und deshalb war ich betroffen. Lucy hatte schwere Zeiten hinter sich, in denen ich mich ernsthaft um sie geängstigt hatte. Sie war selbstzerstörerisch und labil gewesen.

»Ich habe nicht das Recht, sie zu behüten«, sagte ich, als sie ins Wohnzimmer zurückkam.

»Hoffentlich redet ihr nicht über mich«, sagte sie und reichte Marino die Aktentasche.

»Ja, doch, wir haben von dir geredet«, sagte er, »weil ich der Meinung bin, du solltest da nicht reinschauen.«

Der Verschluß schnappte auf.

»Es ist euer Fall.« Ihr Blick war ruhig, als sie sich mir zuwandte. »Er interessiert mich, und ich möchte helfen, wenn ich kann, selbst wenn es nur ein ganz geringer Beitrag ist. Aber ich gehe aus dem Zimmer, wenn ihr wollt.«

Seltsamerweise war dies eine der schwersten Entscheidungen, die ich zu treffen hatte, denn wenn ich ihr Einblick in Ermittlungsunterlagen gestattete, vor denen ich sie eigentlich schützen wollte, bedeutete dies eine Anerkennung ihrer beruflichen Kompetenz. Während der Wind an den Fenstern rüttelte und ums Dach heulte, ein Geräusch wie von verzweifelten Geistern, rückte ich auf der Couch ein Stück zur Seite.

»Du kannst dich neben mich setzen, Lucy«, sagte ich. »Wir schauen es uns zusammen an.«

Die Bibel der Neuen Zionisten hieß in Wirklichkeit *Book of Hand,* denn ihr Verfasser war von Gott inspiriert und hatte das Buch bescheiden nach sich selbst benannt. Es war in Renaissance auf Dünndruckpapier gesetzt, in geprägtes Leder gebunden, das abgenutzt und fleckig war und auf dem ein mir unbekannter Name eingetragen war. Über eine Stunde lehnte Lucy sich an mich, und wir lasen, während Marino herumtigerte, noch mehr Holz heranschaffte und rauchte. Seine Unruhe war so spürbar wie der flackernde Feuerschein.

Wie in der Heiligen Bibel war ein Großteil der Aussage des

Werks in Parabeln, Prophezeiungen und Sprichwörter gefaßt, was den Text bildhaft und menschlich machte. Das war einer der vielen Gründe, warum das Lesen so schwerfiel. Die Seiten waren mit Menschen und Metaphern bevölkert, die an tiefere Bewußtseinsschichten drangen. Das Hand-Buch, wie wir es in diesen ersten Stunden des neuen Jahres einfach nannten, führte in prägnanten Details die Kunst des Tötens, des Verstümmelns, der Einschüchterung, der Gehirnwäsche und der Folter vor. Der ausführliche Abschnitt über die Notwendigkeit von Pogromen, sogar mit Illustrationen, ließ mich erschauern.

Mich erinnerte die Brutalität an die Inquisition, und es wurde sogar erklärt, daß die Neuen Zionisten hier auf Erden seien, um gewissermaßen eine neue Inquisition ins Leben zu rufen.

»Wir leben in einer Zeit, in der die Missetäter aus unserer Mitte getilgt werden müssen«, hatte Hand geschrieben, »und wenn wir das tun, müssen wir laut und auffällig wie Zimbeln sein. Wir müssen ihr minderwertiges Blut kühl auf unserer blanken Haut spüren, wenn wir uns an ihrer Vernichtung weiden. Wir müssen dem Einen in die Herrlichkeit folgen und sogar in den Tod.«

Ich las von Ruin und Runen und überflog merkwürdige Passagen, die sich mit Brennelementen und Benzin beschäftigten, welche dazu benutzt werden könnten, das Gleichgewicht im Land zu stören. Nach Beendigung der Lektüre schien eine schreckliche Finsternis mich und das ganze Haus eingehüllt zu haben. Ich fühlte mich besudelt und krank von der Vorstellung, daß es Menschen in unserer Mitte gab, die so denken mochten.

Schließlich begann Lucy zu sprechen, denn unser Schweigen hatte mehr als eine Stunde gedauert. »Da wird von dem Einen und ihrer Treue zu ihm gesprochen«, sagte sie. »Ist das eine Person oder so etwas wie eine Gottheit?«

»Es ist Hand, der sich verdammt noch mal wahrscheinlich für Jesus Christus hält«, sagte Marino, während er Champagner nachschenkte. »Weißt du noch, wie wir ihn vor Gericht gesehen haben?« Er schaute zu mir.

»Das vergesse ich so schnell nicht mehr«, sagte ich.

»Er ist mit seinem Anhang hereingekommen, darunter ein Anwalt aus Washington mit einer großen goldenen Taschenuhr und einem Stock mit versilbertem Knauf«, berichtete er Lucy. »Hand trägt einen modischen Designeranzug, und er hat langes blondes Haar, zu einem Pferdeschwanz gebunden, und Frauen warten vor dem Gerichtsgebäude, um einen Blick auf ihn zu erhaschen, als wäre er Michael Bolton oder sonst wer, wenn du das in deinen Kopf kriegst.«

»Weswegen stand er vor Gericht?« Lucy sah mich an.

»Er hat Antrag auf Herausgabe von Akten gestellt, was der Staatsanwalt ablehnte, und so kam die Geschichte vor Gericht.«

»Was hat er gewollt?« fragte sie.

»In erster Linie hat er versucht, mich zur Herausgabe von Kopien des Totenscheins von Senator Len Cooper zu zwingen«, sagte ich.

»Warum?«

»Er hat behauptet, der verstorbene Senator sei von politischen Feinden vergiftet worden. Tatsächlich ist Cooper an einer akuten Blutung eines Gehirntumors gestorben. Das Gericht hat Hands Antrag abgelehnt.«

»Ich schätze, Joel Hand mag dich nicht besonders«, sagte sie.

»Wahrscheinlich nicht.« Ich schaute auf das Buch auf dem Teetisch und fragte Marino: »Dieser Name auf dem Einband. Weißt du, wer Dwain Shapiro ist?«

»Darauf wollte ich gerade kommen«, sagte er. »Alles, was wir dem Computer haben entlocken können, ist, daß er in der Siedlung der Neuen Zionisten in Suffolk gelebt hat, aber letzten Herbst abgehauen ist. Etwa einen Monat später ist er bei einem Autoüberfall in Maryland umgekommen.«

Wir schwiegen eine Weile, und die dunklen Fenster des Landhauses kamen mir wie große, viereckige Augen vor.

Dann fragte ich: »Irgendwelche Verdächtigen oder Zeugen?«

»Keine bekannt.«

»Wie ist Eddings an Shapiros Bibel gekommen?« sagte Lucy.

»Das ist offensichtlich die Zwanzigtausend-Dollar-Frage«, erwiderte Marino. »Vielleicht hat Eddings irgendwann mit ihm oder mit seinen Angehörigen gesprochen. Das hier ist nicht irgendeine Kopie, und es heißt auch gleich am Anfang, daß keiner sein Buch jemals aus der Hand geben soll. Und wenn einer mit dem Buch eines anderen erwischt wird, kann er sein Testament machen.«

»Das ist ziemlich genau das, was Eddings passiert ist«, sagte Lucy. Ich wollte das Buch nicht in der Nähe haben und wünschte, ich hätte es ins Feuer werfen können. »Ich mag das nicht«, sagte ich. »Mir gefällt das ganz und gar nicht.«

Lucy schaute mich seltsam an. »Du wirst mir doch nicht abergläubisch, oder?«

»Diese Leute sind im Pakt mit dem Bösen«, sagte ich. »Und ich bin mir bewußt, daß es das Böse in der Welt gibt, und das sollte man nicht zu leicht nehmen. Wo genau in Eddings' Haus hast du dieses scheußliche Buch gefunden?« fragte ich Marino.

»Unter seinem Bett«, sagte er.

»Im Ernst?«

»Ich bin völlig ernst.«

»Und es steht fest, daß Eddings allein gelebt hat?« fragte ich.

»Sieht so aus.«

»Und was ist mit der Familie?«

»Vater tot, ein Bruder ist in Maine, und die Mutter lebt in Richmond. Sogar ganz in der Nähe deines Hauses.«

»Hast du mit ihr gesprochen?« fragte ich.

»Ich habe kurz bei ihr vorbeigeschaut und ihr die traurige Nachricht überbracht und gefragt, ob wir das Haus ihres Sohnes gründlicher durchsuchen dürfen, was wir morgen auch tun werden.« Er blickte auf die Uhr. »Oder besser gesagt, heute.«

Lucy stand auf und ging zum Kamin. Sie stützte einen Ellbogen aufs Knie und legte das Kinn in die Hand. Hinter ihr glühten die Scheite in einem tiefen Aschenbett.

»Woher weißt du, daß diese Bibel ursprünglich von den Neuen Zionisten kam?« sagte sie. »Mir scheint, du weißt nur, daß sie von Shapiro kam, und wie können wir sicher sein, wo er sie her hatte?«

Marino sagte: »Shapiro war bis vor drei Monaten ein Neuer Zionist. Ich habe gehört, daß Hand nicht gerade Verständnis dafür hat, wenn Leute ihn verlassen wollen. Ich frage dich nur eines. Wie viele ehemalige Neue Zionisten kennst du?«

Lucy konnte es nicht sagen. Und ich genausowenig.

»Er hat seit mindestens zehn Jahren seine Jünger. Und nie hören wir etwas davon, daß einer ihn verläßt?« fuhr er fort. »Wie, zum Teufel, sollen wir wissen, wen er alles auf seiner Farm beerdigt hat?«

»Wie kommt es, daß ich nie etwas von ihm gehört habe?« wollte sie wissen.

Marino stand auf, um uns Champagner nachzuschenken.

Er sagte: »Weil sie am MIT und an der UVA keine Vorlesungen über ihn halten.«

5

Im Morgengrauen blickte ich vom Bett aus auf Mants hinteres Grundstück. Es lag hoher Schnee, und hinter der Düne warf die aufgehende Sonne ihren Glanz auf das Meer. Ich schloß noch einmal die Augen und dachte an Benton Wesley. Ich fragte mich, was er über meinen derzeitigen Aufenthaltsort sagen würde und was wir einander zu sagen hätten, wenn wir uns später am Tag trafen. Wir hatten seit der zweiten Dezemberwoche nicht mehr miteinander gesprochen, als wir beschlossen hatten, daß wir unsere Beziehung beenden mußten.

Ich drehte mich auf die Seite und zog mir die Decke über die Ohren, als ich leise Schritte hörte. Dann spürte ich, wie Lucy sich auf die Bettkante setzte.

»Guten Morgen, liebste Nichte auf der Welt«, murmelte ich.

»Ich bin deine einzige Nichte auf der Welt.« Sie sagte, was sie immer sagte. »Und wie hast du gewußt, daß ich es bin?«

»Gut, daß du es bist. Allen anderen könnte es übel ergehen.«

»Ich habe dir Kaffee gebracht«, sagte sie.

»Du bist ein Engel.«

»Das sagen alle.«

»Ich wollte nur nett sein.« Ich gähnte.

Sie beugte sich zu mir, um mich in den Arm zu nehmen, und ich roch die englische Seife, die ich in ihr Badezimmer gelegt hatte. Ich spürte Lucys Stärke und Spannkraft und fühlte mich alt.

»Wenn ich dich sehe, fühle ich mich ganz scheußlich.« Ich drehte mich auf den Rücken und verschränkte die Hände hinter dem Kopf.

»Warum sagst du so etwas?« Sie trug einen meiner weiten Flanellpyjamas und sah verdutzt drein.

»Weil ich glaube, daß ich nicht mal mehr die Yellow Brick Road schaffen würde.« Das war der Hinderniskurs in Quantico.

»Ich habe noch nie gehört, daß jemand sie leicht genannt hätte.«

»Für dich ist sie es aber.«

Sie zögerte. »Na ja, inzwischen schon. Aber du mußt ja nicht beim HRT Dienst schieben.«

»Dafür bin ich dankbar.«

Sie schwieg kurz und fügte dann mit einem Seufzer hinzu: »Weißt du, zuerst war ich sauer, als die Academy beschlossen hat, mich für einen Monat wieder auf die UVA zu schicken. Aber schließlich könnte es eine Erholung sein. Ich kann im Labor arbeiten, Fahrrad fahren und auf dem Campus joggen – wie ein normaler Mensch.«

Lucy war kein normaler Mensch und würde es nie sein. Ich hatte irgendwann beschlossen, daß Individuen mit einem IQ, der so hoch war wie ihrer, sich leider in vieler Hinsicht genauso sehr von anderen unterschieden wie geistig Behinderte. Sie sah aus dem Fenster, und der Schnee wurde hell. Ihr Haar leuchtete im scheuen Morgenlicht rosagold, und ich war erstaunt, daß eine so schöne Person mit mir verwandt sein konnte.

»Es mag eine Befreiung sein, gerade jetzt nicht in Quantico zu sein.« Sie hielt inne, ihr Gesicht war sehr ernst, als sie sich mir wieder zuwandte. »Tante Kay, da ist etwas, das ich dir sagen muß. Ich bin nicht sicher, ob du das wirklich gern hören willst. Oder vielleicht wäre es für dich leichter, wenn du es nicht hörst. Ich hätte es dir gestern gesagt, wenn Marino nicht dagewesen wäre.«

»Ich höre.« Sofort fühlte ich mich angespannt.

Sie schwieg wieder kurz. »Besonders, da du Wesley heute triffst, glaube ich, du mußt es wissen. Es geht das Gerücht im FBI, daß er und Connie sich getrennt haben.«

Ich wußte nicht, was ich sagen sollte. »Ob es stimmt, kann ich freilich nicht sagen«, fuhr sie fort. »Aber ich habe so einiges gehört. Und etwas davon betrifft auch dich.«

»Warum sollten irgendwelche Gerüchte mich betreffen?« sagte ich ein wenig zu rasch.

»Ach, komm.« Unsere Blicke begegneten sich. »Es hat schon Vermutungen gegeben, seit du angefangen hast, so viele Fälle mit ihm zu bearbeiten. Einige Agenten denken, daß du nur deshalb zugestimmt hast, als Beraterin tätig zu sein. Damit du bei ihm sein, mit ihm reisen konntest, weißt du.«

»Das ist ganz offensichtlich die Unwahrheit«, sagte ich erbost, während ich mich aufsetzte. »Ich habe zugesagt, als beratende forensische Pathologin zu arbeiten, weil der Direktor Benton gefragt hat, der mich wiederum gebeten hat, nicht umgekehrt. Ich assistiere bei Fällen, ich tue dem FBI einen Gefallen, und ...«

»Tante Kay«, unterbrach sie mich. »Du brauchst dich nicht zu verteidigen.«

Aber ich wollte mich nicht besänftigen lassen. »Das ist absolut ungeheuerlich, wenn das jemand sagt. Ich habe nie zugelassen, daß eine Freundschaft meine berufliche Integrität beeinträchtigt.«

Lucy blieb still, sprach dann aber wieder. »Wir reden hier nicht von bloßer Freundschaft.«

»Benton und ich sind sehr gute Freunde.«

»Ihr seid mehr als befreundet.«

»Im Augenblick nicht. Und das geht dich auch nichts an.«

Sie stand ungeduldig vom Bett auf. »Du hast kein Recht, auf mich böse zu werden.«

Sie schaute mich an, aber ich konnte nicht sprechen, weil ich den Tränen nahe war.

»Ich habe doch nichts anderes getan, als dir zu erzählen, was ich gehört habe, damit du es nicht am Ende von jemand anderem hörst«, sagte sie.

Ich sagte immer noch nichts, und sie wollte gehen.

Ich griff nach ihrer Hand. »Ich bin nicht böse auf dich. Bitte versuch zu verstehen. Ich kann es nicht verhindern, daß ich darauf reagiere, wenn ich so etwas höre. Ich bin mir sicher, dir ginge es genauso.«

Sie entzog sich mir. »Wie kommst du darauf, daß ich nicht reagiert habe, als ich es hörte?«

Ich sah frustriert zu, wie sie aus dem Zimmer stolzierte, und hielt sie für den schwierigsten Menschen, den ich kannte. Unser ganzes Leben lang hatten wir miteinander gekämpft. Sie gab nie nach, bis ich nicht so lange gelitten hatte, wie sie es für richtig hielt, und sie mitbekam, wie sehr sie mir am Herzen lag. Es war so unfair, sagte ich mir, als ich meine Füße auf den Boden setzte.

Ich fuhr mir mit den Fingern durchs Haar, während ich mich innerlich rüstete, aufzustehen und mich dem Tag zu stellen. Etwas lag mir schwer auf dem Gemüt, dunkle Schatten von Träumen, die sich zwar schon wieder verflüchtigt hatten, aber von meinem Gefühl her sonderbar gewesen waren. Sie handelten von Wasser und grausamen Leuten, und ich hatte nichts ausrichten können und war verängstigt gewesen. Ich ging ins Badezimmer, duschte, griff mir einen Bademantel vom Haken und zog meine Hausschuhe an. Marino und meine Nichte saßen bereits angezogen in der Küche, als ich schließlich auftauchte.

»Guten Morgen«, verkündete ich, als hätte ich Lucy heute noch nicht gesehen.

»Der Morgen hat schon gut angefangen.« Marino sah aus, als wäre er die ganze Nacht aufgewesen und fühlte sich nun abscheulich.

Ich zog einen Stuhl heran und setzte mich zu ihnen an den Frühstückstisch. Mittlerweile war die Sonne aufgegangen, der Schnee schien Feuer zu fangen.

»Stimmt etwas nicht?« Meine Nervenanspannung stieg.

»Erinnerst du dich an die Spuren draußen an der Mauer letzte Nacht?« Sein Gesicht war glühend rot.

»Natürlich.«

»Nun, jetzt haben wir noch ein paar mehr.« Er stellte seine Kaffeetasse ab. »Bloß sind sie diesmal bei unseren Autos und stammen von gewöhnlichen Stiefeln mit Vibram-Profil. Und rate mal, Doc?« fragte er, als mir bereits eine bange Ahnung kam. »Wir drei fahren heute nirgendwohin, ehe nicht ein Abschleppwagen kommt.«

Ich schwieg.

»Jemand hat unsere Reifen aufgeschlitzt.« Lucys Miene war versteinert. »Jeden einzelnen verdammten Reifen. Mit irgendeiner breiten Klinge, wie es aussieht. Ein großes Messer oder eine Machete vielleicht.«

»Die Moral von der Geschichte ist, daß todsicher kein irregeleiteter Nachbar oder nächtlicher Taucher auf dem Grundstück hier war«, fuhr er fort. »Ich glaube, hier hat jemand einen Auftrag. Und nachdem wir ihn verscheucht haben, ist er oder jemand anderes zurückgekommen.«

Ich holte mir Kaffee. »Wie lange wird es dauern, unsere Autos in Ordnung bringen zu lassen?«

»Heute?« sagte er. »Ich glaube nicht, daß jemand eure Karren heute repariert.«

»Es muß gehen«, meinte ich nüchtern. »Wir müssen von hier weg, Marino. Wir müssen zu Eddings' Haus. Und gerade jetzt scheint es in diesem Haus hier nicht besonders sicher zu sein.«

»Das nenne ich eine treffende Einschätzung«, sagte Lucy.

Ich trat dicht an das Fenster über der Spüle und konnte deutlich unsere Wagen sehen; die Reifen sahen wie schwarze Pfützen im Schnee aus.

»Sie sind an der Seite und nicht am Profil aufgeschlitzt und können nicht geflickt werden«, sagte Marino.

»Also, was sollen wir dann tun?« fragte ich.

»Richmond hat ein Hilfsabkommen auf Gegenseitigkeit mit anderen Polizeidezernaten, und ich habe bereits mit Virginia Beach gesprochen. Sie sind unterwegs.«

Sein Wagen brauchte Polizeireifen und -felgen, während Lucys und mein Auto Goodyears und Michelins benötigten, weil wir, im Gegensatz zu Marino, mit unseren Privatwagen hier waren. Ich führte ihm das alles vor Augen.

»Es ist schon ein Abschleppwagen für euch unterwegs«, sagte er, als ich mich wieder hinsetzte. »Irgendwann in den nächsten paar Stunden werden sie deinen Benz und Lucys Scheißkiste aufladen und sie zum Bell Tire Service am Virginia Beach Boulevard karren.«

»Das ist keine Scheißkiste«, sagte Lucy.

»Warum, zum Teufel, hast du so ein Ding gekauft, das die Farbe von Papageienscheiße hat? Kommen da deine Miami-Wurzeln zum Vorschein, oder was?«

»Nein, da kommt mein Budget zum Vorschein. Ich hab das Ding für neunhundert Dollar bekommen.«

»Was machen wir in der Zwischenzeit?« fragte ich. »Du weißt, sie werden es nicht eilig haben. Es ist Neujahr.«

»Da hast du recht«, sagte er. »Und ganz einfach, Doc. Wenn du nach Richmond willst, fährst du mit mir.«

»Fein.« Ich wollte mich nicht mit ihm streiten. »Dann erledigen wir mal soviel wie möglich, damit wir aufbrechen können.«

»Dann fang mit dem Packen an«, sagte er zu mir. »Meiner Meinung nach solltest du hier gleich endgültig das Feld räumen.«

»Ich habe keine andere Wahl, als hierzubleiben, bis Dr. Mant aus London zurückkehrt.«

Doch ich packte, als käme ich in diesem Leben nicht wieder in sein Haus. Dann führten wir die forensische Untersuchung durch, so gut es uns möglich war, denn das Aufschlitzen von Reifen war ein Vergehen, und wir wußten, daß die örtliche Polizei unseren Fall nicht allzu begeistert bearbeiten würde. Da wir für das Abnehmen von Abgüssen nicht ausgerüstet waren, machten wir einfach maßstabsgerechte Fotos von den Fußspuren um unsere Autos, obwohl ich den Verdacht hatte, im besten Fall ließe sich daraus nur schließen, daß der Verdächtige groß war und einen handelsüblichen Stiefel oder Schuh mit einem Vibram-Zeichen im Spann der profilstarken Sohle trug.

Als am späten Vormittag ein jugendlicher Polizist namens Sanders und ein roter Abschleppwagen eintrafen, nahm ich zwei ruinierte Gürtelreifen und schloß sie in den Kofferraum von Marinos Wagen. Eine Zeitlang sah ich den Männern zu, die in verblüffendem Tempo Seilwinden abspulten, während die Vorderfront des Ford hoch in die Luft gehoben wurde, als würde Marinos Auto gleich losfliegen. Officer Sanders von der Virginia Beach-Polizei fragte mich, ob meine Stellung als Chief Medical Examiner etwas damit zu tun haben könne, was unseren Fahrzeugen angetan worden war. Ich sagte ihm, daß ich das nicht glaubte.

»Hier wohnt mein Stellvertreter«, erklärte ich. »Dr. Philip Mant. Er ist für etwa einen Monat in London. Ich vertrete ihn nur.«

»Und es weiß niemand, daß Sie hier sind?« fragte Sanders, der nicht auf den Kopf gefallen war.

»Sicher wissen das einige Leute. Ich hab seine Anrufe entgegengenommen.«

»Also meinen Sie nicht, daß dies mit Ihrer Person oder Ihrer Tätigkeit zu tun hat, Ma'am.« Er machte sich Notizen.

»Momentan habe ich keinen Beweis für eine solche Verbindung«, erwiderte ich. »Tatsächlich können wir noch gar nicht sagen, ob der Täter nicht einfach ein Jugendlicher war, der in der Silvesternacht Dampf abgelassen hat.«

Sanders schaute immer wieder zu Lucy, die neben unseren Autos mit Marino sprach. »Wer ist sie?« fragte er.

»Meine Nichte. Sie ist beim FBI«, antwortete ich und buchstabierte ihren Namen.

Während er mit ihr sprach, machte ich einen letzten Ausflug ins Haus. Die Luft war vom Sonnenlicht erwärmt, das durch die Scheiben blitzte, die Möbel fahl erscheinen ließ, und ich konnte immer noch den Knoblauch von unserem nächtlichen Mahl riechen. In meinem Schlafzimmer schaute ich mich noch einmal um, öffnete Schubladen und kramte in den im Schrank hängenden Kleidern herum. Die Entzauberung betrübte mich. Anfangs hatte ich gedacht, mir würde es hier gefallen.

Ich überprüfte das Zimmer am Ende des Flurs, wo Lucy geschlafen hatte, ging dann weiter ins Wohnzimmer, wo wir bis in den frühen Morgen gesessen und das *Book of Hand* gelesen hatten. Die Erinnerung daran verstörte mich wie mein Traum, und ich bekam eine Gänsehaut auf den Armen. Die Angst steckte mir in den Knochen, und auf einmal konnte ich keinen Augenblick länger in der schlichten Wohnung meines Kollegen bleiben. Ich rannte zu der abgeschirmten Veranda und durch die Hintertür in den Garten. Im Sonnenlicht fühlte ich mich wieder sicher, und als ich zum Meer blickte, weckte die Mauer nochmals mein Interesse.

Der Schnee drang mir bis an die Stiefelschäfte, als ich darauf zuging. Die Fußabdrücke waren verschwunden. Der Eindringling, dessen Taschenlampe Lucy gesehen hatte, war über die Mauer geklettert und dann schnell abgehauen. Aber er mußte später wieder aufgetaucht sein, oder vielleicht war es auch ein anderer, weil die Spuren um unsere Autos eindeutig erst entstanden waren, nachdem es aufgehört hatte zu schneien, und sie stammten nicht von Taucherstiefeln oder Surferschuhen. Ich schaute über die Mauer zu dem breiten Strand hinter der Düne. Schnee war wie Zuckerwatte aufgehäuft, daraus ragten Strandgräser wie zerzauste Federn. Das Wasser kräuselte sich dunkelblau, und ich sah keine Spur von einem Menschen, als mein Blick die Küste entlangstrich, so weit wie nur möglich.

Ich schaute lange Zeit so hinaus, völlig in Spekulationen und Sorgen versunken. Als ich mich zum Gehen wandte, bemerkte ich zu meinem Schreck Detective Roche so dicht hinter mir, daß er mich hätte packen können.

»Mein Gott«, entfuhr es mir. »Schleichen Sie sich nie wieder so an mich heran.«

»Ich bin in Ihren Spuren gelaufen. Deswegen haben Sie mich nicht gehört.« Er hatte einen Kaugummi im Mund und die Hände in den Taschen seines Ledermantels. »Ich bin gut darin, leise zu sein, wenn ich es darauf anlege.«

Ich starrte ihn an, während meine Abneigung gegen ihn neue Dimensionen erreichte. Er trug eine dunkle Hose und Stiefel, und ich konnte seine Augen hinter der Pilotenbrille nicht sehen. Aber das machte nichts. Ich wußte, was Detective Roche im Sinn hatte. Diesen Typ kannte ich gut.

»Ich habe von dem Vandalismus gehört und bin hergekommen, um zu schauen, ob ich helfen kann«, sagte er.

»Mir war nicht bewußt, daß ich die Polizei von Chesapeake gerufen hatte«, erwiderte ich.

»Virginia Beach und Chesapeake haben eine Leitung zur gegenseitigen Unterstützung, und so habe ich von Ihrem Problem erfahren«, sagte er. »Ich muß gestehen, das erste, was mir einfiel, war, daß es eine Verbindung geben könnte.«

»Was für eine Verbindung?«

»Zu unserem Fall.« Er trat dichter heran. »Sieht aus, als hätte jemand wirklich ein Ding mit ihren Autos gedreht. Klingt wie eine Warnung. Wissen Sie, als würden Sie Ihre Nase in irgend etwas reinstecken, wo sie nach Meinung eines anderen nicht hingehört.«

Mein Blick wanderte zu seinen Füßen, zu seinen Gore-Tex-Schnürstiefeln aus leberbraunem Leder, und ich sah die Abdrücke, die sie im Schnee hinterlassen hatten. Roche hatte große Füße und Hände und trug Vibram-Sohlen. Ich blickte wieder in ein Gesicht, das hübsch gewesen wäre, wenn der Geist dahinter nicht so klein und gemein gewesen wäre. Ich sagte eine Weile kein Wort, aber dann wurde ich sehr direkt.

»Sie klingen ganz wie Captain Green. Darum sagen Sie mir, bedrohen Sie mich auch?«

»Ich gebe nur eine Beobachtung weiter.«

Er trat noch dichter an mich heran, und nun stand ich mit dem Rücken zur Mauer. Der darauf angehäufte schmelzende Schnee tropfte mir in den Mantelkragen, während mein Blut heiß aufwallte.

»Übrigens«, fuhr er fort, sich noch dichter herandrückend, »was gibt's Neues in unserem Fall?«

»Bitte treten Sie einen Schritt zurück«, sagte ich zu ihm.

»Ich bin mir überhaupt nicht sicher, ob Sie mir alles erzählen. Ich glaube, Sie haben eine sehr klare Vorstellung, was mit Ted Eddings passiert ist, und halten Informationen zurück.«

»Wir werden jetzt weder diesen noch irgendeinen anderen Fall diskutieren«, sagte ich.

»Sehen Sie? Da stehe ich aber gar nicht gut da, denn ich muß auch Leuten Rechenschaft ablegen.« Ich konnte es nicht fassen, als er mir eine Hand auf die Schulter legte und hinzufügte: »Ich weiß, Sie möchten mir keine Schwierigkeiten machen.«

»Fassen Sie mich nicht an«, warnte ich ihn. »Treiben Sie es nicht zu weit.«

»Ich glaube, Sie und ich müssen uns einmal zusammensetzen, damit wir unser Kommunikationsproblem überwinden.« Er ließ seine Hand, wo sie war. »Vielleicht können wir uns an einem ruhigen, gemütlichen Plätzchen mal ein Abendessen gönnen. Mögen Sie Meeresfrüchte? Ich kenne ein wirklich intimes Lokal am Sund.«

Ich schwieg, während ich mich fragte, ob ich ihm die Finger in die Luftröhre rammen sollte.

»Seien Sie nicht schüchtern. Vertrauen Sie mir. Es ist schon in Ordnung. Das ist nicht die Hauptstadt der Konföderierten mit all diesen versnobten, abgetakelten Alten, wie ihr sie in Richmond habt. Unsere Devise ist leben und leben lassen. Wissen Sie, was ich meine?«

Ich versuchte, an ihm vorbeizukommen, aber er packte mich am Arm.

»Ich rede mit Ihnen.« Er klang allmählich verärgert. »Sie gehen nicht einfach weg, wenn ich mit Ihnen rede.«

»Lassen Sie mich los«, verlangte ich.

Ich wollte mich losreißen, aber er war überraschend stark.

»Egal, wie viele schicke Titel Sie haben, Sie sind mir nicht gewachsen«, sagte er. Sein Atem roch nach Kaugummi.

Ich starrte in seine Ray-Ban-Gläser.

»Nehmen Sie jetzt sofort die Hände von mir«, sagte ich mit lauter, harter Stimme. »Sofort!« rief ich aus, als würde ich ihn augenblicklich töten.

Roche ließ mich plötzlich los, und ich stiefelte zielstrebig durch den Schnee, während mein Herz raste. Als ich vor dem Haus ankam, blieb ich atemlos und benommen stehen.

»Im Garten hinten sind Fußabdrücke, die fotografiert werden sollten«, sagte ich. »Detective Roches Fußabdrücke. Er ist gerade dahinten gewesen. Und ich möchte meine ganzen Habseligkeiten aus dem Haus haben.«

»Was, zum Teufel, soll das heißen, er war gerade dahinten?« sagte Marino.

»Wir hatten eine Unterredung.«

»Wie, zum Teufel, ist er dorthin gekommen, ohne daß wir ihn gesehen haben?«

Ich ließ meinen Blick über die Straße schweifen und sah kein Auto, das Roche gehören könnte. »Ich weiß nicht, wie er dahingekommen ist«, sagte ich. »Ich schätze, er ist über ein anderes Grundstück gegangen. Oder vielleicht ist er vom Strand hoch gekommen.«

Lucy wußte nicht, was sie denken sollte, als sie mich ansah. »Du wirst nicht mehr hierherkommen?« fragte sie mich. »Überhaupt nicht mehr?«

»Nein«, sagte ich, »ich komme nicht mehr hierher, wenn es nach mir geht.«

Sie half mir beim Packen meiner restlichen Sachen, und ich berichtete von dem eben Geschehenen erst, als wir in Marinos Auto schnell über die 64 West nach Richmond fuhren.

»Scheiße«, rief er. »Der verdammte Bastard hat sich an dir vergriffen. Verflucht noch mal. Warum hast du nicht geschrien?«

»Ich glaube, er sollte mich auf Geheiß eines anderen belästigen«, sagte ich.

»Ist mir doch egal, was er sollte. Er hat sich trotzdem an dir vergriffen. Du solltest einen Haftbefehl erwirken.«

»Jemanden zu belästigen ist nicht gegen das Gesetz«, sagte ich.

»Er hat dich begrabscht.«

»Und deshalb soll ich ihn verhaften lassen, weil er mich am Arm gegrabscht hat?«

»Er hätte überhaupt nichts angrabschen sollen.« Er fuhr aggressiv. »Du hast ihm gesagt, er soll dich loslassen, und er hat's nicht getan. Das ist Entführung. Und zumindest ist das ein einfacher Übergriff. Verdammt, das geht nicht mit rechten Dingen zu.«

»Du mußt ihn der Abteilung für interne Angelegenheiten melden«, sagte Lucy vom Vordersitz, wo sie am Frequenzsuchknopf herumfummelte, weil sie ihre Hände nicht stillhalten konnte. »He, Pete, das Rauschen darf nicht sein«, sagte sie zu ihm. »Und auf Kanal drei ist nichts zu hören. Das ist das dritte Revier, nicht wahr?«

»Was erwartest du denn, wenn ich so verteufelt nah an Williamsburg dran bin? Glaubst du, ich bin von der Staatspolizei?«

»Nein, aber wenn du mit einem von denen reden willst, kann ich das womöglich hinkriegen.«

»Ich bin sicher, du kannst hier sogar das verdammte Space Shuttle reinkriegen«, bemerkte er gereizt.

»Wenn du das kannst«, sagte ich zu ihr, »wie wär's, wenn du mich da raufbeamst?«

6

Wir kamen um halb drei in Richmond an, und ein Mann vom Sicherheitsdienst ließ uns in das bewachte Viertel, in das ich erst vor kurzem gezogen war. Es hatte hier nicht geschneit, das war typisch für diese Ecke Virginias, und von den Bäumen tropfte es heftig, weil der Regen sich in der Nacht in Eis verwandelt hatte. Und nun waren die Temperaturen gestiegen.

Mein Haus lag etwas abseits der Straße auf einem Steilufer, von dem aus man auf eine felsige Biegung des James River blickte. Das baumbestandene Grundstück war von einem schmiedeeisernen Zaun umgeben, durch dessen Gitterstäbe sich Nachbarskinder nicht hindurchzwängen konnten. Ich kannte keinen Menschen in meiner Umgebung und hatte auch nicht die Absicht, daran etwas zu ändern.

Ich hatte die Probleme nicht vorausgesehen, als ich zum ersten Mal in meinem Leben daran dachte zu bauen, aber ob es nun das Schieferdach oder die Farbe meiner Haustür waren, jeder schien etwas daran auszusetzen zu haben. Als es schließlich soweit gekommen war, daß die frustrierten Anrufe meines Bauleiters mich im Leichenschauhaus störten, hatte ich der Anwohnervereinigung mit einem Prozeß gedroht. Natürlich waren die Einladungen zu Festen in dieser Gegend nicht gerade zahlreich.

»Ich bin sicher, deine Nachbarn werden sich freuen, daß du wieder zu Hause bist«, meinte meine Nichte trocken, als wir ausstiegen.

»Ich glaube nicht, daß sie mir noch viel Aufmerksamkeit widmen.« Ich kramte nach meinen Schlüsseln.

»Quatsch«, sagte Marino. »Du bist die einzige Person hier, die ihre Tage an Mordschauplätzen und mit dem Aufschneiden von Leichen zubringt. Wahrscheinlich schauen sie die ganze Zeit, wenn du daheim bist, aus ihren Fenstern. Was weiß ich, die Wächter rufen wahrscheinlich alle nacheinander an, um ihnen mitzuteilen, wenn du wieder im Anrollen bist.«

»Besten Dank«, sagte ich und schloß die Haustür auf. »Und ich war gerade dabei, mich hier ein bißchen mehr aufgehoben zu fühlen.«

Die Alarmanlage summte laut ihre Warnung, daß ich besser rasch die entsprechenden Tasten drückte, und ich blickte mich wie üblich um, weil mir mein Heim immer noch fremd vorkam. Ich fürchtete, das Dach wäre undicht, Putz würde herunterbröckeln oder etwas anderes versagen, und als alles in Ordnung war, empfand ich eine ungeheure Freude an dem, was ich erreicht hatte. Mein Haus war zweistöckig und sehr hell, mit Fenstern, die jedes Photon Licht einfingen. Das Wohnzimmer hatte eine Glasfront, die mir einen grandiosen Blick auf den James River bot, und spät am Tag konnte ich den Sonnenuntergang über den Bäumen am Flußufer beobachten.

Neben meinem Schlafzimmer war ein Büro, das mir endlich genügend Arbeitsraum bot, und ich schaute erst einmal nach, ob irgendwelche Faxe eingetroffen waren. Es lagen vier da.

»Irgendwas Wichtiges?« fragte Lucy, die mir gefolgt war, während Marino Kisten und Taschen holte.

»Sie sind alle für dich, von deiner Mutter.« Ich reichte sie ihr.

Sie runzelte die Stirn. »Warum sollte sie mir hierher faxen?«

»Ich habe ihr nie gesagt, daß ich kurzfristig nach Sandbridge ziehen würde. Du etwa?«

»Nein. Aber Großmutter sollte doch wissen, wo du bist, nicht?« sagte Lucy.

»Natürlich. Aber meine Mutter und deine kommen nicht immer miteinander klar.« Ich schaute auf das, was sie las. »Alles in Ordnung?«

»Sie ist komisch. Weißt du, ich habe ihr ihren Computer mit einem Modem und CD-ROM aufgerüstet und ihr gezeigt, wie man das benutzt. Mein Fehler. Jetzt hat sie andauernd Fragen. In jedem einzelnen dieser Faxe geht es um eine Computerfrage.« Sie ging irritiert die Seiten durch.

Ich verstand mich mit ihrer Mutter Dorothy auch nicht besonders gut. Sie war meine einzige Schwester, aber sie konnte sich nicht einmal dazu durchringen, ihrem einzigen Kind ein frohes Neues Jahr zu wünschen.

»Sie hat sie heute geschickt«, fuhr meine Nichte fort. »Es ist Feiertag, und sie schreibt wieder an einem ihrer dämlichen Kinderbücher.«

»Nur um der Gerechtigkeit willen«, sagte ich, »ihre Bücher sind nicht dämlich.«

»Ja ja, schon recht. Ich weiß nicht, wo sie ihre Recherchen angestellt hat, jedenfalls nicht da, wo ich aufgewachsen bin.«

»Ich wünschte mir, ihr würdet euch nicht so in den Haaren liegen.« Diesen Kommentar gab ich schon Lucys ganzes Leben lang von mir. »Eines Tages wirst du dich mit ihr aussöhnen müssen. Spätestens, wenn sie stirbt.«

»Du denkst immer an den Tod.«

»Das tue ich, weil ich ihn kenne, und der Tod ist die andere Seite des Lebens. Du kannst ihn nicht ignorieren, genausowenig wie die Nacht. Du wirst mit Dorothy zurechtkommen müssen.«

»Nein, muß ich nicht.« Sie schwang meinen Ledersessel herum und setzte sich mir gegenüber. »Das hat keinen Sinn. Sie hat mich noch nie auch nur ein bißchen verstanden.«

Das stimmte vermutlich.

»Du kannst gern meinen Computer benutzen«, sagte ich.

»Es dauert nur eine Minute.«

»Marino holt uns um vier ab«, sagte ich.

»Ich wußte gar nicht, daß er weg ist.«

»Nur kurz.«

Tasten klapperten, als ich in mein Schlafzimmer ging und mit dem Auspacken und Planen begann. Ich brauchte einen Wagen und fragte mich, ob ich einen mieten sollte, und ich mußte die Kleider wechseln, wußte aber nicht, was ich anziehen sollte. Es grämte mich, daß ich bei dem Gedanken an Wesley darüber immer noch in Verlegenheit geriet, und als die Minuten verstrichen, bekam ich richtig Angst, ihn zu sehen.

Marino holte uns zur vereinbarten Zeit ab. Er hatte irgendwo eine Waschanlage gefunden, die offen hatte, und getankt. Wir fuhren die Monument Avenue Richtung Osten in das Viertel, das The Fan genannt wurde, wo Herrenhäuser historische Prachtstraßen anmutig säumten und Collegestudenten alte Häuser mit Leben erfüllten. Beim Denkmal für Robert E. Lee bog er in die Grace Street, wo Ted Eddings in einem weißen Duplex im spanischen Stil gewohnt hatte. Ein rotes Weihnachtsbanner hing über einer Holzveranda mit einer Schaukel. Leuchtgelbe Tatortabsperrungen gingen von Pfosten zu Pfosten, morbide Parodie einer weihnachtlichen Verpackung. In fetten schwarzen Buchstaben wurden Neugierige davor gewarnt, sich dem Haus zu nähern.

»Unter den gegebenen Umständen wollte ich keinen hier drin haben, und ich wußte nicht, wer noch einen Schlüssel hat«, erklärte Marino, als er die Haustür aufschloß. »Ich kann keinen naseweisen Vermieter brauchen, der sein verdammtes Inventar überprüfen will.«

Es war noch keine Spur von Wesley zu sehen, und ich kam schon zu dem Entschluß, daß er nicht auftauchen würde, als ich das Geräusch seines grauen BMW hörte. Er parkte am Straßenrand, und ich sah, wie die Antenne eingefahren wurde, als er den Motor abstellte.

»Doc, ich warte auf ihn, wenn du schon reingehen willst«, sagte Marino zu mir.

»Ich muß mit ihm reden.« Lucy kam die Treppe herunter.

»Ich bin drinnen«, sagte ich, als würde ich Wesley nicht kennen, und streifte mir Baumwollhandschuhe über.

Ich betrat Eddings' Flur, und seine Präsenz überwältigte mich, wohin ich auch blickte. Seine penible Art war zu spüren an dem minimalistischen Mobiliar, den indianischen Teppichen und polierten Böden, seine Wärme war zu ahnen angesichts der sonnig gelben Wände mit den gewagten Drucken. Feine Staubschichten hatten sich gebildet, die überall dort aufgewirbelt waren, wo die Polizei vor kurzem Schränke oder Schubladen geöffnet hatte. Begonien, Ficus, Kriechfeige und Alpenveilchen schienen den Verlust ihres Herrn zu betrauern, und ich schaute mich nach einer Gießkanne um. Als ich in der Wäschekammer eine fand, füllte ich sie und begann, die Pflanzen zu gießen, weil ich es für unsinnig hielt, sie sterben zu lassen. Ich hörte Benton Wesley nicht hereinkommen.

»Kay?« Seine Stimme war leise hinter mir.

Ich drehte mich um, und er bekam Besorgnis mit, die nicht ihm galt.

»Was machst du da?« Er sah zu, wie ich Wasser in einen Topf goß.

»Genau das, wonach es ausschaut.«

Er verstummte, sah mich aber weiter an.

»Ich kannte ihn, kannte Ted«, sagte ich. »Nicht besonders gut. Aber er war beliebt bei meinen Leuten. Er hat mich oft interviewt, und ich habe ihn respektiert ... Also ...« Ich verlor den Faden.

Wesley war dünn, wodurch seine Züge noch schärfer hervortraten. Sein Haar war mittlerweile völlig weiß, obwohl er nicht viel älter war als ich. Er sah müde aus, aber alle, die ich kannte, sahen müde aus, und die Trennung war ihm nicht ins Gesicht geschrieben. Er sah nicht elend aus, weil er nicht mehr mit seiner Frau oder mit mir zusammen war.

»Pete hat mir das mit euren Autos erzählt«, sagte er.

»Ziemlich unglaublich«, sagte ich, während ich weiter die Pflanzen goß.

»Und der Detective. Wie heißt er noch? Roche? Ich muß mit seinem Chef reden. Wir warten zwar immer, bis die anderen anrufen, aber sobald wir in Verbindung sind, werde ich etwas sagen.«

»Dazu brauche ich dich nicht.«

»Mir macht es garantiert nichts aus«, sagte er.

»Mir wäre lieber, du würdest nichts unternehmen.«

»Na gut.« Er hob ergeben die Hände und sah sich im Zimmer um. »Er hatte Geld und war viel unterwegs«, sagte er.

»Jemand hat sich um seine Pflanzen gekümmert«, erwiderte ich.

»Wie oft?« Er betrachtete sie.

»Um die Grünpflanzen mindestens einmal die Woche, um die blühenden jeden zweiten Tag. Hängt davon ab, wie warm es hier drin wird.«

»Und die hier sind eine Woche lang nicht gegossen worden?«

»Oder länger«, sagte ich.

Inzwischen waren Lucy und Marino ins Haus und den Flur entlang gekommen.

»Ich möchte mir die Küche ansehen«, fügte ich hinzu, als ich die Gießkanne hinstellte.

»Gute Idee.«

Die Küche war klein und sah aus, als wäre sie seit den Sechzigern nicht mehr renoviert worden. In den Schränken fand ich altes Geschirr und Dutzende von Büchsen, Thunfisch und Suppen, und kleine Snacks, Brezeln und so. Im Kühlschrank hatte Eddings hauptsächlich Bier. Mich aber interessierte eine einzelne Flasche Champagner, Louis Roederer Cristal, die mit einer großen roten Schleife versehen war.

»Was gefunden?« Wesley schaute unter die Spüle.

»Vielleicht.« Ich spähte immer noch in den Kühlschrank. »Die kostet dich in einem Restaurant etwa hundertfünfzig Dollar, vielleicht hundertzwanzig im Laden.«

»Wissen wir, wieviel dieser Kerl verdient hat?«

»Ich weiß es nicht. Aber ich vermute, es war nicht gerade viel.«

»Da unten hat er eine Menge Schuhcreme und Reinigungsmittel, und das ist schon alles«, sagte Wesley und stand auf.

Ich drehte die Flasche um und las das Preisschild auf dem Etikett. »Hundertdreißig Dollar, aber nicht hier gekauft. Soweit ich weiß, gibt es in Richmond keinen Weinladen mit dem Namen The Wine Merchant.«

»Vielleicht ein Geschenk. Würde die Schleife erklären.«

»Wie wär's mit D. C.?«

»Ich weiß nicht. Ich kaufe in letzter Zeit wenig Wein in D. C.«, sagte er.

Ich machte die Kühlschranktür zu, insgeheim erfreut, denn er und ich hatten immer gern Wein getrunken. Früher hatten wir uns gern einen guten Wein gegönnt, während wir eng nebeneinander auf der Couch oder im Bett saßen.

»Er hat nicht viel eingekauft«, sagte ich. »Es sieht nicht danach aus, als hätte er je hier gegessen.«

»Es sieht mir nicht einmal danach aus, als sei er überhaupt je hier gewesen«, meinte er.

Ich spürte seine Nähe, als er zu mir trat, und es war fast nicht auszuhalten. Sein Rasierwasser duftete immer dezent nach Zimt und Holz, und immer wenn ich es irgendwo roch, war ich einen kurzen Augenblick gebannt, so wie jetzt.

»Geht es dir gut?« fragte er in einem Ton, der nur für mich bestimmt war, als er im Türrahmen stehenblieb.

»Nein«, sagte ich. »Das ist alles ziemlich schrecklich.« Ich schloß eine Schranktür ein wenig zu energisch.

Er trat in den Flur. »Nun, wir müssen uns seine Finanzen sehr genau anschauen, um zu sehen, wo er das Geld für Restaurants und teuren Champagner her hatte.«

Die Unterlagen waren in seinem Büro, und die Polizei hatte sie noch nicht durchgesehen, weil es offiziell kein Verbrechen gegeben hatte. Ungeachtet meiner Vermutungen über Eddings' Tod und der seltsamen Ereignisse im Gefolge, hatten wir im Augenblick, rechtlich gesehen, noch keinen Mordfall.

»Ist jemand schon an seinem Computer gewesen?« fragte Lucy, die den 486er auf seinem Schreibtisch ansah.

»Nee«, sagte Marino, der Akten in einem grünen Metallschrank durchging. »Einer der Leute hat gesagt, wir kämen nicht rein.«

Sie betätigte die Maus, und ein Paßwortfenster tauchte auf dem Bildschirm auf.

»Okay«, sagte sie. »Er hat ein Paßwort, was nichts Ungewöhnliches ist. Sonderbar ist aber, daß er keine Diskette in seinem Laufwerk hat. He, Pete? Habt ihr irgendwelche Disketten hier gefunden?«

»Ja, schon, da oben ist eine ganze Schachtel.« Er deutete auf ein Regal mit Büchern über den Bürgerkrieg und einer umfangreichen, in Leder gebundenen Enzyklopädie.

Lucy holte die Schachtel herunter und öffnete sie.

»Nein. Da sind Programmdisketten für WordPerfect.« Sie sah uns an. »Ich will damit bloß sagen, daß die meisten Leute ihre Texte noch mal abspeichern, vorausgesetzt, er hat zu Hause an etwas gearbeitet.«

Das konnte keiner sagen. Wir wußten nur, daß Eddings in dem AP-Büro in der Fourth Street angestellt war. Wir wußten nicht, was er zu Hause machte, bis Lucy seinen Computer neu startete, herumzauberte und irgendwie in die Programmdateien gelangte. Sie setzte den Bildschirmschoner außer Funktion und suchte dann in den WordPerfect-Ordnern herum, die alle leer waren. Eddings hatte keine einzige Datei.

»Scheiße«, sagte sie. »Das ist ziemlich bizarr, es sei denn, er hat seinen Computer nie benutzt.«

»Das kann ich mir nicht vorstellen«, sagte ich. »Selbst wenn er in der Innenstadt arbeitete, muß er doch zu Hause bestimmt ein Büro gehabt haben.«

Sie tippte noch etwas herum, während Marino und Wesley verschiedene Abrechnungen durchgingen, die Eddings ordentlich in einer Ablage in einer Schublade seines Aktenschranks aufbewahrt hatte.

»Ich hoffe bloß, er hat nicht sein ganzes Unterverzeichnis gelöscht«, sagte Lucy, die nun im Betriebssystem war. »Das kann ich ohne Backup nicht wiederherstellen, und er scheint kein Backup zu haben.«

Ich sah ihr zu, wie sie *undelete*.** eintippte und die Enter-Taste drückte. Wie durch Zauber erschien eine Datei namens *killdrug.old,* und als sie dies bestätigte, folgte ein weiterer Name. Als sie fertig war, hatte sie sechsundzwanzig Dateien wiederhergestellt, während wir verblüfft zusahen.

»Das ist das Tolle an DOS 6«, sagte sie nur, als sie den Drucker startete.

»Können Sie sagen, wann sie gelöscht wurden?« fragte Wesley.

»Zeit und Datum auf den Dateien sind alle gleich«, erwiderte sie. »Verdammt. 31. Dezember, zwischen ein Uhr eins und ein Uhr fünfunddreißig. Da ist er vermutlich doch schon tot gewesen.«

»Das hängt davon ab, wann er nach Chesapeake gefahren ist«, sagte ich. »Sein Boot ist um sechs Uhr entdeckt worden.«

»Übrigens ist die Uhr auf dem Computer richtig eingestellt. Also sollten diese Zeiten stimmen«, fügte sie hinzu.

»Würde es länger als eine halbe Stunde dauern, so viele Dateien zu löschen?« fragte ich.

»Nein. Das ginge in Minuten.«

»Dann dürfte sie jemand gelesen haben, bevor er sie löschte«, sagte ich.

»Das machen viele Leute. Wir brauchen mehr Papier für den Drucker. Wartet, ich klaue mir was vom Faxgerät.«

»Wo wir gerade davon reden«, sagte ich, »können wir davon einen Sendebericht haben?«

»Sicher.«

Sie produzierte eine Liste mit bedeutungslosen Faxdiagnosen und Telefonnummern, die ich später überprüfen wollte. Aber zumindest wußten wir mit Sicherheit, daß um die Zeit, da Eddings starb, jemand in seinen Computer eingedrungen war und jede einzelne Datei gelöscht hatte. Wer dafür verantwortlich war, konnte nicht schrecklich gewieft gewesen sein, erklärte Lucy, weil ein Computerexperte auch das Dateien-Unterverzeichnis entfernt hätte, so daß sie den Befehl zum Wiederherstellen nicht mehr hätte ausführen können.

»Das ergibt keinen Sinn«, sagte ich. »Ein Autor sichert seine Texte doch. Was ist mit seinem Waffensafe?« fragte ich Marino. »Hast du dort Disketten gefunden?«

»Nee.«

»Wobei immer noch offen bleibt, ob nicht jemand da drangegangen oder überhaupt ins Haus gekommen ist«, sagte ich.

»Wenn ja, dann muß der Betreffende die Kombination des Safes und den Code für die Alarmanlage gekannt haben.«

»Sind die identisch?« fragte ich.

»Ja. Er verwendet für alles sein Geburtsdatum.«

»Und wie hast du das herausgefunden?«

»Seine Mutter«, sagte er.

»Wie sieht's mit Schlüsseln aus?« sagte ich. »Bei der Leiche waren keine. Er muß welche gehabt haben, um seinen Transporter zu fahren.«

»Roche meinte, da wären keine«, sagte Marino, und ich fand das ebenfalls auffällig.

Wesley schaute sich den Ausdruck der wiederhergestellten Dateien an. »Das sieht alles nach Zeitungsartikeln aus«, sagte er.

»Veröffentlichten?« fragte ich.

»Einige davon sind wahrscheinlich veröffentlicht, weil sie ziemlich alt aussehen. Das Flugzeug, das auf das Weiße Haus gestürzt ist, zum Beispiel. Und Vince Fosters Selbstmord.«

»Vielleicht hat Eddings bloß aufgeräumt«, schlug Lucy vor.

»Oh, jetzt geht's los.« Marino überprüfte einen Kontoauszug. »Am 10. Dezember wurden dreitausend Dollar auf sein Konto überwiesen.« Er öffnete einen weiteren Umschlag. »Im November das gleiche.«

Das traf auch für den Oktober und den Rest des Jahres zu, und aufgrund anderer Unterlagen mußte Eddings eindeutig ein zusätzliches Einkommen gehabt haben. Seine Hypothekenrate betrug tausend Dollar im Monat, seine monatlichen Kreditkartenabrechnungen waren teilweise genauso hoch, doch sein Jahresgehalt betrug knapp fünfundvierzigtausend Dollar.

»Scheiße. Mit dem ganzen zusätzlichen Geld hatte er beinahe achtzigtausend im Jahr«, sagte Marino. »Nicht übel.«

Wesley kam vom Drucker zu mir und gab mir wortlos eine Seite in die Hand.

»Der Nachruf auf Dwain Shapiro«, sagte er. »*Washington Post* vom 16. Oktober letzten Jahres.«

Der Artikel war kurz und berichtete schlicht, daß Shapiro Mechaniker bei einem Ford-Händler in Washington gewesen war und bei einem Autoüberfall erschossen wurde, als er spät in der Nacht von einer Bar heimfuhr. Seine Angehörigen lebten nicht in Virginia, und die Neuen Zionisten wurden nicht erwähnt.

»Das hat Eddings nicht geschrieben«, sagte ich. »Das war ein Reporter der *Post.*«

»Aber wie ist er dann an das Buch gekommen?« sagte Marino. »Und wie, zum Teufel, kam es unter sein Bett?«

»Vielleicht hat er darin gelesen«, antwortete ich einfach. »Und vielleicht wollte er nicht, daß jemand anderes, eine Haushälterin etwa, es sah.«

»Jetzt kommen Aufzeichnungen.« Lucy hing vor dem Bildschirm, öffnete eine Datei nach der anderen und gab den Druckbefehl ein. »Okay, jetzt kommen wir zu den interessanten Sachen. Verdammt.« Sie wurde immer aufgeregter, als weiterer Text erschien und der LaserJet summte und klickte. »Irre.« Sie hielt in ihrer Tätigkeit inne und drehte sich zu Wesley um. »Er hat all das Zeug über Nordkorea und, dahineingestreut, Infos über Joel Hand und die Neuen Zionisten.«

»Was ist mit Nordkorea?« Er las gerade einige Seiten durch, während Marino noch eine Schublade inspizierte.

»Die Probleme, die unsere Regierung vor einiger Zeit mit denen hatte, als die versucht haben, waffenfähiges Plutonium in einem ihrer Atomkraftwerke herzustellen.«

»Vermutlich ist Hand sehr interessiert an Fusion, Energie, so Sachen«, sagte ich. »Im Buch wird darauf Bezug genommen.«

»Okay«, sagte Wesley, »dann ist das vielleicht ein großer Bericht über ihn. Oder, besser gesagt, die Rohfassung einer großen Geschichte über ihn.«

»Warum sollte Eddings die Datei eines Artikels löschen, den er noch nicht beendet hat?« wollte ich wissen. »Und ist es Zufall, daß er das in der Nacht seines Todes getan hat?«

»Das könnte auf jemanden zutreffen, der Selbstmord begehen wollte«, sagte Wesley. »Und wir können nicht wirklich sicher sein, daß er das nicht getan hat.«

»Gut«, sagte Lucy. »Er löscht all seine Texte, damit nach

seinem Ableben niemand etwas sieht, was er nicht sehen soll. Dann inszeniert er seinen Tod wie einen Unfall. Vielleicht war ihm sehr daran gelegen, daß die Leute nicht glauben, er habe Selbstmord begangen.«

»Eine nicht zu unterschätzende Möglichkeit«, pflichtete Wesley ihr bei. »Er hätte in irgend etwas verwickelt sein können, wo er nicht mehr herauskam. Damit würden die monatlichen Überweisungen auf sein Konto einen Sinn ergeben. Oder er könnte unter Depressionen gelitten oder einen schweren persönlichen Verlust erlebt haben, von dem wir nichts wissen.«

»Ein anderer könnte doch die Dateien gelöscht und alle Speicherdisketten oder Ausdrucke mitgenommen haben«, sagte ich. »Die Person könnte es getan haben, nachdem Eddings bereits tot war.«

»Dann hatte diese Person einen Schlüssel, kannte die Codes und Kombinationen«, sagte er. »Und wußte, daß Eddings nicht daheim war und auch nicht nach Hause kommen würde.« Er sah mich an.

»Ja«, sagte ich.

»Das klingt ziemlich kompliziert.«

»Der Fall ist äußerst kompliziert«, sagte ich, »aber ich kann dir mit Sicherheit sagen, daß Eddings, wenn er unter Wasser mit Blausäuregas vergiftet worden ist, das nicht selbst zustande gebracht haben kann. Und ich möchte wissen, warum er so viele Waffen besaß. Ich möchte wissen, warum die, die er im Boot gehabt hat, eine Birdsong-Veredelung hatte und mit KTWs geladen war.«

Wesley sah mich wieder an, und es traf mich, daß er völlig ungerührt war. »Sicherlich ließen sich seine Survival-Neigungen als Anzeichen von Instabilität interpretieren«, sagte er.

»Oder Angst, ermordet zu werden«, sagte ich.

Dann gingen wir in sein Zimmer. In einem Gestell an

der Wand waren Maschinengewehre, Pistolen und Revolver, und Munition befand sich in dem Browning-Safe, den die Polizei heute früh geöffnet hatte. Ted Eddings hatte ein kleines Schlafzimmer mit einer Bolzenpresse, einer Digitalwaage, einem Kapselschneider, einem Ladestock und allem anderen ausgestattet, was zur Versorgung mit Patronen notwendig war. Kupferhülsen und Zündhütchen lagerten in einer Schublade. Schießpulver war in einer alten Militärtruhe, und es schien, als wäre er in Laservisiere und Zielfernrohre vernarrt gewesen.

»Ich glaube, das zeigt eine abseitige Geistesverfassung.« Das sagte Lucy, als sie sich vor den Safe hockte und Waffenkisten aus Hartplastik öffnete. »Ich würde das alles mehr als nur ein bißchen paranoid nennen. Er muß gedacht haben, eine Armee sei im Anmarsch.«

»Paranoia ist ganz gesund, wenn wirklich jemand hinter dir her ist«, sagte ich.

»Also ich glaube allmählich, der Kerl war übergeschnappt«, erwiderte Marino.

Mich fochten ihre Theorien nicht an. »Ich habe Zyankali im Leichenschauhaus gerochen«, erinnerte ich sie, denn mein Geduldsfaden wurde immer dünner. »Er hat sich nicht selbst vergast, bevor er in den Fluß ist, sonst wäre er schon beim Eintauchen tot gewesen.«

»Du hast Zyankali gerochen«, sagte Wesley betont, »aber sonst niemand, und wir haben noch keinen toxikologischen Befund.«

»Worauf willst du hinaus? Daß er sich ertränkt hat?« Ich starrte ihn an.

»Ich weiß es nicht.«

»Ich habe nichts gesehen, was auf Ertrinken hindeutet«, sagte ich.

»Siehst du immer Anzeichen, wenn jemand ertrunken ist?« fragte er mit gutem Grund. »Ich habe gedacht, Tod durch Ertrinken sei notorisch schwer festzustellen, was erklärt, warum oft Sachverständige aus Süd-Florida eingeflogen werden, um bei solchen Fällen zu helfen.«

»Ich habe meine Laufbahn in Süd-Florida begonnen und gelte als Sachverständige bei Tod durch Ertrinken«, sagte ich scharf. Wir diskutierten draußen auf dem Gehsteig vor seinem Auto weiter, weil ich wollte, daß er mich nach Hause fuhr, damit wir die Auseinandersetzung beenden konnten. Der Mond war fahl, die nächste Straßenlampe einen Block entfernt, und wir konnten einander nicht besonders gut sehen.

»Um Himmels willen, Kay, ich habe nicht andeuten wollen, daß du dein Handwerk nicht verstehst«, sagte er gerade.

»Das hast du aber.« Ich stand an der Fahrertür, als ob das Auto mir gehörte und ich gleich wegfahren würde. »Du hackst auf mir herum. Du benimmst dich wie ein Arschloch.«

»Wir untersuchen einen Todesfall«, sagte er mit seiner beherrschten Stimme. »Das sind nicht die Zeit und der Ort, etwas persönlich zu nehmen.«

»Dann laß dir sagen, Benton, daß Menschen keine Maschinen sind. Sie nehmen Dinge persönlich.«

»Und darum geht es in Wirklichkeit.« Er trat neben mich und schloß die Tür auf. »Du reagierst persönlich meinetwegen. Ich bin mir nicht sicher, ob es eine gute Idee war.« Knöpfe sausten hoch. »Vielleicht hätte ich heute nicht herkommen sollen.« Er glitt auf den Fahrersitz. »Aber ich habe es für wichtig gehalten. Ich wollte das Richtige tun und dachte, du würdest das auch machen.«

Ich ging auf die andere Seite und stieg ein, wobei ich mich fragte, warum er mir nicht wie sonst die Tür aufgehalten hatte. Plötzlich fühlte ich mich ziemlich fertig und hatte Angst, in Tränen auszubrechen.

»Es ist wichtig, und du hast das Richtige getan«, sagte ich. »Ein Mann ist tot. Ich glaube nicht nur, daß er ermordet wurde, sondern meine auch, er war in etwas Größeres verwickelt, etwas sehr Häßliches, wie ich befürchte. Ich glaube nicht, daß er seine eigenen Computerdateien gelöscht und alle gespeicherten Daten beseitigt hat, denn das würde nahelegen, daß er von seinem bevorstehenden Tod wußte.«

»Ja. Das würde auf Selbstmord deuten.«

»Was es nicht ist.«

Wir blickten uns im Dunkeln an.

»Ich glaube, jemand ist spät in der Nacht seines Todes in sein Haus eingedrungen.«

»Jemand, den er kannte.«

»Oder jemand, der wieder einen kannte, der Zugang hatte. Zum Beispiel ein Kollege oder guter Freund oder sonst jemand, der wichtig für ihn war. Denn was die Schlüssel angeht, so fehlen seine.«

»Du meinst, das Ganze hat mit den Neuen Zionisten zu tun.« Er wurde allmählich milder gestimmt.

»Ich befürchte es. Und jemand warnt mich, ich soll mich da raushalten.«

»Das würde die Chesapeake-Polizei miteinbeziehen.«

»Vielleicht nicht die ganze Abteilung«, sagte ich. »Vielleicht nur Roche.«

»Wenn das stimmt, was du sagst, dann spielt er dabei nur eine oberflächliche Rolle, eine weit vom eigentlichen Kern entfernte Randfigur. Sein Interesse an dir ist ein Fall für sich, vermute ich.«

»Sein einziges Interesse ist einzuschüchtern und zu drangsalieren«, sagte ich. »Und deshalb, vermute ich, besteht ein Zusammenhang.«

Wesley verstummte und blickte durch die Windschutzscheibe. Für einen Augenblick gestattete ich mir, ihn anzuschauen.

Dann wandte er sich mir zu. »Kay, hat Dr. Mant jemals etwas gesagt, er werde bedroht?«

»Nicht zu mir. Aber ich weiß nicht, ob er überhaupt etwas sagen würde. Besonders, wenn er Angst hatte.«

»Wovor? Das kann ich mir schwer vorstellen«, sagte er, als er den Wagen anließ und aus der Parklücke fuhr. »Wenn Eddings Verbindungen zu den Neuen Zionisten hatte, was könnte das wohl mit Dr. Mant zu tun haben?«

Ich wußte es nicht und schwieg, während er fuhr.

Er redete wieder. »Irgendeine Möglichkeit, daß dein britischer Kollege einfach aus der Stadt abgehauen ist? Weißt du sicher, daß seine Mutter gestorben ist?«

Ich dachte an meinen Leichenschauhaus-Aufseher, der vor Weihnachten ohne Vorwarnung oder Begründung gekündigt hatte. Dann war Mant auch plötzlich weggewesen.

»Ich weiß nur, was er mir gesagt hat«, meinte ich. »Aber ich habe keinen Anlaß zu glauben, daß er mich angelogen hat.«

»Wann kommt deine andere Stellvertreterin wieder, die im Mutterschaftsurlaub ist?«

»Sie hat gerade erst ihr Baby bekommen.«

»Also, das läßt sich ein bißchen schwer vortäuschen«, sagte er.

Wir kamen nach Malvern, und der Regen hinterließ winzige Nadelstiche auf den Scheiben. Mir drängten sich Worte auf, die ich nicht äußern konnte, und als wir in die Cary Street einbogen, überkam mich Verzweiflung. Ich wollte Wesley sagen, daß wir die richtige Entscheidung getroffen hatten, aber daß das Ende einer Beziehung nicht gleich das Ende der Gefühle bedeutet. Ich wollte mich nach Connie, seiner Frau, erkundigen. Ich wollte ihn, so wie früher, zu mir ins Haus einladen und ihn fragen, warum er mich nicht mehr anrief. Die Old Locke Lane war nicht beleuchtet, als wir ihr zum Fluß folgten, und er fuhr langsam in einem niedrigen Gang.

»Fährst du heute abend zurück nach Fredericksburg?« fragte ich.

Er schwieg erst, sagte aber dann: »Connie und ich lassen uns scheiden.«

Ich sagte nichts.

»Es ist eine lange Geschichte, und vermutlich wird es eine verworrene, sich lang hinziehende Sache werden. Gott sei Dank sind die Kinder schon fast erwachsen.« Er ließ das Seitenfenster herunter, und der Wächter winkte uns durch.

»Das tut mir leid, Benton«, sagte ich. Sein BMW dröhnte laut auf meiner leeren, nassen Straße.

»Nun, man könnte wahrscheinlich sagen, ich habe bekommen, was ich verdient habe. Sie hat sich seit fast einem Jahr mit einem anderen Mann getroffen, und ich hatte keine Ahnung davon. Was bin ich doch für ein Psychologe.«

»Wer ist es?«

»Ein Bauunternehmer aus Fredericksburg, der etwas am Haus gemacht hat.«

»Weiß sie von uns?« Die Frage fiel mir schwer, denn ich hatte Connie immer gemocht und war sicher, sie würde mich hassen, wenn sie die Wahrheit erfuhr.

Wir bogen in meine Einfahrt ein, und er antwortete nicht, bis wir vor der Haustür geparkt hatten.

»Ich weiß nicht.« Er holte tief Luft und schaute auf seine Hände, die auf dem Steuer lagen. »Sie hat wahrscheinlich Gerüchte gehört, aber sie hört eigentlich nicht auf Gerüchte, noch weniger glaubt sie daran.« Er verstummte. »Sie weiß, daß wir viel Zeit miteinander verbracht, Reisen gemacht haben, solche Sachen. Aber ich gehe davon aus, sie glaubt, das wäre einzig wegen der Arbeit gewesen.«

»Ich habe ein ganz schlechtes Gefühl bei dem Ganzen.«

Er sagte nichts.

»Wohnst du noch zu Hause?« fragte ich.

»Sie wollte ausziehen«, erwiderte er. »Sie hat sich eine Wohnung genommen, wo sie sich vermutlich regelmäßig mit Doug treffen kann.«

»Das ist der Bauunternehmer.«

Sein Gesicht war hart, er starrte durch die Windschutzscheibe. Ich griff sanft nach seiner Hand.

»Hör mal«, sagte ich leise. »Ich möchte dir, so gut ich kann, helfen. Aber du mußt mir sagen, was ich tun kann.«

Er schaute mich an, und einen Sekundenbruchteil glänzten seine Augen vor Tränen, die, wie ich glaubte, ihr galten. Er liebte seine Frau immer noch, und obwohl ich das verstand, wollte ich es nicht sehen.

»Deine Hilfe kann ich kaum in Anspruch nehmen.« Er räusperte sich. »Gerade jetzt nicht. Für die meiste Zeit des nächsten Jahres. Der Kerl, mit dem sie zusammen ist, mag Geld und weiß, daß ich ein bißchen Geld habe, von meiner Familie. Ich möchte nicht alles verlieren.«

»Ich sehe nicht, wieso du das solltest, nach alldem, was sie getan hat.«

»Es ist kompliziert. Ich muß vorsichtig sein. Ich möchte, daß meine Kinder mich immer noch mögen, mich achten.« Er schaute mich an und entzog mir seine Hand. »Du weißt, wie mir zumute ist. Bitte versuch, alles erst einmal auf sich beruhen zu lassen.«

»Hast du im Dezember über sie Bescheid gewußt, als wir beschlossen, unsere ...«

Er unterbrach mich. »Ja, hab ich.«

»Verstehe.« Meine Stimme klang angespannt. »Ich wünschte, du hättest es mir gesagt. Es hätte alles etwas leichter gemacht.«

»Ich glaube nicht, daß irgend etwas es leichter gemacht hätte.«

»Gute Nacht, Benton«, sagte ich und stieg aus. Ich sah ihm nicht nach, als er wegfuhr.

Drinnen hatte Lucy Melissa Etheridge aufgelegt, und ich war froh, daß meine Nichte hier war und Musik im Haus ertönte. Ich zwang mich, nicht an ihn zu denken, so als könne ich mich in eine andere Kammer meines Gemüts begeben und ihn aussperren. Lucy war in der Küche, und ich zog meinen Mantel aus und legte mein Notizbuch auf die Anrichte.

»Alles in Ordnung?« Sie machte den Kühlschrank mit der Schulter zu und trug Eier zur Spüle.

»Eigentlich ist alles ganz schön furchtbar«, sagte ich.

»Du brauchst jetzt etwas zu essen, und zum Glück koche ich gerade etwas.«

»Lucy« – ich lehnte mich an die Anrichte – »wenn jemand versucht, Eddings' Tod als Unfall oder Selbstmord zu tarnen, dann kann ich verstehen, daß spätere Drohungen oder Intrigen gegen mein Büro in Norfolk einen Sinn machen. Aber warum sind Leute, die für mich arbeiten, schon vorher bedroht worden? Du bist gut darin, Schlußfolgerungen zu ziehen. Erklär mir das.«

Sie schlug Eischnee in einer Schüssel und taute ein Bagel in der Mikrowelle auf. Ihre Ernährungsgewohnheiten waren deprimierend, und ich verstand nicht, wie sie ihre fettfreie Diät einhalten konnte.

»Du weißt doch nicht sicher, daß jemand schon früher bedroht wurde«, sagte sie nüchtern.

»Mit ist klar, daß ich es nicht weiß, zumindest zu diesem Zeitpunkt noch nicht.« Ich machte mir einen Kaffee. »Aber ich versuche nur, das vernünftig aufzuarbeiten. Ich suche nach einem Motiv und stehe mir leeren Händen da. Warum gibst du nicht ein paar Zwiebeln, ein bißchen Petersilie und gemahlenen Pfeffer dazu? Eine Prise Salz kann auch nicht schaden.«

»Soll ich dir etwas machen?« fragte sie, während sie die Eier schlug.

»Ich bin nicht so hungrig. Vielleicht esse ich später.«

Sie sah mich an. »Tut mir leid, daß alles so schrecklich ist.«

Ich wußte, das bezog sich auf Wesley, aber sie wußte auch, daß ich über ihn nicht sprechen wollte.

»Die Mutter von Eddings wohnt hier in der Nähe«, sagte ich. »Ich glaube, ich sollte mit ihr reden.«

»Heute abend? So spät noch?« Der Schneebesen schlug leicht an den Schüsselrand.

»Vielleicht will sie sehr wohl heute abend reden, so spät noch«, sagte ich. »Man hat ihr gesagt, daß ihr Sohn tot ist, und das war auch schon alles.«

»Ja, ja«, murmelte Lucy. »Frohes Neues Jahr.«

7

Ich brauchte niemanden nach einer Meldeliste oder Telefonnummer zu fragen, weil die Mutter des toten Reporters die einzige Person mit dem Namen Eddings war, die in Windsor Farms wohnte. Laut Adreßbuch wohnte sie in der hübschen, von Bäumen gesäumten Sulgrave Street, die bekannt war wegen der Luxusvillen und der Tudor-Häuser, mit Namen wie Virginia House und Agecroft, die in den zwanziger Jahren in Kisten aus England herübergeschifft worden waren. Die Nacht war gerade erst angebrochen, als ich anrief, aber die Frau am Telefon klang, als hätte sie geschlafen.

»Mrs. Eddings?« sagte ich und nannte ihr meinen Namen.

»Verzeihen Sie, ich fürchte, ich bin kurz eingenickt.« Sie klang ängstlich. »Ich sitze hier im Wohnzimmer und schaue fern. Meine Güte, ich weiß nicht einmal, was jetzt läuft. Vorher gab es *My Brilliant Career* auf PBS. Haben Sie das gesehen?«

»Mrs. Eddings«, hob ich wieder an, »ich habe ein paar Fragen über Ihren Sohn Ted. Ich bin die für diesen Fall zuständige Gerichtspathologin. Und ich hatte gehofft, wir könnten reden. Ich wohne nur ein paar Blocks von Ihnen entfernt.«

»Das hat man mir schon gesagt.« Ihre Stimme mit dem

schweren Südstaatenakzent klang noch schleppender, tränenschwer. »Daß Sie in der Nähe wohnen.«

»Würde es Ihnen jetzt gleich passen, Mrs. Eddings?« fragte ich nach einer Pause.

»Ja, das wäre mir sehr recht. Und mein Name ist Elizabeth Glenn«, sagte sie und begann zu weinen.

Ich erreichte Marino zu Hause. Sein Fernseher lief so laut, daß ich nicht verstand, wie er noch irgend etwas anderes hören konnte. Er hatte noch jemanden in der anderen Leitung und wollte diesen Anrufer eindeutig nicht warten lassen.

»Sicher, guck, was du herausfinden kannst«, sagte er, als ich ihm von meinem Vorhaben berichtete. »Ich selber stecke gerade bis zum Hals in einer Geschichte drin. Ich habe in Mosby Court eine Situation, die sich zu einem Aufstand entwickeln könnte.«

»Hat uns gerade noch gefehlt«, sagte ich.

»Ich bin auf dem Weg dorthin. Sonst würde ich mitkommen.«

Ich legte auf und zog mich dem Wetter entsprechend an, weil ich ja noch immer kein Auto hatte. Lucy telefonierte von meinem Büro aus mit Janet, wie ich aufgrund ihrer angespannten Haltung und ihres leisen Tonfalls vermutete. Ich winkte ihr vom Flur aus zu und deutete auf meine Uhr, daß ich in etwa einer Stunde zurück sei. Als ich das Haus verließ und in die kalte, feuchte Dunkelheit aufbrach, verkrochen sich meine Lebensgeister allmählich, wie eine Kreatur, die sich verstecken will. Nach einer Tragödie die Angehörigen zu treffen, blieb eine der grausamsten Begleiterscheinungen meines Berufs.

Im Lauf der Jahre hatte ich die unterschiedlichsten Reaktionen erfahren, war schon zum Sündenbock gemacht worden, oder Familien hatten gebettelt, daß ich den Tod irgendwie ungeschehen machte. Ich hatte Menschen weinen, klagen, lärmen, toben oder überhaupt nicht reagieren sehen, und bei allem war ich immer die Ärztin, stets angemessen leidenschaftslos, aber freundlich, denn so hatte ich es gelernt.

Meine eigenen Gefühle mußte ich für mich behalten. Niemand bekam sie zu sehen, auch nicht während meiner Ehe, als ich eine Kunst daraus gemacht hatte, meine Stimmung zu verbergen oder unter der Dusche zu weinen. Ich erinnerte mich, daß ich einmal im Jahr einen großen Ausbruch hatte und Tony erzählte, ich sei allergisch gegen Pflanzen, Schalentiere, das Sulfid in Rotwein. Mein früherer Ehemann blieb ganz unbekümmert, weil er es nicht hören wollte.

Windsor Farms lag in unheimlicher Stille, als ich vom Fluß her dorthin kam. Nebel hing um die viktorianischen Eisenlaternen, die an England erinnerten, und obwohl in den meisten der herrschaftlichen Anwesen die Fenster erleuchtet waren, schien es so, als sei niemand auf. Laub lag wie feuchtes Zeitungspapier auf dem Pflaster, während der Regen herabklatschte und zu gefrieren begann. Erst jetzt fiel mir ein, daß ich dummerweise keinen Regenschirm mitgenommen hatte.

Als ich die Adresse in der Sulgrave erreicht hatte, war sie mir vertraut, weil ich den Richter kannte, der nebenan wohnte; ich war auf vielen seiner Partys gewesen. Das Eddings-Anwesen war dreistöckig, im Konföderierten-Stil, mit Zwillingsschornsteinen, halbrunden Giebelfenstern und einer Lünette über der holzgetäfelten Haustür. Links von der Eingangstreppe war noch immer der steinerne Löwe, der schon seit Jahren hier Wache hielt. Ich ging die glatten Stufen hinauf und mußte zweimal klingeln, bevor hinter der dicken Holztäfelung schwach eine Stimme ertönte.

»Ich bin's, Dr. Scarpetta«, sagte ich, und die Tür ging langsam auf.

»Ich habe mir gedacht, daß Sie es sind.« Ein ängstliches Gesicht spähte heraus. »Bitte kommen Sie herein, und wärmen Sie sich auf. Eine fürchterliche Nacht.«

»Es wird ziemlich eisig«, sagte ich beim Eintreten.

Mrs. Eddings war attraktiv auf eine wohlerzogene, eitle Weise, sie hatte feine Gesichtszüge und feines weißes Haar, das aus der hohen, glatten Stirn gekämmt war. Sie trug ein schwarzes Kostüm und einen Kaschmirpullover, als hätte sie den ganzen Tag Besuch empfangen. Aber ihre Augen konnten den unwiderruflichen Verlust nicht verbergen, und als sie vor mir herging, war ihr Gang unsicher, und ich hatte den Verdacht, daß sie getrunken hatte.

»Ein wunderschönes Haus«, sagte ich, als sie mir den Mantel abnahm. »Ich bin schon so oft daran vorbeigegangen oder vorbeigefahren, ohne eine Ahnung zu haben, wer hier wohnt.«

»Und wo wohnen Sie?«

»Dort drüben. Westlich von Windsor Farms.« Ich deutete in die Richtung. »Mein Haus ist neu. Ich bin erst letzten Herbst eingezogen.«

»Ach ja, ich weiß, wo das ist.« Sie schloß die Tür des Garderobenschranks und führte mich in die Halle. »Ich kenne ziemlich viele Leute dort drüben.«

Der Salon war ein Museum mit Perserteppichen, Tiffanylampen und Biedermeiermöbeln. Ich setzte mich auf eine schwarz bezogene Couch, die hübsch, aber steif war, und fragte mich schon, wie gut die Mutter mit dem Sohn ausgekommen war. Die Einrichtung ihrer beider Wohnungen vermittelte das Bild von Menschen, die starrköpfig und einzelgängerisch sein konnten.

»Ihr Sohn hat mich ein paarmal interviewt«, begann ich das Gespräch, nachdem wir Platz genommen hatten.

»Ach ja?« Sie versuchte zu lächeln, aber ihre Gesichtszüge entgleisten.

»Es tut mir leid. Ich weiß, es ist schwer«, sagte ich sanft, als sie in ihrem roten Ledersessel versuchte, die Fassung zu bewahren. »Ted gehörte zu den Leuten, die ich ziemlich gern hatte. Meine Angestellten mochten ihn auch.«

»Alle mögen Ted«, sagte sie. »Vom ersten Tag an konnte er die Menschen bezaubern. Ich erinnere mich an das erste große Interview, das er in Richmond machte.« Sie starrte ins Feuer, die Hände fest ineinander verschränkt. »Mit Gouverneur Meadows, Sie kennen ihn sicher noch. Ted hat ihn zum Reden gebracht, alle anderen hatten das nicht geschafft. Das war, als es überall hieß, der Gouverneur nehme Drogen und gebe sich mit unmoralischen Frauen ab.«

»O ja«, erwiderte ich, als wäre das gleiche nicht schon von anderen Gouverneuren behauptet worden.

Sie blickte mit Verzweiflung im Gesicht von mir weg, und die Hand, mit der sie ihr Haar zurückstrich, zitterte. »Wie konnte das geschehen? Mein Gott, wieso ist er ertrunken?«

»Mrs. Eddings, ich glaube nicht, daß er ertrunken ist.«

Sie starrte mich mit großen Augen an. »Was ist dann geschehen?«

»Ich bin noch nicht sicher. Es müssen noch Tests durchgeführt werden.«

»Was könnte es sonst sein?« Sie tupfte sich die Tränen mit einem Papiertaschentuch ab. »Der Polizist, der mich aufsuchte, hat gesagt, es sei unter Wasser geschehen. Ted tauchte mit seiner Vorrichtung im Fluß.«

»Da gäbe es eine Reihe von Ursachen«, antwortete ich. »Beispielsweise ein Defekt des Atemgeräts, das er benutzte. Er könnte Abgase inhaliert haben. Im Augenblick weiß ich es nicht.«

»Ich habe ihm gesagt, er soll das Ding nicht benutzen. Ich weiß gar nicht, wie oft ich ihn gebeten habe, nicht mit diesem Gerät zum Tauchen zu gehen.«

»Dann hat er es früher schon benutzt.«

»Er hat sehr gern nach Reliquien aus dem Bürgerkrieg gesucht. Er ist fast überall mit so einem Metalldetektor getaucht. Ich glaube, letztes Jahr hat er ein paar Kanonenkugeln im James River gefunden. Komisch, daß Sie das nicht wußten. Er hat mehrere Geschichten über seine Abenteuer geschrieben.«

»Im allgemeinen haben Taucher einen Begleiter dabei, einen Kumpel«, sagte ich. »Wissen Sie, mit wem er normalerweise tauchen ging?«

»Na ja, ab und zu hat er wohl mal jemanden mitgenommen. Ich weiß es wirklich nicht, weil er mit mir nicht sehr viel über seine Freunde sprach.«

»Hat er Ihnen etwas davon gesagt, daß er im Elizabeth River tauchen wollte, um nach Bürgerkriegsandenken zu suchen?« fragte ich.

»Ich weiß gar nichts davon, daß er dorthin wollte. Er hat es mir gegenüber nie erwähnt. Ich dachte, er würde heute herkommen.« Sie schloß die Augen, runzelte die Stirn, und ihr Busen hob und senkte sich mächtig, als ob nicht genug Luft zum Atmen in dem Zimmer wäre.

»Was ist mit den Stücken, die er gesammelt hat?« fragte ich weiter. »Wissen Sie, wo er sie aufgehoben hat?«

Sie antwortete nicht.

»Mrs. Eddings«, fuhr ich fort, »wir haben nichts dergleichen in seinem Haus gefunden. Nicht einen Knopf, keine Gürtelschnalle oder Kanonenkugel. Und wir haben auch keinen Metalldetektor gefunden.«

Sie schwieg. Ihre Hände, die das Papiertaschentuch umklammerten, zitterten.

»Wir müssen unbedingt herausbekommen, was Ihr Sohn auf dem Schiffsfriedhof in Chesapeake getan haben könnte«, redete ich ihr zu. »Er tauchte in einem militärischen Sicherheitsbereich bei ausrangierten Marineschiffen, und niemand scheint zu wissen, warum. Es ist schwer vorstellbar, daß er dort nach Überbleibseln aus dem Bürgerkrieg gesucht hat.«

Sie starrte ins Feuer und sagte mit beinahe unbeteiligter Stimme: »Ted macht so Phasen durch. Einmal hat er Schmetterlinge gesammelt. Als er zehn war. Dann hat er sie alle verschenkt und angefangen, Edelsteine zu sammeln. Ich weiß noch, daß er an den merkwürdigsten Orten zum Goldwaschen ging und Granate mit einer Pinzette vom Straßenrand aufklaubte. Dann verlegte er sich auf Münzen, aber die hat er meist ausgegeben, weil die Cola-Maschine nicht merkt, ob der Vierteldollar aus reinem Silber ist oder nicht. Baseballkarten, Briefmarken, Mädchen. Er ist nie lange bei einer Sache geblieben. Er hat mir einmal gesagt, daß er den Journalismus mag, weil er immer etwas anderes zu bieten hat.«

Sie sprach weiter, tiefbewegt.

»Ich glaube, er hätte seine Mutter gegen eine andere eingetauscht, wenn sich das hätte machen lassen.« Eine Träne kullerte ihr über die Wange. »Er muß mich ziemlich satt gehabt haben.«

»So sehr, daß er auf Ihre finanzielle Unterstützung verzichtete, Mrs. Eddings?« sagte ich behutsam.

Sie hob das Kinn. »Jetzt werden Sie, glaube ich, ein bißchen zu persönlich.«

»Ja, und ich bedauere, daß ich Sie dem aussetzen muß, aber ich bin Ärztin, und nun ist Ihr Sohn mein Patient. Es ist meine Pflicht, alles in meiner Macht Stehende zu tun, um herauszufinden, was ihm geschehen sein kann.«

Sie holte tief Luft, sie zitterte und fingerte am obersten Knopf ihrer Jacke herum. Sie kämpfte die Tränen nieder.

»Ich habe ihm jeden Monat Geld geschickt. Sie wissen ja, wie die Erbschaftssteuern sind, und Ted war es gewohnt, über seine Verhältnisse zu leben. Ich schätze, daran sind sein Vater und ich schuld.« Sie konnte kaum fortfahren. »Das Leben war für meine Söhne nicht besonders hart, nicht hart genug. Ich denke, für mich war es auch nicht sehr schwer. Bis Arthur starb.«

»Was hat Ihr Mann gemacht?«

»Er war in der Tabakbranche. Wir haben uns während des Krieges kennengelernt, als die meisten Zigaretten auf der Welt hier in der Gegend hergestellt wurden, und kaum eine war aufzutreiben, genausowenig wie Strümpfe.«

Die Erinnerung besänftigte sie, und ich unterbrach sie nicht.

»Eines Abends ging ich auf ein Fest im Offiziersclub im Jefferson Hotel. Arthur war Captain in einer Armee-Einheit, die sich Richmond Grays nannte, und er konnte tanzen.« Sie lächelte. »Oh, er konnte tanzen, als hätte er die Musik mit der Muttermilch eingesogen, als hätte er sie in seinen Adern, und ich habe ihn gleich entdeckt. Unsere Blicke brauchten sich nur einmal zu begegnen, und schon waren wir unzertrennlich.«

Sie schaute weg, und das Feuer knisterte und flackerte, als hätte es etwas Bedeutendes mitzuteilen.

»Das war freilich ein Teil des Problems«, fuhr sie fort. »Arthur und ich waren immer vollkommen aufeinander fixiert, und ich glaube, die Jungen hatten manchmal das Gefühl, im Weg zu sein.« Sie schaute mich nun direkt an. »Ich habe nicht einmal gefragt, ob Sie Tee möchten, oder vielleicht etwas Stärkeres.«

»Nein, danke. Stand Ted seinem Bruder sehr nahe?«

»Ich habe dem Polizisten bereits Jeffs Nummer gegeben. Wie hieß er noch? Martino oder so ähnlich. Ich fand ihn eigentlich ziemlich grob. Wissen Sie, ein kleiner Goldschlager tut gut an so einem Abend.«

»Nein, vielen Dank.«

»Den habe ich durch Ted entdeckt«, sprach sie mit brüchiger Stimme weiter, während ihr plötzlich Tränen die Wangen hinabliefen. »Er hat ihn entdeckt, als er Skifahren war im Westen, und brachte eine Flasche mit. Er schmeckt wie flüssiges Feuer, mit einer Prise Zimt. Das hat er gesagt, als er ihn mir schenkte. Er hat mir immer irgend etwas mitgebracht.«

»Hat er Ihnen je Champagner mitgebracht?«

Sie schneuzte sich dezent.

»Sie sagten, er wollte Sie heute besuchen«, erinnerte ich sie.

»Er sollte zum Mittagessen kommen«, sagte sie.

»In seinem Kühlschrank steht eine nette Flasche Champagner. Mit einer Schleife darum, und ich frage mich, ob er sie Ihnen zum Mittagessen mitbringen wollte.«

»Ach Gott.« Ihre Stimme zitterte. »Das muß für eine andere Feier gewesen sein. Ich trinke keinen Champagner. Davon bekomme ich Kopfschmerzen.«

»Wir suchen nach seinen Computerdisketten«, sagte ich. »Wir suchen nach allen möglichen Aufzeichnungen im Zusammenhang mit seinen letzten Geschichten. Hat er Sie je gebeten, etwas für ihn hier aufzubewahren?«

»Ein Teil von seiner Sportausrüstung ist auf dem Boden, aber die ist so alt wie Methusalem.« Sie mußte sich räuspern. »Und Papiere aus der Schulzeit.«

»Wissen Sie vielleicht, ob er ein Bankschließfach hatte?«

»Nein.« Sie schüttelte den Kopf.

»Könnte er diese Sachen einem Freund anvertraut haben?«

»Ich weiß nichts von seinen Freunden«, sagte sie, während gefrierender Regen gegen die Scheiben klirrte.

»Und er hat nie etwas von irgendwelchen Liebesgeschichten erzählt? Sie sagen, er hatte keine?«

Sie preßte die Lippen fest zusammen.

»Bitte sagen Sie es mir, wenn ich etwas falsch verstanden habe.«

»Da war ein Mädchen, vor ein paar Monaten hat er sie einmal mitgebracht. Ich schätze, es war im Sommer, und offenbar ist sie irgendeine Wissenschaftlerin.« Sie hielt inne. »Anscheinend war er an einer Story dran, so haben sie sich kennengelernt. Wir hatten ihretwegen eine kleine Meinungsverschiedenheit.«

»Warum?«

»Sie war attraktiv und so ein akademischer Typ. Vielleicht eine Professorin. Ich weiß nicht mehr, aber sie kommt irgendwo aus Übersee.«

Ich wartete, aber sie hatte nichts mehr zu sagen.

»Worum ging es bei Ihrer Meinungsverschiedenheit?« fragte ich.

»Ich wußte vom ersten Augenblick an, daß sie keinen guten Charakter hatte, und sie durfte mir nicht mehr ins Haus kommen«, erwiderte Mrs. Eddings.

»Wohnt sie hier in der Gegend?« fragte ich.

»Anzunehmen, aber ich wüßte nicht, wo.«

»Aber er hat sich immer noch mit ihr getroffen?«

»Ich habe keine Ahnung, mit wem Ted sich getroffen hat«, sagte sie, und ich war sicher, daß sie log.

»Mrs. Eddings«, sagte ich, »allem Anschein nach hielt sich Ihr Sohn nicht allzuhäufig zu Hause auf.

Sie sah mich bloß an.

»Hatte er eine Haushälterin? Jemand, der sich um seine Pflanzen kümmerte?«

»Ich habe meine Haushälterin hingeschickt, wenn es nötig war«, sagte sie. »Corian. Manchmal bringt sie ihm Essen. Ted hält nicht viel vom Kochen.«

»Wann ist sie zuletzt dort gewesen?«

»Ich weiß nicht«, meinte sie, und ich merkte, daß sie der Fragen müde war. »Irgendwann vor Weihnachten, glaube ich, weil sie die Grippe bekam.«

»Hat Corian Ihnen je erzählt, was er in seinem Haus hatte?«

»Ich nehme an, Sie meinen seine Waffen«, sagte sie. »Auch wieder so etwas, das er zu sammeln anfing, vor einem Jahr oder so. Das war das einzige, was er zum Geburtstag wollte – einen Geschenkgutschein für einen dieser Waffenläden hier. Als ob eine Frau sich je in so einen Laden wagen würde.«

Es war sinnlos, weiter nachzuforschen, denn sie hatte nichts als den Wunsch, daß ihr Sohn noch am Leben wäre. Darüber hinaus war jede Anstrengung oder Nachfrage schlicht eine Belästigung, der sie unbedingt ausweichen wollte. Kurz vor zehn machte ich mich auf den Heimweg und rutschte zweimal beinahe aus auf den leeren Straßen, wo es zu finster war, um etwas zu erkennen. Die Nacht war bitterkalt und voll scharfer Geräusche. Eis überzog die Bäume und ließ den Boden gefrieren.

Ich fühlte mich entmutigt, weil es nicht so aussah, als würde jemand Eddings mehr als oberflächlich oder nicht nur aus seiner Vergangenheit kennen. Ich hatte erfahren, daß er Münzen und Schmetterlinge sammelte und immer reizend gewesen war. Er war ein ehrgeiziger Reporter mit einem begrenzten Aufmerksamkeitsrahmen, und ich fand es merkwürdig, daß ich bei diesem Wetter durch sein altes Viertel ging, um über diesen Mann zu reden. Ich fragte mich, was er wohl von mir erwartet hätte, und ich fühlte mich sehr traurig.

Ich wollte mit niemandem reden, als ich nach Hause kam, und ging deshalb gleich in mein Zimmer. Ich wärmte mir die Hände unterm heißen Wasser und wusch mir das Gesicht, als Lucy in der Tür auftauchte. Ich wußte sofort, daß sie einen ihrer Durchhänger hatte.

»Hast du genug gegessen?« Ich schaute in ihr Gesicht im Spiegel über dem Waschbecken.

»Ich krieg nie genug zu essen«, erwiderte sie gereizt. »Ein gewisser Danny aus deinem Büro in Norfolk hat angerufen. Er hat gesagt, der Auftragsdienst hat sich wegen unserer Autos gemeldet.«

Einen Augenblick lang fühlte ich völlige Leere im Kopf. Dann fiel es mir wieder ein. »Ich habe der Abschleppfirma die Büronummer gegeben.« Ich trocknete mir das Gesicht mit einem Handtuch ab. »Deshalb hat der Auftragsdienst wohl Danny zu Hause erreicht.«

»Egal. Er will, daß du zurückrufst.« Sie starrte mich im Spiegel an, als hätte ich etwas falsch gemacht.

»Was ist?« Ich starrte ausdruckslos zurück.

»Ich muß bloß von hier weg.«

»Ich werde versuchen, die Autos morgen herzubekommen«, sagte ich leicht säuerlich.

Ich ging aus dem Badezimmer, und sie folgte mir.

»Ich muß wieder an die UVA.«

»Natürlich, Lucy«, sagte ich.

»Du verstehst das nicht. Ich habe so viel zu tun.«

»Ich habe nicht gewußt, daß du schon mit deiner Studie angefangen hast.« Ich ging ins Wohnzimmer und steuerte die Bar an.

»Es spielt keine Rolle, ob ich schon damit angefangen habe. Ich muß einen Haufen vorbereiten. Und ich begreife nicht, wie du die Autos herbekommen willst. Vielleicht kann Marino mich mitnehmen, damit ich meines holen kann.«

»Marino ist sehr beschäftigt, und das alles ist ganz einfach«, sagte ich. »Danny bringt meinen Wagen nach Richmond, und er hat einen zuverlässigen Freund, der deinen Suburban fahren wird. Dann nehmen Danny und sein Freund den Bus zurück nach Norfolk.«

»Wann?«

»Das ist der einzige Haken. Ich kann Danny nur gestatten, das nach Dienstschluß zu machen, weil er meinen Privatwagen nicht während der Dienstzeit herbringen kann.« Ich öffnete eine Flasche Chardonnay.

»Mist«, sagte Lucy ungeduldig. »Also habe ich morgen immer noch keinen fahrbaren Untersatz?«

»Ich fürchte, ich auch nicht«, sagte ich.

»Und was machst du dann?«

Ich reichte ihr ein Glas Wein. »Ich werde ins Büro gehen und wahrscheinlich viel Zeit am Telefon verbringen. Kannst du vielleicht irgend etwas in eurem Büro hier erledigen?«

Sie zuckte mit den Achseln. »Ich kenne ein paar Leute, die mit mir auf der Academy waren.«

Zumindest konnte sie sich von einem anderen Agenten

ins Fitneßstudio mitnehmen lassen, damit sie ihre schlechte Laune ausschwitzte, wollte ich gerade sagen, hielt meine Zunge aber im Zaum.

»Ich mag keinen Wein.« Sie stellte das Glas auf die Bar. »Ich glaube, ich werde erst mal ein Bier trinken.«

»Warum bist du so aufgebracht?«

»Ich bin nicht aufgebracht.« Sie holte sich ein Beck's Light aus dem kleinen Kühlschrank und öffnete es.

»Willst du dich nicht hinsetzen?«

»Nein«, sagte sie. »Übrigens, ich habe das Buch, also reg dich nicht auf, wenn du es nicht in deiner Aktentasche findest.«

»Was soll das heißen, du hast es?« Ich sah sie unbehaglich an.

»Ich habe darin gelesen, während du mit Mrs. Eddings gesprochen hast.« Sie trank einen Schluck Bier. »Ich habe gedacht, es wäre gut, es noch einmal durchzugehen, falls wir etwas übersehen haben sollten.«

»Ich denke, du hast es dir lange genug angesehen«, sagte ich schlicht. »Wir alle haben das.«

»Da ist eine Menge alttestamentarisches Zeug drin. Ich meine, es ist eigentlich nicht wirklich Satanskult oder so.«

Ich beobachtete sie schweigend, während ich mich fragte, was wirklich in diesem unglaublich komplizierten Hirn vorging.

»Ich finde es eigentlich ziemlich interessant und glaube, es hat nur Macht über dich, wenn du ihm diese Macht zugestehst. Das tue ich nicht, also macht es mir keine Bange«, sagte sie.

Ich stellte mein Glas ab. »Aber irgendwas beunruhigt dich schon.«

»Das einzige, was mich beunruhigt, ist, daß ich hier gestrandet und müde bin. Deshalb werde ich wohl einfach ins Bett gehen«, sagte sie. »Ich hoffe, du kannst schlafen.«

Das konnte ich nicht. Statt dessen saß ich vor dem Feuer und machte mir Sorgen um sie, denn ich kannte meine Nichte vermutlich besser als irgendein anderer. Vielleicht hatten Janet und sie einfach Streit gehabt, und am Morgen würde alles wieder in Ordnung kommen, oder vielleicht hatte sie wirklich zuviel zu tun, und daß sie nicht nach Charlottesville zurückkehren konnte, war ein größeres Problem, als ich annahm.

Ich ließ das Feuer ausgehen und überprüfte noch einmal die Alarmanlage, um sicher zu sein, daß sie angeschaltet war, dann ging ich wieder in mein Schlafzimmer und schloß die Tür. Ich konnte immer noch nicht schlafen, also setzte ich mich unter die Lampe und lauschte auf den Regen, während ich den Ausdruck von Eddings' Faxgerät durchsah. In den vergangenen zwei Wochen waren achtzehn Nummern angewählt worden, und alle ließen darauf schließen, daß er auf jeden Fall zumindest einen Teil der Zeit zu Hause gewesen war und dort gearbeitet hatte.

Aber wenn er zu Hause gearbeitet hatte, das fiel mir gleich auf, hätte es einige Faxe an das AP-Büro geben müssen. Seit Mitte Dezember jedoch hatte er nur zweimal sein Büro angefaxt, von dem Gerät zumindest, das wir im Haus gefunden hatten. Das ließ sich halbwegs leicht feststellen, weil er eine Kurzwahl eingegeben hatte, und deshalb tauchte »AP DESK« in der Empfängerspalte des Ausdrucks auf, zusammen mit weniger offensichtlichen Kürzeln wie »NVSE«, »DRMS«, »CPT« und »LM«. Drei dieser Adressen hatten mir bekannte Vorwahlnummern aus der näheren Umgebung, während die Vorwahl für DRMS die von Memphis, Tennessee war.

Ich versuchte einzuschlafen, aber Informationen tanzten vor meinen Augen, Fragen stellten sich, weil ich sie nicht ausblenden konnte. Ich fragte mich, wen Eddings in diesen Orten zu erreichen versucht hatte oder ob das überhaupt eine Rolle spielte. Aber am allerwenigsten konnte ich von dem Ort seines Todes loskommen. Ich konnte noch immer seinen im trüben Wasser des Flusses treibenden Körper sehen, von einem nutzlosen Schlauch an eine rostige Schiffsschraube gebunden. Ich konnte seine Starre spüren, als ich ihn in den Armen hielt und ihn mit mir hochzog. Schon bevor ich die Wasseroberfläche erreicht hatte, war mir klar gewesen, daß er seit vielen Stunden tot war.

Um drei Uhr früh setzte ich mich im Bett auf und starrte in die Dunkelheit. Das Haus war still bis auf die üblichen vagen Geräusche, aber ich konnte meinen Verstand einfach nicht abschalten. Widerstrebend stand ich auf, mein Herz schlug heftig, als wäre es verblüfft, daß ich mich um diese Zeit noch rührte. In meinem Büro schloß ich die Tür und schrieb einen kurzen Brief:

An alle, die es angeht:

Ich weiß, dies ist eine Faxnummer, sonst würde ich persönlich anrufen. Ich benötige Ihre Identität, da Ihre Nummer in dem Sendebericht des Faxgeräts einer kürzlich verstorbenen Person aufgetaucht ist. Bitte setzen Sie sich möglichst schnell mit mir in Verbindung. Wenn Sie sich die Authentizität dieser Mitteilung bestätigen lassen wollen, wenden Sie sich an Captain Pete Marino von der Polizei Richmond.

Ich gab die Telefonnummern an und setzte meinen Titel und meinen Namen darunter. Dann faxte ich den Brief an alle in Eddings' Liste aufgeführten Kurzwahlnummern, außer, natürlich, an Associated Press. Ich blieb noch eine Weile am Schreibtisch sitzen und starrte vor mich hin, als könnte mein Faxgerät diesen Fall augenblicklich lösen. Aber es blieb still, während ich las und wartete. Zu halbwegs christlicher Zeit, um sechs Uhr, rief ich Marino an.

»Es hat also keine Unruhen gegeben«, sagte ich, nachdem

der Hörer schepperte und herunterfiel und seine Stimme verschlafen über die Leitung kam. »Gut, daß du wach bist«, setzte ich hinzu.

»Wieviel Uhr ist es?« Er klang, als wäre er völlig benommen.

»Zeit für dich, aus den Federn zu kommen.«

»Wir haben ungefähr fünf Leute eingelocht. Die anderen haben sich danach beruhigt und zurückgezogen. Wieso bist du schon wach?«

»Ich bin immer wach. Und außerdem bräuchte ich heute eine Fahrgelegenheit zur Arbeit, und ich brauche auch ein paar Lebensmittel.«

»Na, dann setz mal Kaffee auf«, sagte er. »Schätze, daß ich rüber komme.«

8

Als Marino eintraf, lag Lucy noch im Bett, und ich machte gerade Kaffee. Ich ließ ihn rein, völlig verzagt, nachdem ich einen Blick auf meine Straße geworfen hatte. Über Nacht war Richmond eine Stadt aus Glas geworden. Ich hatte schon in den Nachrichten gehört, daß herabstürzende Äste und Bäume in verschiedenen Gegenden der Stadt Stromleitungen zerstört hatten.

»Hattest du Schwierigkeiten?« fragte ich und schloß die Haustür.

»Hängt davon ab, was du meinst.« Marino stellte die Einkaufstüte ab, zog seinen Mantel aus und gab ihn mir.

»Beim Fahren.«

»Ich habe Ketten. Aber ich war bis nach Mitternacht unterwegs und bin höllisch müde.«

»Du kriegst gleich einen Kaffee.«

»Aber nicht so ein bleifreies Gesöff.«

»Der hat genug Koffein für dich.«

»Wo ist die Kleine?«

»Schläft.«

»Ja. Muß was Schönes sein.« Er gähnte wieder.

Ich machte in meiner Küche einen Fruchtsalat. Durch die Fenster sah der Fluß wie zähflüssiges Zinn aus. Die Felsen waren wie mit Zuckerguß überzogen, die Bäume funkelten im fahlen Morgenlicht wie in einem Märchenwald. Marino nahm sich Kaffee und dazu viel Zucker und Sahne.

»Magst du auch einen?« fragte er.

»Schwarz, bitte.«

»Ich glaube, das brauchst du mir mittlerweile nicht mehr zu sagen.«

»Ich verlasse mich nie auf irgendwelche Annahmen«, sagte ich, während ich Teller aus dem Schrank holte. »Und besonders nicht bei Männern, die haben per Mendelsches Gesetz keine Erinnerung an Details, die für Frauen wichtig sind.«

»Schon gut, aber ich könnte dir eine lange Liste all der Dinge nennen, die Doris nie behalten hat. Angefangen damit, daß sie meine Werkzeuge benutzt und nie wieder zurückgelegt hat.« Er redete von seiner Ex-Frau.

Ich stand an der Anrichte, während er sich umschaute, als wolle er rauchen. Das würde ich nicht zulassen.

»Ich schätze, Tony hat dir nie Kaffee gemacht«, sagte er.

»Tony hat nie viel gemacht, außer daß er versucht hat, mich zu schwängern.«

»Dann hat er da auch nicht viel gebracht, es sei denn, du wolltest keine Kinder.«

»Nein, nicht von ihm.«

»Und wie ist das jetzt?«

»Ich will immer noch keine von ihm. Hier.« Ich reichte Marino einen Teller. »Setzen wir uns.«

»Augenblick mal. Das ist alles?«

»Was willst du sonst noch?«

»Verdammt, Doc. Das ist kein Essen. Und was, zum Teufel, sind diese kleinen grünen Scheiben mit den schwarzen Punkten?«

»Die Kiwis, die du mir besorgt hast. Ich bin sicher, du hast die schon mal gegessen«, sagte ich geduldig. »Ich hab Bagels im Eisfach.«

»Oh ja, das klingt gut. Mit Cream Cheese. Und hast du vielleicht Mohnsamen?«

»Wenn du heute einen Drogentest machen müßtest, würden sie bei dir Morphine nachweisen.«

»Und komm mir nicht mit dem fettarmen Zeug. Das schmeckt doch wie Pappe.«

»Nein«, sagte ich. »Pappe schmeckt besser.«

Ich ließ die Butter weg, da ich entschlossen war, ihn noch eine Weile am Leben zu halten. Mittlerweile waren Marino und ich mehr als Partner oder Freunde. Wir waren voneinander abhängig auf eine Art, die keiner von uns erklären konnte.

»Nun erzähl mir mal, was du alles gemacht hast«, sagte er, als wir vor einem der großen Fenster am Frühstückstisch saßen. »Ich weiß, daß du die ganze Nacht auf gewesen bist.« Er biß herzhaft in sein Bagel und langte nach seinem Saft.

Ich erzählte ihm von meinem Besuch bei Mrs. Eddings und von dem Fax, das ich geschrieben und an die Nummern geschickt hatte, die zu irgendwelchen Anschlüssen gehörten, die ich nicht kannte.

»Es ist schon komisch, daß er überallhin gefaxt hat, bloß nicht an sein Büro.«

»Er hat zwei Faxe ans Büro geschickt«, erinnerte ich ihn.

»Ich muß mit den Leuten reden.«

»Viel Glück. Denk dran, es sind Reporter.«

»Das macht mir ja gerade angst. Für diese Schmarotzer ist Eddings' Tod bloß eine weitere Story. Die sind doch bloß daran interessiert, was sie mit der Nachricht anfangen können. Je schrecklicher sein Tod ist, um so besser gefällt es ihnen.«

»Na ja, ich weiß nicht. Aber ich habe den Verdacht, wer auch immer mit ihm in diesem Büro zu tun hatte, wird äußerst genau auf seine Worte achten. Und ich kann sie nicht unbedingt verurteilen. Ermittlungen in einem Todesfall sind immer beängstigend für Leute, die nicht darum gebeten haben, hineingezogen zu werden.«

»Wie sieht's mit dem toxikologischen Befund aus?« fragte Marino.

»Kommt hoffentlich heute«, sagte ich.

»Gut. Wenn sich dein Verdacht auf Zyankali bestätigt, dann können wir den Fall vielleicht bearbeiten, wie es sich gehört. Im Augenblick versuche ich, dem Leiter der Sondereinheit abergläubische Vorstellungen zu erklären und frage mich, was, zum Teufel, ich mit diesen Kindergarten-Cops in Chesapeake machen soll. Und wenn ich Wesley sage, es war Mord, verlangt er Beweise, weil er auch in den Startlöchern ist.«

Die Erwähnung seines Namens verstörte mich, und ich schaute aus dem Fenster auf nicht mehr schiffbares Wasser, das sich zäh zwischen den großen, dunklen Felsen bewegte. Die Sonne erhellte graue Wolken im Osten, und ich hörte das Geräusch der Dusche im hinteren Teil des Hauses, wo Lucy sich aufhielt.

»Klingt, als wäre Dornröschen erwacht«, sagte Marino. »Sollen wir sie in die Stadt mitnehmen?«

»Ich glaube, sie hat heute irgend etwas mit dem Außenbüro zu erledigen. Wir sollten los«, fügte ich hinzu, denn die Dienstbesprechung in meinem Büro war immer um halb neun.

Er half mir, das Geschirr in die Spüle zu stellen. Minuten später stand ich im Mantel, mit meiner Arzttasche und dem Aktenkoffer in der Hand da, als meine Nichte im Flur auftauchte, das Haar noch naß, den Morgenmantel eng um sich geschlungen.

»Ich habe geträumt«, sagte sie mit niedergeschlagener Stimme. »Jemand hat uns im Schlaf erschossen. Eine Neunmillimeter gegen den Hinterkopf. Es sollte wie ein Raubüberfall aussehen.«

»Ach, wirklich?« fragte Marino, derweil er seine fellgefütterten Handschuhe anzog. »Und wo war meine Wenigkeit? Denn so was passiert nicht, wenn ich im Haus bin.«

»Du warst nicht da.«

Er sah sie sonderbar an, als er merkte, daß sie es ernst meinte. »Was, zum Teufel, hast du gestern abend gegessen?«

»Es war wie im Kino. Und es muß Stunden gedauert haben.« Sie sah mich an, ihre Augen waren verquollen und trüb.

»Möchtest du mit mir ins Büro kommen?« fragte ich.

»Nein, nein. Ist schon in Ordnung. Das letzte, was ich um mich haben möchte, ist ein Haufen Leichen.«

»Triffst du dich mit einem der Agenten, die du hier kennst?« fragte ich unsicher.

»Ich weiß nicht. Wir sollten eine Übung mit Sauerstoffgeräten machen, aber ich glaube nicht, daß mir danach ist, einen Taucheranzug anzuziehen und mich in einem Hallenschwimmbad herumzutreiben, das nach Chlor stinkt. Ich glaube, ich werde hier einfach auf meinen Wagen warten und dann abbauen.«

Marino und ich redeten nicht viel während der Fahrt in die Stadt. Die mächtigen Reifen seines Autos frästen sich mit rasselnden Ketten durch die vereisten Straßen. Ich wußte, er machte sich Sorgen um Lucy. So sehr er über sie herzog, er wäre jedem anderen, der dies versuchte, mit seinen großen bloßen Händen an die Gurgel gefahren. Er hatte sie schon als Zehnjährige gekannt. Und Marino hatte ihr beigebracht, einen Fünf-Gang-Transporter zu fahren und eine Waffe zu benutzen.

»Doc, ich muß dich was fragen«, sagte er endlich, als der Rhythmus der Schneeketten sich vor dem Mauthäuschen verlangsamte. »Meinst du, daß es Lucy gutgeht?«

»Jeder hat mal Alpträume«, sagte ich.

»He, Bonita«, rief er der Kassiererin zu, als er ihr durchs Fenster seinen Dienstausweis reichte, »wann unternehmen Sie endlich etwas gegen dieses Wetter?«

»Schieben Sie nicht mir die Schuld zu, Captain.« Sie gab ihm den Ausweis zurück, und die Schranke ging auf. »Sie haben mir gesagt, Sie sind zuständig.«

Ihre fröhliche Stimme folgte uns, und ich dachte, wie traurig es doch war, daß wir in einer Zeit lebten, wo sogar Mautkassiererinnen Plastikhandschuhe tragen mußten, um nicht mit der Haut eines anderen in Berührung zu kommen. Ich fragte mich, ob es noch so weit kommen würde, daß wir alle in Kunststoffblasen leben müßten, damit wir nicht am Ebola-Virus oder an Aids starben.

»Ich meine nur, daß sie sich ein bißchen seltsam aufführt.« Marino kurbelte das Seitenfenster hoch. Nach einer Pause fragte er: »Wo ist Janet?«

»Bei ihren Eltern in Aspen, glaube ich.«

Er blickte starr geradeaus.

»Nach alldem, was in Dr. Mants Haus passiert ist, kann ich es Lucy nicht übelnehmen, daß sie ein bißchen durcheinander ist«, fügte ich hinzu.

»Zum Teufel, normalerweise ist sie diejenige, die Gefahr sucht«, sagte er. »Sie gerät nicht so leicht in Verwirrung. Deshalb läßt das FBI sie beim HRT mitmachen. Man darf einfach nicht in Verwirrung geraten, wenn man sich mit weißen Herrenmenschen und Terroristen abgibt. Man meldet sich nicht krank, bloß weil man einen bösen Traum gehabt hat.«

Er nahm die Ausfahrt an der 7. Straße und bog in die alten Kopfsteinpflasterstraßen von Shockoe Slip ein und nach links in die 14. Straße, wo ich jeden Tag zur Arbeit ging, wenn ich in der Stadt war. Der Sitz des Chief Medical Examiner von Virginia war ein flacher Zementblock mit winzigen, dunklen Fenstern, die mich an abstoßende, argwöhnische Augen erinnerten. Sie blickten auf Slums im Osten und das Bankenviertel im Westen, und darüber schwebten Highways und Bahngleise, die den Himmel durchschnitten.

Marino steuerte den hinteren Parkplatz an, wo angesichts der Straßenverhältnisse schon eine beeindruckende Zahl von Autos stand. Ich stieg vor dem verschlossenen Tor aus, wo die Leichen eingeliefert wurden, und öffnete eine Seitentür. Ich folgte der Rampe für die Bahren und betrat das Leichenschauhaus. Am Ende des Flurs konnte ich die Geräusche arbeitender Menschen hören. Der Autopsieraum war hinter dem Kühlraum, und die Türen standen weit offen. Ich trat ein, als Fielding, mein Stellvertreter, gerade zahlreiche Schläuche und einen Katheter aus der Leiche einer jungen Frau auf dem zweiten Tisch entfernte.

»Sind Sie auf Schlittschuhen gekommen?« fragte er und schien gar nicht überrascht, mich zu sehen.

»Fast. Ich muß wahrscheinlich heute den Kombi ausleihen. Im Augenblick habe ich kein Auto.«

Er beugte sich dichter über seine Patientin, runzelte etwas die Stirn, als er die Klapperschlangen-Tätowierung studierte, die sich um die schlaffe linke Brust der Toten ringelte; das geöffnete Maul der Schlange schnappte nach ihrem Nippel.

»Sagen Sie mir bloß einmal, warum sich jemand so etwas machen läßt«, meinte Fielding.

»Ich würde sagen, der Tätowierkünstler hat am meisten davon gehabt«, sagte ich. »Schauen Sie auf der Innenseite der Unterlippe nach. Sie hat dort wahrscheinlich auch eine Tätowierung.« Er zog ihr die Unterlippe herunter, und da stand in großen, krummen Buchstaben *Fuck You.*

Fielding sah mich erstaunt an. »Woher haben Sie das gewußt?«

»Die Tätowierungen sind Amateurarbeit, sie sieht wie eine Motorradbraut aus, und ich nehme an, daß ihr das Gefängnis nicht fremd war.«

»In allen Punkten richtig.« Er schnappte sich ein sauberes Handtuch und wischte sich übers Gesicht.

Mein athletischer Arbeitskollege sah immer so aus, als würde er seinen Kittel sprengen, und er schwitzte, während uns anderen nie ganz warm wurde. Aber er war ein kompetenter forensischer Pathologe. Er war angenehm und aufmerksam, und ich hielt ihn für loyal.

»Wahrscheinlich eine Überdosis«, erklärte er, während er die Tätowierung auf eine Karteikarte skizzierte. »Ich schätze, ihr Silvester war ein bißchen zu ausgelassen.«

»Jack«, sagte ich zu ihm, »wie oft hatten Sie mit der Polizei von Chesapeake zu tun?«

Er zeichnete weiter. »Nicht allzu oft.«

»In letzter Zeit nicht?« fragte ich.

»Ich glaube, wirklich nicht. Warum?« Er blickte zu mir auf.

»Ich hatte eine ziemlich seltsame Begegnung mit einem der Beamten dort.«

»In Zusammenhang mit Eddings?« Er fing an, die Leiche abzuspritzen, und langes, dunkles Haar schlängelte sich über glänzenden Stahl.

»Genau.«

»Wissen Sie, das ist komisch, aber Eddings hat mich erst vor kurzem angerufen. Es muß einen Tag vor seinem Tod gewesen sein«, sagte Fielding, während er mit dem Schlauch hantierte.

»Was hat er gewollt?« fragte ich.

»Ich habe hier unten gerade einen Fall bearbeitet und deshalb gar nicht mit ihm gesprochen. Nun wünschte ich, ich hätte es getan.« Er stieg auf eine Trittleiter und machte Aufnahmen mit einer Polaroidkamera. »Sind Sie länger in der Stadt?«

»Ich weiß nicht«, sagte ich.

»Also, wenn Sie mich in Tidewater brauchen, ich helfe Ihnen gerne aus.« Das Blitzlicht erlosch, und er wartete auf das Foto. »Ich weiß nicht, ob ich es Ihnen gesagt habe, aber Ginny ist wieder schwanger und würde womöglich gern ein bißchen aus dem Haus kommen. Und sie liebt das Meer. Sagen Sie mir den Namen des Detectives, der Ihnen Sorgen macht, und ich werde mich um ihn kümmern.«

»Ich wünschte, das täte jemand«, sagte ich.

Das Blitzlicht flammte wieder auf, und ich dachte an Mants Cottage und konnte mir nicht vorstellen, Fielding und seine Frau dorthin oder auch nur in die Nähe zu versetzen.

»Es spricht jedenfalls einiges dafür, daß Sie hier bleiben«, fügte er hinzu. »Und hoffentlich bleibt Dr. Mant nicht ewig in England.«

»Danke«, sagte ich erleichtert zu ihm. »Vielleicht könnten Sie einfach ein paarmal in der Woche pendeln.«

»Kein Problem. Könnten Sie mir die Nikon geben?«

»Welche?«

»Die N-50 mit der Spiegelreflexlinse. Ich glaube, sie ist in dem Schrank dort drüben.« Er deutete mit dem Finger in die Richtung.

»Wir werden einen Zeitplan ausarbeiten«, sagte ich, während ich ihm die Kamera holte. »Aber Sie und Ginny sollen nicht in Dr. Mants Haus wohnen, in diesem Punkt müssen Sie mir einfach vertrauen.«

»Gab es da irgendwelche Schwierigkeiten?« Er zog eine weitere Aufnahme heraus und reichte sie mir.

»Für Marino, Lucy und mich hat das neue Jahr mit aufgeschlitzten Reifen begonnen.«

Er senkte die Kamera und sah mich erschrocken an. »Scheiße. Glauben Sie, es war Zufall?«

»Nein, das glaube ich nicht«, sagte ich.

Ich nahm den Aufzug zum nächsten Stock, und als ich mein

Büro aufschloß, traf mich der Anblick von Eddings' Weihnachtsgeschenk wie ein Schlag. Ich konnte die Paprika nicht auf dem kleinen Tisch stehen lassen, und so hob ich sie auf und wußte nicht, wohin ich sie stellen sollte. Eine Weile ging ich verwirrt und irritiert damit umher, bis ich sie schließlich wieder an ihren alten Platz stellte, weil ich sie nicht hinauswerfen konnte oder ein anderes Mitglied meiner Abteilung diesen Erinnerungen aussetzen wollte.

Als ich in Roses Zimmer nebenan blickte, war ich nicht überrascht, daß sie nicht da war. Meine Sekretärin war schon in leicht vorgerücktem Alter und fuhr nicht einmal an sehr schönen Tagen gern in die Stadt. Als ich meinen Mantel aufgehängt hatte, sah ich mich sorgfältig um, zufrieden, daß alles in Ordnung schien, bis auf die Putzarbeiten, die nach Dienstschluß erledigt wurden. Aber von den Reinigungstechnikern, wie sie offiziell genannt wurden, wollte keiner in diesem Gebäude arbeiten. Nur wenige blieben lang, und niemand wollte nach unten gehen, ins Leichenschauhaus.

Ich hatte mein Büro vom vorigen Chef geerbt, aber bis auf die Täfelung war nichts mehr so wie in jenen zigarrenrauchgeschwängerten Tagen, als forensische Pathologen wie Cagney mit Cops und Bestattungsunternehmern zusammensaßen, Bourbon tranken und die Leichen mit bloßen Händen anfaßten. Mein Vorgänger hatte sich nicht viel um Lichtquellen und DNS gekümmert.

Ich erinnerte mich daran, wie ich zum erstenmal sein Reich betreten hatte, nach seinem Tod, als ich zu einem Vorstellungsgespräch hier war. Ich hatte mir die Macho-Memorabilien angesehen, die er stolz ausgestellt hatte, und als ich das Silikon-Brustimplantat einer Frau erblickte, die vergewaltigt und ermordet worden war, hatte ich großes Verlangen verspürt, in Miami zu bleiben.

Ich glaubte nicht, daß der frühere Chief sein Büro jetzt mögen würde, denn Rauchen war verboten, und Mißachtung und

Angebertum hatten leider draußen zu bleiben. Die Eichenmöbel waren nicht Staatseigentum, sondern gehörten mir, und ich hatte den Fliesenboden mit einem persischen Gebetsteppich bedeckt, der zwar maschinell hergestellt, aber farbenfroh war. Da waren Maispflanzen und ein Ficus, aber mit Kunst hatte ich nichts zu schaffen, denn ich wollte wie ein Psychiater nichts Provokantes an den Wänden, und offen gestanden brauchte ich soviel Platz wie möglich für Aktenschränke und Bücher. Was Trophäen anbelangte, so wäre Cagney nicht besonders beeindruckt gewesen von den Spielzeugautos, den Lastwagen- und Zugmodellen, die ich dazu benutzte, Ermittlern bei der Rekonstruktion von Unfällen zu helfen.

Ich brauchte einige Minuten, um den Eingangskorb durchzusehen, der gefüllt war mit rotgeränderten Totenscheinen für die Fälle, die uns betrafen, und mit grüngeränderten für die anderen, die nicht in unseren Verantwortlichkeitsbereich fielen. Einige Berichte mußten abgezeichnet werden, und auf meinem Computerbildschirm war eine Meldung, ich solle meine Mailbox überprüfen. Das alles konnte warten, dachte ich, und ging wieder auf den Flur, um zu schauen, wer noch da war. Nur Cleta, entdeckte ich, als ich das Eingangsbüro erreichte, aber gerade sie mußte ich sprechen.

»Dr. Scarpetta«, sagte sie verblüfft. »Ich wußte nicht, daß Sie hier sind.«

»Ich dachte, es sei eine gute Idee, gerade jetzt nach Richmond zurückzukehren«, sagte ich und zog mir einen Stuhl an ihren Schreibtisch. »Dr. Fielding und ich werden den Bezirk Tidewater von hier aus betreuen.«

Cleta stammte aus Florence, South Carolina, und trug ihr Make-up immer zu dick auf, und ihre Röcke waren zu kurz, weil sie glaubte, das Glück winke nur den Hübschen – zu denen sie nie gehören würde. Sie saß kerzengerade auf ihrem Stuhl und war vollkommen damit beschäftigt, abschreckende Fotos nach Fallnummern zu sortieren. Sie hatte ein Vergrößerungsglas in der Hand und eine Brille mit Bifokalgläsern auf der Nase. Auf einer Serviette lag ein Salami-Sandwich, das sie sich wahrscheinlich aus der Cafeteria nebenan geholt hatte, und sie trank Wasser.

»Also ich glaube, auf den Straßen taut es«, ließ sie mich wissen.

»Gut.« Ich lächelte. »Ich bin froh, daß Sie hier sind.«

Sie schien sich zu freuen und nahm weitere Fotos aus der flachen Schachtel.

»Cleta«, sagte ich, »Sie erinnern sich doch an Ted Eddings, nicht wahr?«

»Oh ja, Ma'am.« Sie sah auf einmal aus, als würde sie gleich weinen. »Er war immer so nett, wenn er hierherkam. Ich kann's noch immer nicht glauben.« Sie biß sich auf die Unterlippe.

»Dr. Fielding sagt, Eddings hätte Ende letzter Woche hier angerufen«, sagte ich. »Erinnern Sie sich noch daran?«

Sie nickte. »Ja, Ma'am, natürlich. Der Anruf geht mir gar nicht mehr aus dem Kopf.«

»Hat er mit Ihnen gesprochen?«

»Ja.«

»Wissen Sie noch, was er gesagt hat?«

»Also er hat mit Dr. Fielding sprechen wollen, aber dessen Leitung war besetzt. Also habe ich ihn gefragt, ob ich ihm etwas ausrichten könne, und wir haben ein bißchen herumgealbert. Sie wissen ja, wie er war.« Ihre Augen leuchteten auf, und ihre Stimme flatterte. »Er hat mich gefragt, ob ich immer noch so viel Ahornsirup essen würde, weil ich 'ne Menge davon gegessen haben müßte, um so zu reden. Und er wollte mit mir ausgehen.«

Ich hörte zu und merkte, daß sie rot wurde.

»Natürlich hat er das nicht so gemeint. Wissen Sie, er hat immer gefragt, wann gehen wir mal zusammen aus. Er hat's nicht so gemeint«, sagte sie wieder.

»Es wäre schon in Ordnung gewesen«, sagte ich freundlich zu ihr.

»Aber er hatte schon eine Freundin.«

»Woher wissen Sie das?«

»Er hat gesagt, er würde sie irgendwann mal mitbringen, und ich hatte den Eindruck, es war ihm ziemlich ernst mit ihr. Ich glaube, ihr Name war Loren, aber sonst weiß ich nichts über sie.«

Wenn Eddings solch persönliche Gespräche mit meinem Personal geführt hatte, war es noch weniger erstaunlich, daß er leichter Zugang zu mir erhielt als die meisten Reporter. Ich konnte nicht umhin, mich zu fragen, ob eben dieses Talent zu seinem Ende beigetragen hatte, was ich stark vermutete.

»Hat er Ihnen gegenüber erwähnt, worüber er mit Dr. Fielding sprechen wollte?« sagte ich und stand auf.

Sie dachte einen Moment angestrengt nach und kramte abwesend in den Bildern herum, die nie an die Öffentlichkeit gelangen sollten. »Augenblick mal. Oh, ich weiß es wieder. Es ging um Strahlung. Was die Befunde wären, wenn jemand daran stirbt.«

»Welche Art von Strahlung?« fragte ich.

»Also ich hab mir gedacht, er schreibt einen Artikel über Röntgengeräte. Wissen Sie, in letzter Zeit ist da viel in den Nachrichten gewesen, weil die Leute alle Angst vor so Sachen wie Briefbomben haben.«

Ich konnte mich nicht erinnern, in Eddings' Haus etwas gesehen zu haben, das auf Recherchen in dieser Richtung hinwies. Ich ging wieder in mein Büro, um den Papierkram und die Rückrufe zu erledigen. Stunden danach nahm ich ein spätes Mittagessen an meinem Schreibtisch ein, als Marino hereinspazierte.

»Wie sieht's draußen aus?« sagte ich, überrascht, ihn zu sehen. »Magst du ein halbes Thunfisch-Sandwich?«

Er schloß beide Türen und setzte sich im Mantel hin. Sein

Gesichtsausdruck erschreckte mich. »Hast du mit Lucy gesprochen?« sagte er.

»Nicht, seit ich das Haus verlassen habe.« Ich legte das Sandwich hin. »Warum?«

»Sie hat mich angerufen« – er blickte auf seine Uhr – »so etwa vor einer Stunde. Wollte wissen, wie sie Danny erreichen kann, wegen ihres Autos. Und sie klang betrunken.«

Ich schwieg eine Weile, hielt meine Augen auf ihn gerichtet. Dann sah ich weg. Ich fragte ihn nicht, ob er sicher sei, weil Marino sich in solchen Dingen auskannte und ihm Lucys Vergangenheit vertraut war.

»Sollte ich nach Hause?« fragte ich leise.

»Nee. Ich denke, sie ist in so einer Stimmung und läßt Dampf ab. Wenigstens hat sie kein Auto zur Verfügung.«

Ich holte tief Luft.

»Ich glaube, im Moment ist sie sicher. Aber ich dachte, du solltest es wissen, Doc.«

»Danke«, sagte ich bedrückt.

Ich hatte gehofft, meine Nichte hätte ihren Hang zum Alkohol überwunden, denn seit jenen selbstzerstörerischen Phasen in der Vergangenheit, als sie betrunken Auto gefahren war und beinahe gestorben wäre, hatte ich keine besorgniserregenden Anzeichen mehr wahrgenommen. Allein ihr seltsames Benehmen heute früh und Marinos Enthüllung von eben machten mir klar, daß etwas überhaupt nicht stimmte. Ich war nicht sicher, was ich tun sollte.

»Nur noch eines«, fügte er hinzu, als er aufstand. »Du solltest sie in dem Zustand nicht wieder zur Academy lassen.«

»Nein«, sagte ich. »Natürlich nicht.«

Er ging und eine Weile blieb ich hinter geschlossenen Türen, in Depressionen versunken, in Gedanken, träge, wie der Fluß hinter meinem Haus. Ich war mir nicht klar, ob ich zornig oder voller Angst war, aber als ich daran dachte, wie ich Lucy Wein angeboten oder ihr ein Bier gegeben hatte, fühlte ich mich betrogen. Dann war ich beinahe verzweifelt, als ich überlegte, was sie alles erreicht und was sie zu verlieren hatte, und plötzlich suchten mich noch andere Bilder heim. Ich sah schreckliche Szenen vor mir, von einem Mann niedergeschrieben, der Gott sein wollte, und ich wußte, daß meine Nichte bei all ihrem Scharfsinn diese dunklen Mächte nicht verstand. Sie verstand das Böse nicht, wie ich es verstand.

Ich zog mir Mantel und Handschuhe über, weil ich wußte, wohin ich zu gehen hatte. Ich wollte gerade beim Empfang Bescheid sagen, als mein Telefon klingelte. Ich nahm in der Hoffnung ab, daß es Lucy sei. Aber es war der Polizeichef von Chesapeake, der mir sagte, er heiße Steels und sei gerade von Chicago hierher gezogen.

»Ich bedauere die Umstände, unter denen wir uns kennenlernen«, sagte er, und es klang aufrichtig. »Aber ich muß mit Ihnen über Detective Roche sprechen.«

»Ich muß auch mit Ihnen über ihn reden«, sagte ich. »Vielleicht können Sie mir erklären, was sein Problem ist.«

»Ihm zufolge sind Sie das Problem«, sagte er.

»Das ist lachhaft«, sagte ich, unfähig, meinen Zorn zurückzuhalten. »Um es kurz zu machen, Mr. Steels, Ihr Detective ist unfähig, unprofessionell und behindert diese Ermittlungen. Er darf mein Leichenschauhaus nicht mehr betreten.«

»Ihnen ist klar, daß dies von der Abteilung für innere Angelegenheiten gründlich untersucht werden wird«, sagte er, »und ich muß Sie irgendwann hierherbestellen, damit wir mit Ihnen reden können.«

»Wie genau lautet die Anschuldigung?«

»Sexuelle Belästigung.«

»So etwas ist heutzutage sehr beliebt«, sagte ich ironisch. »Mir war jedenfalls nicht bewußt, daß ich Macht über ihn besaß, da er für Sie arbeitet, nicht für mich, und per definitionem geht es bei sexueller Belästigung um Machtmißbrauch. Aber es scheint so, als wären die Rollen hier vertauscht. Ihr

Detective ist derjenige, der sexuelle Annäherungen gemacht hat, und als sie nicht erwidert wurden, ist er ausfällig geworden.«

Steels sagte nach einer Pause: »Dann klingt das so, als stünde Ihre Aussage gegen seine.«

»Nein, es klingt eher nach einem Haufen Scheiße. Und wenn er mich noch einmal anfaßt, werde ich einen Haftbefehl erwirken und ihn einsperren lassen.«

Er schwieg.

»Mr. Steels«, fuhr ich fort, »ich glaube, im Augenblick hat eine sehr beängstigende Lage in Ihrem Zuständigkeitsbereich vorrangige Bedeutung. Können wir einen Augenblick über Ted Eddings reden?«

Er räusperte sich. »Sicher.«

»Sie sind mit dem Fall vertraut?«

»Absolut. Ich bin gründlich unterrichtet und vollkommen vertraut damit.«

»Gut. Dann werden Sie mir sicher zustimmen, daß wir die Ermittlungen nach unseren besten Kräften führen sollten.«

»Nun, ich glaube, wir sollten uns jeden Todesfall sehr genau anschauen, aber im Fall Eddings ist für mich die Antwort ziemlich klar.«

Ich lauschte, während ich immer aufgebrachter wurde.

»Es dürfte Ihnen bekannt sein oder auch nicht, daß er sich mit Zeug aus dem Bürgerkrieg beschäftigt hat. Offensichtlich haben einige Gefechte nicht weit von der Stelle, wo er getaucht hat, stattgefunden, und es könnte sein, daß er nach Kanonenkugeln oder so etwas gesucht hat.«

Roche mußte mit Mrs. Eddings gesprochen haben, oder vielleicht hatte der Chief einige Zeitungsartikel gesehen, die Eddings angeblich über seine Schatzsuche unter Wasser geschrieben hatte. Ich war keine Historikerin, wußte aber genug, um zu erkennen, wo bei dieser sich herausschälenden, lachhaften Theorie der Knackpunkt lag.

Ich sagte zu Steels: »Die größte Schlacht auf dem Wasser oder am Wasser in Ihrem Gebiet war die zwischen der *Merrimac* und der *Monitor*. Und das war meilenweit weg in Hampton Roads. Ich habe noch nie von irgendwelchen Gefechten in dem Teil des Elizabeth River gelesen, wo der Schiffsfriedhof liegt.«

»Aber Dr. Scarpetta, wir wissen es doch wirklich nicht, oder?« sagte er nachdenklich. »Könnte doch sein, daß damals irgend etwas abgefeuert wurde, irgendein Müll hineingeschmissen und irgendwer an irgendeinem Platz getötet wurde. Damals gab es ja keine Fernsehkameras oder Reporterschwärme überall. Bloß Mathew Brady, und übrigens bin ich ein Geschichtsfan und habe viel über den Bürgerkrieg gelesen. Ich persönlich glaube, daß dieser Eddings in diesem Schiffsfriedhof getaucht ist, damit er den Grund des Flußes nach Reliquien durchkämmen konnte. Er hat Gase aus seiner Maschine eingeatmet und ist gestorben, und was er auch immer in Händen gehabt hat – einen Metalldetektor zum Beispiel –, ist im Schlick verlorengegangen.«

»Ich behandele diesen Fall als möglichen Mordfall«, sagte ich nachdrücklich.

»Da stimme ich mit Ihnen nicht überein, aufgrund dessen, was mir berichtet wurde.«

»Ich nehme an, die Staatsanwältin ist meiner Meinung, wenn ich mit ihr rede.«

Darauf sagte der Chief nichts.

»Ich darf wohl annehmen, daß Sie nicht vorhaben, das FBI hinzuzuziehen«, fügte ich noch hinzu. »Da Sie ja entschieden haben, daß wir es mit einem Unfall zu tun haben.«

»Zum gegenwärtigen Zeitpunkt sehe ich weit und breit keinen Grund, das FBI zu behelligen. Und das habe ich denen auch gesagt.«

»Also für mich gibt es jede Menge Gründe«, antwortete ich. Das war alles, was ich tun konnte, bevor ich auflegte.

»Verdammt, verdammt, verdammt!« brummelte ich, packte wütend meine Sachen und marschierte zur Tür hinaus.

Unten in der Leichenhalle nahm ich einen Schlüsselbund von der Wand und ging auf den Parkplatz hinaus. Ich schloß die Fahrertür des dunkelblauen Kombis auf, den wir manchmal benutzten, um Leichen zu transportieren. Er fiel nicht so auf wie ein Leichenwagen, war aber auch nicht gerade das, was man in der Einfahrt des Nachbarn erwartete. Er war sehr groß, hatte getönte Scheiben, die mit Jalousien, ähnlich wie bei offiziellen Leichenwagen, verdunkelt waren, und wo sonst die Rücksitze waren, lag eine Sperrholzplatte, in die Halterungen eingelassen waren, damit Bahren während des Transports nicht verrutschten. Mein Leichenhallenaufseher hatte Raumdeodorants an den Rückspiegel gehängt, und der Geruch nach Zedern war widerlich.

Ich öffnete mein Fenster ein Stück und fuhr auf die Main Street, dankbar, daß mittlerweile die Straßen nur noch naß waren und der Stoßverkehr nicht zu schlimm war. Die feuchte, kühle Luft tat mir gut, und ich wußte, was ich zu tun hatte.

Es war schon eine Weile her, daß ich auf dem Heimweg bei einer Kirche angehalten hatte, denn ich dachte nur daran, wenn ich in einer Krise steckte, wenn das Leben mich mal wieder an die Grenze getrieben hatte. An der Ecke Three Chopt Road und Grove Avenue fuhr ich auf den Parkplatz der St. Bridget's Church, ein Gebäude aus Backstein und Schiefer, dessen Türen abends nicht mehr wie früher unverschlossen waren, seit die Welt so geworden war, wie sie war. Aber um diese Zeit trafen sich die Anonymen Alkoholiker dort, und ich wußte immer, wie ich unbehelligt hineinkommen konnte.

Ich ging durch eine Seitentür hinein, besprengte mich mit Weihwasser und schritt dann ins Kirchenschiff mit seinen Heiligenstatuen und den Kreuzigungsszenen in leuchtendem

Bleiglas. Ich ging in die letzte Reihe, und ich hätte mir Kerzen gewünscht, aber dieses Ritual hatte hier mit dem Zweiten Vatikanischen Konzil aufgehört. Während ich niederkniete, betete ich für Ted Eddings und seine Mutter. Ich betete für Marino und Wesley. In meinem privaten, dunklen Refugium betete ich auch für meine Nichte. Dann saß ich stumm, mit geschlossenen Augen da und spürte, wie die Spannung allmählich von mir wich.

Es war schon fast sechs Uhr, als ich mich wieder aufmachte, aber in der Vorhalle hielt ich inne, weil ich am Ende eines Gangs die erleuchtete Türöffnung der Bibliothek sah. Ich wußte nicht, was mich in diese Richtung lenkte, aber mir fiel ein, daß ein böses Buch durch ein heiliges in Bann gehalten werden könnte. Einige Augenblicke mit dem Katechismus wären genau das, was der Priester verschreiben würde. Als ich eintrat, war da eine ältere Frau, die Bücher in die Regale räumte.

»Dr. Scarpetta?« fragte sie und schien zugleich überrascht und erfreut.

»Guten Abend.« Ich schämte mich, daß mir ihr Name nicht mehr einfiel.

»Ich bin Mrs. Edwards.«

Ich erinnerte mich, daß sie die sozialen Dienste der Kirche leitete und Konvertiten Unterricht im Katholizismus gab. Eines Tages, dachte ich, würde auch ich dazugehören, da ich so selten zur Messe ging. Sie war klein und etwas pummelig, und sie war nie im Kloster gewesen, flößte mir aber dennoch das gleiche Schuldgefühl ein wie die guten Nonnen, als ich ein Kind war.

»Ich sehe Sie nicht oft hier zu dieser Stunde«, sagte sie.

»Ich bin bloß vorbeigekommen«, antwortete ich. »Nach der Arbeit. Ich habe leider das Abendgebet versäumt.«

»Das war am Sonntag.«

»Natürlich.«

»Aber ich freue mich, daß ich Sie auf dem Weg nach draußen noch getroffen habe.« Ihr Blick verweilte auf meinem Gesicht, und ich wußte, daß sie meine Not spürte.

Ich sah die Bücherregale durch.

»Kann ich Ihnen helfen, suchen Sie etwas Bestimmtes?« fragte sie.

»Eine Ausgabe des Katechismus«, sagte ich.

Sie durchquerte den Raum, zog eine aus dem Regal und gab sie mir. Es war ein großer Band, und ich fragte mich, ob ich die richtige Entscheidung getroffen hatte, denn ich war im Augenblick sehr müde und bezweifelte, ob Lucy in der Verfassung war, so etwas zu lesen.

»Vielleicht kann ich Ihnen mit noch etwas behilflich sein.« Ihre Stimme klang gütig.

»Wenn ich vielleicht einen Augenblick mit dem Priester sprechen könnte, das wäre gut«, sagte ich.

»Pater O'Connor macht Krankenbesuche.« Ihre Augen forschten weiter. »Kann ich Ihnen irgendwie helfen?«

»Vielleicht ja.«

»Wir können uns hierhinsetzen«, schlug sie vor.

Wir zogen Stühle unter einem schlichten Holztisch hervor, der mich an die Tische erinnerte, an denen ich als Mädchen in Miami in der Gemeindeschule gesessen hatte. Plötzlich fielen mir die Wunder ein, die mich auf den Seiten jener Bücher erwartet hatten, denn ich liebte es zu lernen, und jede geistige Flucht von daheim war ein Segen gewesen. Mrs. Edwards und ich saßen einander wie alte Freundinnen gegenüber, aber es fiel mir schwer, die Worte herauszubringen, da ich selten so offen sprach.

»Ich kann nicht sehr ins Detail gehen, weil mein Problem mit einem Fall zu tun hat, an dem ich gerade arbeite«, hob ich an.

»Ich verstehe.« Sie nickte.

»Aber soviel kann ich sagen, daß ich an so etwas wie eine

satanische Bibel gekommen bin. Nicht Teufelsanbetung an sich, aber etwas Böses.«

Sie reagierte nicht, sondern schaute mir weiter in die Augen.

»Und Lucy ebenfalls, meine dreiundzwanzigjährige Nichte. Sie hat das Buch auch gelesen.«

»Und deshalb haben Sie Probleme?« fragte Mrs. Edwards.

Ich holte tief Luft und fühlte mich ziemlich töricht. »Ich weiß, das klingt seltsam.«

»Natürlich nicht«, sagte sie. »Wir dürfen die Macht des Bösen nie unterschätzen, und wir sollten es, wenn wir können, vermeiden, damit in Berührung zu kommen.«

»Ich kann das nicht immer vermeiden«, sagte ich. »Das Böse bringt mir üblicherweise die Patienten ins Haus. Aber selten muß ich mir Dokumente wie das ansehen, von dem ich gerade spreche. Ich habe Alpträume gehabt, und meine Nichte benimmt sich unberechenbar und hat viel Zeit mit dem Buch verbracht. Ich bin tatsächlich ihretwegen besorgt. Deshalb bin ich hier.«

»›Doch fahre fort in dem, was du gelernt hast und dessen Du Dir sicher bist‹«, zitierte sie. »Es ist wirklich so einfach.« Sie lächelte.

»Ich bin nicht sicher, ob ich das begriffen habe.«

»Dr. Scarpetta, für das, was Sie mir eben anvertraut haben, gibt es kein Heilmittel. Ich kann nicht Hand auflegen und Ihnen die Dunkelheit und die schlimmen Träume vertreiben. Und Pater O'Connor kann das genausowenig. Wir haben kein Ritual und keine Zeremonie, die da helfen. Wir können für Sie beten, und das werden wir tun. Aber Sie und Lucy müssen jetzt einfach zu Ihrem Glauben zurückkehren. Sie müssen das tun, was Ihnen in der Vergangenheit Kraft gegeben hat.«

»Deswegen bin ich heute hergekommen«, sagte ich wieder.

»Gut. Sagen Sie Lucy, sie soll wieder in die Gemeinde zurückkehren und beten. Sie sollte in die Kirche gehen.«

Was für ein Tag, dachte ich auf der Heimfahrt, und meine Ängste verstärkten sich nur noch, als ich zur Haustür hereinkam. Es war noch nicht ganz sieben, und Lucy war schon im Bett.

»Schläfst du schon?« Ich setzte mich im Dunkeln neben sie und legte ihr die Hand auf den Rücken. »Lucy?«

Sie antwortete nicht, und ich war dankbar, daß unsere Autos noch nicht eingetroffen waren. Sie hätte vielleicht versucht, zurück nach Charlottesville zu fahren. Ich hatte Angst, sie würde jeden schrecklichen Fehler von einst wiederholen.

»Lucy?« sagte ich noch mal.

Sie drehte sich langsam zu mir herum. »Was?«

»Ich wollte nur wissen, was mit dir ist«, sagte ich in gedämpftem Ton.

Ich sah, wie sie sich die Augen rieb, und erkannte, daß sie nicht schlief, sondern weinte.

»Was hast du denn?« sagte ich.

»Nichts.«

»Ich weiß, daß du was hast. Und es wird Zeit, daß wir miteinander reden. Du warst nicht ganz bei dir, und ich möchte helfen.«

Sie wollte nicht antworten.

»Lucy, ich werde so lange hier sitzen bleiben, bis du mit mir sprichst.«

Sie schwieg noch eine Weile, und ich konnte die Bewegung ihrer Augenlider sehen, während sie zur Decke starrte. »Janet hat es ihnen gesagt«, meinte sie. »Sie hat es ihren Eltern gesagt. Sie haben sich mit ihr gestritten, als wüßten sie mehr über ihre Gefühle als Janet selber. Als täuschte sie sich über sich selber.«

Ihre Stimme wurde zorniger, und sie richtete sich auf und stopfte sich Kissen hinter den Rücken.

»Sie wollen, daß sie zu einer Beratung geht«, fügte sie hinzu.

»Es tut mir leid«, sagte ich. »Ich weiß nicht so genau, was ich sagen soll, außer daß das Problem bei ihnen liegt und nicht bei euch beiden.«

»Ich weiß nicht, was sie tun wird. Es ist schon schlimm genug, daß wir uns Sorgen darüber machen müssen, daß das FBI etwas herausbekommt.«

»Du mußt stark und treu dir selbst gegenüber bleiben.«

»An manchen Tagen weiß ich echt nicht mehr, wer ich bin.« Sie wurde noch aufgebrachter. »Ich hasse das. Es ist so schwer. Es ist so unfair.« Sie lehnte den Kopf an meine Schulter. »Warum habe ich nicht so werden können wie du? Warum konnte es nicht leicht sein?«

»Ich bin nicht sicher, ob du wie ich sein willst«, sagte ich. »Mein Leben ist sicher nicht einfach, und nichts, was wirklich zählt, ist leicht. Du und Janet, ihr könnt das doch klären, wenn ihr es wirklich wollt. Und wenn ihr euch wirklich liebt.«

Sie holte tief Luft und atmete langsam wieder aus.

»Kein destruktives Benehmen mehr.« Ich stand im Schatten ihres Zimmers vom Bett auf. »Wo ist das Buch?«

»Auf dem Schreibtisch«, sagte sie.

»In meinem Büro?«

»Ja. Ich hab's dort hingelegt.«

Wir sahen einander an, und ihre Augen glänzten. Sie schniefte laut und schneuzte sich.

»Verstehst du, warum es nicht gut ist, sich auf so etwas länger einzulassen?« fragte ich.

»Vergiß nicht, womit du dich die ganze Zeit abgeben mußt. Da fällt das doch nicht ins Gewicht.«

»Nein«, sagte ich, »was ins Gewicht fällt, ist das Wissen, wo man steht und wo man nicht stehen soll. Du mußt die Macht eines Feindes in dem Maße respektieren, wie du sie verachtest. Sonst wirst du verlieren, Lucy. Das solltest du lieber im Kopf behalten.«

»Ich verstehe«, sagte sie leise und griff nach dem Katechismus, den ich ans Fußende gelegt hatte. »Was ist das, muß ich das alles heute nacht lesen?«

»Das habe ich in der Kirche für dich mitgenommen. Ich dachte, du würdest da vielleicht gern mal reinschauen.«

»Vergiß die Kirche«, sagte sie.

»Warum?«

»Weil sie mich vergessen hat. Die Kirche hält Leute wie mich für anormal, als müßte ich für meine Orientierung in die Hölle oder ins Gefängnis. Davon rede ich. Du kennst nicht das Gefühl, isoliert zu sein.«

»Lucy, ich bin die meiste Zeit meines Lebens isoliert gewesen. Du weißt doch erst, was Diskriminierung ist, wenn du eine von nur drei Frauen in deinem Medizinseminar bist. Oder wenn beim Jurastudium die Männer dir nicht ihre Mitschriften zur Verfügung stellen wollen, wenn du krank warst und die Vorlesung versäumt hast. Deshalb werde ich nicht krank. Deshalb betrinke ich mich nicht und verstecke mich nicht im Bett.« Ich schlug einen scharfen Ton an, weil ich wußte, das war notwendig.

»Das ist was anderes«, sagte sie.

»Ich glaube, du willst dir einreden, es sei etwas anderes, damit du Ausflüchte machen und dich selbst bemitleiden kannst«, sagte ich. »Mir scheint, wenn hier jemand vergißt und abweist, dann bist du es. Es ist nicht die Kirche. Es ist nicht die Gesellschaft. Es sind nicht einmal Janets Eltern, die es einfach nicht begreifen mögen. Ich dachte, du wärst stärker.«

»Ich bin stark.«

»Also, mir reicht's«, sagte ich. »Du kommst hierher, besäufst dich und ziehst dir die Decke über den Kopf, so daß ich mir den ganzen Tag Sorgen um dich mache. Und wenn ich dir dann helfen will, stößt du mich und alle anderen weg.«

Sie sah mich schweigend an. Endlich sagte sie: »Bist du wirklich meinetwegen in die Kirche gegangen?«

»Ich bin meinetwegen hin«, sagte ich. »Aber du bist das Hauptgesprächsthema gewesen.«

Sie schlug die Bettdecke zurück. »›Das höchste Ziel eines Menschen ist, Gott ewiglich zu rühmen und zu preisen‹«, sagte sie, als sie aufstand.

Ich wartete im Türrahmen.

»Katechismus. Ich hatte an der UVA ein Religionsseminar. Magst du zu Abend essen?«

»Was hättest du denn gern?«

»Was schnell geht.« Sie kam zu mir und drückte mich an sich. »Tante Kay, es tut mir leid«, sagte sie.

In der Küche öffnete ich erst die Gefriertruhe, sah aber nichts Verlockendes. Dann schaute ich in den Kühlschrank, aber mein Appetit hatte sich mit meinem Seelenfrieden verflüchtigt. Ich aß eine Banane und machte eine Kanne Kaffee. Um halb neun meldete sich unvermutet das Funkgerät auf der Anrichte.

»Einheit sechshundert an Basisstation eins«, ertönte Marinos Stimme.

Ich nahm das Mikrophon und antwortete ihm: »Basisstation eins.«

»Kannst du mich anrufen?«

»Gib mir die Nummer«, sagte ich. Ich hatte ein ungutes Gefühl. Es war denkbar, daß die von meinem Büro benutzte Funkfrequenz eventuell abgehört wurde, und immer wenn ein Fall besonderes Fingerspitzengefühl verlangte, versuchten die Detectives, uns alle aus dem Funkverkehr herauszuhalten. Die Nummer, die mir Marino gab, war ein öffentlicher Fernsprecher.

Als er sich meldete, sagte er: »Entschuldige, ich hatte kein Kleingeld.«

»Was ist los?« Ich verschwendete keine Zeit.

»Ich übergehe gerade den diensthabenden Pathologen, weil ich wußte, du möchtest, daß wir dich zuerst informieren.«

»Was ist?«

»Scheiße, Doc, es tut mir echt leid. Aber wir haben Danny.«

»Danny?« sagte ich bestürzt.

»Danny Webster. Aus deinem Büro in Norfolk.«

»Was soll das heißen, ihr habt Danny?« Furcht ergriff mich. »Was hat er getan?« Ich stellte mir vor, daß er in meinem Auto festgenommen worden war. Oder vielleicht hatte er es zu Schrott gefahren.

Marino sagte nur: »Doc, er ist tot.«

Dann herrschte Schweigen auf beiden Enden der Leitung.

»Oh Gott.« Ich lehnte mich an die Anrichte und schloß die Augen. »Oh, mein Gott«, sagte ich. »Was ist geschehen?«

»Hör zu, das beste wär, glaub ich, du kommst hierher.«

»Wo bist du?«

»Sugar Bottom, bei dem alten Eisenbahntunnel. Dein Wagen ist einen Häuserblock entfernt oben am Libby Hill Park.«

Ich stellte keine Fragen mehr, sondern sagte Lucy, ich müsse weg und käme wahrscheinlich erst spät wieder heim. Ich griff nach meiner Arzttasche und meiner Pistole, denn ich kannte das Kneipenviertel der Stadt, wo sich der Tunnel befand, konnte mir aber nicht vorstellen, was Danny dorthin gelockt haben könnte. Er und sein Freund hätten mein Auto und Lucys Suburban zu meinem Büro fahren sollen, wo mein Verwalter sie treffen und zur Bushaltestelle hätte fahren sollen. Church Hill war gewiß nicht weit vom Büro entfernt, aber ich konnte mir nicht vorstellen, warum Danny in meinem Mercedes irgendwo andershin hätte fahren sollen als zum vereinbarten Treffpunkt. Er schien mir nicht der Typ zu sein, der mein Vertrauen mißbrauchte.

Ich fuhr eilig die West Cary Street hinunter, vorbei an großen Backsteinhäusern mit kupfer- oder schiefergedeckten Dächern und Einfahrten, die von hohen, schwarzen Toren aus Schmiedeeisen versperrt waren. Mir kam es surreal vor, im Wagen des Leichenschauhauses durch diesen vornehmen Stadtteil zu fahren, während einer meiner Angestellten getötet worden war, und es quälte mich, daß ich Lucy wieder hatte allein lassen müssen. Ich konnte mich nicht erinnern, ob ich beim Weggehen die Alarmanlage eingeschaltet und die Sensoren ausgeschaltet hatte. Meine Hände zitterten, und ich sehnte mich nach einer Zigarette.

Libby Hill Park, einer von Richmonds sieben Hügeln, lag in einer Gegend, die mittlerweile als beste Wohnlage galt. Hundert Jahre alte Reihenhäuser und Gebäude im neoklassizistischen Stil waren glänzend restauriert worden, von Leuten, die mutig genug waren, einen historischen Teil der Stadt dem Verfall und dem Verbrechen zu entreißen. Für die meisten Anwohner hatte sich das Risiko gelohnt, aber ich wußte, daß ich nicht in der Nähe von Sozialwohnungen und heruntergekommenen Vierteln leben könnte, wo Drogen den Haupterwerbszweig bildeten. Ich wollte keine Fälle aus meiner Nachbarschaft zu bearbeiten haben.

Streifenwagen mit rot und blau blinkenden Lichtern säumten beide Seiten der Franklin Street. Es war ansonsten stockfinster, und ich konnte kaum den achteckigen Musikpavillon oder den Bronzesoldaten auf seinem hohen Podest gegenüber dem James River ausmachen. Um meinen Mercedes standen Polizisten und ein Fernsehteam, und die Leute waren auf ihre großen Veranden getreten, um zu gaffen. Als ich langsam vorbeifuhr, konnte ich nicht erkennen, ob mein Wagen beschädigt war, aber die Fahrertür war offen und das Innenlicht angeschaltet.

Hinter der 29. Straße führte die Fahrbahn in eine Senke, die Sugar Bottom hieß, benannt nach den Prostituierten, die einstmals den feinen Herren Virginias zu Diensten gewesen waren, oder vielleicht auch nach einer Schwarzbrennerei. Ich kannte mich in der Überlieferung nicht so aus. Restaurierte Häuser wichen abrupt den Wohnungen von

Ghetto-Miethaien und schiefen Wellblechhütten, und jenseits des Gehsteigs, auf halbem Weg den steilen Hang hinab, befand sich ein dichter Wald, wo in den zwanziger Jahren der Eisenbahntunnel eingefallen war.

Mir fiel ein, daß ich einmal in einem Hubschrauber der Staatspolizei über diese Gegend geflogen war, wo die schwarze Tunnelöffnung zwischen den Bäumen klaffte, das Gleisbett eine schlammige Narbe, die zum Fluß führte. Ich dachte an die Eisenbahnwagen und die Arbeiter, die da drinnen vermutlich noch begraben waren. Ich konnte mir immer noch nicht vorstellen, warum Danny hier freiwillig hergekommen sein könnte. Wenn schon aus keinem anderen Grund, dann hätte er sich auf jeden Fall um sein verletztes Knie Sorgen gemacht. Ich parkte so dicht wie möglich bei Marinos Ford und wurde augenblicklich von Reportern entdeckt.

»Dr. Scarpetta, stimmt es, daß das da oben am Hang Ihr Wagen ist?« fragte eine Journalistin. »Soviel ich weiß, ist der Mercedes auf Sie angemeldet. Welche Farbe hat er? Schwarz?« beharrte sie, als ich keine Antwort gab.

»Können Sie erklären, wie er hierhergekommen ist?« Ein Mann hielt mir ein Mikrophon unter die Nase.

»Sind Sie darin gefahren?« fragte ein anderer.

»Ist er Ihnen gestohlen worden? Hat das Opfer ihn entwendet? Glauben Sie, es geht um Drogen?«

Stimmen überlagerten sich, da niemand wartete, bis er dran war, und ich nicht sprechen wollte. Als einige Uniformierte bemerkten, daß ich eingetroffen war, intervenierten sie lautstark.

»Zurücktreten.«

»Sofort, haben Sie nicht gehört.«

»Lassen Sie die Dame durch.«

»Kommen Sie schon. Wir haben hier am Tatort zu tun. Sie haben hoffentlich nichts dagegen.«

Marino hatte sich plötzlich bei mir untergehakt. »Elendes

Pack«, sagte er und glotzte sie an. »Paß gut auf, wo du hintrittst. Wir müssen fast durch den ganzen Wald bis zum Tunnel. Was hast du für Schuhe an?«

»Es wird schon gehen.«

Ein langer, steiler Pfad führte von der Straße hinab zum Tunnel. Scheinwerfer waren aufgestellt worden, um den Weg zu beleuchten, und sie zogen eine Lichterschnur wie der Mond auf einer gefährlichen Bahn. Am Rand verlor sich der Wald in der Schwärze, wo sich leise der Wind regte.

»Paß bloß auf«, sagte er und noch einmal. »Es ist schlammig, und überall liegt Dreck herum.«

»Was für Dreck?« fragte ich.

Ich schaltete meine Taschenlampe ein und richtete sie direkt auf den schmalen, schlammigen Pfad mit Glassplittern, verrottendem Papier und weggeworfenen Schuhen, der unter dem Dorngestrüpp und den nackten Bäumen in verwaschenem Weiß glitzerte und glänzte.

»Die Anwohner haben versucht, das hier in eine Müllhalde zu verwandeln«, sagte er.

»Er wäre mit seinem bösen Knie da gar nicht hinuntergegangen«, sagte ich. »Wie kommen wir am besten dorthin?«

»An meinem Arm.«

»Nein. Ich muß mir das allein ansehen.«

»Also allein wirst du da nicht runtergehen. Wir wissen nicht, ob irgendeiner noch irgendwo dort unten ist.«

»Da ist Blut.« Ich schwenkte die Taschenlampe auf die Stelle. In etwa zwei Meter Entfernung glitzerten einige große Tropfen auf altem Laub.

»Davon ist hier oben eine Menge.«

»Und an der Straße?«

»Nein. Es sieht so aus, als hätte es wohl genau hier angefangen. Aber wir haben den ganzen Pfad entlang bis zu der Stelle, wo er liegt, Blut entdeckt.«

Die Polizei hatte gelbes Band von Baum zu Baum geschlungen, um soviel Gelände wie möglich abzusichern, denn im Augenblick wußten wir noch nicht, wie groß dieser Tatort war. Ich konnte die Leiche nicht sehen, bis ich aus dem Wald auf eine Lichtung trat, wo das alte Gleisbett zum Fluß südlich von mir führte und in der gähnenden Öffnung des Tunnels im Westen verschwand. Danny Webster lag halb auf dem Rücken, halb auf der Seite, Arme und Beine ungewöhnlich verrenkt. Unter seinem Kopf hatte sich eine große Blutlache gebildet. Ich ließ den Lichtstrahl langsam über ihn wandern und sah an seinem Pullover und seiner Jeans überall Schmutz und Gras. Laubreste und anderer Unrat hatten sich in seinem blutverkrusteten Haar verfangen.

»Er ist den Hang hinabgerollt«, sagte ich, als mir auffiel, daß einige Halterungen an seiner roten Knieschiene aufgegangen waren und Unrat im Klettverschluß hing. »Er war bereits tot oder beinahe tot, als er hier liegenblieb.«

»Ja ja, ich glaube, es ist ziemlich eindeutig, daß er dort oben erschossen wurde«, sagte Marino. »Meine erste Frage war, ob er geblutet hat, während er zu entkommen versuchte. Und er schafft es etwa bis dahin, bricht dann zusammen und rollt den Rest der Strecke.«

»Oder vielleicht wurde er in dem Glauben gelassen, er hätte eine Chance zu entkommen.« Gefühl schlich sich in meine Stimme. »Siehst du seine Knieschiene? Kannst du dir ungefähr vorstellen, wie langsam er sich bewegt haben muß, als er versuchte, den Pfad hinabzugelangen? Weißt du, wie es ist, mit einem maroden Bein sich hier runterzuquälen?«

»Da hat irgendein Arschloch auf Fische in der Tonne geschossen«, sagte Marino.

Ich antwortete ihm nicht, sondern richtete den Lichtstrahl auf Gras und Müll am Hang zur Straße. Blutstropfen glitzerten dunkelrot auf einem plattgedrückten Milchkarton, der schon von Wind und Wetter ausgebleicht war.

»Was ist mit seiner Brieftasche?« fragte ich.

»Die war in seiner Gesäßtasche. Elf Dollar und Kreditkarten noch drin«, sagte Marino, dessen Augen in ständiger Bewegung waren.

Ich machte Aufnahmen, kniete mich dann neben die Leiche und drehte sie so, daß ich mir Dannys zerschmetterten Hinterkopf besser ansehen konnte. Ich befühlte seinen Nacken, der noch warm war. Das Blut unter ihm gerann noch. Ich öffnete meine Arzttasche.

»Hier.« Ich entfaltete eine Plastikplane und gab sie Marino. »Halt das mal, während ich seine Temperatur messe.«

Er schützte die Leiche vor fremden Blicken, während ich Jeans und Unterhose herunterstreifte, wobei ich feststellte, daß beide besudelt waren. Obwohl es nicht ungewöhnlich war, daß Menschen im Augenblick des Todes urinierten und defäkierten, so reagierte der Körper damit manchmal auch auf entsetzliche Angstzustände.

»Hast du eine Ahnung, ob er mit Drogen herumgemacht hat?« fragte Marino.

»Ich habe keinen Anlaß zu dieser Vermutung«, sagte ich. »Aber keine Ahnung.«

»Sah es bei ihm, zum Beispiel, so aus, als würde er über seine Verhältnisse leben? Ich meine, wieviel hat er verdient?«

»Er hat etwa einundzwanzigtausend Dollar im Jahr verdient. Ich weiß nicht, ob er über seine Verhältnisse gelebt hat. Er hat noch zu Hause gewohnt.«

Die Körpertemperatur betrug 35 Grad, und ich plazierte das Thermometer auf meine Tasche, um auch die Temperatur der umgebenden Luft zu messen. Ich bewegte Arme und Beine; die Totenstarre hatte erst in kleinen Muskeln eingesetzt, an Fingern und Augen. Danny war noch warm und beweglich wie zu Lebzeiten, und als ich mich dicht über ihn beugte, konnte ich immer noch sein Rasierwasser riechen und wußte, ich würde es auf ewig wiedererkennen. Ich vergewisserte mich, daß die Plane völlig unter ihm lag, dann drehte ich ihn auf den Rücken, und als ich nach anderen Wunden suchte, trat noch Blut aus.

»Wann bist du angerufen worden?« fragte ich Marino, der sich langsam auf den Tunnel zubewegte, das wirre Gestrüpp aus Ranken und Büschen mit der Lampe ausleuchtend.

»Einer der Anwohner hat einen Schuß in dieser Gegend gehört und um neunzehn Uhr fünf die Polizei verständigt. Wir haben dein Auto und ihn etwa fünfzehn Minuten später gefunden. Es handelt sich also um etwa zwei Stunden. Stimmt das mit deinen Erkenntnissen überein?«

»Die Temperatur ist nahe dem Gefrierpunkt. Er ist dick angezogen und hat nur etwa zwei Grad verloren. Ja, das kommt hin. Könntest du mir mal die Tüten da reichen? Wissen wir, was mit dem Freund passiert ist, der Lucys Suburban fahren sollte?«

Ich stülpte mir die braunen Papiertüten über die Hände und befestigte sie mit Gummis an den Gelenken, um fragile Beweismaterialien zu erhalten, wie Schmauchspuren oder Fasern unter den Fingernägeln, falls er mit seinem Angreifer gerungen hatte. Aber das hielt ich nicht für wahrscheinlich. Was auch geschehen war, ich vermutete, daß Danny genau das getan hatte, was ihm befohlen worden war.

»Zum gegenwärtigen Zeitpunkt wissen wir gar nicht, wer sein Freund überhaupt ist«, sagte Marino. »Ich kann eine Einheit zu deinem Büro schicken, um das zu überprüfen.«

»Das halte ich für eine gute Idee, denn wir wissen ja noch nicht, ob der Freund nicht irgendwie etwas damit zu tun hat.«

»Einhundert«, sprach Marino in sein Funkgerät, während ich weitere Aufnahmen machte.

»Einhundert«, antwortete die Zentrale.

»Benachrichtigen Sie irgendeine Einheit, die im Bereich des Leichenschauhauses Ecke Vierzehnte und Franklin ist.«

Danny war von hinten erschossen worden, aus nächster Nähe, wenn es nicht sogar ein aufgesetzter Schuß war. Ich wollte Marino gerade nach Patronenhülsen fragen, als ich einen mir nur zu bekannten Lärm hörte.

»Oh, nein«, sagte ich, als das ratternde Geräusch lauter wurde. »Marino, laß sie nicht näher kommen.«

Aber es war zu spät, und wir blickten hoch, als ein Hubschrauber erschien und in geringer Höhe kreiste. Seine Suchscheinwerfer strichen über den Tunnel und den kalten, harten Boden, wo ich kniete, Hirnmasse und Blut an den Händen. Ich schirmte meine Augen mit den Händen gegen den blendenden Glanz ab, während Laub und Dreck aufgewirbelt wurden und die kahlen Bäume schwankten. Ich konnte nicht hören, was Marino brüllte, während er wütend seine Taschenlampe in den Himmel schwenkte und ich die Leiche so gut wie möglich mit dem eigenen Körper schützte.

Ich hüllte Dannys Kopf in einen Plastikbeutel und legte eine Decke über ihn, während das Team von Channel 7 den Tatort verunstaltete, weil es keine Ahnung hatte oder sich nicht darum scherte, oder vielleicht beides. Die eine Tür des Hubschraubers war zurückgezogen worden, und der Kameramann hing in der Nacht und hielt mich für die Elf-Uhr-Nachrichten fest. Dann verschwand das Rotorengeräusch.

»Gottverdammter Schweinehund!« brüllte Marino und warf die Fäuste in die Luft. »Ich sollte dir den Arsch vom Himmel runterputzen!«

9

Während wir auf einen Wagen warteten, packte ich die Leiche in einen Sack. Als ich mich wieder aufrichtete, wurde mir schwindelig. Für einen Augenblick mußte ich mich ziemlich zusammennehmen, das Blut wich mir aus dem Gesicht, und mir wurde schwarz vor den Augen.

»Die Leute vom Einsatzteam können ihn bergen«, sagte ich zu Marino. »Kann nicht jemand dafür sorgen, daß die verfluchten Fernsehkameras verschwinden?«

Die grellen Scheinwerfer schwebten wie Satelliten über der dunklen Straße, sie hatten auf unser Erscheinen gewartet. Marino warf mir bloß einen Blick zu, weil wir beide wußten, daß niemand etwas gegen die Reporter mit ihren Aufzeichnungsgeräten unternehmen konnte. Solange sie nichts am Tatort veränderten, konnten sie tun, was sie wollten, besonders wenn sie in Hubschraubern waren, die wir nicht aufhalten oder herunterholen konnten.

»Wirst du ihn selbst transportieren?« fragte er mich.

»Nein. Es ist ja schon ein Einsatztrupp da«, sagte ich. »Und wir brauchen Hilfe, um ihn raufzuschaffen. Sag ihnen, sie sollen jetzt kommen.«

Er funkte sie an, während wir mit unseren Taschenlampen weiter über Müll, Laub und mit schlammigem Wasser gefüllte kleine Gruben strichen.

Dann sagte Marino zu mir: »Ich werde ein paar Leute hierlassen, damit sie noch eine Weile herumsuchen. Wenn der Täter seine Patronenhülse nicht eingesammelt hat, muß sie hier irgendwo sein.« Er blickte den Hügel hinauf. »Das Problem ist nur, einige dieser Trommeln haben einen weiten Ausstoß, und dieser verfluchte Hubschrauber hat das Zeug wer weiß wohin verweht.«

Innerhalb von Minuten kamen Sanitäter mit einer Tragbahre herunter, Füße knirschten auf zerbrochenem Glas, Metall schepperte. Wir warteten, bis sie die Leiche aufgehoben hatten, dann untersuchte ich die Stelle, wo sie gelegen hatte. Ich blickte in die schwarze Öffnung eines Tunnels, der vor langer Zeit in einen Bergstock getrieben wurde, der zu weich war, und näherte mich ihm, bis ich gerade in dem Schlund war. Weiter innen war er durch eine Mauer versiegelt, und im Licht meiner Taschenlampe glitzerten weißgekalkte Backsteine. Rostige Schienennägel stachen aus modernden und mit Schlamm überzogenen Schwellen hervor, und überall waren alte Reifen und Flaschen verstreut.

»Doc, da drin ist nichts.« Marino ging mit behutsamen Schritten direkt hinter mir. »Scheiße.« Er rutschte beinahe aus. »Wir haben schon nachgesehen.«

»Offensichtlich kann er nicht hier durchgeflüchtet sein«, sagte ich, als meine Lampe auf Schotter und Unkraut leuchtete. »Und hier kann sich auch niemand verstecken. Und ein Durchschnittsbürger dürfte von diesem Ort auch nichts gewußt haben.«

»Komm.« Marinos Stimme war sanft, aber bestimmt, als er meinen Arm berührte.

»Das ist kein Zufall. Kaum jemand weiß überhaupt von diesem Ort.« Ich ließ die Lampe noch weiter umherstreifen. »Das war jemand, der genau wußte, was er tat.«

»Doc«, sagte er, als Wasser tropfte. »Hier ist es nicht sicher.«

»Ich bezweifle, ob Danny von dem Ort hier wußte. Das war kaltblütig und wohlüberlegt.« Meine Stimme hallte von alten, dunklen Wänden wider.

Marino hielt nun meinen Arm fest, und ich leistete keinen Widerstand. »Du hast alles getan, was möglich war. Gehen wir.«

Morast saugte an meinen Stiefeln und quoll über seine schwarzen Militärschuhe, als wir dem verrottenden Gleisbett in die Nacht hinaus folgten. Gemeinsam erklommen wir den schmutzübersäten Hang, vermieden es sorgfältig, auf Blutspuren zu treten, die von Danny stammten, als er wie Abfall den steilen Abhang heruntergeschubst worden war. Viel war vom heftigen Wind des Hubschraubers fortgeweht worden, und das könnte eines Tages von Belang sein, wenn es ein Verteidiger für nötig hielt. Ich wandte mein Gesicht vom blendenden Schein der Kameras und Blitzlichter ab. Marino und ich gingen ihnen aus dem Weg, und wir sprachen mit niemandem.

»Ich möchte meinen Wagen sehen«, sagte ich zu ihm, als sein Funkgerät piepste.

»Einhundert«, meldete er sich und hielt das Gerät dicht an den Mund.

»Eins-siebzehn«, kam es von der Zentrale, an jemand anderen gerichtet.

»Ich habe das Grundstück von vorn bis hinten durchsucht, Captain«, sagte Einheit 117 zu Marino. »Keine Spur von dem Fahrzeug, das Sie beschrieben haben.«

»Ten-four.« Marino ließ das Funkgerät sinken und sah sehr verstimmt aus. »Lucys Suburban ist nicht bei deinem Büro. Ich kapier das nicht«, sagte er mir. »Das ergibt doch alles keinen Sinn.«

Wir schritten, weil wir reden wollten, auf den Libby Hill Park zu, der nicht weit war.

»Für mich sieht es so aus, als ob Danny unterwegs jemanden mitgenommen hat«, sagte Marino, während er sich eine Zigarette anzündete. »Sieht eindeutig nach Drogen aus.«

»Das würde er nicht tun, wenn er mein Auto abliefert«, sagte ich und wußte, daß ich naiv klang. »Er würde niemanden mitnehmen.«

Marino wandte sich mir zu. »Ach komm«, sagte er, »das weißt du doch nicht.«

»Ich hatte nie Anlaß zu der Vermutung, daß er verantwortungslos ist, was mit Drogen zu tun hat oder sonst was.«

»Also ich meine, es ist offensichtlich, daß er ein Alternativer war, wie man das so nennt.«

»Davon weiß ich nichts.« Ich war dieses Gesprächs müde.

»Das solltest du besser herausfinden, weil du eine Menge Blut an dir hast.«

»Das macht mir heutzutage grundsätzlich Sorgen, egal, um wen es sich handelt.«

»Hör mal, ich will damit sagen, daß Leute, die du kennst, ganz schön krumme Sachen machen«, fuhr er fort, während sich unter uns die Lichter der Stadt ausbreiteten. »Und manchmal sind Menschen, die du nicht besonders gut kennst, schlimmer als diejenigen, die du gar nicht kennst. Du hast Danny vertraut, weil du ihn gemocht und gedacht hast, er macht seinen Job gut. Aber er hätte sich hinter deinem Rücken mit allem möglichen abgeben können, und du hättest es nie erfahren.«

Ich erwiderte nichts. Was er sagte, stimmte.

»Er ist ein gutaussehender Junge, ein hübscher Kerl. Und nun fährt er diesen unglaublichen Wagen. Die Besten wären versucht gewesen, vielleicht noch eine Spritztour zu machen, bevor sie das Auto der Chefin ablieferten. Oder vielleicht wollte er bloß ein bißchen Stoff besorgen.«

Es beschäftigte mich mehr, daß Danny Opfer eines versuchten Autodiebstahls geworden war, und ich wies darauf hin, daß dies in letzter Zeit in der Innenstadt und in dieser Gegend häufig vorgekommen war.

»Vielleicht«, sagte Marino, als mein Auto in Sicht kam. »Aber dein Wagen ist noch da. Warum sollte ihn jemand die Straße runterführen und ihn abknallen und das Auto einfach stehenlassen? Warum es nicht stehlen? Vielleicht sollten wir uns darüber Gedanken machen, ob es ein Streit unter Schwulen war. Hast du daran schon gedacht?«

Wir waren angekommen, und Reporter machten noch mehr Aufnahmen und stellten noch mehr Fragen, als wäre dies das größte Verbrechen aller Zeiten. Wir ignorierten sie, als wir zur offenen Fahrertür gingen und in meinen Mercedes S-320 hineinschauten. Ich betrachtete Armlehne, Aschenbecher, Armaturenbrett und die mit Leder überzogenen Sitze. Nichts erschien mir ungewöhnlich. Keine Spuren eines Kampfes, nur die Fußmatte auf der Beifahrerseite war dreckig. Mir fielen die schwachen Schuhabdrücke auf.

»Ist er so aufgefunden worden?« fragte ich. »Was bedeutet die geöffnete Tür?«

»Die Tür haben wir aufgemacht. Sie war nicht versperrt.«

»Ist irgendwer rein?«

»Nein.«

»Das war vorher nicht da.« Ich deutete auf die Fußmatte.

»Was?« fragte Marino.

»Siehst du die Schuhabdrücke und den Schmutz?« Ich sprach leise, damit die Reporter nichts hörten. »Es hätte niemand auf dem Beifahrersitz sein sollen. Nicht solange Danny fuhr, und auch nicht vorher bei der Reparatur in Virginia Beach.«

»Was ist mit Lucy?«

»Nein. Sie ist in letzter Zeit nicht mit mir gefahren. Mir fällt auch sonst niemand ein, seit er das letzte Mal gereinigt wurde.«

»Keine Sorge, wir werden alles absaugen.« Er blickte von mir weg und fügte zögernd hinzu: »Du weißt, daß wir ihn in Verwahrung nehmen müssen, Doc?«

»Ist mir klar«, sagte ich, und wir machten uns wieder auf den Weg zu der Straße beim Tunnel, wo wir geparkt hatten.

»Ich frage mich, ob Danny sich in Richmond ausgekannt hat«, sagte Marino.

»Er ist schon in meinem Büro gewesen«, erwiderte ich, und mir wurde schwer ums Herz. »Als er eingestellt wurde, hat er bei uns sogar ein einwöchiges medizinisches Praktikum gemacht. Ich weiß nicht mehr, wo er untergebracht war, aber ich glaube, in dem Comfort Inn an der Broad Street.«

Wir gingen eine Weile schweigend weiter, dann fügte ich hinzu: »Er hat offenkundig die Gegend um mein Büro gekannt.«

»Ja, ja, und das schließt das hier mit ein, da dein Büro nur etwa fünfzehn Blocks entfernt ist.«

Mir fiel etwas ein. »Wir wissen nicht, ob er heute abend

nicht einfach hierhergefahren ist, um vor der Heimfahrt mit dem Bus noch etwas zu essen. Woher wissen wir, daß er nicht etwas so Profanes getan hat?«

Bei unseren Autos standen ein paar Streifenwagen und ein Ermittlungsfahrzeug, aber die Reporter waren weg. Ich schloß die Tür des Kombis auf und stieg ein. Marino stand mit den Händen in den Taschen da, einen skeptischen Ausdruck im Gesicht, weil er mich so gut kannte.

»Du wirst ihn doch nicht diese Nacht noch untersuchen?« fragte er.

»Nein.« Das war nicht notwendig, und ich wollte mir das auch nicht antun.

»Und du willst auch nicht nach Hause. Das spür ich.«

»Es gibt einiges zu erledigen«, sagte ich. »Je länger wir warten, desto mehr haben wir zu verlieren.«

»Wo willst du es probieren?« fragte er, weil er wußte, wie es war, wenn ein Kollege ermordet wurde.

»Na ja, gleich hier sind viele Lokale. Millie's, zum Beispiel.«

»Nee, zu teuer. Das gleiche gilt für Patrick Henry's und die meisten Schuppen im Slip and Shockoe Bottom. Denk dran, Danny hatte nicht viel Geld, es sei denn, er kriegte es von irgendwoher, wovon wir nichts wissen.«

»Nehmen wir an, er hat von nirgendwoher Geld erhalten«, sagte ich. »Nehmen wir an, er suchte eine Kneipe, die auf direktem Weg zu meinem Büro war, und ist auf der Broad Street geblieben.«

»Poe's, das ist nicht auf der Broad Street, aber sehr nahe am Libby Hill Park. Und natürlich ist da das Café«, sagte er.

»Das meine ich auch.«

Als wir das Poe's betraten, machte der Geschäftsführer gerade die Rechnung für den letzten Gast dieses Abends fertig. Wir warteten eine ganze Weile, wie uns schien, und erfuhren dann bloß, daß das Abendgeschäft flau gewesen und niemand, der Danny ähnlich sah, hereingekommen war. Auf dem Rückweg zu unseren Autos gingen wir in östlicher Richtung auf der Broad Street weiter zum Hill Café an der 28. Straße, und mein Puls beschleunigte sich, als ich erkannte, daß das Restaurant nur eine Straße entfernt war von der Stelle, wo mein Mercedes gefunden worden war.

Das Café, bekannt für seine Bloody Marys und sein Chili, befand sich an der Ecke und war seit Jahren ein bei Cops beliebter Treffpunkt. Ich war schon ein paarmal hier gewesen, meist mit Marino. Es war die typische Kneipe um die Ecke, und um diese Zeit waren die Tische noch gut besetzt, Rauch hing dick in der Luft, und im Fernsehen lief laut eine Sportsendung auf ESPN. Hinter der Bar trocknete Daigo Gläser ab, als sie Marino erblickte und ihm ein blitzendes Lächeln schenkte.

»Na, was machst du hier so spät?« sagte sie, als wäre das vorher noch nie passiert. »Wo warst du denn früher am Abend, als es hier hoch herging?«

»Sag mal«, wandte sich Marino an sie, »wie war denn in der Kneipe mit dem besten Steaksandwich der Stadt so das Geschäft?« Er rückte näher heran, damit andere nicht hören konnten, was er zu sagen hatte.

Daigo war eine drahtige Schwarze, und sie beäugte mich so, als hätte sie mich schon einmal gesehen. »Sie sind vorhin aus allen Ecken hierhergekrochen«, meinte sie. »Ich dachte schon, ich fall um. Kann ich etwas für dich und deine Freundin holen, Captain?«

»Vielleicht«, sagte er. »Du kennst doch den Doc hier, oder?«

Sie runzelte die Stirn, und dann leuchtete ein Wiedererkennen in ihren Augen auf. »Ich wußte doch, ich hab Sie schon hier gesehen. Mit ihm. Seid ihr schon verheiratet?« Sie lachte, als sei dies das Witzigste, das sie je gesagt hatte.

»Hör mal, Daigo«, fuhr Marino fort, »wir möchten wissen, ob ein Jugendlicher heute hergekommen ist. Weiß, langes dunkles Haar, sieht echt gut aus. Müßte eine Lederjacke, Jeans, Pullover, Tennisschuhe und eine leuchtend rote Knieschiene getragen haben. Etwa fünfundzwanzig Jahre alt. Er hat einen schwarzen Mercedes Benz mit einer Menge Antennen drauf gefahren.«

Ihre Augen verengten sich, und ihre Miene wurde grimmig, als Marino weiterredete. Das Geschirrtuch hing schlaff in ihrer Hand. Ich vermutete, daß die Polizei ihr schon früher Fragen über andere unerfreuliche Angelegenheiten gestellt hatte, und ich sah es ihrem verkniffenen Mund an, daß sie nichts übrig hatte für faule, böse Menschen, die nichts dabei empfanden, wenn sie anständiger Leute Leben ruinierten.

»Oh, ich weiß genau, wen du meinst«, sagte sie.

Ihre Worte wirkten wie ein Pistolenschuß. Sie hatte unsere volle Aufmerksamkeit; wir waren beide verblüfft.

»Er ist reingekommen, so um fünf, schätze ich, weil es noch früh war«, sagte sie. »Wissen Sie, ein paar waren zum Biertrinken hier, so wie immer. Aber nicht so viele zum Abendessen. Er hat sich da drüben hingesetzt.«

Sie wies auf einen leeren Tisch ganz hinten unter einer Hängepflanze, wo das Bild eines Hahns die weiße Wand zierte. Als ich auf den Tisch blickte, an dem Danny seine letzte Mahlzeit eingenommen hatte, weil er meinetwegen in der Stadt war, sah ich ihn im Geist vor mir. Ein lebhafter und hilfsbereiter Junge, mit seinen klaren Zügen und dem glänzend schwarzen Haar, und dann lag er blutig und schmutzig an einem dunklen Hang voller Müll. Es versetzte mir einen Stich in der Brust, und einen Augenblick lang mußte ich wegschauen. Ich mußte meine Augen irgendwie anders beschäftigen.

Als ich mich wieder gefaßt hatte, wandte ich mich zu Daigo und sagte: »Er hat für mich gearbeitet. Er hieß Danny Webster.«

Sie blickte mich lange an und verstand sehr genau. »Ach so«, sagte sie mit leiser Stimme, »er war das. Herr im Himmel, ich kann's nicht glauben. Es war überall in den Nachrichten, die Leute hier haben den ganzen Abend darüber geredet, weil es bloß am anderen Ende der Straße war.«

»Ja«, sagte ich.

Sie sah Marino mit einem fast bittenden Blick an. »Er war doch bloß ein Junge. Kommt hier völlig arglos rein und hat nur ein Seemannssandwich gegessen, und dann bringt ihn jemand um! Ich sag euch« – sie wischte zornig über den Tresen – »es gibt zuviel Böses. Verdammt zuviel! Mich kotzt das an. Versteht ihr? Die Leute töten und morden, als wäre es gar nichts.«

Ein paar Essensgäste in der Nähe hörten unsere Unterhaltung mit, aber sie behelligten uns nicht mit Blicken oder Bemerkungen. Marino war in Uniform. Er war eindeutig der Vertreter des Gesetzes, und das veranlaßte die Menschen, sich um ihre eigenen Angelegenheiten zu kümmern. Wir warteten, bis Daigo ihrem Unmut genügend Luft gemacht hatte, und setzten uns dann an einen Tisch in der ruhigsten Ecke der Bar. Dann nickte sie einer Bedienung zu.

»Was möchten Sie, meine Liebe?« fragte Daigo.

Ich glaubte, ich würde nie wieder essen können, und bestellte einen Kräutertee, aber das ließ sie nicht gelten.

»Laß dir sagen, bring dem Chief hier eine Schale von meinem Brotpudding mit Jack Daniel's-Soße, aber keine Bange, der Whiskey ist verkocht«, sagte sie, und nun war sie die Ärztin. »Und eine Tasse starken Kaffee. Captain?« Sie blickte Marino an. »Für dich das Übliche, Honey? Aha«, sagte sie, bevor er antworten konnte. »Das ist dann ein Steaksandwich, medium, mit Röstzwiebeln und einer Extraportion Pommes frites. Und er mag dazu Ketchup, Senf und Mayo. Kein Nachtisch. Wir wollen ja, daß dieser Mann am Leben bleibt.«

»Macht's dir was aus?« Marino holte seine Zigaretten heraus, als brauchte er heute noch den letzten Nagel zu seinem Sarg.

Daigo zündete sich ebenfalls eine Zigarette an und erzählte, was sie noch wußte, und sie wußte eigentlich alles, weil das Hill Café eine Bar war, wo Fremde auffielen. Danny, sagte sie, war nicht länger als eine Stunde geblieben. Er war allein gekommen und gegangen, und er hatte nicht so ausgesehen, als ob er auf jemanden wartete. Er schien sehr auf die Zeit zu achten, weil er häufig auf die Uhr blickte, und hatte ein Seemannssandwich mit Pommes frites und eine Pepsi bestellt. Danny Websters letzte Mahlzeit hatte fünf Dollar und siebenundzwanzig Cents gekostet. Seine Bedienung hieß Cissy, und er hatte ihr einen Dollar Trinkgeld gegeben.

»Und du hast niemanden gesehen, bei dem deine Antennen angingen? Zu keinem Zeitpunkt heute?« fragte Marino.

Daigo schüttelte den Kopf. »Nein, Sir. Das heißt aber nicht, daß da nicht irgendso ein verdammtes Schwein auf der Straße draußen herumhing. Denn die sind da draußen. Da brauchst du nicht weit zu gehen, um auf sie zu stoßen. Aber wenn da jemand war, so habe ich ihn nicht gesehen. Und niemand, der hier reingekommen ist, hat sich über irgend jemanden da draußen beschwert.«

»Nun ja, wir müssen deine Gäste überprüfen, so viele wie möglich«, sagte Marino. »Vielleicht ist um die Zeit, als Danny wegging, jemandem ein Auto aufgefallen.«

»Wir haben die Rechnungen.« Sie zupfte an ihrem Haar, das mittlerweile recht wild aussah. »Die meisten Leute hier kennen wir sowieso.«

Wir wollten gerade gehen, als mir noch eine Kleinigkeit einfiel. »Daigo«, sagte ich, »hat er sich irgend etwas mitgenommen?«

Sie sah verdutzt drein und stand auf. »Da muß ich fragen.«

Marino drückte die nächste Zigarette aus, und sein Gesicht war dunkelrot.

»Geht es dir gut?« fragte ich.

Er wischte sich mit einer Serviette über das Gesicht. »Es ist höllisch heiß hier.«

»Cissy sagt, er hat sein Sandwich und seinen Krautsalat gegessen, aber sie hat fast seine ganzen Pommes eingepackt«, meldete Daigo bei ihrer Rückkehr. »Und als er an der Kasse war, hat er noch eine Großpackung Kaugummi gekauft.«

»Welche Sorte?« fragte ich.

»Sie ist sich ziemlich sicher, daß es Dentyne war.«

Als Marino und ich hinausgingen, lockerte er den Kragen seines weißen Uniformhemdes und zerrte sich den Schlips vom Hals. »Verdammt, manchmal wünsche ich mir, ich hätte das Dezernat A nie verlassen«, sagte er, denn als Chief der Detectives hatte er Zivil getragen. »Mir ist egal, wer zusieht«, brummelte er. »Ich komme fast um.«

»Sag mir bitte, ob das wirklich dein Ernst ist«, erwiderte ich.

»Keine Sorge, ich bin noch nicht reif für einen deiner Tische. Ich habe nur zuviel gegessen.«

»Ja«, meinte ich. »Und du hast zuviel geraucht. Aber das bringt die Leute auf meine Tische, verdammt noch mal. Denkst du nie ans Sterben? Ich hab genug davon, daß Leute sterben.«

Wir hatten meinen Kombi erreicht, und er schaute mich an, suchte nach etwas, das ich vor ihm nicht zeigen wollte. »Bist du in Ordnung?«

»Was glaubst du wohl? Danny hat für mich gearbeitet.« Mir zitterte die Hand, als ich mit dem Schlüssel herumhantierte. »Er kam mir nett und anständig vor. Es schien so, als würde er stets das Richtige zu tun versuchen. Er hat meinen Wagen von Virginia Beach hergefahren, weil ich ihn darum gebeten habe, und nun fehlt ihm der Hinterkopf. Wie, zum Teufel, meinst du, soll ich mich da fühlen?«

»Ich glaube, du denkst, es wäre irgendwie deine Schuld.«

»Vielleicht ist es meine Schuld.«

Wir schauten uns im Dunkeln an.

»Nein, ist es nicht«, sagte er. »Es ist die Schuld des Arschlochs, das den Abzug gedrückt hat. Du hast nichts damit zu tun. Aber wenn ich du wäre, würde ich mich genauso fühlen.«

»Mein Gott«, sagte ich auf einmal.

»Was?« Er war erschrocken und schaute sich um.

»Seine Essenstüte. Was ist damit passiert? Sie war nicht in meinem Mercedes. Es war nichts drin, was mir aufgefallen ist. Nicht einmal Kaugummipapier«, sagte ich.

»Verdammt, du hast recht. Und ich habe auch nichts auf der Straße gesehen, wo deine Karre parkte. Genausowenig bei der Leiche oder irgendwo am Tatort.«

Es gab eine Stelle, wo niemand gesucht hatte, und das war genau hier, wo wir uns befanden, auf dieser Straße beim Restaurant. Und so holten Marino und ich Taschenlampen heraus und suchten. Wir schauten auf der Broad Street herum, doch auf der 28. Straße direkt am Bordstein fanden wir schließlich eine kleine weiße Tüte, während ein großer Hund in einem Hof zu bellen anfing. Die Fundstelle ließ darauf schließen, daß Danny meinen Wagen so nahe wie möglich am Café geparkt hatte, weil in dieser Gegend Gebäude und Bäume lange Schatten warfen und es wenig Lampen gab.

»Hast du ein paar Bleistifte oder Kugelschreiber in deiner Handtasche?« Marino kauerte bei der Tüte, worin vermutlich die Überreste von Dannys Abendessen waren.

Ich fand einen Stift und einen Kamm mit langem Griff und reichte sie ihm. Mit Hilfe dieser schlichten Instrumente öffnete er die Tüte, ohne sie dabei mit den Fingern zu berühren. Drinnen waren, in Alufolie gewickelt, kalte Pommes frites und eine Großpackung Dentyne. Der Anblick rüttelte uns auf und erzählte eine schreckliche Geschichte. Danny war von jemandem angesprochen worden, als er vom Café zu meinem Auto ging. Vermutlich tauchte jemand aus dem Schatten auf und zückte eine Waffe, als Danny die Tür aufsperrte. Wir wußten es nicht, aber wahrscheinlich war er gezwungen worden, eine Straße weiter zu fahren, wo er zu einem abgelegenen Waldhang geführt wurde, um zu sterben.

»Ich wünschte, dieser verdammte Hund würde still sein«, sagte Marino, als er sich aufrichtete. »Geh nicht weg. Ich bin gleich wieder da.«

Er ging über die Straße zu seinem Wagen und öffnete den Kofferraum. Er kam mit der üblichen braunen Papiertüte zurück, welche die Polizei für Beweismaterial benutzte. Während ich sie aufhielt, kriegte er es mit Kamm und Stift zustande, die Reste von Dannys Mahlzeit hineinzukippen.

»Ich weiß, ich sollte das in die Requisitenkammer bringen, aber Essen mögen sie dort nicht. Außerdem gibt's dort keinen Kühlschrank.« Papier raschelte, als er die Beweismitteltüte zufaltete. Unsere Füße verursachten ein scharrendes Geräusch, als wir weggingen.

»Verdammt, hier draußen ist es kälter als in einem Kühlschrank«, fuhr er fort. »Wenn wir Fingerabdrücke bekommen, sind es wahrscheinlich seine. Aber ich werde das Zeug auf alle Fälle vom Labor prüfen lassen.«

Er legte die Tüte in seinen Kofferraum, wo er schon viele Male Beweismaterialien verstaut hatte. Marinos Abneigung gegen die Einhaltung der Dienstvorschriften äußerte sich nicht nur in seiner Kleidung.

Ich blickte mich in der dunklen Straße mit den zahlreichen Autos am Rand um. »Was auch immer geschehen ist, hat direkt hier begonnen«, sagte ich.

Marino schwieg, während er sich ebenfalls umschaute. Dann fragte er: »Meinst du, es war dein Benz? Glaubst du, das war das Motiv?«

»Ich weiß nicht«, erwiderte ich.

»Na ja, es könnte ein Raubüberfall sein. Mit dem Auto sah er nach Geld aus, wenn es auch nicht so war.«

Ich wurde erneut von Schuldgefühlen überwältigt.

»Aber ich glaube immer noch, er könnte jemanden getroffen haben, den er mitnehmen wollte.«

»Vielleicht wäre es einfacher, wenn er Ungutes im Sinn gehabt hätte«, sagte ich. »Vielleicht wäre es leichter für uns alle, weil wir dann ihm die Schuld für seine Ermordung in die Schuhe schieben können.«

Marino sah mich schweigend an. »Fahr heim und schlaf ein bißchen. Soll ich hinter dir herfahren?«

»Danke. Es geht schon.«

Doch eigentlich ging es nicht. Der Weg war länger und dunkler, als ich ihn in Erinnerung hatte, und ich fühlte mich ungewöhnlich ungeschickt bei allem, was ich tat. Selbst das Herunterkurbeln des Fensters beim Kassenhäuschen und das Heraussuchen der richtigen Münzen fiel mir schwer. Dann verfehlte ich mit der Marke den Schlitz, und als jemand hinter mir hupte, fuhr ich zusammen. Ich war so entnervt, daß mir nichts einfiel, was mich beruhigen konnte, nicht einmal Whiskey würde helfen. Ich war erst kurz vor eins in meiner Gegend, und der Wächter, der mich durchließ, blickte düster drein, ich schätzte, er hatte auch die Nachrichten gehört und wußte, wo ich gewesen war. Als ich bei meinem Haus ankam, war ich verblüfft, Lucys Suburban in der Auffahrt stehen zu sehen.

Sie war noch auf und sah aus, als hätte sie sich erholt, im Wohnzimmer auf der Couch ausgestreckt. Der Kamin war an, und sie hatte eine Decke über den Beinen, im Fernsehen lief eine Robin-Williams-Show.

»Was ist passiert?« Ich setzte mich zu ihr in einen Sessel. »Wie ist dein Auto hergekommen?«

Sie hatte ihre Brille auf und las irgendein FBI-Handbuch. »Dein Auftragsdienst hat angerufen«, sagte sie. »Der Typ, der mein Auto gefahren hat, rief in deinem Büro in der Innenstadt an, und dein Assistent ist nicht aufgetaucht. Wie heißt er, Danny? Und so ruft der Typ in meinem Wagen an, und dann klingelt hier das Telefon. Ich hab ihn zum Wachhäuschen bestellt und ihn dort getroffen.«

»Aber was ist passiert?« fragte ich wieder. »Ich weiß nicht einmal seinen Namen. Es sollte ein Bekannter von Danny sein. Danny hat meinen Wagen gefahren. Sie sollten beide Fahrzeuge hinter meinem Büro abstellen.« Ich hielt inne und starrte einfach vor mich hin. »Lucy, hast du eine Ahnung, was hier vorgeht? Weißt du, warum ich so spät nach Hause komme?«

Sie griff nach der Fernbedienung und stellte den Fernseher ab. »Ich weiß nur, daß du zu einem Fall gerufen wurdest. Das hast du mir direkt, bevor du los bist, gesagt.«

Und so erzählte ich es ihr. Ich erzählte ihr, wer Danny war, daß er ermordet worden war, und erklärte die Sache mit meinem Auto. Ich berichtete ihr jedes Detail.

»Lucy, hast du eine Ahnung, wer der Mensch war, der dein Auto abgeliefert hat?« sagte ich darauf.

»Ich weiß nicht.« Sie hatte sich aufgesetzt. »So ein hispanischer Typ namens Rick. Er trug einen Ohrring, hatte kurze Haare und sah vielleicht wie zweiundzwanzig, dreiundzwanzig aus. Er war sehr höflich, nett.«

»Wo ist er jetzt?« sagte ich. »Du hast doch nicht bloß dein Auto von ihm in Empfang genommen.«

»Oh nein. Ich hab ihn zum Busbahnhof gefahren, nachdem mir George den Weg dorthin erklärt hat.«

»George?«

»Der Typ, der um die Zeit Wachdienst hatte, am Tor. Ich schätze, es muß kurz vor neun gewesen sein.«

»Dann ist Rick zurück nach Norfolk.«

»Ich weiß nicht, was er gemacht hat«, sagte sie. »Er hat mir auf der Fahrt erzählt, Danny würde sicher noch aufkreuzen. Er hat wahrscheinlich keine Ahnung.«

»Mein Gott. Hoffen wir, daß er es noch nicht in den Nachrichten gehört hat. Hoffen wir, daß er nicht dort war«, sagte ich.

Der Gedanke, daß Lucy mit diesem Fremden gewesen war, erfüllte mich mit Entsetzen. Vor meinem geistigen Auge sah ich Dannys Kopf, und ich fühlte zerschmetterte Knochen unter den blutverschmierten Handschuhen.

»Ist Rick ein Verdächtiger?« Sie war überrascht.

»Im Augenblick ist so gut wie jeder verdächtig.«

Ich nahm das Telefon an der Bar ab. Marino war auch eben erst heimgekommen, und bevor ich etwas sagen konnte, fing er an. »Wir haben die Patronenhülse gefunden.«

»Gut«, sagte ich erleichtert. »Wo?«

»Wenn du auf der Straße mit Blick zum Tunnel stehst, dann war es in einem Gestrüpp etwa drei Meter rechts vom Pfad, wo die Blutspuren begannen.«

»Also rechts ausgeworfen«, sagte ich.

»Muß so sein, es sei denn, sowohl Danny wie sein Mörder sind rückwärts den Hang hinuntergegangen. Und dieses Arschloch hat es ernst gemeint. Er hat mit einer Fünfundvierziger geschossen. Mit Winchester-Munition.«

»Overkill«, sagte ich.

»Da hast du recht. Jemand wollte absolut sichergehen, daß er tot ist.«

»Marino«, sagte ich, »Lucy hat Dannys Freund heute abend getroffen.«

»Du meinst den Typ, der ihr Auto gefahren hat?«

»Ja«, und ich erzählte, was ich wußte.

»Vielleicht ergibt das ein bißchen mehr Sinn«, sagte er. »Die beiden sind auf der Straße getrennt worden, aber Danny machte es nichts aus, weil er seinem Kumpel Wegbeschreibung und Telefonnummer gegeben hat.«

»Kann jemand herausfinden, wer Rick ist, bevor er verschwindet? Ihn vielleicht beim Aussteigen aus dem Bus abfangen?« fragte ich.

»Ich werde das Revier in Norfolk anrufen. Da muß ich sowieso hin, weil jemand zu Danny nach Hause gehen und seine Familie benachrichtigen muß, bevor sie es aus den Medien erfahren.«

»Seine Familie wohnt in Chesapeake«, teilte ich ihm die schlechte Nachricht mit und wußte, ich würde auch mit ihnen reden müssen.

»Scheiße«, sagte Marino.

»Sprich nicht mit Detective Roche darüber, denn ich will nicht, daß er in die Nähe von Dannys Eltern kommt.«

»Keine Bange. Und du solltest besser Dr. Mant zu erreichen versuchen.«

Ich wählte die Nummer seiner Mutter in London, aber niemand hob ab, und so hinterließ ich eine dringende Nachricht. Ich hatte so viele Anrufe zu machen und fühlte mich ausgelaugt. Ich setzte mich neben Lucy auf die Couch.

»Wie geht es dir?« sagte ich.

»Na ja, ich hab in den Katechismus reingeschaut, aber ich glaube nicht, daß ich zur Konfirmation bereit bin.«

»Hoffentlich bist du das eines Tages.«

»Ich hab Kopfschmerzen, die nicht weggehen.«

»Die hast du verdient.«

»Du hast völlig recht.« Sie rieb sich die Schläfen.

»Warum tust du so etwas, nach allem, was du durchgemacht hast?« Ich konnte mir die Frage nicht verkneifen.

»Ich weiß nicht immer, warum. Vielleicht weil ich mich die ganze Zeit so zusammenreißen muß. Das ist bei vielen Agenten so. Wir laufen und stemmen und machen alles richtig. Dann lassen wir am Freitagabend Dampf ab.«

»Nun ja, dafür warst du diesmal wenigstens an einem sicheren Ort.«

»Verlierst du nie die Kontrolle?« Sie suchte meinen Blick. »Weil ich das nie bei dir gesehen habe.«

»Ich wollte nie, daß du es siehst«, antwortete ich. »Das

hast du doch dauernd bei deiner Mutter erlebt, und du hast jemanden gebraucht, bei dem du dich sicher fühlst.«

»Aber du hast meine Frage nicht beantwortet.« Sie hielt meinem Blick stand.

»Was? Ob ich je betrunken war?«

Sie nickte.

»Das ist nichts, worauf man stolz sein könnte, und ich gehe jetzt ins Bett.« Ich stand auf.

»Mehr als einmal?« Ihre Stimme folgte mir, als ich hinausging.

Ich blieb in der Tür stehen und wandte mich zu ihr um. »Lucy, in meinem langen, harten Leben gibt es nicht viel, das ich nicht getan habe. Und ich habe dich nie für irgend etwas verurteilt. Ich habe mir nur Sorgen gemacht, wenn ich dachte, dein Benehmen könnte dich ins Unglück stürzen.« Ich untertrieb mal wieder.

»Machst du dir im Augenblick Sorgen um mich?«

Ich lächelte ein wenig. »Ich werde mir den Rest meines Lebens Sorgen um dich machen.«

Ich ging in mein Zimmer und schloß die Tür. Ich legte meinen Browning neben das Bett und nahm eine Benadryl, weil ich sonst die paar Stunden, die ich noch hatte, nicht schlafen würde. Als ich im Morgengrauen aufwachte, saß ich bei brennendem Licht da, das *Journal of the American Bar Association,* das Mitteilungsblatt der Anwaltsvereinigung, noch im Schoß. Ich erhob mich und ging auf den Flur, wo Lucys Zimmertür überraschenderweise offenstand. Ihr Bett war nicht gemacht. Sie war nicht im Wohnzimmer auf der Couch, und so eilte ich nach vorn ins Eßzimmer. Ich blickte aus den Fenstern auf eine leere Fläche mit reifüberzogenem Kopfsteinpflaster und Gras. Offensichtlich war der Suburban schon einige Zeit weg.

»Lucy«, murmelte ich, als könnte sie mich hören. »Gnade dir, Lucy.«

10

Ich kam zehn Minuten zu spät zur Dienstbesprechung, was ungewöhnlich war, aber niemand sagte etwas, niemand schien es zu beanstanden. Der Mord an Danny Webster lastete auf allen in dem Raum, als würde das Verhängnis plötzlich über jeden von uns hereinbrechen. Meine Belegschaft war schwerfällig und benommen, niemand dachte besonders klar. Rose hatte mir Kaffee gebracht und nach all den Jahren vergessen, daß ich ihn schwarz trank.

Das Konferenzzimmer, das kürzlich erst neu eingerichtet worden war, wirkte sehr gemütlich mit seinem dunkelblauen Teppich, dem langen Tisch und der dunklen Täfelung. Aber anatomische Modelle und das Skelett hinter seiner Plastikhülle erinnerten an die harte Realität, um die es hier ging. Natürlich gab es keine Fenster, und die einzige künstlerische Gestaltung des Raums bestand aus den Porträts der früheren Chiefs, sämtlich Männer, die uns streng von der Wand anblickten.

Neben mir saßen mein Hauptverwalter und sein Stellvertreter sowie der Cheftoxikologe von der Abteilung für forensische Forschung ein Stockwerk höher. Fielding zu meiner Linken aß mit einem Plastiklöffel ein Joghurt, neben ihm saßen der Pathologieassistent und die neue Praktikantin.

»Ich weiß, Sie haben alle die schreckliche Nachricht über Danny Webster erfahren«, bemerkte ich bedrückt, vom Kopfende des Tisches, wo ich immer saß. »Es erübrigt sich zu sagen, wie sehr ein so sinnloser Tod uns allen nahegeht.«

»Dr. Scarpetta«, meldete sich der Pathologieassistent, »gibt es etwas Neues?«

»Im Augenblick wissen wir folgendes«, sagte ich und gab ihnen mein ganzes Wissen bekannt. »Am Tatort sah es so aus, als hätte er mindestens eine Schußwunde am Hinterkopf«, schloß ich.

»Wie sieht's mit Patronenhülsen aus?« fragte Fielding.

»Die Polizei hat eine im Gestrüpp nicht weit von der Straße sichergestellt.«

»Also ist er dort in Sugar Bottom erschossen worden und nicht im oder am Auto.«

»Es sieht nicht danach aus, als wäre er im Auto erschossen worden«, sagte ich.

»In wessen Auto?« fragte die Praktikantin, die sehr spät angefangen hatte, Medizin zu studieren, und viel zu ernst war.

»In meinem Auto. Dem Mercedes.«

Die Praktikantin schien sehr verwirrt, bis ich ihr den Hergang noch mal erklärte. Dann machte sie eine ziemlich bestechende Bemerkung. »Besteht irgendeine Möglichkeit, daß Sie das Opfer sein sollten?«

»Herrgott.« Fielding stellte gereizt den Joghurtbecher hin. »Sie sollten so etwas nicht sagen.«

»Die Realität ist nicht immer erfreulich«, sagte die Praktikantin, die zwar sehr schlau, aber ebenso umständlich war. »Ich äußere nur die Vermutung, wenn Dr. Scarpettas Auto vor dem Restaurant parkte, das sie einige Male vorher aufgesucht hat, ob da nicht vielleicht jemand auf sie gewartet hat und überrascht wurde. Oder vielleicht war jemand dem Auto gefolgt und wußte nicht, daß nicht sie drin saß, da es dunkel war, als Danny hierher unterwegs war.«

»Gehen wir zu den anderen Fällen von heute morgen über«, sagte ich und nahm einen Schluck von Roses Kaffee, der mit Saccharin gesüßt und mit Dosenmilch versetzt war.

Fielding nahm die vor ihm liegende Liste und ging sie in seinem üblichen ungeduldigen Ton durch. Zusätzlich zu Danny hatten wir drei Autopsien. Es handelte sich um ein Brandopfer, einen Gefangenen, der schon länger herzkrank gewesen war, und eine siebzigjährige Frau mit einem Schrittmacher.

»Sie ist schon früher depressiv gewesen, hauptsächlich wegen ihrer Herzprobleme«, sagte Fielding gerade, »und heute morgen gegen drei Uhr hörte ihr Mann, wie sie aufstand. Offenbar ist sie ins Wohnzimmer gegangen und hat sich in die Brust geschossen.«

In Betracht kamen noch andere armen Seelen, die während der Nacht an Herzinfarkten gestorben oder bei Autounfällen ums Leben gekommen waren. Eine ältere Frau, die eindeutig an Krebs gestorben war, und einen Sozialhilfeempfänger, der an einer Herzkranzgefäßerkrankung gelitten hatte, wies ich ab. Schließlich schoben wir die Stühle zurück und gingen nach unten. Mein Personal bedrängte mich nicht mit Fragen. Niemand sprach im Aufzug, als ich starr auf die geschlossenen Türen sah, und im Umkleideraum legten wir Kittel an und wuschen uns schweigend die Hände. Ich zog mir die Schuhschoner und Handschuhe über, als Fielding an mich herantrat und mir ins Ohr flüsterte.

»Warum lassen Sie nicht mich an ihm arbeiten?« Seine Augen blickten ernst.

»Ich kriege es schon hin«, sagte ich. »Aber vielen Dank.«

»Dr. Scarpetta, tun Sie sich das nicht an. Ich war in der Woche, als er hier war, nicht da. Ich bin ihm nie begegnet.«

»Ist schon in Ordnung, Jack.« Ich schritt davon.

Es war nicht das erste Mal, daß ich Menschen obduzierte, die ich gekannt hatte, und die meisten Polizisten und selbst andere Ärzte verstanden das nicht immer. Sie wandten ein, die Ergebnisse seien objektiver, wenn ein anderer den Fall bearbeitete, aber das stimmte einfach nicht, solange Zeugen dabei waren. Ich hatte Danny ja auch nicht näher oder länger gekannt, aber er hatte für mich gearbeitet und war gewissermaßen für mich gestorben. Ich würde ihm die beste Behandlung zuteil werden lassen.

Er lag auf der Bahre neben Tisch eins, wo ich gewöhnlich meine Fälle bearbeitete, und sein Anblick an diesem Morgen war noch schlimmer und traf mich mit aller Macht. Der Körper war erkaltet, und vollkommene Leichenstarre war eingetreten, als hätte alles Menschliche in ihm während der Nacht aufgegeben, nachdem ich ihn verlassen hatte. Getrocknetes Blut war über sein Gesicht verschmiert, und seine Lippen waren geöffnet, als hätte er versucht zu reden, als das Leben aus ihm wich. Seine Augen hatten den trüben, schmalen Totenblick, und ich sah seine rote Knieschiene und erinnerte mich daran, wie er den Boden aufgewischt hatte. Ich dachte an seine Fröhlichkeit und den traurigen Blick auf seinem Gesicht, als er von Ted Eddings und anderen jungen Leuten gesprochen hatte, die plötzlich verstarben.

»Jack.« Ich winkte Fielding her.

Er kam beinahe im Laufschritt zu mir. »Ja, Ma'am«, sagte er.

»Ich werde auf Ihr Angebot zurückkommen.« Ich begann, Teströhrchen auf einem Besteckwagen zu beschriften. »Ich könnte Ihre Hilfe gebrauchen, wenn Sie sicher sind, Sie können es aushalten.«

»Was soll ich machen?«

»Wir werden ihn gemeinsam bearbeiten.«

»Kein Problem. Soll ich die Notizen machen?«

»Fotografieren wir ihn, wie er ist, aber als erstes sollten wir ein Tuch auf den Tisch legen«, sagte ich.

Dannys Fall hatte die Nummer ME-3096, was bedeutete, daß er der dreißigste Fall im neuen Jahr in Virginia war. Nach stundenlanger Auskühlung war er nicht sehr kooperativ, und als wir ihn auf den Tisch hoben, polterten Arme und Beine laut auf den Edelstahl, als protestierte er gegen das, was wir mit ihm vorhatten. Wir entfernten die schmutzige, blutige Kleidung. Die Arme wollten nicht aus den Ärmeln, und die enge Jeans war widerspenstig. Ich steckte die Hand in die Taschen und brachte siebenundzwanzig Cents, eine Lippenpomade und einen Schlüsselbund zum Vorschein.

»Das ist sonderbar«, sagte ich, als wir die Kleidungsstücke

falteten und sie auf der mit einem Wegwerftuch belegten Bahre stapelten. »Was ist mit meinem Autoschlüssel passiert?«

»War es einer mit Fernbedienung?«

»Ja, genau.« Der Klettverschluß knirschte, als ich die Knieschiene entfernte.

»Und offenkundig befand er sich nirgendwo am Tatort.«

»Wir haben ihn nicht gefunden. Und da er nicht in der Zündung steckte, nahm ich an, Danny hätte ihn.« Ich zog ihm die dicken Sportsocken aus.

»Na ja, ich schätze, der Mörder hat ihn an sich genommen, oder er könnte verlorengegangen sein.«

Ich dachte an den Hubschrauber, der noch größeres Unheil angerichtet hatte. Ich hatte auch gehört, daß Marino in die Nachrichten gekommen war. Er ballte vor aller Welt deutlich die Faust und brüllte etwas, und ich war auch zu sehen.

»Okay, er ist tätowiert.« Fielding griff sich das Klemmbrett.

Danny hatte ein Würfelpaar auf die Oberseite der Füße tätowiert.

»Schlangenaugen«, sagte Fielding. »Das muß weh getan haben.« Ich entdeckte eine schwache Narbe von einer Blinddarmoperation und eine weitere alte Vernarbung an Dannys linkem Knie, die von einem Unfall in seiner Kindheit herrühren mochte. Auf dem rechten Knie waren die Narben von dem erst kürzlich erfolgten arthroskopischen Eingriff violett, die Muskeln in diesem Bein zeigten eine geringfügige Atrophie. Ich nahm Proben von Fingernägeln und Haaren und sah auf einen Blick, daß nichts auf einen Kampf hinwies. Nichts deutete darauf hin, daß er Widerstand geleistet hatte, als ihn eine unbekannte Person vor dem Hill Café angesprochen und er die Tüte mit den Essensresten hatte fallen lassen.

»Drehen wir ihn um«, sagte ich.

Fielding hielt die Beine, während ich die Arme unterfaßte. Wir legten ihn auf den Bauch. Ich untersuchte seinen Hinterkopf mit einem Vergrößerungsglas und einer starken Lampe. In dem langen dunklen Haar klebten verkrustetes Blut und Unrat. Ich tastete den Schädel noch weiter ab.

»Ich muß das hier rasieren, um sicher zu sein. Aber es sieht so aus, als hätten wir es mit einer Verwundung hinter dem rechten Ohr durch einen aufgesetzten Schuß zu tun. Wo sind seine Filme?«

»Die sollten fertig sein.« Fielding sah sich um.

»Wir müssen das rekonstruieren.«

»Scheiße.« Er half mir dabei, eine tiefe, sternförmige Wunde zusammenzuhalten, die wegen ihrer Größe eher wie eine Austrittsöffnung aussah.

»Das ist definitiv ein Einschußloch« verkündete ich, als ich mit der Skalpellschneide den Schädelbereich rasiert hatte. »Schauen Sie, hier ist sogar ein schwacher Mündungsabdruck. Sehr schwach. Genau da.« Ich zeichnete ihn mit dem behandschuhten, blutigen Finger nach. »Das sieht verheerend aus. Beinahe wie von einer Flinte.«

»Fünfundvierziger?«

»Das Loch ist einen Zentimeter groß«, sagte ich mehr zu mir selbst, während ich das Lineal benutzte. »Ja, das paßt eindeutig zu einer Fünfundvierziger.«

Ich entfernte gerade nach und nach die Schädeldecke, um mir das Hirn anzusehen, als ein Autopsietechniker auftauchte und Filme auf einen Leuchttisch knallte. Die glänzendweiße Kugel steckte im frontalen Sinus, sieben Zentimeter von der Schädeldecke entfernt.

»Mein Gott«, flüsterte ich, während ich sie mir ansah.

»Was, zum Teufel, ist das?« fragte Fielding. Wir beide verließen den Tisch, um dichter ranzugehen.

Die verformte Kugel war groß und hatte scharfe, wie Klauen zurückgebogene Ausfransungen.

»Sieht nicht so aus wie Hydra-Shok«, sagte mein Stellvertreter.

»Nein. Das ist irgendeine spezielle, hochwirksame Munition.«

»Vielleicht Starfire oder Golden Sabre?«

»Etwas in der Art, ja«, antwortete ich. Solche Munition hatte ich noch nie im Leichenschauhaus gesehen. »Aber ich denke, es war Black Talon, weil die Patronenhülse weder von PMC noch von Remington kam, sondern von Winchester. Und Winchester hat Black Talon hergestellt, bis es vom Markt genommen wurde.«

»Winchester produziert auch Silvertip.«

»Das ist eindeutig keine Silvertip«, erwiderte ich. »Haben Sie schon mal eine Black Talon gesehen?«

»Nur in Zeitschriften.«

»Schwarz überzogen, mit einer Messinghülle, die eine gekerbte Höhlung aufweist, die sich so auffaltet. Schauen Sie auf die Punkte da.« Ich zeigte sie ihm auf dem Film. »Die Wirkung ist unglaublich zerstörerisch. Die fräst sich durch wie eine Elektrosäge. Gut für Polizisten, aber in den falschen Händen ein Alptraum.«

»Herrgott«, sagte Fielding verblüfft. »Die sieht wie eine verdammte Krake aus.«

Ich streifte mir die Latexhandschuhe ab und zog statt dessen dichtgewebte Stoffhandschuhe über, denn eine Munition wie Black Talon war in der Notaufnahme und im Leichenschauhaus gefährlich. Sie war eine größere Bedrohung als eine Spritze, und ich wußte ja noch nicht, ob Danny Hepatitis oder Aids hatte. Ich wollte mich nicht an dem gezackten Metall schneiden, das ihn getötet hatte; sonst hätte der Täter am Ende zwei Leben auf dem Gewissen gehabt.

Fielding zog ein Paar blaue Nitrile-Handschuhe über, die fester als Latex waren, aber nicht ausreichten.

»Die können Sie für die Aufzeichnungen tragen«, sagte ich, »aber für mehr nicht.«

»So schlimm?«

»Ja«, sagte ich, während ich die Autopsiesäge anschloß. »Wenn Sie die tragen und an ihm herumhantieren, dann schneiden Sie sich.«

»Das scheint mir nicht nach einem Autoüberfall auszusehen. Da muß es jemand sehr ernst gemeint haben.«

»Glauben Sie mir«, ich mußte die Stimme heben, um das laute Sirren der Säge zu übertönen, »ernster kann man es nicht meinen.«

Was unter der Schädeldecke lag, erzählte eine noch schlimmere Geschichte. Die Kugel hatte das Schläfenbein, die Hinterhauptschuppe, das Scheitelbein und das Stirnbein durchschlagen. Hätte sie ihre Kraft nicht beim Fragmentieren der dicken Felsenbeinpyramide verloren, wäre die gezackte Klaue sogar wieder ausgetreten, und wir hätten ein sehr wichtiges Beweisstück verloren. Was die Black Talon dem Gehirn angetan hatte, war scheußlich. Die Explosion von Gas und die zerfetzende Wirkung von Kupfer und Blei hatten eine schreckliche Spur durch die wundersame Materie gezogen, die Danny zu dem gemacht hatte, der er gewesen war. Ich spülte die Kugel ab und reinigte sie dann gründlich in einer schwachen Clorox-Lösung, denn Körperflüssigkeiten können infektiös sein und sind bekannt dafür, daß sie Metallteile oxidieren.

Es war schon beinahe Mittag, als ich sie in Plastikhüllen steckte und nach oben ins Waffenlabor brachte, wo Waffen aller Art gekennzeichnet und auf Regalen gelagert oder in braune Papiertüten gesteckt wurden. Da gab es Messer, die überprüft werden mußten, Maschinenpistolen und sogar ein Schwert. Henry Frost, der neu in Richmond, aber auf seinem Gebiet höchst anerkannt war, blickte starr auf einen Computerbildschirm.

»Ist Marino hier oben gewesen?« fragte ich ihn, als ich eintrat.

Frost blickte auf, seine braunen Augen mußten sich erst an mich gewöhnen, als sei er gerade von einem fernen Ort gekommen, wo ich noch nie gewesen war. »Vor etwa zwei Stunden.« Er drückte auf einige Tasten.

»Dann hat er Ihnen die Patronenhülse gegeben.« Ich trat an seinen Stuhl.

»Ich arbeite gerade daran«, sagte er. »Es heißt, dieser Fall hat oberste Priorität.«

Frost war etwa in meinem Alter, schätzte ich, und war mindestens zweimal geschieden. Er war attraktiv und athletisch, mit wohlproportionierten Zügen und kurzem, schwarzem Haar. Den Legenden zufolge, die Menschen über ihresgleichen verbreiteten, machte er Marathonläufe, war im Wildwasserfahren ungeheuer geschickt und konnte noch auf hundert Schritte eine Fliege von einem Elefanten schießen. Ich wußte aus persönlicher Beobachtung, daß er seinen Beruf mehr liebte als je eine Frau und über nichts lieber redete als über Waffen.

»Sie haben die Fünfundvierziger eingegeben?« fragte ich ihn.

»Wir wissen doch nicht hundertprozentig, ob sie mit dem Verbrechen zu tun hat, oder?« Er blickte mich an.

»Nein«, sagte ich, »hundertprozentig wissen wir es nicht.« Ich fand in der Nähe einen Stuhl auf Rollen, den ich mir herzog. »Die Patronenhülse wurde etwa drei Meter von der Stelle entfernt gefunden, wo er vermutlich erschossen wurde. Im Wald. Sie ist sauber. Sie sieht neu aus. Und ich habe noch etwas für Sie.« Ich griff in die Tasche meines Laborkittels und zog den Umschlag mit der Black-Talon-Kugel heraus.

»Wow«, sagte er.

»Paßt das zu einer Winchester fünfundvierzig?«

»Mein Gott. Es gibt immer ein erstes Mal.« Er öffnete den Umschlag und wurde plötzlich ganz aufgeregt. »Ich messe die Rücken und Rillen und sage Ihnen in einer Minute, ob es eine Fünfundvierziger ist.«

Er ging an das Vergleichsmikroskop und montierte mit

Wachs die Kugel so auf den Objektträger, daß er keine Spuren auf dem Metall hinterließ, die nicht schon drauf waren.

»Okay«, sprach er, ohne aufzublicken, »der Zug geht nach links, und wir haben sechs Rücken und Rillen.« Er benutzte zum Messen eine Mikrometerschraube. »Rückenkerben sind 0,074, Rillenkerben sind 0,153. Ich werde das in die GRC eingeben«, sagte er. Er meinte die im Computer gespeicherten General Rifling Characteristics des FBI. »Jetzt wollen wir mal das Kaliber bestimmen«, meinte er ganz versunken, während er tippte.

Während der Computer die Dateien durchkämmte, prüfte Frost die Kugel mit einer Vernier-Schublehre. Es überraschte mich nicht, als er das Kaliber mit .45 bestimmte. Dann erhielt er aus den GRC eine Liste mit zwölf Schußwaffentypen, aus denen sie abgefeuert worden sein konnte. Alle bis auf Sig Sauer und einige Colts waren Militärpistolen.

»Wie ist es mit der Patronenhülse?« fragte ich. »Wissen wir etwas darüber?«

»Die habe ich schon auf Video, ich habe das nur noch nicht laufen lassen.«

Er ging wieder zu dem Stuhl, wo ich ihn angetroffen hatte, als ich hereinkam, und tippte etwas in eine Station ein, die durch Modem mit DRUGFIRE, dem Aufrufsystem des FBI für sichergestellte Schußwaffen, verbunden war. Das System war Bestandteil des umfangreichen Crime Analysis Network, CAIN genannt, das Lucy entwickelt hatte, und es ließen sich damit Verknüpfungen herstellen bei Verbrechen mit Schußwaffen. Kurz gesagt, ich wollte wissen, ob die Waffe, die Danny getötet hatte, schon vorher bei einem Mord oder einem Anschlag benutzt worden war, vor allem, weil der Munitionstyp darauf hindeutete, daß der Täter kein Novize war.

Die Station war einfach, ein 486er Turbo-PC, der mit einer Videokamera und einem Vergleichsmikroskop verbunden war, womit Bilder in Echtzeit und in Farbe auf einem Monitor wiedergegeben werden konnten. Frost wechselte in ein anderes Menü, und auf dem Bildschirm erschien ein Schachbrett silbriger Scheiben, die andere .45er-Patronenhülsen darstellten, jede mit einzigartigen Merkmalen. Die Verschlußkappe der Winchester .45 aus meinem Fall war links oben, und ich konnte jede Spur sehen, die Verschlußblock, Schlagbolzen, Auswerfer oder irgendein anderes Metallteil der Waffe hinterlassen hatten, aus der die Kugel in Dannys Kopf gefeuert worden war.

»Ihre hat einen starken Zug nach links.« Frost zeigte mir etwas, das wie ein Schwänzchen aussah, das aus der kreisförmigen Einkerbung durch den Schlagbolzen herauskam. »Und da ist noch diese andere Zacke, auch nach links.« Er berührte den Schirm mit dem Finger.

»Auswerfer?« sagte ich.

»Nee, ich würde sagen, das ist vom zurückschnellenden Schlagbolzen.«

»Ungewöhnlich?«

»Nun, es ist lediglich einzigartig für diese Waffe«, erwiderte er, während er weiter geradeaus blickte. »Also können wir das eingeben, wenn Sie wollen.«

»Machen Sie nur.«

Er öffnete ein anderes Fenster auf dem Bildschirm und gab die ihm zur Verfügung stehenden Informationen ein, darunter die halbkreisförmige Einkerbung, die der Schlagbolzen im weichen Metall des Zündhütchens hinterlassen hatte, und die Richtung des Zugs und die parallele Streifung der mikroskopischen Charakteristika der Verschlußkappe. Wir gaben nichts über die Kugel ein, die ich aus Dannys Gehirn geholt hatte, denn wir konnten nicht beweisen, daß die Black Talon und die Patronenhülse zusammengehörten, auch wenn wir das stark vermuteten. Die Untersuchung dieser beiden Beweisstücke war wirklich ohne Zusammenhang, denn Rücken und Rillen und Eindrücke des Schlagbolzens sind so unterschiedlich wie Fingerabdrücke und Schuhabnutzung. Man konnte nur hoffen, daß diese leblosen Zeugen die gleichen Geschichten erzählten.

Erstaunlicherweise taten sie es in diesem Fall. Als Frost die Suche aufrief, brauchten wir nur eine oder zwei Minuten zu warten, bis DRUGFIRE uns mitteilte, daß es einige Kandidaten gab, die zu dem kleinen nickelüberzogenen Zylinder paßten, der drei Meter von Dannys Blutspuren entfernt gefunden worden war.

»Schauen wir mal, was wir hier haben.« Frost sprach mit sich selber, während er die Liste auf seinem Monitor holte. »Das ist Ihr Spitzenreiter.« Er fuhr mit dem Finger über den Bildschirm. »Konkurrenzlos. Weit vor dem übrigen Feld.«

»Eine Sig fünfundvierzig P220«, sagte ich und sah ihn verwundert an. »Die Patronenhülse paßt zu einer Waffe. Im Gegensatz zu einer anderen Patronenhülse?«

»Ja. Müßte mit dem Teufel zugehen, wenn es nicht stimmt. Herrgott noch mal.«

»Ich will sichergehen, daß ich alles verstehe.« Was ich da sah, konnte ich gar nicht glauben. »Die Charakteristika einer Schußwaffe wären ja nicht in DRUGFIRE, wenn diese Waffe nicht in ein Labor gebracht worden wäre. Von der Polizei, aus irgendeinem Grund.«

»So läuft das«, stimmte Frost zu, während er die Detailfenster auszudrucken begann. »Diese Sig 45, die im Computer ist, stellt sich als genau die heraus, aus der die Patrone abgefeuert ist, die bei Danny Websters Leiche gefunden wurde. Soviel wissen wir in diesem Augenblick. Ich muß jetzt nur noch die Patronenhülse aufrufen, die zum Test abgefeuert wurde, als wir die Waffe erhalten haben.« Er stand auf.

Ich rührte mich nicht, sondern starrte weiter auf die DRUGFIRE-Liste mit ihren Symbolen und Abkürzungen, die uns alles über diese Waffe berichteten. Sie hinterließen

Rückschlag- und Zugspuren – quasi ihre Fingerabdrücke – auf den Patronenhülsen jedes Geschosses, das man damit abfeuerte. Ich dachte an Ted Eddings' steifen Körper im kalten Wasser des Elizabeth River. Ich dachte an Danny, tot neben einem Tunnel, der nirgend wohin mehr führte.

»Dann ist diese Waffe irgendwie wieder in den Verkehr gelangt«, sagte ich.

Frost schürzte die Lippen, während er Aktenschubladen aufmachte. »Es scheint so. Aber ich kenne wirklich nicht die Einzelheiten, warum sie anfänglich ins System eingegeben worden ist.« Er suchte noch herum, als er hinzufügte: »Ich glaube, das Polizeirevier, das uns die Waffe damals herbrachte, war Henrico County. Schauen wir mal, wo ist CVA5471? Uns geht hier allen Ernstes der Platz aus.«

»Sie wurde letzten Herbst gebracht.« Ich bemerkte das Datum auf dem Monitor. »Am 29. September.«

»Richtig. Das müßte das Datum sein, an dem das Formular ausgestellt wurde.«

»Wissen Sie, warum die Polizei die Waffe brachte?«

»Da müßten Sie anrufen«, sagte Frost.

»Setzen wir Marino darauf an.«

»Gute Idee.«

Ich wählte Marinos Piepser an, während Frost eine Aktenmappe herauszog. Darin waren die üblichen durchsichtigen Plastikhüllen, die wir dazu verwendeten, um die Tausende von Patronenhülsen und Kugeln zu lagern, die jedes Jahr in Virginias Labore wanderten.

»Also los«, sagte er.

»Haben Sie eine Sig P220 hier?« Ich erhob mich nun auch.

»Eine. Sie sollte im Regal bei den anderen Fünfundvierziger-Automatikwaffen sein.«

Während er seine Schußtest-Patronenhülse auf den Objektträger des Mikroskops montierte, ging ich in einen Raum, der entweder ein Alptraum oder ein Spielzeugladen war, je nach

Betrachter. An den Wänden waren Hängeborde, übersät mit Pistolen und Revolvern. Der Gedanke, wie viele Tote die Waffen in diesem vollgestopften Raum repräsentierten und wie viele davon meine Fälle gewesen waren, deprimierte mich. Die Sig Sauer P220 war schwarz und sah der Neunmillimeter der Polizei von Richmond so ähnlich, daß ich sie auf den ersten Blick nicht hätte unterscheiden können. Freilich erschien bei näherem Hinsehen die .45er etwas größer, und ich vermutete, daß auch ihre Mündungsmarkierung anders war.

»Wo ist das Stempelkissen?« fragte ich Frost, während er sich über das Mikroskop beugte und beide Patronenhülsen nebeneinander legte, um sie direkt vergleichen zu können.

»In der obersten Schreibtischschublade«, sagte er, als das Telefon klingelte. »Etwas weiter hinten.«

Ich holte die kleine Dose mit Fingerabdrucktinte heraus und entfaltete ein schneeweißes, sauberes Baumwolltuch, das ich auf ein dünnes, weiches Plastikkissen legte. Frost nahm den Hörer ab.

»He, Kollege. Wir haben einen Treffer bei DRUGFIRE«, sagte er, und ich wußte, er sprach mit Marino. »Können Sie etwas überprüfen?«

Er gab Marino durch, was er wußte. Nachdem er aufgelegt hatte, sagte Frost zu mir: »Er überprüft es sofort bei Henrico.«

»Gut«, sagte ich abwesend, während ich den Lauf der Pistole in die Tinte tauchte und dann auf das Tuch drückte.

»Die sind eindeutig distinktiv«, sagte ich sofort, als ich schwarze Mündungsmarkierungen studierte, die deutlich das vordere Visier, die Laufführung und den Umriß des Schlittens zeigten.

»Glauben Sie, daß wir diesen spezifischen Pistolentyp identifizieren könnten?« fragte er und schaute schon wieder durchs Mikroskop.

»Bei einer Kontaktwunde könnten wir es theoretisch«,

sagte ich. »Das offenkundige Problem ist nur, daß eine mit hochwirksamer Munition geladene Fünfundvierziger so unglaublich zerstörerisch ist, daß wir womöglich kein gutes Muster finden werden, jedenfalls nicht am Kopf.«

Das traf auf Dannys Fall zu, selbst nachdem ich all meine Fähigkeiten in plastischer Chirurgie aufgeboten hatte, um die Einschußwunde so gut wie möglich zu rekonstruieren. Doch als ich das Tuch mit Diagrammen und Fotos verglich, die ich unten im Leichenschauhaus aufgenommen hatte, fand ich nichts, was dagegensprach, daß eine Sig P220 die Mordwaffe gewesen war. Tatsächlich meinte ich, eine Übereinstimmung bei der Visierkante gefunden zu haben, die vom Rand des Einschußlochs vorstand.

»Da haben wir unsere Bestätigung«, sagte Frost, der die Scharfeinstellung regulierte, während er weiter in das Vergleichsmikroskop schaute.

Wir drehten uns beide um, als wir jemand den Flur entlanglaufen hörten.

»Möchten Sie es sehen?« fragte er.

»Ja, klar«, sagte ich, als noch eine Person vorbeirannte, deren Schlüssel am Gürtel wie verrückt klirrten.

»Was ist denn?« Frost stand auf und ging stirnrunzelnd zur Tür. Die Stimmen draußen im Flur waren lauter geworden, und nun rannten wieder Leute vorbei, nur in die andere Richtung. Frost und ich traten in dem Augenblick aus dem Labor, als einige Sicherheitsleute auf dem Weg zu ihren Plätzen vorbeieilten. Wissenschaftler in Laborkitteln blickten aus ihren Türrahmen suchend umher. Jeder fragte jeden, was los war, als über uns plötzlich der Feueralarm losheulte und rote Lichter an den Decken aufleuchteten.

»Was, zum Teufel, ist das, eine Alarmübung?« schrie Frost.

»Es war keine angesetzt.« Ich hielt mir die Ohren zu, während die Leute zu rennen anfingen.

»Heißt das, es brennt?« Er sah verwirrt aus.

Ich rannte nach unten und war gerade durch mehrere Türen auf den Flur in meinem Stock gestürmt, als kühles Halongas in einem weißen Wirbel von der Decke kam. Es klang, als wäre ich von großen Zimbeln umgeben, auf die mit einer Million Stöcken wie verrückt eingeschlagen wurde, während ich in rasender Hast die Zimmer kontrollierte. Fielding war weg, und alle anderen Büros waren so rasch evakuiert worden, daß Schubladen offen standen und Dia-Projektoren sowie Mikroskope noch an waren. Kühle Wolken sanken auf mich hernieder, und ich hatte die surreale Vorstellung, inmitten eines Luftalarms durch einen Hurrikan zu fliegen. Ich rannte in die Bibliothek und in die Toiletten, und als ich zu meiner Zufriedenheit festgestellt hatte, daß alle sicher aus dem Haus waren, lief ich den Flur entlang und stürmte aus den Vordertüren. Ich blieb einen Augenblick stehen, um Luft zu holen und meinen Herzschlag zu beruhigen. Die Vorgehensweise bei einem Alarm oder einer Übung war so streng durchstrukturiert wie die meisten Routineabläufe im Bundesstaat. Ich wußte, ich würde mein Personal im zweiten Stock des Monroe-Tower-Parkhauses auf der anderen Seite der Franklin Street finden. Inzwischen sollten alle Angestellten von Consolidated Lab an ihren vorbestimmten Plätzen sein, außer den Abteilungsleitern und Betriebschefs, und von denen, so schien es, war ich als letzte herausgekommen. Nur der Leiter des Wartungsdienstes, der für mein Gebäude zuständig war, überquerte vor mir rasch die Straße, einen Schutzhelm unter den Arm geklemmt. Als ich nach ihm rief, drehte er sich um und blinzelte, als erkenne er mich überhaupt nicht.

»Was in Gottes Namen geht hier vor?« fragte ich, als ich ihn eingeholt hatte und wir auf die andere Straßenseite wechselten. »Was vorgeht? Sie hätten besser keine Extras in Ihrem Jahresbudget verlangen sollen.« Er war ein alter Mann, der stets gut gekleidet, aber unfreundlich war. Heute war er fuchsteufelswild. Ich blickte auf das Gebäude und sah keinen

Rauch, als ein paar Straßen weiter Feuerwehrautos heulten und hupten.

»Irgendein Idiot hat die verdammte Sprinkleranlage ausgelöst, die nicht aufhört, bis alle Chemikalien versprüht sind.« Er blickte mich so finster an, als trüge ich die Schuld daran. »Ich hatte die verdammte Anlage auf Verzögerung geschaltet, um genau so etwas zu verhindern.«

»Was nicht sehr hilfreich wäre, wenn es ein chemisches Feuer oder eine Explosion in einem Labor gäbe.« Diesen Tadel konnte ich mir nicht verkneifen, weil die meisten seiner Entscheidungen etwa genauso schlimm waren. »Wir können keine Verzögerung von dreißig Sekunden gebrauchen, wenn so etwas passiert.«

»Aber es ist nicht passiert. Haben Sie eine Ahnung, was das alles kosten wird?«

Ich dachte an die Schriftstücke auf meinem Schreibtisch und andere wichtige Dinge, die überall verstreut waren und womöglich beschädigt wurden. »Wieso sollte jemand die Anlage auslösen?« fragte ich.

»Hören Sie, im Augenblick habe ich ungefähr genauso viele Informationen wie Sie.«

»Aber Tausende Liter von Chemikalien sind über alle meine Büros, das Leichenschauhaus und die anatomische Abteilung verteilt.« Wir stiegen eine Treppe hoch, und ich konnte meinen Ärger immer schwerer zurückhalten.

»Sie werden gar nichts davon merken.« Er wiegelte grob meinen Einwand ab. »Die verflüchtigen sich wie Dampf.«

»Die sind über alle Leichen, die wir gerade autopsieren, verteilt, darunter einige Mordopfer. Hoffen wir bloß, daß kein Verteidiger das vor Gericht vorbringt.«

»Sie sollten lieber hoffen, daß wir das irgendwie bezahlen können. Das Auffüllen dieser Tanks wird ein paar hunderttausend Dollar kosten. Das sollte Ihnen schlaflose Nächte bereiten.«

Der zweite Stock des Parkhauses war mit Hunderten von Staatsbediensteten bevölkert, die eine unerwartete Pause einzulegen hatten. Normalerweise waren Übungen und falscher Alarm eine Einladung herumzualbern, und die Leute waren gut gelaunt, solange das Wetter schön war. Aber heute war niemand locker. Es war kalt und grau, und die Menschen sprachen aufgeregt aufeinander ein. Der Betriebsleiter entfernte sich abrupt von mir, um mit einem seiner Gefolgsmänner zu sprechen, und ich sah mich um. Ich hatte gerade meine Leute entdeckt, als ich eine Hand auf meinem Arm fühlte.

»Hoppla, was ist denn los?« fragte Marino, als ich zusammenzuckte. »Hast du ein posttraumatisches Streßsyndrom?«

»Ganz sicher«, sagte ich. »Warst du im Gebäude?«

»Nee, aber nicht weit weg. Ich hab von eurem großen Feueralarm über Funk erfahren und gedacht, ich schau mal vorbei.« Er zog seinen Polizeigürtel mit all dem schweren Zeug daran hoch, während er seinen Blick über die Menge streifen ließ. »Macht es dir was aus, mir zu sagen, was, zum Teufel, hier vorgeht? Hast du endlich einen Fall von Selbstentzündung?«

»Ich weiß nicht genau, was los ist. Aber man hat mir gesagt, daß jemand offenbar falschen Alarm ausgelöst hat, so daß die Sprinkleranlage im gesamten Gebäude anging. Warum bist du hier?«

»Dort drüben ist Fielding.« Marino nickte. »Und Rose. Sie sind alle beisammen. Du siehst verdammt verfroren aus.«

»Du warst gerade in der Gegend?« fragte ich, weil ich wußte, daß es etwas zu bedeuten hatte, wenn er mir auswich.

»Ich habe den verfluchten Alarm schon auf der Broad Street hören können«, sagte er.

Wie auf Stichwort verstummte der entsetzliche Lärm auf der anderen Straßenseite plötzlich. Ich trat näher an die Brüstung des Parkdecks und schaute nach drüben, während ich mir ernsthafte Sorgen machte, was ich vorfinden würde, wenn wir alle wieder in unser Gebäude zurück durften. Feuerwehrautos rumpelten laut auf den Parkplatz, und Feuerwehrmänner in Schutzanzügen betraten das Gebäude durch verschiedene Türen.

»Als ich sah, was los war«, fügte er hinzu, »habe ich damit gerechnet, dich hier zu finden. Und da hab ich mir gedacht, ich komm mal rauf.«

»Richtig gerechnet.« Meine Fingernägel hatten sich blau verfärbt. »Weißt du was über diesen Henrico-Fall, die Fünfundvierziger-Patronenhülse, die anscheinend aus derselben Sig P220 abgefeuert wurde, die Danny getötet hat?« fragte ich, während ich mich weiter an die kalte Betonbrüstung lehnte und auf die Stadt schaute.

»Wie kommst du darauf, daß ich das so schnell herausfinden könnte?«

»Weil jeder Angst vor dir hat.«

»Ja,ja, die sollten sie, zum Teufel, auch haben.«

Marino trat dichter zu mir. Er lehnte sich an die Brüstung, blickte aber in die andere Richtung, denn er stand nicht gern mit dem Rücken zu Menschen, aber das hatte nichts mit guten Manieren zu tun. Er rückte seinen Gürtel wieder zurecht und verschränkte die Arme vor der Brust. Er wich meinem Blick aus, und ich merkte, daß er wütend war.

»Am 11. Dezember«, berichtete er, »machte Henrico eine Verkehrskontrolle auf dem Mechanicsville Turnpike. Als der Henrico-Officer auf den Wagen zuging, sprang der Fahrer raus und rannte weg, und der Beamte hat die Verfolgung zu Fuß aufgenommen. Es war Nacht.« Er nahm sich eine Zigarette. »Die Verfolgungsjagd ging über die County-Grenze in die Stadt und endete schließlich in Whitcomb Court.« Er ließ sein Feuerzeug aufflammen. »Niemand ist sich wirklich sicher, was geschehen ist, aber irgendwann während der ganzen Jagd hat der Beamte seine Waffe verloren.«

Es dauerte eine Weile, bis mir wieder einfiel, daß vor einigen Jahren die Polizei von Henrico County von Neunmillimeter auf die Sig Sauer P220-Pistolen vom Kaliber .45 umgestiegen war.

»Und das ist die fragliche Pistole?« fragte ich unbehaglich.

»Ja.« Er zog den Rauch ein. »Weißt du, in Henrico haben sie diese Politik, daß jede Sig in DRUGFIRE eingegeben wird, für den Fall, daß genau so etwas passiert.«

»Das wußte ich nicht.«

»Richtig. Auch Cops verlieren ihre Waffen oder lassen sie sich klauen, wie andere Leute auch. So läßt sich, wenn eine verschwunden ist, die Spur verfolgen, falls sie beim Begehen einer Straftat benutzt werden.«

»Dann ist die Waffe, die Danny tötete, diejenige, die dieser Beamte aus Henrico verloren hat«, wollte ich mich vergewissern.

»Es sieht so aus.«

»Sie ist vor etwa einem Monat im Dienst verlorengegangen«, fuhr ich fort. »Und nun ist sie zu einem Mord verwendet worden. Sie wurde gegen Danny verwendet.«

Marino wandte sich mir zu und schnippte Asche von seiner Zigarette. »Zumindest bist nicht du in dem Auto vor dem Hill Café gewesen.«

Darauf konnte ich nichts erwidern.

»Dieses Stadtgebiet ist eigentlich nicht weit von Whitcomb Court und anderen üblen Vierteln entfernt«, meinte er. »Deshalb könnte es sich letztlich doch um einen Autoüberfall handeln.«

»Nein.« Ich wollte das immer noch nicht akzeptieren. »Mein Auto ist nicht gestohlen worden.«

»Es könnte etwas dazwischengekommen sein, so daß der Bastard seine Meinung geändert hat«, sagte er.

Ich sagte nichts.

»Es hätte alles mögliche sein können. Ein Nachbar schaltet das Licht an. Eine Sirene ertönt irgendwo. Eine Alarmanlage geht zufällig an. Vielleicht ist er entdeckt worden, nachdem er Danny erschossen hat, und hat alles stehen und liegen lassen.«

»Er hätte ihn nicht erschießen müssen.« Ich sah auf die Straße, auf den langsam dahinrollenden Verkehr. »Er hätte meinen Mercedes vor dem Café stehlen können. Warum mit Danny wegfahren und ihn den Hügel hinunter in den Wald führen?« Meine Stimme wurde härter. »Warum all das für ein Auto, das er schließlich doch nicht mitgenommen hat?«

»Möglich ist alles«, sagte er wieder. »Ich weiß es nicht.«

»Was ist mit dem Abschleppdienst in Virginia Beach?« sagte ich. »Hat jemand bei denen nachgefragt?«

»Danny hat dein Auto gegen halb vier abgeholt, genau um die Zeit, zu der es fertig sein sollte.«

»Was heißt das, es sollte um halb vier fertig sein?«

»Das haben sie dir doch gesagt, als du angerufen hast.«

Ich schaute ihn an. »Ich hab nie dort angerufen.«

Er schnippte Asche weg. »Das behaupten sie aber.«

»Nein.« Ich schüttelte den Kopf. »Danny hat angerufen. Das war sein Job. Er hat mit ihnen und meinem Auftragsdienst verhandelt.«

»Also hat sich jemand als Dr. Scarpetta ausgegeben und dort angerufen. Vielleicht Lucy?«

»Sie würde bestimmt sich nicht für mich ausgeben. War der Anrufer eine Frau?«

Er zögerte. »Gute Frage. Aber du solltest Lucy schon fragen, nur um sicherzugehen, daß sie nicht angerufen hat.«

Feuerwehrleute kamen wieder aus dem Gebäude, und ich wußte, daß wir bald in unsere Büros zurückkehren durften. Wir würden den Rest des Tages damit verbringen, alles zu überprüfen, zu spekulieren und zu klagen, während wir hofften, daß keine neuen Fälle eingeliefert wurden.

»Die Munition macht mir wirklich zu schaffen«, sagte Marino dann.

»Frost sollte bald in seinem Labor zurück sein«, sagte ich, aber Marino schien es nicht zu interessieren.

»Ich rufe ihn an. Bei dem ganzen Durcheinander gehe ich da nicht rauf.«

Ich spürte genau, daß er mich nicht verlassen wollte und daß er im Kopf mit mehr als nur diesem Fall beschäftigt war.

»Irgendwas macht dir Sorgen«, sagte ich.

»Ja, ja, Doc. Irgendwas macht mir immer Sorgen.«

»Und was ist es diesmal?«

Er zog wieder seine Schachtel Marlboro heraus, und ich dachte an meine Mutter, deren ständiger Gefährte nun ein Sauerstoffbehälter war, weil sie früher so schlimm gewesen war wie er.

»Schau mich nicht so an«, sagte er, während er wieder nach seinem Feuerzeug kramte.

»Ich will nicht, daß du dich umbringst. Und heute scheinst du es ernsthaft zu versuchen.«

»Wir müssen alle sterben.«

»Achtung«, ertönte es von einem Feuerwehrwagen. »Hier spricht die Feuerwehr von Richmond. Der Alarm ist beendet. Sie können wieder in das Gebäude«, erklang es aus dem Lautsprecher mit seinem wiederholten schrillen Piepsen und monotonen Rauschen. »Achtung. Der Alarm ist beendet. Sie können wieder ...«

»Ich«, fuhr Marino, nicht auf die Unruhe achtend, fort, »ich will abkratzen, während ich Bier trinke, Nachos mit Chili und Sour Cream esse, rauche, mir Jack Black reinkippe und das Spiel ansehe.«

»Du könntest auch noch Sex dazuzählen, wenn du schon dabei bist.« Ich lächelte nicht, denn ich fand an seinen Gesundheitsrisiken nichts besonders Erheiterndes.

»Doris hat mich vom Sex kuriert.« Auch Marino war jetzt ernst, denn er redete von der Frau, mit der er die meiste Zeit seines Lebens verheiratet gewesen war.

»Wann hast du das letztemal von ihr gehört?« fragte ich, denn ich merkte, daß sie womöglich die Erklärung für seine Laune war.

Er trat von der Brüstung weg und strich sich sein spärliches Haar zurück. Er zog wieder an seinem Gürtel, als haßte er die Insignien seines Berufs und die Fettschichten, die sich roh um sein Leben gelegt hatten. Ich hatte Fotos von ihm gesehen, als er noch Streifenbeamter in New York war, in hohen Lederstiefeln, auf einem Motorrad oder einem Pferd, kräftig und schlank mit dichtem, dunklem Haar. Es mußte eine Zeit gegeben haben, da Doris Pete Marino attraktiv fand.

»Gestern abend. Weißt du, sie ruft hin und wieder an. Hauptsächlich, um über Rocky zu reden.« Rocky war sein Sohn.

Marino musterte die Staatsbediensteten, die auf die Treppe zuströmten. Er streckte Finger und Arme und holte dann tief Luft. Er rieb sich den Nacken, während die Leute das Parkdeck räumten, die meisten verfroren und gereizt, denn nun mußten sie zu retten versuchen, was durch den falschen Alarm vom Tage übrigblieb.

»Was will sie von dir?« fühlte ich mich gezwungen zu fragen.

Er blickte sich weiter um. »Nun, es scheint, daß sie wieder geheiratet hat«, sagte er. »Das ist die Schlagzeile des Tages.«

Ich war ziemlich verdattert. »Marino«, sagte ich leise, »das tut mir echt leid.«

»Sie und der Schmarotzer mit dem großen Wagen mit Ledersitzen. Findest du das nicht toll? Von einer Minute auf die andere haut sie ab. Dann will sie mich wieder zurück. Dann verläßt Molly mich. Und dann heiratet Doris, einfach so.«

»Es tut mir leid«, sagte ich wieder.

»Du solltest lieber wieder reingehen, bevor du dir eine Lungenentzündung holst«, sagte er. »Ich muß zurück aufs Revier und Wesley über alles informieren. Er wird das mit der Waffe wissen wollen, und um ehrlich zu sein« – er schielte im Gehen zu mir herüber – »ich weiß schon, was das FBI sagen wird.«

»Daß Dannys Tod ein dummer Zufall ist«, meinte ich.

»Und ich bin nicht sicher, ob sie nicht ganz recht haben. Es sieht eher danach aus, als habe Danny versucht, sich ein bißchen Crack oder so etwas zu besorgen, und dann ist er an den falschen Typen geraten, der zufällig die Waffe eines Polizisten gefunden hat.«

»Ich glaub das immer noch nicht«, sagte ich.

Wir überquerten die Franklin Street, und ich schaute nach Norden, wo der imposante alte rote Bahnhof im gotischen Stil mit seinem Uhrturm die Sicht auf Church Hill versperrte. Danny war nicht weit von der Strecke abgewichen, die er gestern abend bei der Überführung meines Autos hatte nehmen sollen. Es gab keine Hinweise, daß er mit Drogen zu tun hatte. Ich hatte keine physischen Anzeichen gefunden, daß er Drogen nahm. Natürlich war der toxikologische Befund noch nicht da, aber ich wußte, daß er nicht trank.

»Übrigens«, sagte Marino, als er seinen Ford aufschloß. »Ich habe bei der Außenstelle Ecke Siebte und Duval vorbeigeschaut, und du solltest deinen Mercedes heute nachmittag zurück haben.«

»Haben sie ihn schon untersucht?«

»Ja, klar. Wir haben das gestern nacht gemacht und hatten alles bereit, als heute früh die Labors aufmachten, weil ich denen klargemacht habe, daß wir bei diesem Fall nicht herumtrödeln. Alles andere muß zurückgestellt werden.«

»Was habt ihr gefunden?« fragte ich, und bei dem Gedanken an mein Auto und was darin geschehen war, verlor ich beinahe die Fassung.

»Abdrücke. Von wem, wisssen wir nicht. Wir haben was abgesaugt. Das ist eigentlich schon alles.« Er stieg ein und ließ die Tür offen. »Jedenfalls sorge ich dafür, daß dein Auto hier ist, damit du heimfahren kannst.«

Ich bedankte mich, aber als ich mein Büro betrat, wußte ich, daß ich dieses Auto nicht mehr würde fahren können. Ich wußte, ich könnte nie wieder damit fahren. Ich glaubte nicht einmal, daß ich die Türen aufsperren oder mich hineinsetzen könnte.

Cleta putzte die Lobby, während die Empfangsdame die Möbel mit Tüchern abwischte, und ich versuchte, ihnen zu erklären, daß dies nicht notwendig war. Das gute an einem trägen Gas wie Halon, sagte ich geduldig, sei, daß es Papier oder empfindliche Instrumente nicht beschädige.

»Es verflüchtigt sich und hinterläßt keine Rückstände«, versprach ich. »Sie brauchen nicht zu putzen. Aber die Bilder an den Wänden müßten zurechtgerückt werden, und es sieht so aus, als herrsche auf Megans Schreibtisch ein völliges Chaos.«

Im Empfangsbereich waren Spendenanfragen für die Anatomie und eine Vielzahl anderer Formulare auf dem ganzen Boden verstreut.

»Ich glaube immer noch, irgendwas riecht komisch«, sagte Megan.

»Ja, ja, die Zeitschriften, das riechst du, du blöde Gans«, sagte Cleta. »Die riechen immer komisch.« Sie fragte mich: »Was ist mit den Computern?«

»Die sollten nicht im geringsten in ihrer Funktion beeinträchtigt sein«, sagte ich. »Mir machen Ihre nassen Böden mehr Sorgen. Die sollten Sie schleunigst trocken wischen, damit niemand ausrutscht.«

Mit einem Gefühl wachsender Hoffnungslosigkeit schritt ich vorsichtig über die glitschigen Fliesen, während die beiden fegten und wischten. Als mein Büro in Sicht kam, wappnete ich mich innerlich und blieb im Türrahmen stehen. Meine Sekretärin arbeitete drinnen bereits.

»Okay«, sagte ich zu Rose, »wie schlimm ist es?«

»Kein Problem, außer daß einige Ihrer Schriftstücke in alle Himmelsrichtungen verstreut sind. Ich habe Ihre Pflanzen bereits wieder in Ordnung gebracht.« Sie war eine gebieterische Frau im Pensionsalter, und sie blickte mich über ihre Lesebrille an. »Sie haben Ihre Eingangs- und Ausgangskörbe doch immer leer halten wollen, nun, jetzt sind sie's.«

Wohin ich auch schaute, waren Totenscheine, Gesprächsnotizen und Autopsieberichte wie Herbstlaub verweht worden. Sie lagen auf dem Boden, in den Bücherregalen und hingen in den Zweigen des Ficus.

»Ich bin auch der Meinung, Sie sollten nicht davon ausgehen, bloß weil Sie nichts sehen können, sei alles in Ordnung. Ich glaube, Sie sollten die Papiere lüften. Ich werde hier eine Wäscheleine mit Büroklammern aufspannen.« Sie arbeitete weiter, während sie sprach, ihr graues Haar löste sich aus dem Knoten.

»Ich glaube nicht, daß das nötig ist«, fing ich wieder mit der gleichen alten Leier an. »Halon verschwindet beim Trocknen.«

»Mir ist aufgefallen, daß Sie Ihren Schutzhelm gar nicht aus dem Fach genommen haben.«

»Ich hatte keine Zeit dazu«, sagte ich.

»Wirklich zu dumm, daß wir keine Fenster haben.« Rose sagte dies mindestens einmal in der Woche.

»Also wirklich, wir müssen nur alle Sachen aufheben«, sagte ich. »Ihr seid alle paranoid, alle miteinander.«

»Sind Sie schon mal mit diesem Gas in Berührung gekommen?«

»Nein«, antwortete ich.

»Aha«, meinte sie, während sie einen Stapel Handtücher ablegte. »Dann können wir gar nicht sorgfältig genug sein.«

Ich setzte mich an den Schreibtisch und öffnete die oberste Schublade, um ein paar Schachteln Büroklammern herauszunehmen. Verzweiflung flackerte in meiner Brust auf, und ich hatte Angst, ich würde mich auf der Stelle auflösen. Meine Sekretärin kannte mich besser als meine Mutter, und sie bekam jede Miene von mir mit, hörte aber nicht auf weiterzuarbeiten. Nach langem Schweigen sagte sie: »Dr. Scarpetta, warum gehen Sie nicht heim? Ich kümmere mich um alles.«

»Rose, wir kümmern uns gemeinsam darum«, erwiderte ich störrisch.

»Ich kann das mit dem blöden Wachmann gar nicht glauben.«

»Welchem Wachmann?« Ich hielt inne und schaute sie an.

»Na, der den Alarm ausgelöst hat, weil er glaubte, wir hätten hier oben so etwas wie eine radioaktive Kernschmelze.«

Ich starrte sie an, während sie einen Totenschein vom Teppich aufhob. Mit Büroklammern heftete sie ihn an die Schnur, während ich meinen Schreibtisch in Ordnung brachte.

»Was um alles in der Welt erzählen Sie da?« fragte ich.

»Das ist alles, was ich weiß. Davon haben sie auf dem Parkdeck gesprochen.« Sie faßte sich ins Kreuz und blickte sich um. »Ich kann's nicht fassen, wie schnell das Zeug trocknet. Das ist wie in einem Science-fiction-Film.« Sie hängte einen Totenschein auf. »Ich glaube, alles wird wieder gut.«

Ich gab keinen Kommentar, weil ich wieder an mein Auto dachte. Die Vorstellung, den Mercedes zu sehen, entsetzte mich ernsthaft, und ich bedeckte das Gesicht mit den Händen. Rose wußte nicht ganz genau, was sie machen sollte, weil sie mich nie hatte weinen sehen.

»Kann ich Ihnen einen Kaffee bringen?« fragte sie.

Ich schüttelte den Kopf.

»Das ist so, als ob hier ein kräftiger Sturm durchgeweht wäre. Morgen ist es so, als wäre nichts geschehen.« Sie versuchte, mich aufzuheitern.

Ich war dankbar, als ich sie hinausgehen hörte. Sie schloß leise meine beiden Türen, und ich lehnte mich erschöpft im Stuhl zurück. Ich nahm den Telefonhörer ab und probierte

Marinos Nummer, aber er war nicht da, und so suchte ich die Nummer von McGeorge Mercedes und hoffte, daß Walter nicht verreist war.

Er war da.

»Walter? Hier Dr. Scarpetta«, sagte ich ohne Einleitung. »Können Sie mir bitte einen Wagen besorgen?« stammelte ich. »Ich schätze, ich muß das erklären.«

»Keine Erklärungen nötig. Wie sehr ist er beschädigt?« fragte er. Er hatte eindeutig die Nachrichten gehört.

»Für mich ist es ein Totalschaden«, sagte ich. »Für einen anderen ist er so gut wie neu.«

»Ich verstehe und kann es Ihnen nicht verdenken«, sagte er. »Was wollen Sie machen?«

»Können Sie ihn gleich gegen einen anderen eintauschen?«

»Ich hab einen fast identischen Wagen. Aber der ist gebraucht.«

»Wie gebraucht?«

»Kaum. Er hat meiner Frau gehört. Ein S-500, schwarz mit Lederbezügen.«

»Können Sie jemand damit auf meinen Parkplatz schikken, und wir tauschen?«

»Ich bin schon unterwegs, meine Liebe.«

Er traf um halb sechs ein, als es draußen schon dunkel wurde, für einen Händler eine gute Zeit, um einer so verzweifelten Person wie mir einen Gebrauchtwagen vorzuführen. Aber in Wahrheit hatte ich mit Walter schon seit Jahren Geschäfte gemacht und hätte den Wagen sogar unbesehen gekauft, weil ich ihm so sehr vertraute. Er war ein distinguiert aussehender Mann mit einem makellosen Schnurrbart und kurzgeschorenem Haar. Er war besser gekleidet als die meisten Anwälte, die ich kannte, und trug ein goldenes Armband mit dem Hinweis, daß er gegen Bienen allergisch sei.

»Es tut mir wirklich leid für Sie«, sagte er, während ich meinen Kofferraum leerräumte.

»Mir tut es auch leid.« Ich machte keinen Versuch, freundlich zu sein oder meine Stimmung zu verbergen. »Hier ist ein Schlüssel. Betrachten Sie den anderen als verloren. Und wenn es Ihnen nichts ausmacht, möchte ich sofort losfahren. Ich möchte nicht zusehen, wie Sie in mein Auto steigen. Ich will bloß weg hier. Wir regeln das mit der Funkausrüstung später.«

»Ich verstehe. Wir werden die Einzelheiten ein andermal besprechen.«

Die kümmerten mich momentan überhaupt nicht. Im Augenblick war ich an keiner Kosten-Nutzen-Rechnung interessiert, auch nicht daran, ob dieser Wagen in so gutem Zustand war wie der, den ich in Zahlung gegeben hatte. Ich hätte auch einen Betonmischer fahren können und wäre damit zufrieden gewesen. Mit einem Knopfdruck verriegelte ich die Türen und steckte meine Pistole zwischen die Sitze.

Ich fuhr auf der 14. Straße nach Süden und bog an der Canal auf die Interstate ab, die ich normalerweise benutzte, doch ein paar Ausfahrten später drehte ich wieder um. Ich wollte der Route folgen, die Danny gestern abend vermutlich genommen hatte, und wenn er aus Norfolk gekommen war, mußte er über die 64 West gefahren sein. Die einfachste Abfahrt für ihn wäre die zum Medizincollege von Virginia gewesen, denn die hätte ihn fast bis zum Leichenschauhaus gebracht. Aber ich glaubte nicht, daß er das gemacht hatte.

Bis er Richmond erreicht hatte, mußte er schon ans Essen gedacht haben, und in der Nähe meines Büros gab es nichts Interessantes. Danny mußte das gewußt haben, da er einige Zeit bei uns gearbeitet hatte. Ich vermutete, er war an der 5. Straße rausgefahren, wie ich es gerade tat, und dieser bis zur Broad gefolgt. Es war sehr dunkel, als ich an Baustellen und leeren Grundstücken vorbeifuhr, die bald Virginias biomedizinische Forschungsanstalt beherbergen sollten. Eines Tages würde auch meine Abteilung dorthin verlegt werden.

Einsatzfahrzeuge der Polizei zogen stumm vorbei, und ich hielt an der Ampel beim Marriott hinter einem an. Ich sah, wie der Beamte vor mir sein Innenlicht anknipste und etwas auf eine metallene Schreibunterlage notierte. Er war sehr jung, mit blondem Haar, und griff nach seinem Funkmikro und sprach hinein. Ich konnte die Bewegungen seiner Lippen sehen, als er auf die dunkle Silhouette des kleinen Häuserblocks an der Ecke blickte. Er beendete seinen Funkspruch und trank etwas aus einem Pappbecher, und ich wußte, daß er noch nicht lange bei der Polizei war, weil er seine Umgebung nicht richtig überprüft hatte. Er schien nicht zu merken, daß er beobachtet wurde.

Ich fuhr weiter und bog nach links auf die Broad ab, kam an einem Drogeriemarkt und dem alten Kaufhaus Miller & Rhoads vorbei, das seine Pforten für immer geschlossen hatte, als immer weniger Leute in der Innenstadt einkauften. Auf der einen Straßenseite war die gotische Granitfestung des alten Rathauses zu sehen und auf der anderen der Campus des Medizincolleges, der wohl mir vertraut war, aber nicht Danny. Ich bezweifelte, daß er das Skull & Bones kannte, wo medizinisches Personal und Studenten aßen. Ich bezweifelte, daß er gewußt hätte, wo er mein Auto hier hätte abstellen können.

Ich glaubte, er hatte das getan, was jeder gemacht hätte, der sich in einer Stadt nicht richtig auskannte und den teuren Wagen seiner Chefin fuhr. Er wäre geradeaus gefahren und hätte beim ersten anständigen Lokal angehalten, auf das er stieß. Das war vermutlich das Hill Café. Ich kreiste um den Block, wie er es vermutlich getan hatte, und parkte in südlicher Richtung, wo wir seine Tüte mit den Essensresten gefunden hatten. Als ich unter dem herrlichen Magnolienbaum eingeparkt hatte, stieg ich aus und steckte die Pistole in meine Manteltasche. Augenblicklich setzte das Bellen hinter dem Maschendrahtzaun wieder ein. Es mußte ein großer

Hund sein, der dort so kläffte, als hätte ich mir schon früher seinen Haß zugezogen. Im oberen Stockwerk des kleinen Hauses seines Herrchens gingen Lichter an.

Ich überquerte die Straße und betrat das Café, in dem es wie üblich voll und laut war. Daigo mixte gerade Whiskey Sours und bemerkte mich erst, als ich an der Bar einen Hocker zu mir heranzog.

»Sie sehen aus, als bräuchten Sie heute was Starkes, meine Liebe«, sagte sie und ließ eine Orangenscheibe und eine Kirsche in jedes Glas gleiten.

»Das stimmt, aber ich bin im Dienst«, sagte ich. Das Bellen des Hundes hatte aufgehört.

»Das ist das Problem mit Ihnen und dem Captain. Ihr seid immer im Dienst.« Sie winkte einem Kellner.

Er kam her und holte die Drinks, und Daigo machte sich an die nächste Bestellung.

»Kennen Sie den Hund direkt gegenüber? An der 28. Straße?« fragte ich leise.

»Sie müssen Outlaw meinen. Zumindest nenne ich dieses Mistvieh so. Haben Sie 'ne Ahnung, wie viele Gäste der räudige Köter schon verscheucht hat?« Sie blickte mich an, während sie ärgerlich eine Limone aufschnitt. »Wissen Sie, er ist halb Schäferhund, halb Wolf«, fuhr sie fort, bevor ich etwas sagen konnte. »Hat er Sie belästigt oder so?«

»Er bellt nur sehr wild und laut, und ich frage mich, ob er gestern abend, als Danny Webster wegging, auch gebellt hat. Besonders, da wir annehmen, daß er unter dem Magnolienbaum geparkt hat, der auf dem Grundstück steht, wo der Hund ist.«

»Der verdammte Köter bellt die ganze Zeit.«

»Dann erinnern Sie sich also nicht – ich würde auch gar nicht denken ...«

Sie schnitt mir das Wort ab, während sie eine Bestellung las und eine Bierflasche öffnete. »Freilich erinnere ich mich. Wie schon gesagt, er bellt die ganze Zeit. War auch bei dem armen Jungen nicht anders. Outlaw hat, als er ging, wie verrückt gebellt. Dieser verdammte Köter bellt auch den Wind an.«

»Wie war es, bevor Danny ging?« fragte ich.

Sie überlegte eine Weile, dann leuchteten ihre Augen auf. »Jetzt, da Sie es erwähnen, glaube ich, der Hund hat am frühen Abend beinahe ständig gebellt. Ich habe sogar irgendeine Bemerkung gemacht, daß es mich in den Wahnsinn treibt, und ich hatte schon halb vor, den Besitzer des verdammten Viehs anzurufen.«

»Wie war es mit anderen Gästen?« fragte ich. »Sind viele Leute hereingekommen, als Danny hier war?«

»Nein.« Sie war sich sicher. »Zunächst einmal ist er früh gekommen. Außer den Stammgästen ist niemand hier gewesen, als er kam. Tatsächlich erinnere ich mich, daß bis mindestens sieben niemand zum Essen hereinkam. Und da war er schon weg.«

»Und wie lange hat der Hund noch gebellt, nachdem er weg war?«

»Hin und wieder, den ganzen Abend lang, wie immer.«

»Hin und wieder, aber nicht andauernd?«

»Niemand könnte das den ganzen Abend aushalten. Nicht andauernd.« Sie sah mich verschmitzt an. »Wenn sie sich jetzt fragen, ob der Hund gebellt hat, weil da draußen jemand auf den Jungen gewartet hat« – sie deutete mit dem Messer auf mich – »ich glaub's nicht. Die Sorte von Halsabschneider, die hier aufkreuzen würde, die würde wie der Teufel rennen, wenn der Hund loslegt. Deswegen halten sie ihn ja. Die Leute dort drüben.« Sie deutete wieder mit dem Messer.

Ich dachte nochmals an die gestohlene Sig, die bei dem Mord an Danny verwendet worden war, und daran, wo der Polizist sie verloren hatte, und ich wußte genau, was Daigo meinte. Irgendein Straßenkrimineller würde sich vor einem großen, lauten Hund und der Aufmerksamkeit fürchten, die sein Bellen erregen konnte. Ich dankte ihr und ging wieder hinaus. Einen Augenblick stand ich am Straßenrand und schaute zu den Lichtflecken der Gaslaternen, die weit auseinander standen in den engen, dunklen Straßen. Die Flächen zwischen den Gebäuden und Einfamilienhäusern boten genügend Schatten, wo jemand, ohne gesehen zu werden, warten konnte.

Ich blickte zu meinem neuen Wagen und dem kleinen Grundstück hinüber, wo der Hund lauerte. Er war jetzt still, und ich ging einige Meter auf dem Gehsteig Richtung Norden, um zu schauen, was er wohl machte. Aber er schien kein Interesse zu haben, bis ich mich dem Grundstück näherte. Dann vernahm ich das tiefe, bösartige Knurren, das mir die Haare zu Berge stehen ließ. Als ich meine Wagentür aufsperrte, war er auf den Hinterläufen und rüttelte am Zaun.

»Du bewachst nur dein Reich, nicht wahr, mein Junge?« sagte ich. »Ich wünschte, du könntest mir erzählen, was du gestern abend gesehen hast.«

Ich schaute auf das Häuschen, als ein Fenster im oberen Stock plötzlich aufging.

»Bozo, still!« schrie ein dicker Mann mit wirrem Haar. »Still, du blöder Köter!« Das Fenster knallte zu.

»Schon gut, Bozo«, sagte ich zu dem Hund, der leider nicht wirklich Outlaw hieß. »Ich laß dich jetzt in Ruhe.« Ich schaute mich ein letztes Mal um und stieg in meinen Wagen.

Die Fahrt von Daigos Restaurant zu den restaurierten Häusern an der Franklin, wo die Polizei mein Auto gefunden hatte, dauerte weniger als drei Minuten, wenn ich mich an die vorgeschriebene Geschwindigkeit hielt. Ich wendete an dem Hügel, der nach Sugar Bottom führte, denn es kam nicht in Frage, dorthin zu fahren, besonders nicht in einem Mercedes. Dieser Gedanke brachte mich auf eine andere Idee.

Ich fragte mich, warum der Täter sich entschieden hatte, sich in einem restaurierten Viertel mit einem weithin bekannten Nachbarschaftsüberwachungsprogramm zu Fuß zu bewegen. Church Hill hatte sein eigenes Lokalblatt, und die Anwohner sahen aus ihren Fenstern und zögerten nicht, die Cops zu rufen, besonders, wenn Schüsse gefallen waren. Unter diesen Umständen wäre es doch sicherer gewesen, unauffällig zu meinem Auto zurückzukehren und sich damit ein Stück weit in Sicherheit zu bringen.

Doch der Mörder hatte dies nicht getan, und ich fragte mich, ob er zwar die äußeren Gegebenheiten dieser Gegend, nicht aber ihre sozialen Strukturen kannte, weil er nicht von hier war. Ich fragte mich auch, ob er mein Auto nicht genommen hatte, weil sein eigenes in der Nähe parkte und meines nicht von Interesse für ihn war. Er brauchte es nicht wegen des Geldes oder zur Flucht. Diese Theorie machte Sinn, wenn Danny gezielt verfolgt wurde und nicht ein zufälliges Opfer war. Während er zu Abend aß, hätte sein Angreifer parken, zu Fuß zum Café zurückkehren und im Dunkeln bei dem Mercedes warten können, während der Hund bellte.

Ich fuhr an meinem Gebäude in der Franklin vorbei, als mein Piepser ertönte. Ich holte ihn aus der Tasche und schaltete das Licht an, damit ich sehen konnte. Ich hatte momentan weder Funk noch Telefon im Auto, und so entschied ich mich rasch, auf den hinteren Parkplatz des Leichenschauhauses einzubiegen. Ich betrat das Gebäude durch eine Seitentür, gab meinen Sicherheitscode ein, ging in die Leichenhalle und nahm den Aufzug nach oben. Die Spuren von dem falschen Alarm heute waren verschwunden, doch die Totenscheine, die Rose aufgehängt hatte, waren ein gespenstischer Anblick. Ich setzte mich an den Schreibtisch und rief Marino zurück.

»Wo, zum Teufel, steckst du?« sagte er augenblicklich.

»Im Büro«, sagte ich und starrte auf die Uhr.

»Also ich glaube, das ist der letzte Ort, an dem du dich

jetzt aufhalten solltest. Und ich wette, du bist allein. Hast du schon gegessen?«

»Was soll das heißen, der letzte Ort, an dem ich jetzt sein sollte?«

»Treffen wir uns, dann werd ich's dir erklären.«

Wir verabredeten uns im Linden Row Inn, das in der Innenstadt lag und sehr gemütlich war. Ich ließ mir Zeit, weil Marino auf der anderen Seite des Flusses wohnte, aber er war schnell. Als ich eintraf, saß er bereits an einem Tisch vor dem Kamin. Da er nicht im Dienst war, trank er ein Bier. Der Barkeeper war ein kauziger, älterer Mann mit einer schwarzen Fliege. Er trug gerade einen großen Kübel Eis herein, im Hintergrund erklang Pachelbel.

»Was ist los?« sagte ich zu Marino, als ich mich setzte. »Was ist jetzt schon wieder passiert?«

Er trug ein schwarzes Golfhemd, und sein Bauch drückte gegen den Stoff und schwappte über den Bund seiner Jeans. Der Aschenbecher war bereits mit Kippen übersät, und ich vermutete, das Bier, das er gerade trank, war weder sein erstes noch sein letztes.

»Möchtest du die Geschichte von deinem falschen Alarm heute nachmittag hören, oder hat sie dir schon jemand erzählt?« Er hob den Krug an die Lippen.

»Niemand hat mir besonders viel erzählt. Obwohl ich ein Gerücht gehört habe, über Panik vor Radioaktivität oder so«, sagte ich, als der Barkeeper mit Obst und Käse erschien. »Pellegrino mit Limone, bitte«, bestellte ich.

»Offenbar ist es mehr als ein Gerücht«, sagte Marino.

»Was?« Ich runzelte die Stirn. »Und wieso solltest du mehr über die Vorgänge in meinem Büro wissen als ich?«

»Weil diese Radioaktivität etwas zu tun hat mit Beweismaterial in einem Mordfall in dieser Stadt.« Er trank noch einen Schluck Bier. »Dem Mord an Danny Webster, genauer gesagt.«

Er ließ mir einen Augenblick Zeit, um zu verstehen, was er gesagt hatte, aber ich blieb begriffsstutzig.

»Willst du damit sagen, daß Dannys Leiche radioaktiv war?« fragte ich, als sei er übergeschnappt.

»Nein. Aber der Schmutz, den wir aus deinem Auto gesaugt haben, ist es offenbar. Und ich sage dir, die Leute, die da dran waren, haben eine Heidenangst, und ich bin auch nicht glücklich darüber, weil ich auch in deinem Wagen herumgestöbert habe. Das ist so eine Geschichte, mit der ich verdammte Probleme habe, so wie manche Leute mit Spinnen oder Schlangen. Das ist so wie bei den Typen, die in Vietnam Agent Orange abbekommen haben und nun an Krebs sterben.«

Ich sah ihn ungläubig an. »Du sprichst vom Vordersitz meines schwarzen Mercedes?«

»Ja, ja, und an deiner Stelle würde ich ihn nicht mehr fahren. Wie willst du wissen, daß dieses Zeug nicht über längere Zeit auch an dich kommt?«

»Ich fahre das Auto nicht mehr«, sagte ich. »Keine Sorge. Aber wer hat dir gesagt, daß die abgesaugten Partikel radioaktiv waren?«

»Die Dame mit dem ERM-Dings.«

»Dem Elektronenrastermikroskop.«

»Ja, ja. Das hat Uran aufgespürt, was den Geigerzähler ausgelöst hat. Was noch nie vorgekommen ist, wie ich mir habe sagen lassen.«

»Sicherlich nicht.«

»Und dann entsteht eine Panik unter den Wachleuten, die gleich am Ende des Flurs sind, wie du weißt«, fuhr er fort. »Und einer dieser Wachmänner trifft die folgenschwere Entscheidung, das Gebäude zu evakuieren. Bloß als er die Scheibe im roten Kästchen eindrückt und den Hebel umlegt, vergißt er dummerweise, daß damit auch die Sprinkleranlage in Gang gesetzt wird.«

»Meines Wissens«, sagte ich, »ist sie nie zum Einsatz gekommen. Ich könnte verstehen, daß das jemand vergißt. Er könnte sogar überhaupt nichts davon gewußt haben.« Ich dachte an den Betriebsleiter und wußte, was er dazu sagen würde. »Meine Güte. Das ist alles wegen meines Autos passiert. Meinetwegen, in gewissem Sinne.«

»Nein, Doc.« Marino sah mir mit steinerner Miene in die Augen. »Das ist alles passiert, weil irgendein Arschloch Danny umgebracht hat. Wie oft soll ich dir das noch sagen?«

»Ich glaube, ich möchte ein Glas Wein.«

»Hör auf, dir selber die Schuld zu geben. Ich weiß, was du machst. Ich weiß, wie du dich anstellst.«

Ich schaute mich nach dem Barmann um, und mir wurde am Feuer allmählich zu heiß. Vier Leute saßen in der Nähe und sprachen laut vom »verzauberten Garten« im Innenhof des Gasthauses, wo Edgar Allen Poe gespielt hatte, als er noch ein Kind war in Richmond.

»In einem seiner Gedichte schreibt er davon«, sagte eine Frau gerade.

»Der Krebs-Cocktail soll gut sein hier.«

»Ich mag es nicht, wenn du so wirst«, meldete sich Marino wieder, der sich dichter zu mir beugte und mit dem Finger herumfuchtelte. »Als nächstes fängst du an, auf eigene Faust zu agieren, und ich? Ich kann nicht schlafen.«

Der Barkeeper sah mich und machte schnell einen Umweg in unsere Richtung. Ich wollte doch keinen Chardonnay mehr und bestellte statt dessen einen Scotch. Ich zog meine Jacke aus und hängte sie über den Stuhl. Ich schwitzte und fühlte mich unwohl in meiner Haut.

»Gib mir eine Marlboro«, sagte ich zu Marino.

Ihm klappte die Kinnlade herunter, und er starrte mich schockiert an.

»Bitte.« Ich streckte ihm die Hand hin.

»Oh nein, du kriegst keine.« Er war eisern.

»Ich mache einen Deal mit dir. Ich rauche eine, und du rauchst eine, und dann hören wir beide damit auf.«

Er zögerte. »Das ist doch nicht dein Ernst.«

»Ist es aber, verdammt noch mal.«

»Da springt doch für mich nichts raus.«

»Außer daß du am Leben bleibst. Wenn es nicht schon zu spät ist.«

»Besten Dank. Aber kein Deal.« Er nahm zwei Zigaretten aus der Packung, das Feuerzeug in der Hand.

»Wie lange ist es her?«

»Ich weiß nicht. Drei Jahre vielleicht.« Die Zigarette schmeckte fad, aber es war ein herrliches Gefühl, sie zwischen den Lippen zu haben, als wären die Lippen für so einen Anfall geschaffen.

Der erste Zug traf meine Lungen wie ein Stich, und mir wurde sofort leicht im Kopf. Ich fühlte mich so wie damals, als ich mit sechzehn meine erste Camel rauchte. Das Nikotin drang mir ins Hirn, genauso wie damals, die Welt drehte sich langsamer, und meine Gedanken verschmolzen.

»Mein Gott, habe ich das vermißt«, klagte ich, als ich die Asche abstreifte.

»Dann nörgel' nicht mehr an mir herum.«

»Jemand muß es tun.«

»He, das ist doch kein Marihuana oder so was.«

»Das habe ich nie geraucht. Aber wenn es nicht illegal wäre, würde ich es heute vielleicht probieren.«

»Verdammt. Jetzt jagst du mir aber Angst ein.«

Ich inhalierte ein letztes Mal und drückte die Zigarette aus, während Marino mir mit seltsamer Miene zusah. Er geriet immer leicht in Panik, wenn ich mich auf eine Art und Weise verhielt, die ihm nicht vertraut war.

»Hör zu.« Ich ging wieder zum Job über. »Ich glaube, Danny ist gestern abend verfolgt worden, sein Tod ist kein Zufallsverbrechen, es ging nicht um Raub, Schwulenhetze oder Drogen. Ich glaube, sein Mörder hat auf ihn gewartet, vielleicht über eine Stunde, und ihn dann angesprochen, als er im Schatten bei dem Magnolienbaum an der 28. Straße zu meinem Auto zurückging. Du erinnerst dich doch an den Hund dort? Er hat die ganze Zeit, als Danny im Hill Café war, gebellt, sagt Daigo.«

Marino betrachtete mich einen Augenblick schweigend. »Schau, das ist genau, was ich sage. Du bist heute abend dorthin.«

»Ja, bin ich.«

Seine Kiefermuskeln spannten sich, als er wegblickte. »Das ist genau, was ich meine.«

»Daigo erinnert sich, daß der Hund unaufhörlich gebellt hat.«

Er sagte nichts.

»Ich war vorhin dort, und der Hund bellt nicht, außer du kommst dem Grundstück sehr nahe. Dann dreht er durch. Verstehst du, was ich sage?«

Seine Augen richteten sich wieder auf mich. »Wer sollte sich dort eine Stunde aufhalten, wenn ein Hund sich derartig aufführt? Ach komm, Doc.«

Nicht irgendein gewöhnlicher Mörder, wie du meinst«, antwortete ich, als mein Drink kam. »Darauf will ich ja hinaus.«

Ich wartete, bis der Barmann uns bedient hatte, und nachdem er von unserem Tisch weggegangen war, sagte ich: »Ich glaube, Danny könnte einem professionellen Mordanschlag zum Opfer gefallen sein.«

»Okay«. Er trank sein Bier aus. »Warum? Was, zum Teufel, hat dieser Junge gewußt? Es sei denn, er hatte mit Drogen zu tun oder mit irgendeiner Art von organisiertem Verbrechen.«

»Er hatte mit Tidewater zu tun«, sagte ich. »Er wohnte dort. Er hat in meinem Büro dort gearbeitet. Er war zumindest am Rande mit dem Fall Eddings betraut. Und wir wissen, daß der Mörder von Ted Eddings sehr schlau war. Das lief auch nach einem wohldurchdachten, sorgfältigen Plan ab.«

Marino rieb sich nachdenklich das Gesicht. »Du bist also überzeugt, da gibt es eine Verbindung.«

»Ich glaube, das genau sollten wir nicht herausfinden. Ich glaube, wer auch immer dahintersteckt, wollte, daß es wie ein mißlungener Autoüberfall oder irgendein anderes Straßenverbrechen aussieht.«

»Ja, ja, und das glauben alle.«

»Nicht alle.« Ich hielt seinem Blick stand. »Keineswegs alle.«

»Und du bist überzeugt, Danny war das vorgesehene Opfer, und sagst, es war ein professioneller Mord.«

»Es könnte mir gegolten haben. Sie könnten ihn benutzt haben, um mir Angst einzujagen«, sagte ich. »Das werden wir wohl nie erfahren.«

»Hast du den toxikologischen Befund in der Eddings-Geschichte?« Er gab dem Barmann ein Zeichen, daß wir noch eine Runde wollten.

»Du weißt ja, was heute los war. Hoffentlich erfahre ich morgen etwas. Sag mir, was geht in Chesapeake vor?«

Er zuckte mit den Achseln. »Keine Ahnung.«

»Was heißt, du hast keine Ahnung?« sagte ich ungeduldig. »Die müssen doch dreihundert Beamte haben. Bearbeitet keiner mehr den Tod von Ted Eddings?«

»Und selbst wenn sie dreitausend hätten. Da muß bloß ein Dezernat in Unordnung sein, und in diesem Fall ist es das Morddezernat. Das ist eine Barriere, die wir nicht überwinden können, weil Detective Roche noch an dem Fall dran ist.«

»Ich verstehe das nicht«, sagte ich.

»Nun ja, er ist auch noch an deinem Fall dran.«

Ich hörte nicht zu, denn das war Zeitverschwendung.

»Ich wäre an deiner Stelle auf der Hut.« Er begegnete meinem Blick. »Ich würde das nicht auf die leichte Schulter nehmen.« Er schwieg kurz. »Du weißt doch, was Cops so reden, und ich höre einiges. Und es geht das Gerücht, daß du nach Roche geschlagen hast, und sein Vorgesetzter wird versuchen, dem Gouverneur deine Entlassung nahezulegen.«

»Die Leute können reden, was sie wollen«, sagte ich ungehalten.

»Na ja, das Problem liegt zum Teil darin, daß sie ihn sich anschauen und wie jung er ist, und einigen Leuten fällt es nicht schwer, sich vorzustellen, daß du dich zu ihm hingezogen gefühlt haben könntest.« Er zögerte, und ich merkte, wie sehr er Roche verachtete und daß er ihm eins auswischen wollte. »Ich sage es dir äußerst ungern, aber du würdest sehr viel besser dastehen, wenn er nicht so gut aussähe.«

»Bei Belästigung ist es egal, wie die Leute aussehen, Marino. Aber er hat nichts in der Hand, und ich mache mir keine Sorgen um die Geschichte.«

»Der Punkt ist, daß er dich verletzen will, Doc, und er gibt sich alle Mühe. Auf die eine oder andere Weise wird er dich aufs Kreuz legen, wenn er kann.«

»Er kann sich in einer Reihe anstellen mit all denen, die das wollen.«

»Die Person, die beim Abschleppdienst in Virginia Beach angerufen und sich für dich ausgegeben hat, war ein Mann.« Er blickte mich starr an. »Nur damit du es weißt.«

»Danny hätte das nicht getan«, war alles, was ich sagen konnte.

»Das würde ich auch meinen. Aber vielleicht war es Roche«, erwiderte Marino.

»Was machst du morgen?«

Er seufzte. »Ich habe nicht die Zeit, dir das zu erzählen.«

»Es könnte sein, daß wir einen Ausflug nach Charlottesville machen müssen.«

»Weswegen?« Er runzelte die Stirn. »Sag mir bloß nicht, daß Lucy sich noch merkwürdig benimmt.«

»Deswegen müssen wir nicht hin. Aber vielleicht treffen wir sie auch«, sagte ich.

11

Am nächsten Morgen kümmerte ich mich um mein Beweismaterial, und meine erste Station war das Labor mit dem Elektronenrastermikroskop, wo die forensische Wissenschaftlerin Betsy Eckles gerade ein quadratisches Stück Reifengummi mit einem Spritzüberzug versah. Sie saß mit dem Rücken zu mir, und ich sah ihr zu, wie sie die Probe auf einen Träger legte, der dann in eine gläserne Vakuumkammer gesteckt wurde, damit er mit atomaren Goldpartikeln überzogen werden konnte. Ich bemerkte den Schnitt mitten im Gummi, und er kam mir bekannt vor, aber ich war mir nicht ganz sicher.

»Guten Morgen«, sagte ich.

Sie wandte sich von ihrer einschüchternden Konsole mit Druckmessern, Skalen und Digitalmikroskopen ab, die auf den Monitoren Bilder in Pixeln statt in Linien aufbauten. Die schon leicht ergraute, gut aussehende Frau im langen Laborkittel kam mir an diesem Donnerstag noch gehetzter vor als sonst.

»Oh, guten Morgen, Dr. Scarpetta«, sagte sie, als sie die Probe mit dem zerschnittenen Gummi in die Kammer schob.

»Aufgeschlitzte Reifen?« fragte ich.

»Die von der Waffenabteilung haben mich gebeten, die Probe mit einem Überzug zu versehen. Sie haben gemeint, es müsse sofort sein. Fragen Sie mich nicht, warum.«

Sie war überhaupt nicht glücklich darüber, denn das war eine ungewöhnliche Reaktion auf ein im allgemeinen als nicht besonders schwer betrachtetes Verbrechen. Ich verstand nicht, warum es heute von solcher Dringlichkeit war, da die Labors vollkommen überlastet waren, aber deswegen war ich nicht hier.

»Ich bin gekommen, um mit Ihnen über das Uran zu reden«, sagte ich.

»Das ist das erstemal, daß ich so etwas entdeckt habe.« Sie öffnete einen Plastikumschlag. »Und ich bin schon zweiundzwanzig Jahre dabei.«

»Wir müssen herauskriegen, mit welchem Uran-Isotop wir es zu tun haben«, sagte ich.

»Das meine ich auch, aber da so etwas noch nicht vorgekommen ist, weiß ich nicht genau, wo ich das machen soll. Jedenfalls geht es hier nicht.«

Mit doppelt haftendem Klebeband befestigte sie etwas, das nach Schmutzresten aussah, an einem kurzen Stummel, der in einem Reagenzglas abgelagert werden würde. Sie erhielt jeden Tag solche abgesaugten Partikel und vertat sich nie.

»Wo ist die radioaktive Probe jetzt?« fragte ich.

»Genau dort, wo ich sie gelassen habe. Ich habe diese Kammer nicht wieder aufgemacht und glaube auch nicht, daß ich das will.«

»Dürfte ich sehen, was wir darüber haben?«

»Klar.«

Sie ging zu einem weiteren Digitalmikroskop und schaltete den Monitor an, auf dem ein schwarzes Universum erschien, gesprenkelt von Sternen unterschiedlicher Größe und Form. Einige waren sehr hell, andere dagegen trüb, doch alle waren kaum sichtbar für das ungeübte Auge.

»Ich zoome das auf dreitausend hoch«, sagte sie, während sie an Knöpfen drehte. »Möchten Sie es noch höher?«

»Ich glaube, das wird reichen«, erwiderte ich.

Es war wie in einem Observatorium. Metallkörper sahen wie von kleineren Monden und Sternen umgebene Planeten aus.

»Das ist aus Ihrem Wagen gekommen«, ließ sie mich wissen. »Die hellen Partikel sind Uran. Die trüberen sind Eisenoxid, wie es im Boden gefunden wird. Dann ist noch Aluminium dabei, das heutzutage fast überall verwendet wird. Und Silicium oder Sand.«

»Ziemlich typisch für das, was jemand an seinen Schuhsohlen haben könnte«, sagte ich. »Bis auf das Uran.«

»Da ist noch etwas, auf das ich Sie aufmerksam machen möchte«, fuhr sie fort. »Das Uran hat zwei Formen. Die keuligen oder runden, die aus einem Prozeß stammen, bei dem das Uran geschmolzen wurde. Aber hier« – sie zeigte darauf – »haben wir unregelmäßige Formen mit scharfen Kanten, was bedeutet, daß das Uran in einem maschinellen Prozeß bearbeitet worden ist.«

»CP&L benutzen doch Uran für ihre Atomkraftwerke.« Commonwealth Power & Light versorgten ganz Virginia und einige Gegenden von North Carolina mit Strom.

»Ja.«

»Noch ein Betrieb hier in der Gegend, der dafür in Frage käme?« erkundigte ich mich.

Sie dachte kurz nach. »Hier gibt es keine Minen oder Anreicherungsanlagen. Nun, die UVA hat einen Reaktor, aber ich glaube, nur für den Lehrbetrieb.«

Ich starrte weiter auf das Gestöber radioaktiven Materials, das die Person, die Danny umgebracht hatte, in meinem Auto hinterlassen hatte. Ich dachte an die Black-Talon-Kugel mit ihren wüsten Krallen und an den sonderbaren Anruf, den ich in Sandbridge erhalten hatte, und dann war jemand über die Mauer geklettert. Ich glaubte, Eddings war irgendwie der gemeinsame Nenner, wegen seines Interesses an den Neuen Zionisten.

»Wissen Sie«, sagte ich zu Eckles, »wenn mal ein Geigerzähler ausschlägt, heißt das noch nicht, daß die Radioaktivität gefährlich ist. Und Uran ist eigentlich nicht gefährlich.«

»Das Problem ist, daß wir dafür keinen Präzedenzfall haben«, sagte sie.

Ich erklärte geduldig: »Es ist sehr einfach. Diese Substanz ist Beweismaterial in einem Mordfall. Ich bin die Gerichtspathologin in diesem Fall, für den Captain Marino zuständig ist. Sie müssen diese Proben bloß Marino und mir überlassen. Wir fahren damit zur UVA und lassen den Kernphysiker dort das Isotop bestimmen.«

Freilich ließ sich das nicht ohne eine Telefonkonferenz bewerkstelligen, woran der Direktor der gerichtsmedizinischen Forschungsabteilung sowie der Leiter der Gesundheitsbehörde teilnahmen, der mein direkter Vorgesetzter war. Sie machten sich Sorgen wegen eines möglichen Interessenkonflikts, weil das Uran in meinem Auto gefunden worden war, und natürlich hatte Danny für mich gearbeitet. Als ich darauf hinwies, daß ich in dem Fall keine Verdächtige war, schienen sie beruhigt und schließlich sogar erleichtert, daß sie die radioaktive Probe vom Hals hatten. Ich kehrte zum ERM-Labor zurück, und Eckles öffnete ihre Schreckenskammer, während ich mir Baumwollhandschuhe überstreifte. Vorsichtig entfernte ich das Klebeband von dem kurzen Träger und steckte es in einen Plastikbeutel, den ich versiegelte und beschriftete. Bevor ich ihr Stockwerk verließ, schaute ich noch in der Waffenabteilung vorbei, wo Frost hinter einem Vergleichsmikroskop saß und ein altes Militärbajonett untersuchte. Ich fragte ihn nach dem aufgeschlitzten Gummi, das er mit Gold überziehen ließ, denn ich hatte ein bestimmtes Gefühl.

»Wir haben einen möglichen Verdächtigen in Ihrem Reifenschlitzerfall«, sagte er, während er die Einstellung korrigierte und die Klinge bewegte.

»Dieses Bajonett?« Ich wußte die Antwort, bevor die Frage ausgesprochen war.

»Genau. Es wurde gerade heute früh reingebracht.«

»Von wem?« sagte ich, während mein Argwohn wuchs.

Er schaute zu einer gefalteten Papiertüte auf einem Tisch in der Nähe. Ich sah Fallnummer und Datum und den Nachnamen »Roche«.

»Chesapeake«, erwiderte Frost.

»Wissen Sie, wo es herkam?« Ich spürte Wut in mir aufsteigen.

»Aus einem Kofferraum. Mehr hat man mir nicht gesagt. Offenbar ist es aus irgendeinem Grund höllisch dringend.«

Ich ging nach oben in die Toxikologie, weil ich unbedingt noch eine letzte Runde machen mußte. Aber ich war übler Stimmung und keineswegs erleichtert, als ich endlich jemanden fand, der mir bestätigen konnte, was mir meine Nase im Leichenschauhaus in Norfolk verraten hatte. Dr. Rathbone war ein großer älterer Mann, dessen schwarzes Haar noch wenig Spuren von Grau hatte. Ich fand ihn an seinem Schreibtisch, wo er Laborberichte abzeichnete.

»Ich habe Sie gerade angerufen.« Er blickte zu mir hoch. »Wie haben Sie Neujahr verbracht?«

»Neu und anders. Und Sie?«

»Ich habe einen Sohn in Utah, also sind wir dort gewesen. Ich schwöre, ich würde dorthin ziehen, wenn ich einen Job finden könnte, aber ich schätze, die Mormonen haben für mein Gewerbe nicht viel Verwendung.«

»Ich glaube, Ihr Gewerbe ist überall gefragt«, sagte ich. »Und ich nehme an, Sie haben die Ergebnisse im Eddings-Fall«, fügte ich hinzu, während ich an das Bajonett dachte.

»Die Zyankalikonzentration in seiner Blutprobe ist 0,5 Milligramm pro Liter, was tödlich ist, wie Sie wissen.« Er machte mit seinen Unterschriften weiter.

»Wie sieht's mit dem Ansaugstutzen und den Schläuchen der *hookah* aus?«

»Nicht beweiskräftig.«

Ich war nicht überrascht, und es spielte auch nicht wirklich eine Rolle, weil nun kein Zweifel mehr bestand, daß Eddings mit Blausäuregas vergiftet worden war, es sich also ganz eindeutig um Mord handelte. Ich kannte die Staatsanwältin in Chesapeake und rief sie von meinem Büro aus an, damit sie die Polizei anhalten konnte, die richtigen Schritte zu tun.

»Sie hätten mich deswegen nicht anrufen müssen«, sagte sie.

»Sie haben recht, das wäre nicht nötig gewesen.«

»Denken Sie nicht weiter darüber nach.« Sie klang verärgert. »Was für ein Haufen Idioten. Hat sich das FBI schon eingeschaltet?«

»Chesapeake braucht die Hilfe des FBI nicht.«

»Na schön. Ich schätze, sie beschäftigen sich die ganze Zeit mit Zyanidgas-Anschlägen beim Tauchen. Ich melde mich wieder.« Ich legte auf, holte Mantel und Tasche und schritt hinaus in den Tag. Es versprach ein schöner Tag zu werden. Marinos Wagen stand an der Franklin Street. Er saß bei laufendem Motor und offenem Fenster darin. Als ich auf ihn zusteuerte, machte er die Tür auf und entriegelte den Kofferraum.

»Wo ist es?« sagte er.

Ich hielt eine Versandtasche hoch, und er sah geschockt aus.

»Du hast das bloß da reingetan?« schrie er mit aufgerisssenen Augen. »Ich habe gedacht, du würdest es zumindest in einen dieser metallverkleideten Behälter tun.«

»Mach dich nicht lächerlich«, sagte ich. »Du könntest Uran in deiner blanken Hand halten, ohne dir Schaden zuzufügen.«

Ich legte den Umschlag in den Kofferraum.

»Wie kommt es dann, daß der Geigerzähler ausgeschlagen hat?« argumentierte er weiter, während ich einstieg. »Der ging los, weil das verdammte Zeug radioaktiv ist, nicht wahr?«

»Zweifellos ist Uran radioaktiv, aber von sich aus nicht sehr stark, weil es so eine lange Zerfallzeit hat. Außerdem ist die Probe in deinem Kofferraum extrem klein.«

»Ein bißchen radioaktiv ist in meinen Augen das gleiche wie ein bißchen schwanger oder ein bißchen tot. Und wenn du so unbesorgt bist, wie kommt es dann, daß du deinen Benz verkauft hast?«

»Deswegen habe ich ihn nicht verkauft.«

»Ich will nicht verstrahlt werden, wenn es dir nichts ausmacht«, sagte er gereizt.

»Du wirst nicht verstrahlt werden.«

Aber er ereiferte sich weiter. »Ich kann's nicht glauben, daß du mich und mein Auto dem Uran aussetzt.«

»Marino«, probierte ich es noch mal, »eine Menge meiner Patienten kommen mit sehr üblen Krankheiten wie Tuberkulose, Hepatitis, Meningitis oder Aids ins Leichenschauhaus. Und du warst bei den Autopsien zugegen und hattest bei mir nichts zu befürchten.«

Er fuhr schnell, wechselte andauernd die Spuren auf der Interstate.

»Ich hätte gedacht, du weißt mittlerweile, daß ich dich nie wissentlich in Gefahr bringen würde«, fügte ich hinzu.

»Wissentlich sicher nicht. Aber vielleicht ist das etwas, worüber du nicht Bescheid weißt«, meinte er. »Wann hattest du das letztemal einen Fall von Radioaktivität?«

»Zunächst einmal«, erklärte ich, »ist das kein Fall von Radioaktivität, nur einige mikroskopisch kleine Abfälle sind radioaktiv, die damit in Zusammenhang stehen. Und zweitens kenne ich mich mit Radioaktivität aus. Ich weiß Bescheid über Röntgenstrahlen, Kernspinresonanztomographie und Isotopen wie Kobalt, Jod und Technetium, die bei der Krebsbehandlung eingesetzt werden. Ärzte lernen auf vielen Gebieten etwas, einschließlich Strahlenkrankheiten. Würdest du bitte langsamer fahren und dich für eine Spur entscheiden?«

Ich blickte ihn mit wachsender Besorgnis an, als er vom Gas ging. Schweißperlen standen ihm auf der Stirn und rollten an den Schläfen hinab, sein Gesicht war hochrot. Er hatte die Kiefer zusammengepreßt, hielt das Steuerrad fest umklammert und atmete schwer.

»Fahr an die Seite«, verlangte ich.

Er reagierte nicht.

»Marino, fahr an die Seite. Sofort!« wiederholte ich in einem Ton, der keine Widerrede mehr zuließ.

Der Randstreifen war in diesem Abschnitt der Interstate breit und geteert, und ohne ein Wort stieg ich aus und lief zur Fahrerseite. Ich bedeutete ihm mit dem Daumen, auszusteigen, was er auch tat. Seine Uniform war im Rücken durchgeschwitzt, und darunter zeichnete sich sein Unterhemd ab.

»Ich glaube, ich kriege eine Grippe«, sagte er.

Ich rückte Sitz und Spiegel zurecht.

»Ich weiß nicht, was mit mir los ist.« Er wischte sich mit einem Taschentuch übers Gesicht.

»Du hast einen Panikanfall«, sagte ich. »Atme tief durch und versuche, dich zu beruhigen. Beuge dich vor und berühre deine Zehen. Lockere und entspanne dich.«

»Wenn jemand sieht, daß du meinen Dienstwagen fährst, bin ich dran«, sagte er, während er sich den Gurt über die Brust zog.

»Gerade jetzt sollte die Stadt dankbar sein, daß du nicht fährst«, sagte ich. »Du solltest in diesem Augenblick keine Maschine bedienen. Eigentlich solltest du eher in der Praxis eines Psychiaters sitzen.« Ich sah zu ihm hinüber und spürte, wie sehr er sich schämte.

»Ich weiß nicht, was los ist«, murmelte er, während er aus dem Fenster schaute.

»Bist du immer noch wütend wegen Doris?«

»Ich weiß nicht, ob ich dir je von einer der letzten großen Auseinandersetzungen erzählt habe, die wir vor ihrem Auszug hatten.« Er wischte sich wieder das Gesicht ab. »Es ging um dieses verdammte Geschirr, das sie auf einem Flohmarkt gekauft hat. Ich meine, sie wollte schon lange neue Teller kaufen, weißt du? Da komme ich von der Arbeit heim, und da ist dieses Service mit glänzend orangefarbenen Tellern auf dem Eßzimmertisch.« Er sah mich an. »Hast du schon mal was von Fiesta Ware gehört?«

»Ich erinnere mich vage.«

»Na ja, da war etwas in der Glasur dieser besonderen Linie, bei dem der Geigerzähler ausgeschlagen hat, wie ich herausgefunden habe.«

»Es braucht nicht viel Radioaktivität, um einen Geigerzähler ausschlagen zu lassen.« Ich betonte das abermals.

»Also da sind Artikel über das Zeug erschienen, und es ist vom Markt genommen worden«, fuhr er fort. »Doris wollte nicht auf mich hören. Sie meinte, es sei eine Überreaktion.«

»War es wahrscheinlich auch.«

»Schau mal, Leute haben eine Phobie gegen alles mögliche. Bei mir ist es Strahlung. Du weißt, wie ich es hasse, mit dir im Röntgenraum zu sein, und wenn ich die Mikrowelle einschalte, verlasse ich die Küche. Also hab ich das Geschirr zusammengepackt und weggeworfen, ohne es ihr zu sagen.«

Er verstummte und wischte sich wieder übers Gesicht. Er räusperte sich mehrmals.

Dann sagte er: »Einen Monat später ist sie gegangen.«

»Hör zu«, sagte ich mit sanfterer Stimme, »ich möchte auch nicht von diesen Tellern essen. Selbst wenn ich es besser weiß. Ich kenne mich mit Angst aus, und Angst ist selten rational.«

»Ja, ja, Doc, vielleicht ist das in meinem Fall so.« Er öffnete sein Fenster einen Spalt. »Ich habe Angst vorm Sterben. Jeden Morgen beim Aufstehen denke ich dran, wenn du es wissen willst. Jeden Tag glaube ich, daß ich einen Schlaganfall bekomme oder daß ich Krebs habe. Ich fürchte mich davor, ins

Bett zu gehen, weil ich Angst habe, im Schlaf zu sterben.« Er verstummte und fügte dann mit großer Überwindung hinzu: »Das ist der eigentliche Grund, warum Molly sich nicht mehr mit mir getroffen hat, wenn du es genau wissen willst.«

»Das ist kein besonders netter Grund.« Seine Worte taten mir weh.

»Na ja« – er wurde noch verlegener – »sie ist ein gutes Stück jünger als ich. Und zum Teil ist mir heutzutage danach, nichts zu tun, was mich überanstrengt.«

»Dann hast du Angst vor dem Sex.«

»Scheiße«, sagte er, »warum hängst du's nicht gleich an die große Glocke?«

»Marino, ich bin Ärztin. Ich will dir lediglich helfen, wenn ich kann.«

»Molly hat gemeint, sie fühle sich von mir zurückgewiesen«, redete er weiter.

»Und das war wahrscheinlich auch so. Seit wann hast du dieses Problem schon?«

»Ich weiß nicht. Seit Thanksgiving.«

»Ist da irgendwas Besonderes passiert?«

Er zögerte wieder. »Na ja, weißt du, ich hab meine Medikamente abgesetzt.«

»Welche? Deine Beta-Blocker oder die Enzymhemmer? Und nein, das habe ich noch nicht gewußt.«

»Beides.«

»Also warum hast du so einen Blödsinn gemacht?«

»Weil nichts klappt, wenn ich sie einnehme«, platzte er heraus. »Ich habe sie nicht mehr eingenommen, als ich angefangen habe, mich öfter mit Molly zu treffen. Dann habe ich kurz vor Thanksgiving wieder damit begonnen, nachdem ich mich gründlich habe untersuchen lassen und mein Blutdruck so hoch war und das mit meiner Prostata wieder schlimmer wurde. Das hat mir angst gemacht.«

»Keine Frau ist es wert, für sie zu sterben«, sagte ich. »Und eigentlich geht es hier um eine Depression, und dafür bist du übrigens der perfekte Kandidat.«

»Ja, ja, es ist deprimierend, wenn du es nicht mehr bringst. Das verstehst du nicht.«

»Natürlich verstehe ich das. Es ist deprimierend, wenn dein Körper dir nicht mehr gehorcht, wenn du älter wirst und andere Streßfaktoren wie zum Beispiel Veränderungen in deinem Leben auftauchen. Und du hast in den letzten paar Jahren eine Menge Veränderungen durchmachen müssen.«

»Nein«, sagte er, und seine Stimme wurde lauter, »wirklich deprimierend ist, wenn du ihn nicht mehr hochkriegst. Und dann kriegst du ihn manchmal hoch, und er schlafft nicht mehr ab. Und du kannst nicht pinkeln wenn du das Bedürfnis verspürst, und dann wieder mußt du, wenn du gar nicht das Bedürfnis hast. Und dazu kommt das ganze Problem, daß du nicht in der Stimmung bist, wenn du eine Freundin hast, die vom Alter her beinahe deine Tochter sein könnte.« Er sah mich direkt an, die Adern am Hals stachen heraus. »Ja, ja, ich bin deprimiert. Du hast verdammt recht!«

»Bitte, sei nicht auf mich böse.«

Er schaute weg, atmete schwer.

»Ich möchte, daß du mit deinem Kardiologen und deinem Urologen Termine vereinbarst«, sagte ich.

»Mhm. Geht nicht.« Er schüttelte den Kopf. »Nach unserem verdammten neuen Gesundheitsvorsorgeplan bin ich einer Urologin zugeteilt. Ich kann nicht zu einer Frau gehen und ihr diesen ganzen Mist erzählen.«

»Warum nicht? Mir hast du es doch gerade erzählt.«

Er verstummte und starrte aus dem Fenster. Er schaute in den Außenspiegel und sagte: »Übrigens, da ist seit Richmond so ein Idiot in einem goldenen Lexus hinter uns.«

Ich blickte in den Rückspiegel. Das Auto war ein neueres Modell, und der Fahrer telefonierte gerade.

»Glaubst du, wir werden verfolgt?« fragte ich.

»Was weiß ich, aber ich möchte seine verdammte Telefonrechnung nicht bezahlen müssen.«

Wir waren in der Nähe von Charlottesville, und die sanft gewellte Landschaft, aus der wir kamen, war Hügeln gewichen, in deren winterliches Grau sich das Immergrün der Koniferen mischte. Es war kälter, und es lag mehr Schnee, auch wenn die Interstate trocken war. Ich fragte Marino, ob wir den Sprechfunk abschalten könnten, weil ich es leid war, das Polizeigeschwätz zu hören, und fuhr auf die 29 North zur University of Virginia.

Eine Zeitlang bestand die Landschaft aus nackten Felsblöcken, dazwischen waren Waldstreifen, die bis an den Straßenrand reichten. Dann kamen wir an die äußere Grenze des Campus und vorbei an ganzen Blocks mit Pizzabuden, Lebensmittelläden und Tankstellen. Die Universität hatte immer noch Weihnachtsferien, aber meine Nichte war nicht der einzige Mensch auf der Welt, der dies ignorierte. Beim Scott Stadion bog ich in die Maury Avenue, wo Studenten auf Bänken hockten oder Rad fuhren; sie trugen Rucksäcke oder Mappen, die voller Arbeit zu stecken schienen. Es waren jede Menge Autos da.

»Warst du schon mal bei einem Spiel hier?« Marino hatte sich wieder gefangen.

»Ich müßte lügen.«

»Also das sollte bestraft werden. Du hast eine Nichte hier, und du hast noch nie die Hoos gesehen? Was macht ihr, wenn du in die Stadt kommst? Ich meine, was habt ihr beide gemacht?«

Tatsächlich hatten wir sehr wenig unternommen. Wir verbrachten im allgemeinen unsere Zeit mit langen Spaziergängen auf dem Campus oder mit Gesprächen auf ihrem Zimmer am Lawn. Natürlich hatten wir oft in Restaurants wie The Ivy oder Boar's Head gegessen, und ich hatte ihre Professoren kennengelernt und sogar Vorlesungen besucht. Aber ich hatte nie Freunde von ihr getroffen, und sie hatte ohnehin nur wenige. Und diese, wie auch die Orte, an denen sie sich mit ihnen traf, waren etwas, das sie nicht mit mir teilen wollte.

Ich merkte, daß Marino immer noch redete.

»Ich werde das nie vergessen, als ich ihn spielen sah«, sagte er gerade.

»Entschuldige«, sagte ich.

»Kannst du dir vorstellen, zwei Meter dreißig groß zu sein? Weißt du, jetzt wohnt er in Richmond.«

»Schauen wir mal.« Ich musterte die Gebäude, an denen wir vorbeifuhren. »Wir suchen die School of Engineering, die genau hier anfängt. Aber wir brauchen Mechanical, Aerospace and Nuclear Engineering.«

Ich fuhr langsamer, als ein Backsteingebäude mit weißen Simsen in Sicht kam, und dann sah ich das Schild. Parkplätze waren nicht schwer zu finden; um so schwerer war es, Dr. Alfred Matthews zu finden. Er hatte versprochen, mich um halb zwölf in seinem Büro zu empfangen, hatte es aber offensichtlich vergessen.

»Wo, zum Teufel, ist er dann?« sagte Marino, der immer noch wegen des Umschlags in seinem Kofferraum besorgt war.

»Auf dem Reaktorgelände.« Ich stieg wieder ins Auto.

»Na toll.«

Es hieß in Wahrheit das High Energy Physics Lab und befand sich auf einem Hügel, wo auch ein Observatorium war. Der Kernreaktor der Universität war ein großes Backsteinsilo, von Wald umgeben, mit einem Zaun drumherum, und Marino reagierte wieder phobisch.

»Komm schon. Das wird dich interessieren.« Ich machte die Tür auf.

»Ich habe überhaupt kein Interesse an alldem.«

»Okay. Dann bleib du da, und ich gehe rein.«

»Ich werde mich deswegen nicht mit dir streiten«, erwiderte er. Ich holte die Probe aus dem Kofferraum und klingelte am Haupteingang des Gebäudekomplexes. Jemand löste eine Sperre. Drinnen war eine kleine Lobby, wo ich einem jungen Mann in einer Glaskabine mitteilte, daß ich Dr. Matthews suchte. Eine Liste wurde geprüft, und ich erfuhr, daß der Leiter des Physikseminars, den ich nur entfernt kannte, gerade am Kühlwasserbecken des Reaktors sei. Der junge Mann griff zu einem Haustelefon, während er mir einen Besucherpaß und einen Strahlendetektor hinschob. Ich heftete sie an meine Jacke, und er verließ seinen Posten, um mich durch eine schwere Stahltür zu geleiten. Das rote Licht zeigte an, daß der Reaktor in Betrieb war.

Der Raum mit den hohen Kachelwänden hatte keine Fenster, und jedes Objekt, das ich sah, war mit einem leuchtend gelben Radioaktivitätsaufkleber versehen. An dem einen Ende des beleuchteten Beckens verursachte die Tscherenkow-Strahlung im Wasser ein fantastisches blaues Leuchten, als instabile Atome sich in den Brennstäben acht Meter weiter unten spontan abspalteten. Dr. Matthews unterhielt sich gerade mit einem Studenten, der, wie ich aus ihrem Gespräch heraushörte, Kobalt statt eines Autoklaven zur Sterilisierung von Mikropipetten nahm, die zur In-vitro-Fertilisation benutzt wurden.

»Ich dachte, Sie kämen erst morgen«, sagte der Kernphysiker mit gequälter Miene zu mir.

»Nein, unser Termin war heute. Aber danke, daß Sie mich überhaupt empfangen. Ich habe die Probe dabei.« Ich hielt den Umschlag hoch.

»Okay, George«, sagte er zu dem jungen Mann. »Kommen Sie zurecht?«

»Ja, Sir. Danke.«

»Kommen Sie«, sagte Matthews zu mir. »Wir werden sie jetzt hier runterbringen und anfangen. Wissen Sie, wieviel Sie hier haben?«

»Ich weiß es nicht genau.«

»Wenn wir genug haben, können wir es hinkriegen, während Sie warten.«

Hinter einer schweren Tür gingen wir nach links und hielten vor einem großen Kasten an, der die Strahlung an Händen und Füßen überprüfte. Wir erhielten grünes Licht und gingen zu einer Treppe weiter, die zum Labor für Neutronenradiographie führte, das sich in einem Untergeschoß mit Maschinenräumen und Gabelstaplern sowie großen schwarzen Tonnen befand. Sie enthielten niedrigstrahlenden Abfall, der darauf wartete, verladen zu werden. In beinahe jeder Ecke gab es eine Notfallausrüstung, und im Innern eines Käfigs war ein Kontrollraum. Am weitesten von alldem entfernt war der Raum für die Messung der niedrigen Hintergrundstrahlung. Er war aus dickem Beton und bestückt mit Fünfzig-Gallonen-Kanistern voll flüssigen Stickstoffs, Germaniumdetektoren und Verstärkern und Ziegeln aus Blei.

Die Probenbestimmung war überraschend einfach. Matthews, der keine besondere Schutzkleidung außer Laborkittel und Handschuhen trug, legte das Stück mit dem Klebeband in eine Röhre, die er dann in einen sechzig Zentimeter langen Aluminiumbehälter steckte, der den Germaniumkristall enthielt. Schließlich stapelte er auf allen Seiten die Bleiziegel drumherum, um die Probe vor Hintergrundstrahlung abzuschirmen.

Um den erforderlichen Prozeß in Gang zu setzen, war nur ein einfacher Computerbefehl notwendig, und dann fing ein Zähler am Kanister an, die Radioaktivität zu messen, damit er uns sagen konnte, um welches Isotop es sich handelte. Das war mir alles ziemlich fremd, denn ich war an geheimnisvolle Instrumente wie Elektronenrastermikroskope und Gas-Chromatographen gewöhnt. Dieser Detektor war jedoch ein ziemlich formloses Bleigehäuse, von flüssigem Stickstoff gekühlt, und schien keiner intelligenten Äußerung fähig.

»Wenn Sie mir bitte noch diese Quittung unterschreiben würden«, sagte ich, »dann mache ich mich auf.«

»Es könnte eine oder zwei Stunden dauern. Schwer zu sagen«, antwortete er.

Er unterschrieb das Formular, und ich gab ihm eine Kopie.

»Ich komme noch mal her, wenn ich bei Lucy vorbeigeschaut habe.«

»Kommen Sie, ich werde Sie nach oben begleiten, um sicherzugehen, daß Sie keinen Alarm auslösen. Wie geht es ihr?« fragte er, als wir unbehelligt an Detektoren vorbeigingen. »Hat sie noch weiter am MIT studiert?«

»Sie hat letzten Herbst dort ein Praktikum gemacht«, sagte ich. »Über Roboter. Wissen Sie, sie ist wieder hier. Für mindestens einen Monat.«

»Das wußte ich nicht. Das ist ja wunderbar. Was hat sie belegt?«

»Virtuelle Realität, glaube ich.«

Matthews sah einen Augenblick verdutzt aus. »Hatte sie das nicht belegt, als sie hier studierte?«

»Ich nehme an, das ist ein Fortgeschrittenenseminar.«

»Vermutlich.« Er lächelte. »Ich wünschte, ich hätte in jedem Kurs wenigstens einen Studenten wie sie.«

Lucy war womöglich die einzige Studentin an der UVA, die, ohne Physik im Hauptfach gehabt zu haben, bloß zum Spaß ein Seminar in Kernphysik belegt hatte. Ich ging nach draußen. Marino lehnte rauchend am Auto.

»Und was jetzt?« sagte er und sah immer noch mürrisch drein.

»Ich dachte, ich überrasche meine Nichte und gehe mit ihr essen. Du bist mehr als herzlich dazu eingeladen.«

»Ich werde an der Exxon-Station unten an der Straße vorbeischauen und den öffentlichen Fernsprecher ausprobieren«, sagte er. »Ich muß einige Anrufe erledigen.«

12

Er fuhr mich zur Rotunde, die strahlendweiß im Sonnenlicht leuchtete und mir von den Gebäuden, die Thomas Jefferson entworfen hatte, immer am besten gefiel. Ich schritt durch die Kolonnaden unter uralten Bäumen, wo Pavillons aus dem 19. Jahrhundert zwei Reihen eleganter Wohnbauten bildeten, die The Lawn genannt wurden.

Hier zu wohnen galt als Belohnung für akademische Leistungen, doch manche hätten es als zweifelhafte Ehre empfunden. Duschen und Toiletten waren in einem anderen Gebäude weiter hinten untergebracht, die spärlich möblierten Zimmer waren nicht unbedingt auf Komfort ausgerichtet. Doch ich hatte nie eine Klage von Lucy gehört, denn sie hatte ihre Zeit an der UVA wirklich geliebt.

Sie wohnte im West Lawn in Pavillon III mit den korinthischen Kapitellchen aus Carrara-Marmor, die in Italien fertiggestellt worden waren. Die hölzernen Fensterläden vor Zimmer 11 waren geschlossen, die Morgenzeitung lag immer noch auf der Fußmatte, und ich fragte mich, ein wenig verwundert, ob sie noch nicht aufgestanden war. Ich klopfte mehrmals an die Tür und hörte, wie sich jemand rührte.

»Wer ist da?« kam die Stimme meiner Nichte.

»Ich bin's«, sagte ich.

Es folgte Schweigen, dann ein überraschtes »Tante Kay?«

»Machst du endlich die Tür auf?« Meine gute Laune verflog schnell, denn Lucy klang nicht erfreut.

»Einen Augenblick noch. Ich komme gleich.«

Die Tür wurde entriegelt und ging auf.

»Hallo«, sagte sie und ließ mich herein.

»Hoffentlich habe ich dich nicht geweckt.« Ich reichte ihr die Zeitung.

»Oh, die ist für T. C.«, sagte sie. Das war die Freundin, der das Zimmer eigentlich gehörte. »Sie hat vergessen, sie abzubestellen, bevor sie nach Deutschland geflogen ist.«

Ich betrat ein Apartment, das sich nicht sehr von dem unterschied, in dem ich letztes Jahr meine Nichte besucht hatte. Ein kleiner Raum mit Bett und Waschbecken und vollen Bücherregalen. Der Holzfußboden war blank, und an den Wänden hingen keine Bilder, bis auf ein Poster von Anthony Hopkins in *Shadowlands*. Lucys technische Vorlieben belegten Tische und Stühle. Ein Faxgerät und etwas, das wie ein kleiner Roboter aussah, standen auf dem Boden, ausgeschaltet.

Zusätzliche Telefonleitungen waren installiert worden, die mit Modems verbunden waren, deren grüne Lichter blinkten. Aber ich hatte nicht den Eindruck, daß meine Nichte hier allein wohnte, denn auf dem Waschbecken lagen zwei Zahnbürsten, und eine Lösung für Kontaktlinsen stand da, sie trug keine. Beide Hälften des Doppelbetts waren zerwühlt, und darauf lag eine Aktentasche, die ich auch nicht erkannte.

»Hier.« Sie nahm einen Drucker von einem Stuhl und plazierte mich dicht ans Feuer. »Entschuldige, daß alles so durcheinander ist.« Sie trug ein grell orangefarbenes UVA-Sweatshirt und Jeans, und ihr Haar war noch feucht. »Ich kann Wasser aufsetzen«, sagte sie sehr zerstreut.

»Wenn du mir einen Tee anbietest, sage ich nicht nein.«

Ich sah ihr aufmerksam zu, wie sie Wasser in einen Kocher goß und ihn an die Steckdose anschloß. Auf einer Kommode lagen FBI-Ausweise, eine Pistole und Wagenschlüssel. Ich entdeckte Aktenmappen und vollgekritzelte Zettel, und im Kleiderschrank hingen Sachen, die ich nicht kannte.

»Erzähl mir von T. C.«, sagte ich.

Lucy öffnete eine Teedose. »Sie studiert Deutsch im Hauptfach. Für die nächsten sechs Wochen ist sie in München. Und deshalb hat sie mir vorgeschlagen, hier zu wohnen.«

»Sehr nett von ihr. Soll ich dir helfen, ihre Sachen zusammenzupacken oder ein bißchen mehr Platz zu schaffen?«

»Du sollst jetzt überhaupt nichts tun.«

Ich schaute zum Fenster, da ich jemanden hörte.

»Trinkst du deinen Tee immer noch ohne alles?« fragte Lucy.

Das Feuer prasselte, und es überraschte mich nicht, als die Tür aufging und eine Frau hereinkam. Aber ich hatte nicht Janet erwartet, und sie mich ebensowenig.

»Dr. Scarpetta«, sagte sie erstaunt und schaute dann Lucy an. »Schön, daß Sie vorbeigekommen sind.«

Sie trug Duschsachen und hatte eine Baseballmütze über ihr nasses, fast bis auf die Schultern reichendes Haar gestülpt. In Trainingsanzug und Tennisschuhen sah sie hübsch und gesund aus und wie Lucy jünger, weil sie wieder auf dem Campus einer Universität war.

»Setz dich zu uns«, sagte Lucy zu ihr, während sie mir eine große Tasse Tee reichte.

»Wir waren joggen.« Janet lächelte. »Sie müssen meine Frisur entschuldigen. Und was führt Sie hierher?« fragte sie, nachdem sie sich auf den Boden gesetzt hatte.

»Ich brauche Hilfe bei einem Fall«, sagte ich bloß. »Sind Sie auch in diesem Seminar über virtuelle Realität?« Ich schaute forschend in ihre Gesichter.

»Ja«, sagte Janet. »Lucy und ich sind zusammen hier. Wie Sie vielleicht wissen, bin ich Ende letzten Jahres nach Washington versetzt worden.«

»Lucy hat es erwähnt.«

»Ich bin der Abteilung für Wirtschaftskriminalität zugeteilt worden«, fuhr sie fort. »Kommunikationsvergehen.«

»Was bedeutet das?« fragte ich.

Darauf antwortete Lucy, die sich neben mich setzte. »Eingriff ins Fernmelderecht. Wir haben die einzige Gruppe im Land mit Experten, die mit diesen Fällen umgehen können.«

»Dann hat das FBI euch beide wegen dieser Gruppe zur Fortbildung hierher geschickt.« Ich versuchte zu begreifen.

»Aber irgendwie sehe ich noch nicht ganz ein, was virtuelle Realität mit Hackern zu tun haben könnte, die in größere Datenspeicher eindringen«, fügte ich hinzu.

Janet schwieg. Sie nahm ihre Mütze ab und kämmte ihr Haar, wobei sie ins Feuer starrte. Ich sah ihr an, daß ihr sehr unbehaglich war, und ich fragte mich, wieviel davon mit den Ereignissen in Aspen während der Feiertage zu tun hatte. Meine Nichte ging zum Kamin und setzte sich mir gegenüber.

»Wir sind hier nicht zur Fortbildung, Tante Kay«, sagte sie mit stiller Ernsthaftigkeit. »So soll es bloß für alle anderen aussehen. Ich werde es dir jetzt sagen, obwohl ich es nicht sollte, aber es ist zu spät für noch mehr Lügen.«

»Du brauchst es mir nicht sagen«, sagte ich. »Ich verstehe schon.«

»Nein.« Ihr Blick war eindringlich. »Ich möchte, daß du begreifst, was vorgeht. Ich gebe dir eine kurze, grobe Zusammenfassung. Letzten Herbst hatten Commonwealth Power & Light Probleme, als offenbar ein Hacker in ihr Computersystem eindrang. Die Versuche häuften sich – manchmal waren es vier oder fünf am Tag. Aber es gelang ihnen nicht, den Hacker zu identifizieren, bis er Spuren bei einer Buchprüfung hinterließ, lange nachdem er sich Zugang zu den Informationen über Kundenrechnungen verschafft und sie ausgedruckt hatte. Wir wurden hinzugerufen und haben den Missetäter indirekt bis in die UVA verfolgt.«

»Dann habt ihr den oder die Betreffenden noch nicht geschnappt«, sagte ich.

»Nein«, meldete sich Janet. »Wir haben den Doktoranden befragt, dessen Ausweis benutzt wurde, aber er ist nicht der Hacker. Wir haben Gründe, uns dessen ganz sicher zu sein.«

»Die Sache ist die«, sagte Lucy, »es sind auch anderen Studenten hier Ausweise gestohlen worden, und der Übeltäter hat auch versucht, über den Universitätscomputer und einen Computer in Pittsburgh Zugang zu CP&L zu bekommen.«

»Was heißt ›hat‹?« fragte ich.

»Eigentlich verhält er sich in letzter Zeit ziemlich still, was es uns schwerer macht«, sagte Janet. »Wir haben ihn hauptsächlich im Universitätscomputer gejagt.«

»Richtig«, ergänzte Lucy. »Wir haben ihn seit fast einer Woche nicht mehr im Computer von CP&L aufgespürt. Ich schätze, wegen der Feiertage.«

»Warum sollte jemand so etwas tun?« fragte ich. »Habt ihr eine Theorie?«

»Ein Power-Trip, und das ist nicht bloß ein Wortspiel«, sagte Janet.

»Vielleicht damit er in ganz Virginia und den Carolinas die Lichter ein- und ausschalten kann. Wer weiß?«

»Aber wir glauben, der Betreffende ist auf dem Campus und dringt übers Internet und eine andere Verbindung namens Telnet in ihren Computer ein«, sagte Lucy und fügte zuversichtlich hinzu: »Wir werden ihn schnappen.«

»Darf ich fragen, was die Geheimniskrämerei bedeutet?« sagte ich zu meiner Nichte. »Warum hast du nicht einfach gesagt, ihr seid an einem Fall dran, über den ihr nicht sprechen könnt?«

Sie zögerte, bevor sie antwortete: »Du gehörst zur Fakultät, Tante Kay.«

Das stimmte, aber ich hatte gar nicht daran gedacht. Obwohl ich nur Gastprofessorin für Pathologie und Rechtsmedizin war, mußte ich einräumen, daß Lucy ganz recht hatte, und in gewisser Weise konnte ich es ihr auch nicht verdenken, daß sie mich noch aus einem anderen Grund da herausgehalten hatte. Sie wollte ihre Unabhängigkeit, besonders an diesem Ort, wo während ihrer ersten Semester alle gewußt hatten, daß sie mit mir verwandt war.

Ich sah sie an. »Hast du deshalb letzte Nacht Richmond so überstürzt verlassen?«

»Ich bin angepiepst worden.«

»Von mir«, sagte Janet. »Ich bin von Aspen hergeflogen, hatte Verspätung und so weiter. Lucy hat mich vom Flughafen abgeholt, und wir sind hierher gefahren.«

»Und hat es weitere Versuche an den Feiertagen gegeben?«

»Ein paar. Das System wird ständig überwacht«, sagte Lucy. »Wir sind keineswegs allein. Wir haben nur diesen Undercover-Job, damit wir ein bißchen handfeste Detektivarbeit leisten.«

»Willst du nicht mit mir zur Rotunde gehen?« Ich stand auf, sie ebenfalls. »Marino dürfte mit dem Wagen zurück sein.« Ich umarmte Janet, deren Haar nach Zitrone roch. »Passen Sie auf sich auf, und besuchen Sie mich öfter mal«, sagte ich zu ihr. »Ich betrachte Sie als Familienmitglied. Es ist, weiß Gott, an der Zeit, daß ich etwas Hilfe bei der Betreuung von ihr hier bekomme.« Ich lächelte und legte den Arm um Lucy.

Draußen in der Sonne war es warm genug, um ohne Jacke herumzulaufen, und ich wünschte mir, ich hätte länger bleiben können. Lucy trödelte nicht bei unserem kurzen Spaziergang, und ich merkte ihr an, daß sie sich Sorgen machte, jemand könne uns zusammen sehen.

»Es ist genau wie früher«, sagte ich leichthin, um meine Verletztheit zu verbergen.

»Wieso?« fragte sie.

»Deine Ambivalenz, daß uns jemand zusammen sehen könnte.«

»Das stimmt nicht. Früher war ich stolz darauf.«

»Und jetzt nicht mehr«, sagte ich ironisch.

»Vielleicht wünsche ich mir, daß du stolz bist, mit mir gesehen zu werden«, sagte sie. »Statt andersherum. Das habe ich gemeint.«

»Ich bin schon immer stolz auf dich gewesen, selbst wenn du so ungezogen warst, daß ich dich manchmal in den Keller sperren wollte.«

»Ich glaube, das nennt man Kindesmißhandlung.«

»Nein, in deinem Fall würden die Geschworenen auf Tantenmißhandlung erkennen. Das kannst du mir glauben«, sagte ich. »Und ich bin froh, daß du dich mit Janet verstehst. Es freut mich, daß sie wieder aus Aspen zurück ist und ihr beide zusammen seid.«

Meine Nichte blieb stehen und sah mich in der Sonne blinzelnd an. »Danke für das, was du ihr gesagt hast. Das bedeutet ihr gerade jetzt eine Menge.«

»Ich habe die Wahrheit gesagt, das ist alles. Vielleicht wird das ihre Familie eines Tages auch tun.«

Marinos Wagen kam in Sicht. Er saß darin und rauchte wie üblich.

Lucy ging zu seiner Tür. »He, Pete«, sagte sie, »du mußt deine Karre mal waschen.«

»Nein, muß ich nicht«, grummelte er, warf augenblicklich die Zigarette weg und stieg aus.

Er blickte sich um, und wie er so dastand, sich die Hose hochzog und sein Auto inspizierte, weil er sich nicht zu helfen wußte, das war zuviel für uns. Lucy und ich lachten los, und er versuchte, ein Lächeln zu verbergen. In Wahrheit genoß er es insgeheim, wenn wir ihn aufzogen. Wir alberten noch eine Weile herum, und dann verabschiedete sich Lucy, als ein goldener Lexus, neuestes Modell mit getönten Scheiben, vorbeifuhr. Es war derselbe, den wir vorher auf der Straße gesehen hatten, aber der Fahrer war durch die Reflexion des Sonnenlichts nicht zu erkennen.

»Das geht mir allmählich auf die Nerven.« Marino folgte dem Wagen mit seinem Blick.

»Vielleicht solltest du das Autokennzeichen überprüfen lassen«, schlug ich das Naheliegende vor.

»Oh, das habe ich bereits versucht.« Er ließ den Wagen an und setzte zurück. »Der Computer ist tot.«

Der Computer der Zulassungsstelle war anscheinend sehr

häufig außer Betrieb. Wir fuhren wieder zum Reaktorgelände, und dort weigerte sich Marino abermals mitzukommen. Deshalb ließ ich ihn auf dem Parkplatz zurück, und diesmal sagte mir der junge Mann im Kontrollraum, ich könne einfach reingehen.

»Er ist im Untergeschoß«, sagte er, den Blick auf den Computerbildschirm gerichtet.

Ich fand Matthews wieder im Raum für die Messung der niedrigen Hintergrundstrahlung, wo er vor einem Monitor saß, der ein Spektrum in Schwarz und Weiß zeigte.

»Oh, hallo«, sagte er, als er merkte, daß ich neben ihm stand.

»Sieht aus, als hätten Sie Glück gehabt«, sagte ich. »Obwohl ich nicht sicher bin, was ich da sehe. Und vielleicht bin ich zu früh dran.«

»Nein, nein, Sie sind nicht zu früh. Diese senkrechten Linien hier zeigen die Ladungen der signifikanten Gamma-Strahlen. Eine Linie entspricht einer Ladung. Aber die meisten Linien, die hier zu sehen sind, geben die Hintergrundstrahlung an.« Er zeigte es mir auf dem Monitor. »Wissen Sie, nicht einmal die Bleiziegel blenden alles ab.«

Ich setzte mich neben ihn.

»Ich denke, was ich Ihnen zu zeigen versuche, ist, daß Ihre Probe beim Zerfall keine Gamma-Strahlen mit hoher Ladung abgibt. Wenn Sie sich hier das Energiespektrum anschauen« – er starrte auf den Bildschirm – »sieht es so aus, als käme diese charakteristische Gamma-Strahlung von Uran zwei-fünfunddreißig.« Er tippte auf eine Säule.

»Okay«, sagte ich. »Und was bedeutet das?«

»Das ist das gute Zeug.« Er blickte zu mir her.

»Das in Atomreaktoren verwendet wird«, sagte ich.

»Genau. Das nehmen wir zur Herstellung von Brennelementen. Aber wie Sie wahrscheinlich wissen, sind nur 0,3 Prozent Uran zwei-fünfunddreißig. Der Rest ist erschöpft.«

»Richtig. Der Rest ist Uran zwei-achtunddreißig«, sagte ich.

»Und das haben wir hier.«

»Wenn es keine Gamma-Strahlen mit hoher Ladung abgibt«, sagte ich, »wie können Sie das dann aus diesem Energiespektrum feststellen?«

»Weil der Germaniumkristall Uran zwei-fünfunddreißig aufspürt. Und da der Prozentsatz hier so niedrig ist, zeigt das an, daß die betreffende Probe abgereichertes Uran sein muß.«

»Es könnte kein verbrauchter Brennstoff aus einem Reaktor sein«, dachte ich laut.

»Nein«, sagte er. »Es sind bei Ihrer Probe keine Spaltprodukte beigemischt. Kein Strontium, Cäsium, Jod, Barium. Das hätten Sie bereits im Elektronenrastermikroskop gesehen.«

»Solche Isotope sind nicht aufgetaucht«, stimmte ich zu. »Nur Uran und andere unwichtige Elemente, wie sie in Bodenbestandteilen, die an Schuhsohlen haftengeblieben sind, vorkommen.« Ich schaute auf die Gipfel und Täler, die ein beängstigendes Kardiogramm hätten sein können, während Matthews sich Notizen machte.

»Möchten Sie von alldem einen Ausdruck haben?« fragte er.

»Bitte. Wozu wird abgereichertes Uran verwendet?«

»Im allgemeinen ist es wertlos.« Er drückte verschiedene Tasten.

»Wenn es nicht aus einem Atomkraftwerk kommt, woher dann?«

»Höchstwahrscheinlich aus einer Einrichtung, die Isotopentrennung durchführt.«

»Wie Oak Ridge, Tennessee«, schlug ich vor.

»Nun, die machen das nicht mehr. Aber sie haben es sicher jahrzehntelang gemacht und müssen ganze Lagerhallen mit

Uranmetall haben. Jetzt gibt es auch Anlagen in Portsmouth, Ohio und Paducah, Kentucky.«

»Dr. Matthews«, sagte ich. »Es sieht so aus, als habe jemand an seinen Schuhsohlen abgereichertes Uranmetall gehabt, das er in mein Auto geschleppt hat. Fällt Ihnen eine logische Erklärung über das Wie und Warum ein?«

»Nein.« Seine Miene war ausdruckslos. »Ich glaube nicht.«

Ich dachte an die gezackten und kugeligen Formen, die mir das Elektronenrastermikroskop gezeigt hatte, und versuchte es noch einmal. »Warum sollte jemand Uran zweiachtunddreißig schmelzen? Warum sollte er es mit einer Maschine bearbeiten?«

Er schien immer noch keinen Anhaltspunkt zu finden.

»Wird abgereichertes Uran überhaupt für etwas verwendet?« fragte ich dann.

»Generell wird in der Großindustrie kein Uranmetall verwendet«, antwortete er. »Nicht einmal in Atomreaktoren, weil die Brennstäbe aus keramischem Uranoxid verwenden.«

»Dann sollte ich vielleicht fragen, wofür abgereichertes Uranmetall theoretisch verwendet werden könnte«, faßte ich nach.

»Früher einmal hat das Verteidigungsministerium überlegt, es zur Armierung von Panzern zu verwenden. Und es gab den Vorschlag, es zur Herstellung von Kugeln oder anderen Projektilen zu benutzen. Schauen wir mal. Ich schätze, wir wissen sonst nur noch, daß es sich gut zur Abschirmung von radioaktivem Material eignet.«

»Was für radioaktives Material?« sagte ich, mein Adrenalinpegel stieg. »Etwa verbrauchte Brennstäbe?«

»Das wäre eine Möglichkeit, wenn wir wüßten, wie wir nukleare Abfälle in diesem Land loswerden könnten«, sagte er und verzog das Gesicht. »Wissen Sie, wenn wir sie entfernen könnten, um sie beispielsweise Hunderte von Metern unter dem Yucca Mountain in Nevada zu vergraben, dann ließe sich U-238 zur Auskleidung der Transportbehälter verwenden.«

»Mit anderen Worten«, sagte ich, »wenn verbrauchte Brennstäbe aus einem Atomkraftwerk entfernt werden sollen, müssen sie in etwas hineingetan werden, und abgereichertes Uran bietet eine bessere Abschirmung als Blei.«

Genau das habe er gemeint, sagte er, und übergab mir die Probe wieder, denn sie war Beweismaterial, das eines Tages vor Gericht gebraucht werden könnte. Ich konnte sie also nicht hier lassen, obwohl ich wußte, wie Marino reagieren würde, wenn ich das Zeug wieder in seinen Kofferraum tat. Als ich zum Auto zurückkam, hatte er die Sonnenbrille aufgesetzt und lief nervös herum.

»Was nun?« sagte er.

»Bitte öffne den Kofferraum.«

Er langte in sein Auto und betätigte einen Hebel. »Ich sage es dir gleich jetzt, daß es in keinen Schrank in meinem Dezernat oder im Hauptdezernat kommt. Niemand wird dabei mitmachen, selbst wenn ich es wollte.«

»Es muß aufbewahrt werden«, sagte ich schlicht. »Da ist eine Kiste Bier drin.«

»Ich wollte später nicht noch einmal deshalb anhalten.«

»Eines Tages bekommst du noch Schwierigkeiten.« Ich schloß den Kofferraum seines Polizeiautos.

»Wie wär's denn, wenn du das Uran in deinem Büro lagerst?« sagte er.

»Fein.« Ich stieg ein. »Das kann ich machen.«

»Und, wie war's?« fragte er, während er den Motor anließ.

Ich gab ihm einen kurzen Überblick und verzichtete dabei auf so viele wissenschaftliche Details wie möglich.

»Du willst mir erklären, daß jemand atomaren Abfall in deinen Benz geschleppt hat?« fragte er verdutzt.

»So sieht es aus. Ich muß noch mal anhalten und mit Lucy sprechen.«

»Warum? Was hat sie damit zu tun?«

»Das ist mir noch nicht ganz klar«, sagte ich, als er den Hügel hinabfuhr. »Ich habe eine ziemlich verrückte Idee.«

»Ich hasse es, wenn du diese Ideen kriegst.«

Janet sah besorgt aus, als ich wieder an ihrer Tür war, diesmal mit Marino.

»Ist alles in Ordnung?« fragte sie und ließ uns herein.

»Ich glaube, ich brauche eure Hilfe«, sagte ich. »Das heißt, wir beide brauchen sie.«

Lucy saß auf dem Bett, ein Notebook auf dem Schoß. Sie sah Marino an. »Schieß los. Aber wir verlangen Beraterhonorar.«

Er setzte sich zum Feuer, und ich zog mir einen Stuhl neben ihn.

»Dieser Hacker, der in den Computer von CP&L eingedrungen ist«, fing ich an, »wißt ihr, worin er noch eingedrungen ist, außer in die Kundenrechnungen?«

»Ich kann nicht behaupten, daß wir alles wissen«, erwiderte Lucy. »Aber das mit den Rechnungen ist sicher. Und Kundeninformationen allgemein.«

»Was heißt das?« fragte Marino.

»Das heißt, daß die Kundeninformationen die Rechnungsadressen, Telefonnummern, Sonderdienste, den durchschnittlichen Energieverbrauch beinhalten, und einige Kunden besitzen auch Aktienanteile ...«

»Reden wir von den Aktien«, unterbrach ich sie. »Ich mache bei diesem Programm auch mit. Ein Teil meines monatlichen Schecks dient zum Kauf von CP&L-Aktien, und deshalb hat die Firma einige Finanzinformationen über mich, einschließlich meiner Konto- und meiner Sozialversicherungsnummer.« Ich hielt inne und dachte nach.

»Könnte so etwas für den Hacker interessant sein?«

»Theoretisch ja«, sagte Lucy. »Denn du mußt bedenken, daß eine riesige Datenbank wie die von CP&L nicht nur an einem Platz ist. Sie haben andere Systeme, zu denen Datenleitungen führen, was das Interesse des Hackers an der Zentrale in Pittsburgh erklären könnte.«

»Vielleicht sagt dir das was«, meinte Marino, der bei Lucys Computer-Kauderwelsch immer ungeduldig wurde. »Aber mir sagt das einen Scheiß.«

»Wenn du die Datenleitungen als größere Zugangswege auf einer Karte ansiehst – wie etwa die I-95«, erklärte sie geduldig, »dann kannst du theoretisch, wenn du von einem zum anderen dich bewegst, im globalen Netz herumkurven. Du könntest dich in alles mögliche einklinken.«

»Gib mir ein Beispiel, das ich verstehe.«

Sie klappte das Notebook auf ihrem Schoß zu und zuckte mit den Achseln. »Wenn ich in den Pittsburgh-Computer eindringe, wäre ich mit dem nächsten Schritt bei AT&T drin.«

»Dieser Computer hat einen Zugang zum Telefonsystem?« fragte ich.

»Das ist nur einer davon. Aber Jan und ich haben immer mehr den Verdacht, daß dieser Hacker Möglichkeiten ausprobiert, um Strom und Telefoneinheiten zu stehlen.«

»Natürlich ist das im Augenblick nur eine Theorie«, sagte Janet. »Bislang ist noch nichts aufgetaucht, was uns etwas über das Motiv des Hackers verrät. Aber aus der Sicht des FBI sind die Einbrüche gesetzeswidrig. Das allein zählt.«

»Wißt ihr, welche Kundenregister der CP&L angezapft wurden?« fragte ich.

»Wir wissen, daß diese Person Zugang zu allen Kunden hat«, erwiderte Lucy. »Und das sind Millionen. Aber was die individuellen Aufstellungen betrifft, die genauer studiert wurden, so waren das nur wenige. Und die haben wir.«

»Ob ich sie sehen könnte?« fragte ich.

Lucy und Janet schwiegen.

»Wozu?« fragte Marino, der mich die ganze Zeit ansah. »Worauf willst du hinaus, Doc?«

»Ich will darauf hinaus, daß mit Uran Atomkraftwerke betrieben werden, und CP&L hat zwei davon in Virginia und eins in Delaware. In ihren Hauptdatenspeicher ist eingebrochen worden. Ted Eddings hat mein Personal über Radioaktivität ausgefragt. Auf seinem PC daheim hatte er alle möglichen Dateien über Nordkorea und die Vermutungen, daß dort versucht wird, waffenfähiges Plutonium in einem Atomreaktor herzustellen.«

»Und sobald wir in Sandbridge Nachforschungen anstellen, schleicht jemand ums Haus herum«, fügte Lucy hinzu. »Dann schlitzt uns jemand die Reifen auf, und Detective Roche bedroht dich. Und Danny Webster fährt nach Richmond und kommt zu Tode, und nun sieht es so aus, als habe der Mörder Uran in dein Auto geschleppt.« Sie schaute mich an. »Sag mir, was du sehen mußt.«

Ich brauchte keine vollständige Kundenliste, denn die würde praktisch ganz Virginia umfassen, einschließlich meines Leichenschauhauses und meiner selbst. Aber ich war interessiert an allen detaillierten Rechnungsunterlagen, die angezapft worden waren. Was ich zu sehen bekam, war sonderbar, aber nicht sehr umfangreich. Von fünf Namen war mir nur einer unbekannt.

»Weiß jemand, wer Joshua Hayes ist? Er hat ein Postfach in Suffolk«, sagte ich.

»Wir wissen bis jetzt nur, daß er ein Farmer ist«, sagte Janet.

»In Ordnung.« Ich machte weiter. »Dann haben wir Brett West, der im Vorstand von CP&L sitzt. Mir fällt sein Titel nicht ein.« Ich sah mir den Ausdruck an.

»Vizepräsident«, sagte Janet.

»Er wohnt in einer dieser Backsteinvillen in deiner Nähe, Doc«, sagte Marino. »In Windsor Farms.«

»Er wohnte dort. Wenn Sie seine Rechnungsadresse anschauen«, hob Janet hervor, »dann sehen Sie, daß sie sich letzten Oktober geändert hat. Sieht so aus, als wäre er nach Williamsburg gezogen.«

Es gab noch zwei CP&L-Vorstandsmitglieder, deren Unterlagen von dem illegalen Eindringling aus dem Internet benutzt worden waren. Der eine war der Generaldirektor, der andere der Präsident.

Aber wirklich erschreckte mich die Identität des fünften elektronischen Opfers.

»Captain Green.« Ich blickte Marino verdutzt an.

Er verzog keine Miene. »Ich hab keine Ahnung, von wem du sprichst.«

»Er war auf dem Schiffsfriedhof, als ich Eddings' Leiche aus dem Wasser holte«, sagte ich. »Er ist beim Ermittlungsdienst der Navy.«

»Jetzt kapiere ich.« Marinos Ausdruck verfinsterte sich, und Lucys und Janets Hacker-Fall nahm dramatisch andere Formen an.

»Es überrascht mich eigentlich nicht, daß dieser Eindringling sich für die Führungskräfte des Unternehmens interessiert, in das er einbricht, aber ich sehe nicht, wie da die Navy reinpaßt«, sagte Janet.

»Ich bin nicht sicher, ob ich wissen will, wie das zusammenpassen könnte«, sagte ich. »Aber wenn das zutrifft, was Lucy von den Datenleitungen sagt, dann will dieser Hacker wohl letztendlich die Telefondaten bestimmter Leute.«

»Warum?« fragte Marino.

»Um zu schauen, wen sie anrufen.« Ich schwieg kurz. »Die Art von Information, an der beispielsweise ein Reporter interessiert sein könnte.«

Ich stand von meinem Stuhl auf und ging hin und her, während Angst an meinen Nerven zerrte. Ich dachte an Eddings, an Black Talons und an Uran, und mir fiel ein, daß Joel Hands Farm irgendwo in Tidewater war.

»Dieser Mann namens Dwain Shapiro, dem die Bibel gehörte, die du in Eddings' Haus gefunden hast«, sagte ich zu Marino. »Er ist angeblich bei einem Autoüberfall gestorben. Gibt es mehr Informationen darüber?«

»Im Moment nicht.«

»Dannys Tod ließe sich ähnlich darstellen«, sagte ich.

»Es hätten auch Sie sein können. Besonders bei dem Wagentyp. Wenn es ein Anschlag war, wußte der Angreifer vielleicht nicht, daß Dr. Scarpetta kein Mann ist«, sagte Janet. »Vielleicht war der Schütze voreilig und wußte nur, was für ein Auto Sie fahren.«

Ich blieb am Kamin stehen, als sie weiterredete.

»Oder vielleicht hat der Mörder nicht gemerkt, daß Danny bloß Danny war, bis es zu spät war. Dann mußte etwas mit ihm geschehen.«

»Warum ich?« sagte ich. »Was könnte das Motiv sein?«

Darauf antwortete Lucy. »Offenbar glauben sie, daß du etwas weißt.«

»Sie?«

»Vielleicht die Neuen Zionisten. Der gleiche Grund, warum sie Ted Eddings umbrachten«, sagte sie. »Sie dachten, er wußte etwas oder könnte etwas aufdecken.«

Ich sah meine Nichte und Janet an, und meine Ängste erhielten neue Nahrung.

»Um Gottes Willen«, sagte ich eindringlich zu ihnen. »Arbeitet nicht mehr weiter an dem Fall, ehe ihr nicht mit Benton oder sonst jemandem gesprochen habt. Verdammt! Ich will nicht, daß sie denken, ihr wißt auch etwas.«

Aber ich wußte, daß zumindest Lucy nicht auf mich hören würde. Sobald ich die Tür hinter mir geschlossen hätte, würde sie mit frischen Kräften wieder über die Tastatur herfallen.

»Janet?« Ich fixierte die einzige Person, bei der ich auf Vorsicht im Umgang mit der Geschichte hoffen konnte. »Euer Hacker steht möglicherweise mit Leuten in Verbindung, die ermordet wurden.«

»Dr. Scarpetta«, sagte sie, »ich verstehe.«

Marino und ich verließen die UVA, und der goldene Lexus, den wir schon zweimal an diesem Tag gesehen hatten, hielt sich den ganzen Weg zurück nach Richmond hinter uns. Marino sah beim Fahren dauernd in den Rückspiegel. Er schwitzte und war sauer, weil der Computer der Zulassungsstelle immer noch nicht funktionierte. Der Mann im Wagen hinter uns war ein junger Weißer. Er trug eine dunkle Brille und eine Kappe. »Es ist ihm egal, ob wir wissen, wer er ist«, sagte ich. »Sonst würde er sich nicht so auffällig verhalten, Marino. Das ist nur ein weiterer Einschüchterungsversuch.«

»Ja, ja, aber schauen wir doch mal, wer hier wen einschüchtert«, sagte er und ging vom Gas.

Er starrte wieder in den Rückspiegel und fuhr noch langsamer, und der Wagen kam näher. Plötzlich trat er fest auf die Bremse. Ich wußte nicht, wer mehr geschockt war, unser Verfolger oder ich, als die Bremsen des Lexus kreischten, überall Hupen ertönten und das Auto auf Marinos Ford aufprallte.

»Aha«, sagte er. »Sieht so aus, als wäre jemand gerade einem Polizisten hinten draufgefahren.«

Er stieg aus und öffnete unauffällig sein Halfter, während ich ungläubig zuschaute. Ich griff nach meiner Pistole, ließ sie in die Manteltasche gleiten und beschloß, ebenfalls auszusteigen, da ich keine Ahnung hatte, was passieren würde. Marino stand an der Fahrertür des Lexus, beobachtete den Verkehr hinter sich und sprach in sein Funkgerät.

»Halten Sie Ihre Hände so, daß ich sie die ganze Zeit sehen kann«, befahl er dem Fahrer ein zweites Mal mit lauter, autoritärer Stimme. »Nun geben Sie mir Ihren Führerschein. Langsam.«

Ich stand auf der anderen Seite des Autos an der Beifahrertür und wußte, wer der Verkehrssünder war, noch bevor Marino seinen Führerschein zu Gesicht bekam.

»So, so, Detective Roche«, übertönte Marinos Stimme den

Verkehrslärm. »Schon komisch, daß wir auf Sie stoßen. Oder eher umgekehrt.« Sein Ton wurde hart. »Steigen Sie aus. Sofort. Tragen Sie eine Waffe bei sich?«

»Die ist zwischen den Sitzen. Für alle sichtbar«, sagte Roche kalt. Dann stieg er langsam aus. Er wirkte groß und schlank in seiner Militärhose und der Jeansjacke, er trug Stiefel und hatte eine große schwarze Taucheruhr um das Handgelenk. Marino befahl ihm, sich langsam umzudrehen und seine Hände weiterhin gut sichtbar zu halten. Ich blieb an meinem Platz stehen, während Roche mich durch die Sonnenbrille fixierte; ein überheblicher Zug war um seinen Mund.

»Nun erzählen Sie mir mal, Detective Cock-Roche«, sagte Marino, »für wen Sie heute spitzeln? Haben Sie vielleicht mit Captain Green über Ihr Handy gesprochen? Haben Sie ihm erzählt, wo wir heute überall gewesen sind, was wir gemacht haben und wie sehr Sie uns Angst eingejagt haben, als wir Sie in unserem Spiegel entdeckten? Oder verhalten Sie sich bloß so auffällig, weil Sie ein dummer Scheißkerl sind?«

Roche sagte nichts, seine Miene war versteinert.

»Haben Sie das mit Danny auch gemacht? Sie haben den Abschleppdienst angerufen, sich für den Doc ausgegeben und wissen wollen, wann Sie den Wagen abholen können. Dann haben Sie die Information weitergegeben, bloß hat es sich ergeben, daß der Doc an jenem Abend nicht selbst gefahren ist. Und nun fehlt einem jungen Mann der halbe Schädel, weil irgendein Glücksritter nicht wußte, daß der Doc hier kein Mann ist, oder er Danny vielleicht für einen Gerichtspathologen hielt.«

»Sie können gar nichts beweisen«, sagte Roche mit demselben anzüglichen Grinsen.

»Wir werden schon sehen, was ich beweisen kann, wenn ich Ihre Handy-Rechnungen in die Finger kriege.« Marino trat dichter an ihn heran, so daß Roche seine Präsenz übermächtig spürte und sein Bauch ihn fast berührte. »Und wenn ich was entdecke, müssen Sie sich um sehr viel mehr Sorgen machen als um eine Strafe wegen Verkehrsvergehen. Zumindest werde ich Ihren hübschen Arsch schon mal wegen Beihilfe zum Mord festnageln. Das dürfte Ihnen etwa fünfzig Jahre einbringen.

Inzwischen« – Marino fuchtelte mit einem feisten Finger vor Roches Gesicht – »sollten Sie mindestens eine Meile von mir Abstand halten. Und ich würde Ihnen auch nicht empfehlen, sich irgendwo in die Nähe von Dr. Scarpetta zu begeben. Sie haben sie noch nicht gesehen, wenn sie gereizt ist.«

Marino nahm sein Funkgerät und erkundigte sich, ob ein Beamter an den Schauplatz des Geschehens kommen könne. Noch während seine Anfrage über Funk ging, tauchte ein Streifenwagen auf. Er hielt hinter uns in der Bucht, und eine uniformierte Sergeantin von der Polizei Richmond stieg aus. Sie kam zielsicher auf uns zu und hielt die Hand unauffällig an ihre Waffe.

»Guten Tag, Captain.« Sie drehte die Lautstärke des Funkgeräts an ihrem Gürtel leiser. »Was liegt an?«

»Also, Sergeant Schroeder, es scheint, daß dieser Mensch uns den Großteil des Tages verfolgt hat«, sagte Marino. »Und dummerweise ist er mir hinten draufgefahren, als ich gezwungen war, auf die Bremse zu treten, wegen eines weißen Hundes, der mir vors Auto lief.«

»War es derselbe weiße Hund?« fragte die Sergeantin, ohne die Spur eines Lächelns.

»Sah genauso aus wie der, mit dem wir schon früher Probleme hatten.«

Sie machten weiter mit dem wohl ältesten Polizeiwitz, denn an Unfällen mit nur zwei Beteiligten schien stets ein allgegenwärtiger weißer Hund schuld zu sein. Er sprang vor Fahrzeuge und war dann verschwunden, bis er wieder vor dem nächsten schlechten Fahrer auftauchte und abermals die Schuld zugewiesen bekam.

»Er hat mindestens eine Feuerwaffe in seinem Fahrzeug«, fügte Marino in seinem ernsthaftesten Polizistenton hinzu. »Ich möchte, daß er gründlich durchsucht wird, bevor wir ihn einbuchten.«

»Sir, spreizen Sie Arme und Beine.«

»Ich bin Polizist«, schnauzte Roche sie an.

»Ja, Sir, deshalb sollten Sie genau wissen, was ich mache«, stellte Sergeant Schroeder nüchtern fest.

Sie tastete ihn ab und entdeckte an der linken Beininnenseite ein Knöchelhalfter.

»Na, ist das nicht süß«, meinte Marino.

»Sir«, sagte die Beamtin etwas lauter, während noch ein ziviler Einsatzwagen anhielt. »Ich werde Sie bitten müssen, die Pistole aus Ihrem Knöchelhalfter zu nehmen und sie in Ihr Fahrzeug zu legen.«

Ein Deputy Chief stieg aus, in glitzerndem Lackleder, mit viel Marineblau und Messing. Er schien nicht gerade begeistert. Aber die Vorschrift verlangte sein Erscheinen, sobald ein Captain in eine Polizeiangelegenheit, egal wie geringfügig, involviert war. Er schaute stumm zu, als Roche einen .380er Colt aus dem schwarzen Nylonhalfter zog. Er legte ihn in seinen Lexus und war rot vor Zorn, als er auf dem Rücksitz des Streifenwagens Platz zu nehmen hatte und befragt wurde, während ich im lädierten Ford wartete.

»Was nun?« fragte ich Marino, als er zurückkam.

»Er wird wegen zu dichten Auffahrens belangt und unter Strafandrohung freigelassen.« Er schnallte sich an und schien hocherfreut.

»Das ist alles?«

»Bis auf die Verhandlung. Die gute Nachricht ist, daß wir ihm den Tag verdorben haben. Die bessere ist, daß wir jetzt gegen ihn ermitteln können, was ihn eventuell in den Knast bringt, wo er, so süß, wie er aussieht, viele neue Freunde finden wird.«

»Hast du gewußt, daß er es war, bevor er uns reingefahren ist?« fragte ich.

»Nee. Ich hatte keine Ahnung.« Wir fädelten uns wieder in den Verkehr ein.

»Und was hat er bei der Befragung gesagt?«

»Was zu erwarten war. Ich hätte plötzlich gebremst.«

»Hast du ja auch.«

»Und rechtlich geht das in Ordnung.«

»Und daß er uns verfolgt hat? Hatte er dafür eine Erklärung?«

»Er war den ganzen Tag unterwegs, um Besorgungen zu machen. Ist durch die Gegend gefahren. Er weiß nicht, wovon wir sprechen.«

»Verstehe. Wenn jemand Besorgungen erledigt, muß er mindestens zwei Waffen mitnehmen.«

»Kannst du mir sagen, wie, zum Teufel, er sich ein Auto wie das leisten kann?« Marino blickte zu mir herüber. »Er verdient wahrscheinlich nicht halb soviel wie ich, und sein Lexus kostete wahrscheinlich an die fünfzigtausend.«

»Der Colt, den er getragen hat, ist auch nicht billig«, sagte ich. »Er bekommt von irgendwoher Geld.«

»Das bekommen Spitzel immer.«

»Meinst du, er ist bloß ein Spitzel?«

»Ja, ja, hauptsächlich. Ich glaube, er macht die Drecksarbeit, wahrscheinlich für Green.«

Das Funkgerät unterbrach uns plötzlich mit dem lauten Plärren eines Alarmrufs, und dann erhielten wir ein paar Antworten, die noch schlimmer waren, als wir je befürchtet hatten.

»An alle Einheiten. Wir haben soeben ein Fernschreiben von der Staatspolizei mit folgenden Informationen erhalten«, wiederholte der Diensthabende in der Zentrale. »Das Atomkraftwerk in Old Point ist von Terroristen besetzt worden. Es sind Schüsse gefallen, und es hat Tote gegeben.«

Ich war sprachlos vor Entsetzen, als die Meldung weiterging.

»Der Polizeichef hat angeordnet, dem Notfallplan A zu folgen. Bis auf weitere Anweisungen werden alle Tagesschichten auf ihren Posten bleiben. Mehr Informationen folgen. Alle Einsatzleiter haben sich augenblicklich bei ihren Posten in der Polizeiakademie zu melden.«

»Ach zum Teufel, nein«, sagte Marino, als er das Gaspedal durchdrückte. »Wir fahren zu deinem Büro.«

13

Der Überfall auf das Atomkraftwerk Old Point war in einem entsetzlichen Handstreich erfolgt, und wir hörten ungläubig die Nachrichten, während Marino durch die Stadt raste. Wir brachten kein Wort heraus, als ein fast schon hysterischer Reporter vor Ort, mit einer Stimme etliche Oktaven über seinem Normalton, Bericht erstattete.

»Das Atomkraftwerk Old Point ist von Terroristen überfallen worden«, wiederholte er. »Es geschah vor etwa einer Dreiviertelstunde, als ein Bus mit mindestens zwanzig Männern eintraf, die sich als Angestellte von CP&L ausgaben und das Gebäude der Hauptverwaltung stürmten. Dabei sind vermutlich mindestens drei Unbeteiligte ums Leben gekommen.« Seine Stimme zitterte, und wir konnten die Geräusche von Hubschraubern über ihm in der Luft hören. »Ich sehe überall Polizei- und Feuerwehrfahrzeuge, aber sie kommen nicht nahe genug heran. Oh, mein Gott, es ist entsetzlich ...«

Marino parkte vor meinem Gebäude. Eine Zeitlang konnten wir uns nicht rühren und lauschten nur immer wieder den gleichen Informationen. Es kam mir so unwirklich vor, denn weniger als hundertfünfzig Kilometer von Old Point entfernt, hier in Richmond, war es ein strahlender Nachmittag. Der Verkehr war normal, und die Menschen spazierten auf den Bürgersteigen, als wäre nichts geschehen. Ich starrte ins Leere, überflog in Gedanken Listen, was ich zu tun hatte.

»Komm schon, Doc.« Marino stellte den Motor ab. »Gehen wir rein. Ich muß telefonieren, um einen meiner Lieutenants zu erwischen. Ich muß ein paar Dinge in Bewegung setzen für den Fall, daß in Richmond die Lichter ausgehen oder Schlimmeres passiert.«

Ich mußte selbst einiges in Bewegung setzen und begann damit, alle im Konferenzraum zu versammeln, wo ich für den ganzen Bundesstaat den Ausnahmezustand erklärte.

»Jeder Bezirk muß in Bereitschaft sein, um jederzeit seinen Teil des Katastrophenplans zu erfüllen«, verkündete ich allen im Raum. »Eine Atomkatastrophe könnte alle Bezirke betreffen. Tidewater ist natürlich am meisten gefährdet und am schlechtesten besetzt. Dr. Fielding«, sagte ich zu meinem Stellvertreter, »ich möchte Sie mit der Leitung von Tidewater betrauen. Sie haben Weisungsbefugnis, wenn ich nicht dort sein kann.«

»Ich werde mein möglichstes tun«, sagte er tapfer, obwohl kein vernünftiger Mensch den Posten hätte haben wollen, den ich ihm gerade übertragen hatte.

»Nun, ich werde nicht immer vorher genau sagen können, wo ich während dieser Geschichte sein werde.« Ich schaute in die besorgten Gesichter. »Hier läuft der Betrieb weiter wie normal, aber ich möchte, daß alle Leichen hierhergebracht werden. Alle Leichen aus Old Point, meine ich, angefangen mit den Opfern des Schußwechsels.«

»Wie ist es mit anderen Fällen aus Tidewater?« wollte Fielding wissen.

»Routinefälle werden wie üblich behandelt. Soviel ich weiß, haben wir einen weiteren Autopsietechniker, der einspringen kann, bis wir einen festen Ersatz haben.«

»Besteht die Möglichkeit, daß die Leichen, die Sie hier haben wollen, eventuell kontaminiert sind?« fragte mein Verwalter, der sich stets Sorgen machte.

»Bis jetzt geht es nur um Opfer einer Schießerei«, sagte ich. »Und die können nicht kontaminiert sein.«

»Nein.«

»Aber wie ist es dann später?« beharrte er.

»Geringfügige Kontaminierung ist kein Problem. Wir schrubben die Leichen bloß ab und entsorgen das Seifenwasser und die Kleidung. Akute Strahlenexposition ist etwas anderes, besonders wenn die Leichen schwere Verbrennungen haben, wenn Unrat in sie eingebrannt ist, wie es in Tschernobyl war. Diese Leichen müssen in einem speziellen Kühlwagen abgeschirmt werden, und alle Beteiligten tragen bleigefütterte Anzüge.«

»Verbrennen wir diese Leichen?«

»Das würde ich empfehlen. Was ein weiterer Grund dafür ist, sie hierher nach Richmond zu bringen. Wir können das Krematorium in der Anatomieabteilung benutzen.«

Marino steckte seinen Kopf ins Konferenzzimmer. »Doc?«

Ich erhob mich. Wir redeten im Vorraum.

»Benton möchte, daß wir sofort nach Quantico kommen«, sagte Marino.

»Also, sofort geht es nicht«, meinte ich.

Ich blickte in das Konferenzzimmer. Durch die Türöffnung sah ich, wie Fielding etwas vortrug, während einer der anderen Ärzte angespannt und unglücklich aussah.

»Hast du ein paar Sachen, falls wir übernachten müssen?« fuhr Marino fort. Er wußte eigentlich, daß ich hier immer eine Tasche gepackt hatte.

»Ist das wirklich notwendig?« wandte ich ein.

»Wenn es nicht so wäre, würde ich es dir sagen.«

»Gib mir noch fünfzehn Minuten, um diese Sitzung zu beenden.«

Ich versuchte, Verwirrung und Furcht so gut wie möglich einzudämmen, und sagte den anderen Ärzten, daß ich vielleicht einige Tage weg sei, da man mich gerade nach Quantico bestellt habe. Aber sie könnten mich über meinen Piepser erreichen. Dann nahmen Marino und ich meinen Wagen, da er für seinen schon einen Werkstattermin zur Reparatur der Stoßstange ausgemacht hatte. Wir rasten auf der 95 nach Norden. Wir hatten das Radio an, und mittlerweile hatten wir die Geschichte so oft gehört, daß wir sie genauso gut wie die Reporter kannten.

In den vergangenen zwei Stunden war in Old Point niemand mehr gestorben, zumindest war nichts dergleichen bekannt, und die Terroristen hatten Dutzende von Menschen freigelassen. Diese Glücklichen durften zu zweit und zu dritt weggehen, hieß es in den Nachrichten. Rettungsmannschaften, die Staatspolizei und das FBI fingen sie ab, um sie zu untersuchen und zu befragen.

Wir kamen gegen fünf Uhr in Quantico an, und Marines in Tarnanzügen versuchten nach Kräften, den raschen Einbruch der Nacht zu vereiteln. Sie waren in Scharen auf dem Gelände, auf Lastwagen und hinter Sandsäcken, und als wir nahe bei einer Gruppe an der Straße vorbeifuhren, erfüllten mich ihre jungen Gesichter mit Schmerz. Hinter einer Kurve ragten plötzlich hohe, braune Backsteinbauten über die Bäume. Der Komplex sah nicht militärisch aus, es hätte eine Universität sein können, wenn da nicht die vielen Antennen auf den Dächern gewesen wären. Eine Zufahrtstraße war auf halber Strecke an einem Eingangstor blockiert, wo Eisenspitzen den Leuten, die in die falsche Richtung fuhren, die Zähne bleckten.

Ein bewaffneter Posten kam aus seinem Häuschen und lächelte, weil wir ihm nicht fremd waren. Er ließ uns durch. Wir parkten auf dem großen Platz gegenüber dem höchsten Gebäude, dem Jefferson, das im wesentlichen das Versorgungszentrum der Acadamy beherbergte. Dazu gehörten das Postamt, die unterirdische Schießanlage, die Kantine und der PX. In den oberen Stockwerken waren Schlafzimmer, auch Sicherheitstrakte für unter Personenschutz gestellte Zeugen und Spione.

Neue Agenten in Khaki und Dunkelblau brachten in der Waffenreinigungskammer ihre Schießeisen auf Vordermann. Mir kam es so vor, als hätte ich die Lösungsmittel schon mein Leben lang gerochen, und ich konnte jederzeit im Geist hören, wie Druckluft durch Trommeln und andere Waffenteile zischte. Meine Geschichte war mit diesem Ort verknüpft. Es gab kaum eine Ecke, die nicht irgendein Gefühl in mir weckte, denn ich war hier verliebt gewesen, und ich hatte meine schrecklichsten Fälle in dieses Gebäude gebracht. Ich hatte in ihren Unterrichtsräumen gelehrt und beraten und ihnen unabsichtlich meine Nichte überlassen.

»Gott weiß, in was wir da hineingeraten«, sagte Marino, als wir in den Aufzug stiegen.

»Wir werden es nach und nach auf uns zukommen lassen«, sagte ich, als die neuen Agenten mit ihren FBI-Kappen hinter den sich schließenden Stahltüren verschwanden.

Er drückte auf den Knopf für das Untergeschoß, das zu einer anderen Zeit Hoovers Bunker gewesen war. Die Einheit zur Erstellung von Täterprofilen, wie alle Welt sie noch immer nannte, war dreißig Meter unter der Erde. Es gab keine Fenster oder andere Entlastungen von dem Schrecken, den sie barg. Ich konnte es, offen gesagt, nicht verstehen, wie Wesley es Jahr für Jahr hier aushalten konnte, denn nach jeder Sitzung, die länger als einen Tag dauerte, drehte ich fast durch. Ich mußte spazierengehen oder Auto fahren. Ich mußte einfach weg.

»Nach und nach?« wiederholte Marino, als der Aufzug anhielt. »Unter diesen Umständen kaum möglich. Wir sind einen Tag zu spät und um einen Dollar zu knapp. Wir haben erst damit angefangen, die Teile zusammenzusetzen, als das Scheißspiel schon aus war.«

»Es ist nicht aus«, sagte ich.

Wir gingen an der Rezeption vorbei und um eine Ecke, wo ein langer Flur zum Büro des Leiters der Einheit führte.

»Ja, ja, hoffen wir bloß, daß es nicht mit einem großen Knall endet. Scheiße. Wenn wir das nur früher herausbekommen hätten.« Er machte große, zornige Schritte.

»Marino, wir konnten es nicht wissen. In keiner Weise.«

»Na ja, ich glaube, ein bißchen was hätten wir schon früher herauskriegen können. Etwa in Sandbridge, als du den merkwürdigen Anruf erhalten hast, und alles andere.«

»Ach, um Himmels willen«, sagte ich. »Wie? Ein Anruf hätte uns ein Hinweis sein sollen, daß Terroristen ein Atomkraftwerk überfallen wollen?«

Wesleys Sekretärin war nett, und ich konnte mich an ihren Namen nicht erinnern.

»Guten Tag«, sagte ich zu ihr, »ist er da?«

»Wen darf ich melden?« fragte sie lächelnd.

Wir sagten es ihr und faßten uns in Geduld, während sie ihn anrief. Sie sprachen nicht lange.

Als sie uns wieder ansah, sagte sie: »Sie können rein.«

Wesley war hinter seinem Schreibtisch und stand auf, als wir eintraten. Er sah in seinem grauen Fischgrätanzug mit der grauschwarzen Krawatte wie üblich sehr professionell und düster aus. »Wir können ins Konferenzzimmer gehen.«

»Warum?« Marino nahm sich einen Stuhl. »Hast du noch andere herbestellt?«

»So ist es«, erwiderte er.

Ich blieb an meinem Platz stehen und sah ihn nicht länger an, als schicklich war.

»Ach was«, überlegte er es sich anders. »Wir können auch hier drin bleiben. Wartet mal.« Er ging zur Tür. »Emily, können Sie noch einen Stuhl auftreiben?«

Wir ließen uns nieder, während sie noch einen Stuhl hereintrug. Wesley fiel es schwer, seine Gedanken beisammenzuhalten und Entscheidungen zu treffen. Ich wußte, wie er war, wenn etwas auf ihn einstürzte. Ich wußte es, wenn er Angst hatte.

»Ihr seid über alles unterrichtet«, sagte er, so als wüßten wir Bescheid.

»Wir wissen, was alle wissen«, erwiderte ich. »Wir haben dieselben Nachrichten im Radio wahrscheinlich hundertmal gehört.«

»Wie wär's damit, ganz von vorn zu beginnen?« meinte Marino.

»CP&L hat ein Bezirksbüro in Suffolk«, fing Wesley an. »Mindestens zwanzig Personen sind heute nachmittag von dort in einem Bus aufgebrochen zu angeblichen Wartungsarbeiten im Übungskontrollraum des Kraftwerks Old Point. Es waren alles Männer, Weiße zwischen dreißig und vierzig, die sich als Angestellte ausgaben. Und sie haben es geschafft, ins Hauptgebäude zu gelangen, wo die Schaltzentrale ist.«

»Sie waren bewaffnet«, sagte ich.

»Ja. Als sie im Hauptgebäude durch die Röntgenkontrolle und andere Detektoren gehen sollten, zogen sie halbautomatische Waffen. Wie ihr wißt, sind Leute getötet worden – wir glauben, mindestens drei Angestellte von CP&L, darunter ein Kernphysiker, der nur zufällig heute das Werksgelände besucht hat und zur falschen Zeit durch die Sicherheitsschleusen ging.«

»Wie lauten ihre Forderungen?« fragte ich, denn ich wollte herauskriegen, wieviel Wesley gewußt hatte und seit wann. »Haben sie gesagt, was sie wollen?«

Er begegnete meinem Blick. »Das macht uns die größten Sorgen. Wir wissen nicht, was sie wollen.«

»Aber sie lassen Leute frei«, sagte Marino.

»Ja. Und auch das bereitet mir Kummer«, stellte Wesley

fest. »Terroristen tun das normalerweise nicht.« Sein Telefon klingelte. »Das hier ist anders.« Er nahm den Hörer ab. »Ja«, sagte er. »Gut. Schicken Sie ihn rein.«

Major General Lynwood Sessions trug seine Navy-Uniform. Er gab jedem von uns die Hand. Er war schwarz, ungefähr fünfundvierzig und auf eine Art attraktiv, die nicht zu übersehen war. Er legte sein Jackett nicht ab und öffnete nicht einmal einen Knopf, als er förmlich Platz nahm und eine dicke Aktentasche neben seinen Stuhl stellte.

»General, ich danke Ihnen, daß Sie gekommen sind«, fing Wesley an.

»Ich wünschte, es gäbe einen freudigeren Anlaß«, sagte er und bückte sich, um einen Aktenordner und einen Notizblock herauszuholen.

»Das geht uns allen so«, sagte Wesley. »Das sind Captain Pete Marino aus Richmond und Dr. Kay Scarpetta, Chief Medical Examiner von Virginia.« Er sah mich an und hielt meinem Blick stand. »Sie arbeiten mit uns zusammen. Dr. Scarpetta ist die zuständige Pathologin für die Fälle, die unserer Vermutung nach mit dem, was heute geschehen ist, zusammenhängen.«

General Sessions nickte kommentarlos.

Wesley sagte zu Marino und mir: »Laßt mich mal berichten, was wir über die unmittelbare Krise hinaus wissen. Wir haben Grund zu der Annahme, daß Schiffe aus dem Schiffsfriedhof an Länder verkauft werden, in die sie nicht gelangen sollten. Dazu gehören Iran, Irak, Libyen, Nordkorea und Algerien.«

»Was für Schiffe?« fragte Marino.

»Hauptsächlich U-Boote. Wir vermuten auch, daß diese Werft Schiffe von Ländern wie Rußland kauft und sie dann weiterverscherbelt.«

»Und warum hat man uns das nicht schon früher gesagt?« fragte ich.

Wesley zögerte. »Niemand hatte Beweise.«

»Ted Eddings tauchte in dem Schiffsfriedhof und starb«, sagte ich. »Er befand sich in der Nähe eines U-Boots.«

Niemand antwortete mir.

Dann sagte der General. »Er war Reporter. Es wurde angenommen, daß er nach Relikten aus dem Bürgerkrieg gesucht haben könnte.«

»Und was hat Danny getan?« Ich wog meine Worte ab, weil ich der Sache überdrüssig wurde. »Hat der einen alten Eisenbahntunnel in Richmond erkundet?«

»Es läßt sich schwer sagen, womit Danny Webster etwas zu tun hatte«, sagte Wesley. »Aber soviel ich weiß, hat die Chesapeake-Polizei im Kofferraum seines Autos ein Bajonett gefunden, das zu den Schnittstellen an euren aufgeschlitzten Reifen paßt.«

Ich sah ihn lange an. »Ich weiß nicht, woher du deine Informationen hast, aber wenn es stimmt, was du sagst, dann vermute ich, daß Detective Roche das Belastungsmaterial geliefert hat.«

»Ja, ich glaube, er hat das Bajonett gebracht.«

»Ich glaube, wir alle in diesem Zimmer sind vertrauenswürdig.« Ich hielt meinen Blick auf ihn gerichtet. »Wenn es zu einer Atomkatastrophe kommt, bin ich von Gesetz wegen verpflichtet, mich um die Toten zu kümmern. Es gibt schon zu viele Tote in Old Point.« Ich schwieg kurz. »General Sessions, jetzt wäre es an der Zeit, mit der Wahrheit herauszurücken.«

Die Männer schwiegen eine Weile.

Dann sagte der General: »NAVSEA hat sich schon seit einer Weile Sorgen um diesen Schiffsfriedhof gemacht.«

»NAVSEA? Was, zum Teufel, ist das?« fragte Marino.

»Naval Sea Systems Command«, sagte Sessions. »Das sind die Leute, in deren Verantwortung es liegt, die Einhaltung der entsprechenden Vorschriften auf solchen Schiffsfriedhöfen zu überwachen.«

»Eddings hatte das Kürzel N-V-S-E in sein Faxgerät einprogrammiert«, sagte ich. »Stand er mit ihnen in Verbindung?«

»Er hat Fragen gestellt«, sagte General Sessions. »Wir wußten von Mr. Eddings. Aber wir konnten ihm nicht die verlangten Antworten geben. Genauso wie wir Ihnen, Dr. Scarpetta, nicht antworten konnten, als Sie uns ein Fax mit der Frage schickten, wer wir seien.« Sein Gesichtsausdruck war undurchdringlich. »Ich bin sicher, Sie haben dafür Verständnis.«

»Was ist D-R-M-S in Memphis?« fragte ich dann.

»Eine weitere Faxnummer, die Eddings angerufen hat, und Sie auch«, sagte er. »Defense Reutilization Marketing Service. Über die laufen alle Verkäufe aus alten Beständen, die von der NAVSEA genehmigt werden müssen.«

»Das ergibt einen Sinn«, sagte ich. »Ich sehe ein, warum Eddings sich mit diesen Leuten in Verbindung gesetzt hat. Er war dem, was im Schiffsfriedhof vor sich ging, auf der Spur und wußte, daß die Vorschriften der Navy auf ziemlich empörende Art und Weise verletzt wurden. Und er stellte Nachforschungen für seine Story an.«

»Sagen Sie mir mehr über diese Vorschriften«, bat Marino. »Was genau hatte der Schiffsfriedhof für Regeln einzuhalten?«

»Ich gebe Ihnen ein Beispiel. Wenn Jacksonville die *Saratoga* oder einen anderen Flugzeugträger will, dann stellt die NAVSEA sicher, daß bei allen Arbeiten daran die Vorschriften der Navy befolgt werden.«

»In welcher Weise etwa?«

»Beispielsweise muß die Stadt über die fünf Millionen für das Herrichten und die zwei Millionen jährlich für die Instandhaltung verfügen. Und das Wasser im Hafen muß mindestens zehn Meter tief sein. Andererseits wird an der Stelle, wo das Schiff liegt, jemand von der NAVSEA, wahrscheinlich ein Zivilist, einmal im Monat aufkreuzen und die Arbeit inspizieren, die an dem Schiff erledigt wird.«

»Und das ist im Schiffsfriedhof passiert?« fragte ich.

»Also im Augenblick sind wir uns bei dem Betreffenden nicht sicher.« Der General blickte mich direkt an.

Dann ließ sich Wesley vernehmen. »Das ist das Problem. Überall gibt es Zivilisten, einige von ihnen Söldner, die unter absoluter Geringschätzung der nationalen Sicherheit alles kaufen oder verkaufen würden. Wie Sie wissen, wird der Schiffsfriedhof von einem Privatunternehmen betrieben. Es inspiziert die Schiffe, die an Städte oder zum Abwracken verkauft werden.«

»Was ist mit dem U-Boot, der *Exploiter?*« fragte ich. »Das ich gesehen habe, als ich Eddings' Leiche heraufholte?«

»Ein Raketenträger der Zulu-V-Klasse. Zehn Torpedorohre und zwei Raketenschächte. Die wurden zwischen 1955 und 1957 gebaut«, sagte General Sessions. »Seit den Sechzigern sind alle in den Vereinigten Staaten gebauten U-Boote atomgetrieben.«

»Also ist das betreffende U-Boot alt«, sagte Marino. »Es ist nicht atomgetrieben.«

Der General erwiderte: »Es kann nicht atomgetrieben sein. Aber es läßt sich jeder beliebige Sprengkopf auf eine Rakete oder ein Torpedo montieren.«

»Wollen Sie damit sagen, daß das U-Boot, bei dem ich tauchte, für die Aufrüstung mit Kernwaffen umgebaut werden könnte?« fragte ich, während dieses Schreckgespenst immer bedrohlichere Formen annahm.

»Dr. Scarpetta«, sagte der General und beugte sich zu mir. »Wir nehmen nicht an, daß dieses U-Boot hier in den Vereinigten Staaten umgerüstet worden ist. Es hätte aber nur wieder aufgemöbelt und auf See geschickt zu werden brauchen, wo es unter eine fremde Flagge geraten könnte. Die Arbeit ließe sich dort erledigen. Aber Irak oder Algerien können auf eigenem Boden nicht selbständig waffenfähiges Plutonium herstellen.«

»Und wo soll das herkommen?« fragte Marino. »Das ist doch nicht von einem Kraftwerk zu kriegen. Und wenn die Terroristen anderer Meinung sind, dann, schätze ich, handelt es sich um einen Haufen von vollkommenen Idioten.«

»Es wäre extrem schwer, wenn nicht nahezu unmöglich, Plutonium von Old Point zu bekommen«, pflichtete ich bei.

»Ein Anarchist wie Joel Hand denkt nicht darüber nach, wie schwer es sein könnte«, sagte Wesley.

»Und es ist möglich«, fügte Sessions hinzu. »Für zwei Monate nach dem Austausch der Brennstäbe in einem Reaktor. Während dieses Zeitfensters kann man Plutonium bekommen.«

»Wie oft werden die Stäbe ausgetauscht?« fragte Marino.

»Old Point tauscht alle fünfzehn Monate ein Drittel aus. Das sind achtzig Brennelemente oder etwa drei Atombomben, wenn Sie die Reaktoren abschalten und die Elemente während dieses Zweimonats-Fensters herausschaffen.«

»Dann mußte Hand den Zeitplan kennen«, sagte ich.

»Oh ja.«

Ich dachte an die Telefonlisten der CP&L Bosse, die jemand wie Eddings illegal hätte anzapfen können.

»Jemand ist also auf dem Sprung gewesen«, sagte ich.

»Wir glauben zu wissen, wer, jemand in einer hohen Stellung«, sagte Sessions. »Jemand, der bei der Entscheidung, das Außenbüro von CP&L auf einem Grundstück neben Hands Farm einzurichten, eine Menge zu sagen hatte.«

»Eine Farm, die Joshua Hayes gehört?«

»Scheiße«, sagte Marino. »Hand muß das schon seit Jahren geplant haben, und er hat todsicher von irgendwoher einen Haufen Kohle gekriegt.«

»Beides steht außer Frage«, pflichtete der General bei. »So etwas mußte über Jahre geplant werden, und jemand hat dafür bezahlt.«

»Sie müssen im Gedächtnis behalten«, sagte Wesley, »daß

ein Fanatiker wie Hand ja einen Religionskrieg von ewiger Bedeutung führt. Er kann sich Geduld leisten.«

»General Sessions«, sponn ich den Faden weiter, »wenn das U-Boot, von dem die Rede ist, für einen fernen Hafen bestimmt ist, würde die NAVSEA davon erfahren?«

»Mit Sicherheit.«

»Wie?« wollte Marino wissen.

»Da ist einiges«, sagte er. »Zum Beispiel werden, wenn Schiffe im Schiffsfriedhof festmachen, ihre Raketen- und Torpedoschächte außen am Rumpf mit Stahlplatten bedeckt. Und eine Platte wird im Schiffsinnern über die Antriebswelle geschweißt, damit die Schraube fixiert bleibt. Es versteht sich, daß alle Waffen und Kommunikationseinrichtungen entfernt werden.«

»Was heißt, daß eine Übertretung zumindest einer dieser Regelungen von außen überprüft werden könnte«, sagte ich. »Das wäre zu erkennen, wenn sich jemand das Schiff im Wasser näher anschaut.«

Er sah mich an und erfaßte genau, was ich meinte: »Ja, das wäre zu erkennen.«

»Jemand könnte um dieses U-Boot herumtauchen und feststellen, daß beispielsweise die Torpedoschächte nicht versiegelt sind. Er könnte sogar erkennen, daß die Schraube nicht zugeschweißt ist.«

»Ja«, sagte er wieder. »Das alles ließe sich erkennen.«

»Das hat Ted Eddings getan.«

»Ich fürchte, ja.« Das kam von Wesley. »Taucher haben seine Kamera sichergestellt, und wir haben uns den Film angesehen, auf dem nur drei Aufnahmen waren. Alles verschwommene Fotos von der Schraube der *Exloiter*. Es sieht also nicht so aus, als wäre er vor seinem Tod lange im Wasser gewesen.«

»Und wo ist das U-Boot jetzt?« fragte ich.

Der General schwieg kurz. »Man könnte sagen, daß wir ihm dicht auf den Fersen sind.«

»Also ist es verschwunden.«

»Ich fürchte, es hat den Hafen etwa um dieselbe Zeit verlassen, als das Atomkraftwerk gestürmt wurde.«

Ich sah die drei Männer an. »Also ich glaube, jetzt wissen wir sicher, warum Eddings immer paranoider um seinen Schutz besorgt war.«

»Jemand muß das geplant haben«, sagte Marino. »Niemand kann einfach so beschließen, einen Menschen mit Zyanid zu vergiften.«

»Der Mord war von langer Hand geplant und wurde von jemandem ausgeführt, dem er vertraut haben muß«, meinte Wesley. »Er hätte nicht jedem x-Beliebigen erzählt, was er in jener Nacht vorhatte.«

Ich dachte an ein anderes Kürzel in Eddings Faxgerät. CPT konnte Captain heißen, und ich brachte Captain Green ins Gespräch.

»Also Eddings muß mindestens eine interne Quelle für seine Story gehabt haben«, lautete Wesleys Kommentar. »Jemand hat Informationen an ihn weitergegeben, und ich vermute, derselbe Jemand hat ihn in die Falle gelockt oder wenigstens dabei mitgeholfen.« Er sah mich an. »Und wir wissen aus seinen Telefonrechnungen, daß er sich in den vergangenen Monaten über Telefon und Fax häufig mit Green in Verbindung gesetzt hat. Das muß letzten Herbst angefangen haben, als Eddings einen ziemlich harmlosen Artikel über den Schiffsfriedhof schrieb.«

»Dann hat er seine Nase zu tief reingesteckt«, sagte ich.

»Seine Neugier hat uns eigentlich geholfen«, sagte General Sessions. »Wir haben auch angefangen, unsere Nasen tiefer hineinzustecken. Wir haben diese Sache schon länger unter Beobachtung, als Sie vielleicht glauben.« Er hielt inne und lächelte ein wenig. »Dr. Scarpetta, Sie standen mit einigen Punkten tatsächlich gar nicht so allein da, wie Sie vielleicht gedacht haben.«

»Ich hoffe aufrichtig, daß Sie Jerod und Ki Soo meinen Dank übermitteln«, sagte ich in der Annahme, sie gehörten zur Navy. Aber nun antwortete Wesley. »Mache ich, oder vielleicht kannst du ihnen selber danken, wenn du das nächste Mal das HRT besuchst.«

»General Sessions«, griff ich ein scheinbar profaneres Thema auf, »wissen Sie vielleicht, ob Ratten auf abgewrackten Schiffen ein Problem darstellen?«

»Ratten sind auf jedem Schiff immer eine Plage«, sagte er.

»Und Zyankali wird unter anderem dafür verwendet, Nagetiere im Schiffsinnern auszurotten«, sagte ich. »Der Schiffsfriedhof hat wohl einiges davon auf Lager.«

»Wie schon angedeutet, hat Captain Green unsere größte Aufmerksamkeit.« Er wußte genau, was ich meinte.

»Im Gegensatz zu den Neuen Zionisten?« fragte ich.

»Nein«, antwortete Wesley für ihn. »Im Zusammenhang mit ihnen. Ich vermute, daß Green die direkte Verbindung der Neuen Zionisten zum militärischen Bereich ist, wie etwa dem Schiffsfriedhof, während Roche bloß sein Büttel ist. Roche ist derjenige, der belästigt, herumschnüffelt und andere verrät.«

»Er hat Danny nicht umgebracht«, sagte ich.

»Danny wurde von einem Psychopathen ermordet, der sozial einigermaßen angepaßt ist, so daß er, als er vor dem Hill Café wartete, keine Aufmerksamkeit auf sich zog. Ich würde sagen, ein männlicher Weißer, zwischen dreißig und vierzig, der allgemein Erfahrungen mit der Jagd und mit Waffen hat.«

»Klingt wie das exakte Ebenbild der Kerle, die Old Point besetzt haben«, bemerkte Marino.

»Ja«, sagte Wesley. »Der Mord an Danny, ob er nun das eigentliche Ziel war oder nicht, war ein Jagdauftrag, wie auf Wild. Der Täter hat die Sig vermutlich bei derselben Waffenbörse gekauft, wo er die Black Talons bekommen hat.«

»Ich dachte, Sie sagten, die Sig hat mal einem Cop gehört«, erinnerte ihn der General.

»Richtig. Sie geht verloren, landet auf der Straße und wird schließlich als gebraucht verkauft«, meinte Wesley.

»An einen Jünger von Hand«, sagte Marino. »Einen wie den, der Shapiro in Maryland umgelegt hat.«

»Genau die Sorte.«

»Die große Frage ist, was glauben die, was Sie wissen«, fragte mich der General.

»Darüber habe ich viel nachgedacht und komme auf nichts«, erwiderte ich.

»Du mußt wie sie denken«, sagte Wesley zu mir. »Was weißt du, was andere nicht wissen?«

»Sie könnten annehmen, daß ich das Hand-Buch habe«, sagte ich, weil mir nichts anderes in den Sinn kam. »Und offenbar ist es ihnen so heilig wie eine indianische Begräbnisstätte.«

»Was steht da drin, das kein anderer erfahren darf?« fragte Sessions.

»Man sollte annehmen, daß die gefährlichste Enthüllung für sie die des Plans ist, den sie bereits ausgeführt haben«, erwiderte ich.

»Natürlich.« Wesley sah mich an, tausend Gedanken in den Augen. »Was weiß Dr. Mant?«

»Ich hatte noch keine Gelegenheit, ihn zu fragen. Er beantwortet meine Anrufe nicht, und ich habe schon zahlreiche Nachrichten hinterlassen.«

»Findest du nicht, daß das ziemlich seltsam ist?«

»Ich halte das absolut für seltsam«, sagte ich zu ihm. »Aber ich glaube nicht, daß etwas Außergewöhnliches vorgefallen ist, sonst hätten wir davon erfahren. Ich glaube, er hat Angst.«

Wesley erklärte dem General: »Mant ist der Gerichtspathologe für den Bezirk Tidewater.«

»Dann sollten Sie ihn vielleicht aufsuchen«, schlug mir der General vor.

»Unter den gegebenen Umständen scheint das nicht der günstigste Zeitpunkt zu sein«, sagte ich.

»Ganz im Gegenteil«, sagte der General. »Ich glaube, das ist der ideale Zeitpunkt.«

»Sie könnten recht haben«, pflichtete Wesley bei. »Unsere einzige Hoffnung ist, in die Köpfe dieser Leute einzudringen. Vielleicht verfügt Mant über Informationen, die hilfreich wären. Vielleicht versteckt er sich deswegen.«

General Sessions rutschte auf seinem Stuhl herum. »Also ich bin dafür«, sagte er. »Zum einen müssen wir uns Sorgen machen, daß so etwas auch dort passiert, wie Sie und ich schon besprochen haben, Benton. Das steht also ohnehin an, nicht wahr? Es wäre keine große Angelegenheit, wenn noch eine Person mitkäme, vorausgesetzt, British Airways hat nichts dagegen, wenn wir sie so kurzfristig behelligen.« Er schien ironisch zu lächeln. »Wenn sie etwas dagegen haben, dann muß ich das Pentagon anrufen, schätze ich.«

»Kay«, erklärte mir Wesley, während Marino wütend vor sich hinstarrte, »wir wissen nicht, ob so etwas wie in Old Point nicht bereits abläuft in Europa, denn das, was in Virginia vor sich geht, ist nicht von gestern auf heute passiert. Wir machen uns Sorgen um die größeren Städte.«

»Willst du damit sagen, daß diese Neuen Zionisten auch in England sind?« Die Frage kam von Marino, der kurz vor dem Überkochen war.

»Uns ist nichts bekannt, aber unglücklicherweise gibt es eine Menge anderer, die ihren Platz einnehmen könnten«, sagte Wesley.

»Also ich will auch mal was sagen.« Marino sah mich anklagend an. »Uns steht möglicherweise eine Atomkatastrophe ins Haus. Meinst du nicht, du solltest hier bleiben?«

»Das würde ich vorziehen.«

Der General traf den springenden Punkt: »Wenn Sie uns behilflich sind, wird es hoffentlich nicht notwendig sein, daß

Sie hier anwesend sind, weil es für Sie nichts zu tun geben wird.«

»Ich verstehe das auch«, sagte ich. »Niemand glaubt mehr an Prävention als ich.«

»Kannst du das regeln?« fragte Wesley.

»Meine Büros machen sich schon bereit, um mit allem fertig zu werden, was passiert«, sagte ich. »Die anderen Ärzte wissen, was zu tun ist. Du weißt ja, ich will in jeder Weise helfen.«

Aber Marino ließ sich nicht besänftigen. »Es ist nicht sicher.« Er schaute nun Wesley an. »Du kannst sie doch nicht auf Flughäfen und sonstwohin schicken, wenn wir nicht wissen, wer sich alles da draußen herumtreibt und was die wollen.«

»Du hast recht, Pete«, sagte Wesley nachdenklich. »Das werden wir auch nicht tun.«

14

An jenem Abend fuhr ich nach Hause, weil ich Kleider brauchte und meinen Reisepaß aus dem Safe holen mußte. Ich packte nervös meine Sachen, während ich darauf wartete, daß mein Piepser sich meldete. Fielding hatte mich pünktlich angerufen, um den neuesten Stand zu erfahren und seinen Befürchtungen Luft zu machen. Die Leichen in Old Point blieben dort, wo die Verbrecher sie gelassen hatten, soviel wir wußten, und wir hatten keine Ahnung, wie viele Leute drinnen gefangen waren.

Ich schlief schlecht, obwohl ein Polizeiauto in meiner Straße postiert war, und um fünf Uhr früh riß mich der Wecker hoch. Anderthalb Stunden später wartete ein Learjet am Millionärs-Terminal in Henrico County auf mich, wo die reichsten Geschäftsleute der Gegend ihre Hubschrauber und Firmenflugzeuge geparkt hatten. Wesley und ich begrüßten uns höflich und reserviert, und es fiel mir schwer zu glauben, daß wir zusammen nach Europa fliegen sollten. Aber schon bevor der Vorschlag kam, ich solle nach London fahren, war geplant gewesen, daß er die Botschaft dort besuchte, und General Sessions wußte nichts über uns beide. Zumindest wählte ich diese Sichtweise auf eine Situation, die mir entglitten war.

»Ich bin mir nicht sicher, ob ich deinen Beweggründen trauen darf«, sagte ich zu Wesley, als der Jet abhob, wie ein Rennwagen mit Flügeln. »Und was ist damit?« Ich blickte mich um. »Seit wann benutzt das FBI Learjets, oder hat das auch das Pentagon arrangiert?«

»Wir nehmen uns, was wir brauchen«, sagte er. »CP&L hat uns alle ihnen verfügbaren Mittel zugänglich gemacht, um diese Krise zu bewältigen. Der Learjet gehört ihnen.«

Der weiße Jet sah mit seinen Sitzen aus Leder und Holz elegant aus, aber es war laut, so daß wir nicht leise sprechen konnten.

»Du brauchst dir keine Gedanken zu machen, wenn du ihre Mittel nutzt?« sagte ich.

»Sie sind über all das genauso unglücklich wie wir. Soweit wir wissen, trifft CP&L keine Schuld, mit Ausnahme von einen oder zwei faulen Äpfeln. Im Grunde sind die Firma und ihre Angestellten eindeutig diejenigen, die es am härtesten trifft.«

Er blickte nach vorn ins Cockpit und zu den beiden durchtrainierten Piloten in Anzügen. »Außerdem sind die Piloten vom HRT«, fügte er hinzu. »Und wir haben vor dem Abflug jede Mutter und jeden Bolzen in diesem Ding überprüft. Keine Bange. Und daß ich mit dir reise« – er sah mich an – »das sage ich noch einmal: Das läuft alles nach Einsatzplan. Der Ball ist ans HRT weitergegeben worden. Ich werde gebraucht, wenn die Terroristen mit uns Verbindung aufnehmen, wenn wir sie endlich identifizieren können. Aber ich glaube nicht, daß das in den nächsten Tagen passiert.«

»Wie kannst du das wissen?« Ich schenkte mir Kaffee ein.

Er nahm mir die Tasse aus der Hand, und unsere Finger berührten sich. »Das weiß ich, weil sie beschäftigt sind. Sie brauchen diese Brennelemente, und sie können pro Tag nur eine bestimmte Anzahl bekommen.«

»Sind die Reaktoren abgeschaltet worden?«

»Dem Unternehmen zufolge haben die Terroristen die Reaktoren unmittelbar nach Stürmung des Kraftwerks abgeschaltet. Sie wissen also, was sie wollen, und sie machen Ernst.«

»Und es sind zwanzig.«

»Schätzungsweise zwanzig sind wegen des angeblichen Seminars in den Übungskontrollraum gegangen. Aber wir können nicht ganz sicher sein, wie viele jetzt drin sind.«

»Diese Tour«, fragte ich, »wann ist sie geplant worden?«

»Das Elektrizitätswerk hat gesagt, sie wäre ursprünglich Anfang Dezember für Ende Februar geplant worden.«

»Dann wurde sie vorverlegt.« Ich war nicht überrascht angesichts dessen, was in letzter Zeit geschehen war.

»Ja«, sagte er. »Sie ist plötzlich verlegt worden, ein paar Tage vor dem Mord an Eddings.«

»Das klingt, als wären sie verzweifelt, Benton.«

»Und wahrscheinlich um so gnadenloser und nicht so gut vorbereitet«, sagte er. »Und das ist besser und schlechter zugleich für uns.«

»Und wie ist es mit den Geiseln? Ist es deiner Erfahrung nach wahrscheinlich, daß sie alle gehen lassen?«

»Ich weiß nicht«, sagte er und schaute aus dem Fenster. Im sanften Seitenlicht war seine Miene grimmig.

»Herrgott«, meinte ich, »wenn sie versuchen, den Brennstoff herauszuholen, droht uns eine nationale Katastrophe. Und ich begreife nicht, wie sie sich den Abtransport denken.

Diese Brennelemente wiegen womöglich jeweils mehrere Tonnen und sind so radioaktiv, daß es augenblicklich zum Tode führt, wenn ihnen jemand nahe kommt. Und wie wollen sie die von Old Point wegschaffen?«

»Das Kraftwerk ist von Wasser umgeben, um die Reaktoren zu kühlen. Und auf dem James River in der Nähe beobachten wir einen großen Lastkahn, der unserer Ansicht nach ihnen gehört.«

Mir fiel ein, daß Marino mir etwas von Lastkähnen erzählt hatte, die große Kästen zum Anwesen der Neuen Zionisten lieferten, und ich sagte: »Können wir ihn uns schnappen?«

»Nein. Wir können uns jetzt keine Schiffe, U-Boote und nichts schnappen. Nicht bevor wir diese Geiseln herausbekommen haben.« Er trank seinen Kaffee. Der Horizont leuchtete allmählich golden.

»Dann ist das günstigste Szenario für uns, daß sie sich das holen, was sie wollen, und abziehen, ohne noch jemanden zu töten«, schlug ich vor, obwohl ich nicht glaubte, daß dies geschehen könnte.

»Nein. Das günstigste Szenario ist, daß wir sie dort aufhalten.« Er sah mich an. »Wir wollen kein Schiff voll mit hochradioaktivem Material auf den Flüssen Virginias oder auf See. Was sollen wir tun, wenn sie es zu versenken drohen? Außerdem vermute ich, daß sie Geiseln mitnehmen werden.« Er schwieg kurz. »Am Ende werden sie alle erschießen.«

Ich mußte an all diese armen Leute denken, die mit jedem Atemzug von Todesangst befallen wurden. Ich wußte um die körperlichen und geistigen Anzeichen von Angst, hatte die Bilder vor Augen und kochte innerlich. Ich spürte eine Woge des Hasses auf diese Männer, die sich die Neuen Zionisten nannten, und ballte meine Fäuste.

Wesley blickte auf meine weißen Knöchel und dachte, ich hätte Flugangst. »Es sind nur noch ein paar Minuten«, sagte er. »Wir beginnen schon mit der Landung.«

Wir landeten auf dem Kennedy Airport, und ein Shuttle wartete auf der Rollbahn auf uns. Er wurde von zwei anderen durchtrainierten Männern in Anzügen gefahren, und ich fragte Wesley nicht nach ihnen, weil ich es bereits wußte. Einer von ihnen begleitete uns zum Terminal von British Airways, die so nett gewesen waren, mit dem FBI zusammenzuarbeiten, oder vielleicht war es das Pentagon, indem sie uns zwei Plätze auf der nächsten Concorde nach London zur Verfügung gestellt hatten. Am Schalter zeigten wir diskret unsere Ausweise und versicherten, daß wir keine Waffen dabei hatten. Der Agent, der uns bewachen sollte, ging mit uns in die Lounge, und als ich das nächstemal nach ihm sah, blätterte er in einem Stapel ausländischer Zeitungen.

Wesley und ich fanden einen Platz vor breiten Fenstern, die auf das Rollfeld gingen, wo das Überschallflugzeug wie ein riesiger weißer Reiher wartete, während ihm über einen dicken Schlauch an der Seite Treibstoff zugeführt wurde. Die Concorde erinnerte mehr als alle anderen Flugzeuge, die ich gesehen hatte, an eine Rakete. Es kam mir so vor, als machte das oder auch alles andere auf die meisten Passagiere gar keinen Eindruck mehr. Sie nahmen sich Gebäck und Obst, und einige mixten sich schon Bloody Marys und Mimosas.

Wesley und ich sprachen wenig und musterten beständig die Menge, während wir Zeitungen vor uns hielten, wie jeder sprichwörtliche Spion oder Verbrecher auf der Flucht. Ich merkte, daß er vor allem Leute aus dem Mittleren Osten ins Auge faßte, während ich mehr auf die achtete, die wie wir aussahen, denn ich erinnerte mich an Joel Hand, als ich ihn vor Gericht gesehen und ihn attraktiv und elegant gefunden hatte. Wenn er jetzt neben mir säße und ich ihn nicht kennen würde, er würde eher als wir in diese Lounge passen.

»Wie geht es dir?« Wesley ließ seine Zeitung sinken.

»Ich weiß nicht.« Ich war aufgeregt. »Sag mir, sind wir allein oder ist dein Freund noch da?«

In seinen Augen lag ein Lächeln.

»Ich verstehe nicht, was daran erheiternd sein soll.«

»Du hast also geglaubt, der Geheimdienst wäre in der Nähe. Oder Undercover-Agenten.«

»Verstehe. Ich nehme an, der Mann im Anzug, der uns hierher gebracht hat, gehört zu einem Spezialservice von British Airways.«

»Laß mich deine Frage so beantworten. Wenn wir nicht allein sind, Kay, werde ich dir das nicht sagen.«

Wir sahen uns einen Augenblick länger an. Noch nie waren wir zusammen ins Ausland gereist, und dies schien nicht der günstigste Zeitpunkt, damit zu beginnen. Benton trug einen blauen Anzug, so dunkelblau, daß er fast schwarz war, sein übliches weißes Hemd und eine konservative Krawatte. Ich hatte mich ebenso seriös angezogen, und wir beide hatten unsere Brillen aufgesetzt. Ich dachte, wir sähen wie die Partner einer Anwaltskanzlei aus, und als mir andere Frauen im Raum auffielen, wurde ich daran erinnert, daß ich keinesfalls wie eine Ehefrau aussah.

Papier raschelte, als er die *Times* zusammenfaltete und auf seine Uhr blickte. »Ich glaube, das sind wir«, sagte er und stand auf, als Flug Nr. 2 erneut aufgerufen wurde.

In der Concorde nahmen hundert Menschen in zwei Kabinen mit zwei Sitzen auf jeder Seite des Ganges Platz. Die vorherrschende Farbe war ein gedämpftes Grau für Teppichboden und Ledersitze, und die Raumschiffenster waren zu klein, um hinausschauen zu können. Die Stewardessen und Stewards waren von britischer Höflichkeit, und wenn sie wußten, daß wir die beiden Passagiere vom FBI, von der Navy oder, wer weiß, der CIA waren, zeigten sie das in keiner Weise. Ihre einzige Sorge schien unseren Getränkewünschen zu gelten, und ich bestellte Whiskey.

»Ein bißchen früh, oder?« sagte Wesley.

»In London nicht. Dort ist es fünf Stunden später.«

»Danke. Ich werde meine Uhr umstellen«, sagte er trocken, als sei er in seinem ganzen Leben noch nie irgendwo gewesen. »Ich denke, ich nehme ein Bier«, sagte er zu der Stewardeß.

»So, da wir jetzt in der richtigen Zeitzone sind, fällt das Trinken leichter.« Ich konnte die kleine Schärfe aus meiner Stimme nicht heraushalten.

Er wandte sich mir zu und begegnete meinem Blick. »Du klingst wütend.«

»Deshalb erstellst du Profile, weil du solche Sachen herausfinden kannst.«

Er blickte sich verstohlen um, aber auf der anderen Gangseite saß niemand, und mir war es ziemlich egal, wer hinter uns saß.

»Können wir vernünftig reden?« fragte er leise.

»Es ist schwer, vernünftig zu bleiben, Benton, wenn du immer erst nach vollendeten Tatsachen reden willst.«

»Ich bin nicht sicher, ob ich verstehe, was du meinst. Ich glaube, da ist irgendwo ein Kommunikationsproblem.«

Ich wollte es ihm heimzahlen. »Alle wußten von deiner Trennung, außer mir«, sagte ich. »Lucy mußte es mir erzählen, weil sie es von anderen Agenten gehört hat. Ich möchte einfach einmal an unserer Beziehung beteiligt werden.«

»Herrgott, mir wäre lieber, du würdest dich nicht so aufregen.«

»Ich rege mich nicht halb so sehr auf wie mir wirklich zumute ist.«

»Ich hab's dir nicht gesagt, weil ich von dir nicht beeinflußt werden wollte«, sagte er.

Wir sprachen leise, leicht zueinander gebeugt, so daß sich unsere Schultern berührten. Trotz der ernsten Umstände nahm ich jede seiner Bewegungen wahr und die Gefühle, die sie in mir auslösten. Ich roch die Wolle seiner Jacke und das Rasierwasser, das er gerne benutzte.

»Jede Entscheidung über meine Ehe darf dich nicht einbeziehen«, fuhr er fort, als die Getränke kamen. »Das mußt du verstehen, weißt du.«

Mein Körper war um diese Stunde keinen Alkohol gewöhnt, und die Wirkung war rasch und stark. Ich entspannte mich augenblicklich und schloß die Augen während des Startlärms, als der Jet vibrierend in die Luft donnerte. Von da an war die Welt unten nichts als ein verschwommener Horizont, wenn ich überhaupt etwas aus dem Fenster erkennen konnte. Das Geräusch der Triebwerke blieb laut und zwang uns, weiterhin sehr dicht aneinanderzurücken, während wir weiterredeten.

»Ich weiß, was ich für dich empfinde«, sagte Wesley. »Ich weiß das schon sehr lange.«

»Du hast kein Recht«, meinte ich. »Du hattest nie ein Recht.«

»Und was ist mit dir? Hattest du ein Recht, das zu tun, was du getan hast, Kay? Oder war ich der einzige im Bett?«

»Zumindest bin ich nicht verheiratet oder mit jemandem zusammen«, sagte ich. »Aber nein, ich hätte es nicht tun sollen.«

Er trank weiter sein Bier, und keiner von uns war interessiert an Kanapees und Kaviar, die nur die erste Runde einer langen Gourmetveranstaltung bildeten. Eine Zeitlang schwiegen wir, blätterten in Illustrierten und Fachzeitschriften, und beinahe alle anderen in unserer Kabine taten das gleiche. Mir fiel auf, daß die Menschen in der Concorde nicht viel miteinander redeten, und ich beschloß, daß reich, berühmt oder von Adel zu sein, ziemlich langweilig sein mußte.

»Also ich schätze, den Punkt haben wir geklärt«, begann Wesley wieder, der sich näher zu mir beugte, während ich ein Stück Spargel aufspießte.

»Welchen Punkt?« Ich ließ meine Gabel sinken, weil ich Linkshänderin und er mir im Weg war.

»Du weißt schon. Was wir tun und nicht tun sollten.« Er

streifte mit dem Arm gegen meine Brust, und dann blieb sein Arm dort, als ob alles, was wir vorher gesagt hatten, bei doppelter Schallgeschwindigkeit ungültig geworden sei.

»Ja«, sagte ich.

»Ja?« Seine Stimme klang neugierig. »Was soll das heißen, ja?«

»Ja zu dem, was du gerade gesagt hast.« Mit jedem Atemzug drückte sich mein Körper gegen ihn. »Daß wir die Dinge klären müssen.«

»Dann machen wir das«, pflichtete er bei.

»Selbstverständlich«, sagte ich, nicht ganz sicher, was wir gerade vereinbart hatten. »Noch eines«, fügte ich hinzu. »Wenn du je geschieden wirst und wir uns wieder sehen wollen, fangen wir von vorn an.«

»Ganz klar. Das ist goldrichtig.«

»In der Zwischenzeit bleiben wir Kollegen und Freunde.«

»Das ist genau das, was ich will«, meinte er.

Um halb sieben fuhren wir durch die Park Lane. Wir saßen stumm auf dem Rücksitz eines Rover, der von einem Beamten der Metropolitan Police gefahren wurde. Aus der Dunkelheit des Wagens betrachtete ich die Lichter Londons, war desorientiert und hellwach. Der Hyde Park war wie ein schwarzer See, mit blassen Lampenflecken an den gewundenen Wegen.

Die Wohnung, in der wir untergebracht waren, lag ziemlich in der Nähe des Dorchester, und gegen den Besuch ihres Premierministers protestierende Pakistanis scharten sich an diesem Abend um das Luxushotel. Bereitschaftspolizisten mit Hunden waren zahlreich vertreten, aber unser Fahrer schien sich darum nicht zu kümmern.

»Da ist ein Concierge«, sagte er, als er vor einem hohen Gebäude anhielt, das ziemlich neu aussah. »Gehen Sie einfach rein, und weisen Sie sich aus, dann wird er Sie zu Ihrer Unterkunft bringen. Soll ich Ihnen mit dem Gepäck helfen?«

Wesley öffnete seine Tür. »Danke. Nicht nötig.«

Wir stiegen aus und betraten einen kleinen Empfangsraum, wo ein agiler älterer Herr hinter einem eleganten Tisch uns freundlich zulächelte.

»Ja, richtig. Ich habe Sie erwartet«, sagte er.

Er stand auf und nahm unsere Taschen. »Wenn Sie mir zum Lift folgen wollen.«

Wir fuhren mit dem Aufzug in den fünften Stock, wo wir ein Dreizimmer-Apartment mit großen Fenstern, hellen Vorhängen und afrikanischer Kunst gezeigt bekamen. Mein Zimmer war komfortabel eingerichtet, es verfügte über die typisch englische Badewanne, die groß genug war, um darin zu ertrinken, und eine Toilette mit Kettenspülung. Die Möbel waren viktorianisch, der Boden aus Hartholz, mit abgenutzten türkischen Teppichen darauf. Ich ging zum Fenster und drehte die Heizung an. Ich schaltete die Lampen aus und blickte auf die vorbeirauschenden Autos und die im Wind schwankenden dunklen Bäume des Parks.

Wesleys Zimmer war am anderen Ende des Flurs, und ich hörte ihn nicht hereinkommen, bis er sprach.

»Kay?« Er wartete in der Tür, und ich hörte Eis leise klirren. »Wer auch immer hier lebt, hat einen sehr guten Scotch. Ich habe gehört, wir sollen uns bedienen.«

Er kam herein und stellte Whiskygläser auf das Fensterbrett. »Versuchst du, mich betrunken zu machen?« fragte ich.

»Das ist früher nie notwendig gewesen.«

Er stand neben mir, und wir tranken und lehnten uns aneinander, während wir zusammen hinausschauten. Lange Zeit sprachen wir in kurzen, leisen Sätzen, und dann berührte er mein Haar, küßte mein Ohr und meine Wange. Ich berührte ihn ebenfalls, und mit jedem Kuß und jeder Umarmung wurde unser Begehren heftiger.

»Ich habe dich so vermißt«, flüsterte er, während wir uns aus den Kleidern schälten.

Wir schliefen miteinander, weil wir nicht anders konnten. Das war unsere einzige Entschuldigung, und sie hätte vor keinem Gericht Bestand gehabt. Die Trennung war hart gewesen, so waren wir die ganze Nacht hungrig nacheinander. Im Morgengrauen schlief ich dann ein, und als ich aufwachte, war er verschwunden, als wäre alles ein Traum gewesen. Die Bilder in meinem Kopf waren träge und lyrisch. Lichter tanzten unter meinen Lidern, und mir war so, als wiegte mich jemand sanft, als wäre ich wieder ein kleines Mädchen, und mein Vater würde nicht an einer Krankheit sterben, die ich damals noch nicht begriff.

Ich war nie darüber hinweggekommen und nahm an, in all meinen Beziehungen zu Männern war traurigerweise das Verlustgefühl wiederaufgelebt, daß er mich verlassen hatte. Es war ein Tanz, in dem ich mich mühelos bewegte, um mich dann im Schweigen des leeren Zimmers meines ganz privaten Lebens wiederzufinden. Ich erkannte, wie sehr Lucy und ich einander ähnlich waren. Wir beide liebten im geheimen und wollten über Schmerz nicht sprechen.

Ich traf Wesley im Wohnzimmer an, wo er Kaffee trank und in einen bewölkten Tag hinausblickte. Er trug Anzug und Krawatte und schien gar nicht müde zu sein.

»Der Kaffee ist noch heiß«, sagte er. »Soll ich dir welchen bringen?«

»Danke, ich hole ihn mir schon.« Ich ging in die Küche. »Bist du schon lange auf?«

»Eine Weile.«

Er machte einen sehr starken Kaffee, und es fiel mir auf, daß es so viele häusliche Details gab, die ich bei ihm nicht kannte. Wir kochten nicht zusammen oder machten nicht gemeinsam Urlaub oder Sport, wo ich doch wußte, daß wir beide ähnliche Dinge liebten. Ich ging ins Wohnzimmer zurück und stellte meine Tasse mit der Untertasse auf das Fensterbrett, weil ich in den Park schauen wollte.

»Wie geht es dir?« Sein Blick ruhte auf mir.

»Mir geht's gut. Und dir?«

»Du siehst nicht gut aus.«

»Du weißt immer das Richtige zu sagen.«

»Du siehst aus, als hättest du nicht viel geschlafen. Das habe ich gemeint.«

»Ich habe praktisch keinen Schlaf gehabt, und daran bist du schuld.«

Er lächelte. »Ich und der Jetlag.«

»Du bist schlimmer, Special Agent Wesley.«

Der Verkehr rauschte schon laut vorbei und wurde immer wieder von der sonderbaren Kakophonie der englischen Sirenen unterbrochen. Im kalten Morgenlicht schritten die Menschen flott über die Gehsteige, einige joggten sogar. Wesley stand aus seinem Stuhl auf.

»Wir sollten bald aufbrechen.« Er strich mir über den Nacken und küßte ihn. »Wir sollten eine Kleinigkeit essen. Es wird ein langer Tag werden.«

»Benton, ich mag nicht so leben«, sagte ich, als er die Tür schloß. Wir gingen die Park Lane entlang am Dorchester vorbei, wo einige Pakistanis immer noch ausharrten. Dann bogen wir von der Mount Street in die South Audley ein, wo wir ein kleines Restaurant namens Richoux offen fanden. Drinnen gab es exotisches französisches Gebäck und Pralinenschachteln, die schön wie Kunstwerke waren. Die Leute trugen Busineßkleidung und lasen an kleinen Tischen Zeitung. Ich trank frischgepreßten Orangensaft und bekam Hunger. Wir verwirrten die philippinische Kellnerin, weil Wesley nur Toast essen wollte, während ich Eier mit Speck und Pilzen und Tomaten bestellte.

»Möchten Sie sich das teilen?« fragte sie.

»Nein danke.« Ich lächelte.

Kurz vor zehn gingen wir von der South Audley weiter zum Grosvernor Square, wo die amerikanische Botschaft sich als unschöner Granitblock im Stil der fünfziger Jahre präsentierte, der von einem auffliegenden Bronzeadler bewacht wurde. Die Sicherheitsvorkehrungen waren äußerst streng, überall standen düster blickende Wachposten. Wir zeigten unsere Reisepässe und Beglaubigungen vor, und es wurden Fotos von uns gemacht. Schließlich wurden wir in den zweiten Stock eskortiert, wo wir den obersten juristischen Attaché des FBI für Großbritannien treffen sollten. Chuck Olsons Eckbüro bot einen perfekten Blick auf Menschen, die in langen Schlangen auf ein Visum oder eine Green card warteten. Er war ein untersetzter Mann in einem dunklen Anzug, sein korrekt frisiertes Haar war so silbrig wie das von Wesley.

»Freut mich«, sagte er, als wir uns die Hände schüttelten. »Bitte setzen Sie sich. Möchten Sie Kaffee?«

Wesley und ich setzten uns auf eine Couch gegenüber dem Schreibtisch, der bis auf einen Notizblock und Aktenmappen leer war. Auf einer Korkwand hinter Olson waren Zeichnungen, die vermutlich von seinen Kindern stammten, und darüber hing ein großes Siegel des Justizministeriums. Abgesehen von den Bücherregalen und zahlreichen Urkunden wirkte das Büro wie der schlichte Raum eines vielbeschäftigten Menschen, der von seinem Posten oder von sich selbst nicht beeindruckt war.

»Chuck«, begann Wesley, »Sie wissen sicher bereits, daß Dr. Scarpetta unsere beratende forensische Pathologin ist, und obwohl sie bereits in Virginia genug zu tun hat, könnte sie später noch einmal hierhergerufen werden.«

»Gott bewahre«, sagte Olson, denn wenn es eine atomare Katastrophe in England oder sonstwo in Europa gäbe, würde ich eventuell hierhergebracht werden, um beim Umgang mit den Toten zu helfen.

»Könnten Sie ihr daher ein klareres Bild von unseren Sorgen vermitteln«, sagte Wesley.

»Nun«, sagte Olson zu mir, »etwa ein Drittel der Elektrizität in England wird durch Atomkraft erzeugt. Wir befürchten einen ähnlichen Terroranschlag und wissen nicht, ob nicht tatsächlich von denselben Leuten schon einer geplant ist.«

»Aber die Neuen Zionisten sitzen in Virginia«, sagte ich. »Heißt das, daß sie internationale Verbindungen haben?«

»Sie sind nicht die treibende Kraft dabei«, sagte er. »Sie sind nicht diejenigen, die das Plutonium wollen.«

»Wer dann?« sagte ich.

»Libyen.«

»Ich glaube, das weiß die Welt schon eine Weile«, erwiderte ich.

»Nun, jetzt passiert es«, sagte Wesley. »Es passiert in Old Point.«

»Wie Sie zweifellos wissen«, fuhr Olson fort, »will Gaddafi schon sehr lange Atomwaffen und ist bisher bei jedem Versuch gescheitert. Es sieht so aus, als habe er endlich einen Weg gefunden. Er hat die Neuen Zionisten in Virginia ausfindig gemacht, und bestimmt gibt es auch hier Extremisten, die er einsetzen könnte. Hier leben auch viele Araber.«

»Woher wissen Sie, daß es Libyen ist?« fragte ich.

Darauf antwortete Wesley. »Zum einen haben wir Joel Hands Telefonrechnungen durchgesehen, und darin sind zahlreiche Anrufe während der letzten zwei Jahre hauptsächlich nach Tripolis und Bengasi registriert.«

»Aber Sie wissen nicht, ob Gaddafi etwas hier in London plant«, sagte ich.

»Wir haben Angst davor, wie verletzlich wir hier wären. London ist das Sprungbrett nach Europa, nach den USA und dem Mittleren Osten. Es ist ein riesiges Finanzzentrum. Bloß weil Libyen von den USA Feuer stiehlt, heißt das nicht, daß die Vereinigten Staaten das letzte Ziel sind.«

»Feuer?« fragte ich.

»Wie im Prometheus-Mythos. Feuer ist unser Deckname für Plutonium.«

»Ich verstehe«, sagte ich. »Was Sie sagen, macht erschrekkenden Sinn. Erzählen Sie mir, was ich tun kann.«

»Nun ja, wir müssen das Gedankengut dahinter erforschen, wegen der Dinge, die gerade geschehen, und der, die noch geschehen können«, erklärte Olson. »Wir müssen mit der Denkweise dieser Terroristen besser zurechtkommen, und das ist offensichtlich Wesleys Abteilung. Sie müssen uns Informationen beschaffen. Soviel ich weiß, haben Sie einen Kollegen hier, der sich als nützlich erweisen könnte.«

»Wir können nur hoffen«, sagte ich. »Aber ich habe vor, mit ihm zu sprechen.«

»Wie sieht es mit der Sicherheit aus?« fragte Wesley ihn. »Müssen wir ihr jemand mitschicken?«

Olson sah mich sonderbar an, als wolle er meine Stärke abschätzen, als wäre ich nicht ich selber, sondern ein Objekt oder ein Kämpfer, der in den Ring steigen soll.

»Nein«, sagte er. »Ich glaube, sie ist hier absolut sicher, es sei denn, Sie haben andere Informationen.«

»Ich bin nicht ganz sicher«, sagte Wesley, während auch er mich ansah. »Vielleicht sollten wir jemand mitschicken.«

»Auf gar keinen Fall. Niemand weiß, daß ich in London bin«, sagte ich. »Und Dr. Mant ist schon ziemlich abweisend, wenn nicht zu Tode geängstigt, und er wird sicherlich mir gegenüber nicht offen sein, wenn ein anderer dabei ist. Dann war diese Reise umsonst.«

»Gut«, sagte Wesley widerstrebend. »Wir müssen nur immer wissen, wo du bist, und wir dürfen uns nicht später als vier treffen, wenn wir das Flugzeug erwischen sollen.«

»Ich rufe dich an, wenn ich aufgehalten werde«, versprach ich. »Werden Sie hier sein?«

»Wenn wir nicht da sind, wird meine Sekretärin wissen, wo wir zu finden sind«, sagte Olson.

Ich ging in die Lobby hinunter, wo Wasser laut in einen Springbrunnen plätscherte und ein bronzener Lincoln zwischen Wänden thronte, an denen Porträts früherer Repräsentanten der Vereinigten Staaten hingen. Die Wachleute überprüften Reisepässe und Besucher streng. Mich ließen sie mit kühlen Blicken passieren, und ich spürte, wie sie mir mit den Augen zur Tür hinaus folgten. Auf der Straße, an diesem kalten, feuchten Vormittag, winkte ich nach einem Taxi und nannte dem Fahrer eine Adresse, die nicht weit weg in Belgravia, in der Nähe des Eaton Square war.

Die alte Mrs. Mant hatte in Ebury Mews in einem dreigeschossigen Stadthaus gewohnt, das in Apartments aufgeteilt worden war. Ihr Gebäude war stuckverziert, mit hohen roten Schornsteinen auf dem scheckigen Schindeldach. Die Fenstersimse waren geschmückt mit Narzissen, Krokussen und Efeu. Ich ging in den zweiten Stock und klopfte an ihre Tür, aber es war nicht mein Stellvertreter, der mir aufmachte. Die matronenhafte Frau, die mich anblinzelte, schaute so verwirrt drein wie ich.

»Entschuldigen Sie«, sagte ich zu ihr. »Ich vermute, die Wohnung ist schon verkauft worden.«

»Nein, tut mir leid. Sie steht überhaupt nicht zum Verkauf«, sagte sie bestimmt.

»Ich suche Dr. Philip Mant«, redete ich weiter. »Ich muß mich wohl in der Tür ...«

»Oh«, sagte sie. »Philip ist mein Bruder.« Sie lächelte freundlich. »Er ist gerade zur Arbeit gegangen. Sie haben ihn knapp verpaßt.«

»Arbeit?« brachte ich nur heraus.

»Oh ja, er geht immer ziemlich genau um diese Zeit aus dem Haus. Um dem Verkehr auszuweichen, wissen Sie. Obwohl ich nicht glaube, daß das möglich ist.« Sie zögerte, war sich plötzlich der Fremden vor ihr bewußt. »Darf ich ihm sagen, wer vorbeigeschaut hat?«

»Dr. Kay Scarpetta«, sagte ich. »Und ich muß ihn unbedingt sprechen.«

»Aber selbstverständlich.« Sie schien genauso erfreut wie überrascht zu sein. »Er hat von Ihnen erzählt. Er mag Sie ungeheuer gern und wird sich riesig freuen, wenn er hört, daß Sie vorbeigekommen sind. Was führt Sie nach London?«

»Ich lasse nie die Gelegenheit aus, einen Abstecher hierher zu machen. Könnten Sie mir sagen, wo ich ihn finden kann?« fragte ich weiter.

»Selbstverständlich. Das amtliche Leichenschauhaus Westminster in der Horseferry Road.« Sie zögerte unsicher. »Ich dachte, er hat Ihnen Bescheid gesagt.«

»Ja.« Ich lächelte. »Und es freut mich sehr für ihn.«

Ich war mir nicht klar, was ich da sagte, aber sie schien sich ebenfalls zu freuen.

»Sagen Sie ihm nicht, daß ich komme«, fuhr ich fort. »Ich möchte ihn überraschen.«

»Oh, das ist wunderbar. Er wird absolut begeistert sein.«

Ich schnappte mir wieder ein Taxi, und dachte darüber nach, wie ich ihre Worte eben zu verstehen hatte. Egal, was Mant für Gründe für sein Tun hatte, ich konnte nicht umhin, leicht wütend zu sein.

»Müssen Sie zum Gericht, Ma'am?« fragte der Fahrer. »Das ist da drüben.« Er wies durch das offene Fenster auf ein hübsches Backsteingebäude.

»Nein, ich muß ins Leichenschauhaus«, sagte ich.

»In Ordnung. Das ist dort drüben. Besser, hineinzugehen als hineingetragen zu werden«, sagte er mit einem heiseren Lachen.

Ich zückte meinen Geldbeutel, als er vor einem Gebäude anhielt, das nach Londoner Maßstäben klein war. Es war aus rotem Backstein mit einem Granitsims und einer seltsamen Brüstung am Dach und umgeben von einem verschnörkelten, schmiedeeisernen Zaun, der rostfarben gestrichen war. Dem Schild am Eingang zufolge war das Leichenschauhaus mehr als hundert Jahre alt, und ich dachte, wie grauenhaft es damals gewesen sein mußte, Gerichtsmedizin zu praktizieren. Die einzigen Zeugen waren die Lebenden, und ich fragte mich, ob die Leute in früheren Zeiten weniger gelogen hatten.

Der Empfangsbereich des Leichenschauhauses war klein, aber nett eingerichtet, wie die Lobby einer ganz normalen Firma. Hinter einer offenen Tür erstreckte sich ein Korridor, und da ich niemanden sah, ging ich in diese Richtung, gerade als eine Frau mit großformatigen Büchern auf dem Arm aus einem Zimmer trat.

»Entschuldigung«, sagte sie verblüfft, »aber hierhin dürfen Sie nicht.«

»Ich suche Dr. Mant«, sagte ich.

Sie trug ein locker sitzendes langes Kleid und einen Pullover und sprach mit schottischem Akzent. »Und wen darf ich melden?« fragte sie höflich.

Ich zeigte ihr meinen Dienstausweis.

»Oh, sehr wohl. Ich verstehe. Dann erwartet er Sie.«

»Das glaube ich nicht«, sagte ich.

»Ach so.« Sie verlagerte die Bücher auf den anderen Arm und war sehr verwirrt.

»Er hat früher in den Staaten bei mir gearbeitet«, sagte ich. »Ich möchte ihn gern überraschen, deshalb würde ich ihn lieber gleich persönlich aufsuchen, wenn Sie mir bloß sagen könnten, wo ich ihn finde.«

»Du liebe Zeit, er müßte jetzt im Verwesungsraum sein. Wenn Sie durch diese Tür hier gehen«, – sie deutete mit dem Kinn in die Richtung – »dann sehen Sie links vom Hauptgang Umkleidekabinen. Da finden Sie alles, was Sie brauchen. Dann wenden Sie sich wieder nach links durch noch ein paar Türen, und dann ist es genau dahinter. Alles klar?« Sie lächelte.

»Vielen Dank«, sagte ich.

Im Umkleideraum zog ich Stiefel, Handschuhe und Gesichtsmaske über und band mir locker einen Kittel um, damit der Geruch nicht an meine Kleidung kam. Ich ging durch einen gekachelten Raum, wo sechs Stahltische und eine Wand voller weißer Kühlkammern blitzten. Die Ärzte trugen Blau, und Westminster hielt sie an diesem Morgen beschäftigt. Sie schauten kaum nach mir, als ich vorbeiging. Am Ende der Halle fand ich meinen Stellvertreter in hohen Gummistiefeln. Er stand auf einem Schemel und arbeitete an einer übel verwesten Leiche, die, wie ich vermutete, eine Weile im Wasser gelegen hatte. Der Gestank war entsetzlich, und ich schloß hinter mir die Tür.

»Dr. Mant«, sagte ich.

Er drehte sich um und schien einen Augenblick lang nicht zu wissen, wer ich war und wo er war. Dann sah er einfach geschockt aus.

»Dr. Scarpetta? Mein Gott, ja, verdammt noch mal.« Er stieg schwerfällig vom Schemel, denn er war nicht gerade klein. »Da bin ich aber überrascht. Ich bin direkt sprachlos!« Er stotterte, und in seinen Augen flackerte Angst auf.

»Ich bin auch überrascht«, sagte ich finster.

»Das kann ich mir gut vorstellen. Kommen Sie. Wir sollten hier bei diesem ziemlich gräßlichen Treibgut nicht reden. Wurde gestern nachmittag in der Themse gefunden. Sieht so aus, als sei sie erstochen worden, aber wir haben ihre Identität noch nicht. Wir sollten in den Aufenthaltsraum gehen«, sprach er nervös weiter.

Philip Mant war ein reizender alter Herr, dem man unmöglich gram sein konnte. Er hatte dichtes, weißes Haar und buschige Brauen über wachsamen, blassen Augen. Er führte mich um die Ecke zu den Duschen, wo wir unsere Füße desinfizierten, Handschuhe und Masken abstreiften und die Arbeitskittel in einen Mülleimer stopften. Dann gingen wir in den Aufenthaltsraum, der auf den Parkplatz hinausblickte. Wie alles andere in London hatte auch der abgestandene Rauch in diesem Zimmer eine lange Geschichte.

»Darf ich Ihnen etwas anbieten?« fragte er, während er eine Schachtel Players herauszog. »Ich weiß, daß Sie nicht mehr rauchen, also werde ich Ihnen keine Zigarette anbieten.«

»Ich brauche überhaupt nichts, bis auf ein paar Antworten von Ihnen«, sagte ich.

Seine Hände zitterten leicht, als er ein Streichholz anzündete.

»Dr. Mant, was in Gottes Namen tun Sie hier?« begann ich. »Sie sollten in London sein, weil Sie einen Todesfall in der Familie hatten.«

»Hatte ich. Zufälligerweise.«

»Zufälligerweise?« sagte ich. »Und was heißt das?«

»Dr. Scarpetta, ich hatte sowieso die Absicht wegzugehen, und dann starb plötzlich meine Mutter, und das erleichterte mir die Wahl des Zeitpunkts.«

»Dann hatten Sie gar nicht vor zurückzukehren«, sagte ich aufgebracht.

»Es tut mir ausgesprochen leid. Aber, nein, ich hatte nicht vor, zurückzukommen.« Er schnippte taktvoll Asche weg.

»Sie hätten es mir wenigstens sagen können, damit ich mich schon nach einem Nachfolger hätte umsehen können. Ich habe immer wieder versucht, Sie anzurufen.«

»Ich habe es Ihnen nicht gesagt und Sie nicht zurückgerufen, weil ich nicht wollte, daß die es erfahren.«

»Die?« Das Wort hing in der Luft. »Wen genau meinen Sie, Dr. Mant?«

Er war sehr sachlich, er rauchte, hatte die Beine übereinandergeschlagen, wobei sein Bauch sich rundlich über seinen Gürtel schob. »Ich habe keine Ahnung, wer sie sind, aber sie wissen genau, wer wir sind. Das hat mich aufgeschreckt. Ich kann Ihnen genau sagen, wann alles anfing. Am 13. Oktober, und Sie erinnern sich vielleicht an den Fall, oder auch nicht.«

Ich hatte keine Ahnung, wovon er sprach.

»Also, die Navy hat die Autopsie durchgeführt, weil der Tote auf ihrem Schiffsfriedhof in Norfolk gefunden worden war.«

»Der Mann, der unglücklicherweise in einem Trockendock zerquetscht wurde?« Ich erinnerte mich schwach.

»Genau der.«

»Sie haben recht. Das war ein Fall für die Navy, nicht für uns«, sagte ich, während ich schon ahnte, was er zu sagen hatte. »Erklären Sie mir, was das mit uns zu tun hat.«

»Wissen Sie, das Rettungsteam hat einen Fehler gemacht«, fuhr er fort. »Statt die Leiche ins Marinekrankenhaus in Portsmouth zu bringen, wo sie hingehörte, brachten sie sie zu mir, und der junge Danny hatte keine Ahnung. Er fing an, Blut abzunehmen, die Formulare auszufüllen, all diese Sachen, und dabei fand er etwas äußerst Ungewöhnliches unter den Habseligkeiten des Verstorbenen.«

Ich merkte, daß er von Danny nichts wußte.

»Das Opfer hatte eine Segeltuchtasche dabei«, fuhr er fort. »Und die vom Rettungsteam hatten sie einfach auf die Leiche gelegt und alles mit einer Plane abgedeckt. Das mag ein Schnitzer gewesen sein, aber wenn das nicht passiert wäre, hätten wir keinen Anhaltspunkt gehabt, schätze ich.«

»Was für einen Anhaltspunkt?«

»Dieser Kerl hatte offenbar eine ziemlich düstere Bibel, die, wie ich später erst herausfand, mit einem Kult zu tun hatte. Den Neuen Zionisten. Ein absolut schreckliches Ding, dieses Buch, beschreibt in allen Einzelheiten Folter, Mord und so. Es war in meinen Augen entsetzlich verstörend.«

»Hieß es das *Book of Hand?*« fragte ich.

»Aber ja.« Seine Augen leuchteten auf. »So hieß es.«

»War es in schwarzes Leder gebunden?«

»Ich glaube, ja. Mit einem Namen darauf, der merkwürdigerweise nicht der des Verstorbenen war. Shapiro oder so ähnlich.«

»Dwain Shapiro.«

»Ja«, sagte er. »Dann wissen Sie bereits davon.«

»Ich weiß von dem Buch, aber nicht, warum dieser Mensch es besaß. Sein Name war sicher nicht Dwain Shapiro.«

Er hielt inne und rieb sich das Gesicht. »Ich glaube, er hieß Catlett.«

»Aber er könnte Dwain Shapiros Mörder gewesen sein«, sagte ich. »So könnte er in den Besitz der Bibel gekommen sein.«

Mant wußte es nicht. »Als ich erkannte, daß wir in unserer Leichenhalle einen Fall für die Navy hatten«, sagte er, »ließ ich Danny die Leiche nach Portsmouth transportieren. Die Habseligkeiten des armen Mannes hätten eindeutig mit ihm abgeliefert werden sollen.«

»Aber Danny hat das Buch behalten«, sagte ich.

»Ich fürchte, ja.« Er beugte sich vor und drückte die Zigarette in einem Aschenbecher auf dem kleinen Tisch aus.

»Warum hat er das getan?«

»Ich bin zufällig in sein Büro gekommen und habe es entdeckt, und dann fragte ich ihn, warum um alles in der Welt er es behalten hatte. Seine Erklärung lautete, daß er sich fragte, ob nicht jemand das Buch am Tatort einfach zufällig mitgenommen hatte, da es den Namen eines anderen trug. Daß vielleicht auch die Tasche jemand anderem gehörte.« Er hielt inne. »Wissen Sie, er war noch ziemlich neu, und ich denke, er hat einfach nur in gutem Glauben gehandelt.«

»Sagen Sie mir eines«, meinte ich. »Haben damals irgendwelche Reporter im Büro angerufen oder Sie aufgesucht? Hat sich beispielsweise jemand nach dem Mann erkundigt, der auf dem Schiffsfriedhof zu Tode gequetscht worden war?«

»Oh ja. Mr. Eddings ist aufgetaucht. Ich erinnere mich daran, weil er ziemlich scharf darauf war, jede Einzelheit in Erfahrung zu bringen, was mich etwas verwunderte. Meines Wissens hat er nie darüber geschrieben.«

»Könnte Danny mit Eddings gesprochen haben?«

Mant starrte gedankenverloren vor sich hin. »Ich glaube, ich habe die beiden miteinander reden sehen. Aber Danny war sicher klug genug, ihm nichts anzuvertrauen.«

»Könnte er Eddings das Buch gegeben haben, in der Annahme, Eddings würde an einem Artikel über die Neuen Zionisten arbeiten?«

»Das weiß ich nicht genau. Ich sah das Buch nie wieder und nahm an, daß Danny es der Navy zurückgegeben hatte. Ich vermisse den Jungen. Wie geht es ihm übrigens? Was macht sein Knie? Ich hab ihn Hoppler genannt, wissen Sie.« Er lachte.

Aber weder beantwortete ich seine Frage, noch lächelte ich. »Sagen Sie mir, was danach geschah. Was hat Ihnen angst gemacht?«

»Sonderbare Vorkommnisse. Anrufer, die gleich wieder auflegten. Ich hatte das Gefühl, verfolgt zu werden. Mein Leichenschauhaus-Aufseher ist ganz abrupt, wie Sie sich erinnern, ohne eine vernünftige Erklärung abgehauen. Und als ich eines Tages auf den Parkplatz kam, war Blut über die Windschutzscheibe meines Autos verschmiert. Ich habe es sogar im Labor testen lassen, und es stammte aus einem Metzgerladen. Von einer Kuh, mit anderen Worten.«

»Ich nehme an, Sie haben Detective Roche kennengelernt«, sagte ich.

»Unglücklicherweise. Ich kann ihn überhaupt nicht leiden.«

»Hat er je versucht, von Ihnen Informationen zu erhalten?«

»Er ist immer wieder vorbeigekommen. Natürlich nicht zu Autopsien. Er hat dafür nicht die Nerven.«

»Was hat er wissen wollen?«

»Nun ja, was über den Navy-Toten, von dem wir gesprochen haben. Dazu hatte er Fragen.«

»Hat er sich nach seinen persönlichen Sachen erkundigt?

Der Tasche, die unabsichtlich mit der Leiche zusammen ins Leichenschauhaus kam?«

Mant versuchte, sich zu erinnern. »Also, wo Sie nun in meinem eher armseligen Gedächtnis herumstochern, scheint mir, ich kann mich erinnern, daß er nach der Tasche gefragt hat. Und ich habe ihn an Danny verwiesen, glaube ich.«

»Aber Danny hat sie ihm eindeutig nie gegeben«, meinte ich. »Oder zumindest nicht das Buch, weil das inzwischen aufgetaucht ist.«

Ich sagte ihm nicht wie, weil ich ihn nicht aufregen wollte.

»Dieses verdammte Buch muß für irgend jemanden schrecklich wichtig sein«, sinnierte er.

Ich schwieg, während er wieder rauchte. Dann meinte ich: »Warum haben Sie mir nichts gesagt? Warum sind Sie einfach davongerannt und haben nie ein Wort gesagt?«

»Ehrlich gesagt wollte ich Sie nicht dahineinziehen. Und es klang alles ziemlich fantastisch.« Er hielt inne, und ich sah seinem Gesicht an, daß er spürte, daß andere schlimme Dinge seit seinem Weggang aus Virginia geschehen waren. »Dr. Scarpetta, ich bin kein junger Mann mehr. Ich will nur in Frieden noch ein bißchen meiner Arbeit nachgehen, bevor ich in den Ruhestand trete.«

Ich wollte ihn nicht weiter kritisieren, weil ich Verständnis für sein Tun hatte. Ich konnte ihm ehrlich keine Vorwürfe machen und war froh, daß er geflohen war, denn er hatte womöglich sein Leben damit gerettet. Ironischerweise hatte er nichts von Bedeutung gewußt, und wäre er ermordet worden, wäre das grundlos geschehen, so wie es für den Mord an Danny keinen Grund gab.

Dann sagte ich ihm die Wahrheit, während ich die Bilder von einer Knieschiene, die so hellrot wie Blut war, und von Laub und Unrat zu verdrängen suchte, die an blutverkrustetem Haar hafteten. Ich erinnerte mich an Dannys strahlendes Lächeln, und nie würde ich die kleine weiße Tüte vergessen, die er aus dem Café am Hügel mitgenommen hatte, wo ein Hund die halbe Nacht gebellt hatte. Im Geist würde ich immer die Trauer und die Furcht in seinen Augen sehen, als er mir bei dem ermordeten Ted Eddings half, den er, wie mir jetzt klar war, gekannt hatte. Unbeabsichtigt hatten die beiden jungen Männer einander gegenseitig ihrem gewaltsamen Ende einen Schritt näher gebracht.

»Mein Gott. Der arme Junge«, konnte Mant nur herausbringen. Er bedeckte seine Augen mit einem Taschentuch, und als ich ihn verließ, weinte er immer noch.

15

Wesley und ich flogen noch in derselben Nacht zurück nach New York und trafen früh ein, weil wir Rückenwinde von mehr als hundert Knoten gehabt hatten. Wir holten unser Gepäck und gingen durch den Zoll, und dann erwartete uns wieder derselbe Wagen für die Fahrt zum Privatflughafen, wo der Learjet bereitstand.

Es war plötzlich warm und regnerisch geworden, und wir flogen zwischen kolossalen schwarzen Wolken hindurch, die wie Ambosse waren, auf denen gewalttätige Gedanken geschmiedet wurden. Das Gewitter krachte und blitzte, als wir dahindurchflogen, wie durch eine Himmelsfehde. Ich war über den gegenwärtigen Stand der Dinge ein wenig unterrichtet worden, und es überraschte mich nicht, daß das FBI einen Außenposten eingerichtet hatte, wie die Polizei und die Rettungsmannschaften.

Lucy war von ihrem Einsatz zurückberufen worden, hörte ich zu meiner Erleichterung, und arbeitete wieder in der Engineering Research Facility oder ERF, wo sie in Sicherheit war. Doch erst, als wir die Academy erreichten, erzählte mir Wesley, daß sie mit dem Rest des HRT in Bereitschaft versetzt worden war und nicht lange in Quantico bleiben würde.

»Kommt nicht in Frage«, sagte ich zu ihm, wie eine Mutter, die ihre Erlaubnis verweigerte.

»Ich fürchte, dabei hast du nichts zu sagen«, erwiderte er.

Er half mir, meine Tasche durch die Lobby des Jefferson zu tragen, die an diesem Samstagabend ganz leer war. Wir winkten den jungen Frauen an der Rezeption zu, während wir uns weiterstritten.

»Um Gottes Willen«, fuhr ich fort, »sie ist ganz neu. Ihr könnt sie nicht mitten in eine atomare Krise werfen.«

»Wir werfen sie nirgendwo hinein.« Er drückte Glastüren auf. »Wir brauchen nur ihre technischen Fähigkeiten. Sie wird nicht zu den Scharfschützen gehen oder aus Flugzeugen abspringen.«

»Wo ist sie jetzt?« fragte ich, als wir in den Aufzug stiegen.

»Hoffentlich im Bett.«

»Oh.« Ich schaute auf meine Uhr. »Ich schätze, es ist Mitternacht. Ich habe gedacht, es wäre schon morgen und ich sollte aufstehen.«

»Ich weiß. Ich bin auch durcheinander.«

Unsere Blicke trafen sich, und ich schaute weg. »Ich denke, wir sollten so tun, als wäre nichts geschehen«, sagte ich mit leicht unsicherer Stimme, denn wir hatten nicht über das gesprochen, was zwischen uns vorgefallen war.

Wir gingen in den Flur, und er gab einen Code ein. Ein Schloß ging auf, und er öffnete eine weitere Glastür.

»Was würde es nützen, wenn wir uns und anderen was vormachen?« sagte er, während er wieder einen Code eingab und eine weitere Tür öffnete.

»Dann sag mir, was du tun willst«, meinte ich.

Wir befanden uns im Sicherheitstrakt, wo ich gewöhnlich wohnte, wenn Arbeit oder Gefahr mich über Nacht hier festhielten. Er trug meine Taschen ins Schlafzimmer, während ich die Vorhänge an dem großen Fenster im Wohnzimmer zuzog. Die Ausstattung war bequem, aber schlicht, und als Wesley nicht antwortete, fiel mir ein, daß es wahrscheinlich nicht sicher war, an diesem Ort, wo zumindest die Telefone abgehört wurden, intime Angelegenheiten zu besprechen. Ich folgte ihm in den Flur und wiederholte meine Frage.

»Hab Geduld«, sagte er und sah traurig aus, oder vielleicht war er nur müde. »Schau, Kay, ich muß nach Hause. Morgen früh haben wir als erstes eine Lufterkundung mit Marcia Gradecki und Senator Lord.«

Gradecki war die amerikanische Justizministerin, und Frank Lord war der Vorsitzende des Justizausschusses und ein alter Freund.

»Ich möchte dich gern dabei haben, da du insgesamt mehr als alle anderen über das zu wissen scheinst, was da vorgeht. Vielleicht kannst du ihnen erklären, wie sehr diese Hohlköpfe an ihre Bibel glauben. Daß sie dafür morden. Daß sie dafür sterben werden.«

Er seufzte und rieb sich die Augen. »Und wir müssen darüber reden, wie wir, Gott bewahre, mit den kontaminierten Toten umgehen sollen, wenn diese verdammten Arschlöcher beschließen, die Reaktoren in die Luft zu jagen.« Er sah mich wieder an. »Wir können es lediglich probieren«, sagte er, und ich wußte, daß er sich auf mehr als die gegenwärtige Krise bezog.

»Das tue ich ja, Benton«, sagte ich und ging wieder in meine Gemächer.

Ich rief bei der Vermittlung an und bat sie, in Lucys Zimmer anzuläuten, und als keine Antwort kam, wußte ich, was das hieß. Sie war in der ERF, und dort konnte ich nicht anrufen, weil ich nicht wußte, wo in diesem fußballfeldgroßen Gebäude sie sich aufhielt. Und so zog ich meinen Mantel an und ging aus dem Jefferson, weil ich nicht schlafen konnte, bevor ich nicht meine Nichte gesehen hatte.

Die ERF hatte ihre eigenen Wachtposten, nicht weit von dem am Eingang zur Academy, und die meisten FBI-Polizisten kannten mich mittlerweile recht gut. Der diensthabende Wachmann sah überrascht aus, als ich auftauchte, und er kam heraus, um zu schauen, was ich wollte.

»Ich glaube, meine Nichte arbeitet noch spät«, begann ich zu erklären.

»Ja, Ma'am. Ich habe sie vorhin reingehen sehen.«

»Gibt es eine Möglichkeit, sie zu erreichen?«

»Hm.« Er runzelte die Stirn. »Haben Sie vielleicht eine Ahnung, in welchem Bereich sie sich wohl aufhält?«

»Vielleicht im Computerraum.«

Er probierte es, ohne Erfolg. Dann sah er mich an. »Es ist wohl wichtig.«

»Ja, allerdings«, ging ich dankbar darauf ein.

Er hob das Funkgerät an den Mund.

»Einheit zweiundvierzig an Zentrale«, sprach er.

»Zweiundvierzig, kommen.«

»Könnten Sie mich am Tor der ERF aufsuchen?«

»Ten-four.«

Wir warteten auf das Eintreffen des Wachmanns, und er ging in das Häuschen, während sein Kollege mich ins Gebäude ließ. Für eine Weile durchschritten wir lange, leere Flure, probierten es an versperrten Türen, die zu Maschinenräumen und Laboratorien führten, wo meine Nichte sein konnte. Nach etwa fünfzehn Minuten hatten wir Glück. Er versuchte es an einer Tür, die sich in einen großflächigen Raum öffnete, der eine Zauberwerkstatt wissenschaftlicher Aktivität war.

Im Zentrum all dessen war Lucy, die einen Datenhandschuh und einen Cyberhelm trug, der mit langen, dicken Kabeln verbunden war, die sich über den Boden ringelten.

»Kommen Sie zurecht?« fragte mich der Wachmann.

»Ja«, antwortete ich. »Haben Sie vielen Dank.«

Mitarbeiter in Laborkitteln und Overalls waren an Computern, Interface-Einrichtungen und großen Bildschirmen beschäftigt, und sie alle sahen mich eintreten. Doch Lucy war blind. Sie war eigentlich nicht in diesem Raum, sondern in der von den Kathodenstrahlröhren vor ihren Augen erzeugten Welt, wo sie einen virtuellen Spaziergang auf einem Steg, vermutlich im Atomreaktor Old Point, unternahm.

»Ich werde jetzt heranzoomen«, sagte sie gerade, während sie einen Knopf an ihrem Handschuh drückte.

Der Bereich auf dem Bildschirm wurde auf einmal größer, als die Gestalt, die Lucy war, an einer steilen Gittertreppe stehen blieb.

»Scheiße, ich zoome raus«, sagte sie ungeduldig. »Das funktioniert auf keinen Fall.«

»Ich verspreche, das tut es«, sagte ein junger Mann, der einen großen, schwarzen Kasten überwachte. »Aber es ist vertrackt.«

Sie nahm eine weitere Angleichung vor. »Ich weiß nicht, Jim, sind es die hochsensiblen Daten, oder liegt es an mir?«

»Ich glaube, es liegt an dir.«

»Vielleicht werde ich cyberkrank«, sagte meine Nichte dann, als sie sich zwischen Förderbändern und riesigen Turbinen, wie mir schien, bewegte, die ich auf dem Bildschirm sehen konnte.

»Ich schau mir mal den Algorithmus an.«

»Weißt du«, sagte sie, während sie eine virtuelle Treppe hinabstieg, »vielleicht sollten wir es bloß in C-Code eingeben und von einer Verzögerung von vierunddreißig auf dreihundertundvier Mikrosekunden gehen und so weiter.«

»Ja. Die Transfersequenzen sind weg«, sagte jemand anderes. »Wir müssen die Zeitschlaufen anpassen.«

»Wir können uns nicht den Luxus leisten, das hier zu sehr zu hätscheln«, ertönte eine weitere Meinung. »Und Lucy, deine Tante ist hier.«

Sie legte eine kurze Pause ein und machte dann weiter, als hätte sie nicht gehört, was die Person gerade gesagt hatte.

»Weißt du, ich werde den C-Code bis morgen früh eingeben. Wir müssen exakt sein, sonst bleibt Toto am Ende stecken oder fällt eine Treppe hinunter. Und dann sind wir völlig am Arsch.«

Toto, konnte ich nur folgern, war der merkwürdige Kugelkopf mit einem Videoauge, der auf einen kastenförmigen Stahlkörper von kaum einem Meter Höhe montiert war. Die Beine bestanden aus Laufketten, die Arme hatten Greifer, und insgesamt erinnerte er mich an einen kleinen, belebten Panzer. Toto stand auf der einen Seite, nicht weit von seiner Herrin, die ihren Helm abnahm.

»Wir müssen die Bio-Adaptoren an diesem Handschuh ändern«, sagte sie, während sie ihn vorsichtig auszog. »Ich bin's gewöhnt, daß ein Finger vorwärts bedeutet und zwei Finger zurück. Nicht umgekehrt. Ich kann mir keine Verwechslung leisten, wenn wir im Einsatz sind.«

»Das ist leicht«, sagte Jim, ging zu ihr und nahm den Handschuh.

Lucy sah irrsinnig aufgedreht aus, als sie mich bei der Tür traf. »Wie bist du reingekommen?« Sie zeigte nicht die Spur von Freundlichkeit.

»Durch einen der Wachmänner.«

»Gut, daß sie dich kennen.«

»Benton hat mir gesagt, daß sie dich hierhergebracht haben, daß das HRT dich braucht«, sagte ich.

Sie sah zu, wie ihre Kollegen weiterarbeiteten. »Die meisten Leute sind schon dort.«

»In Old Point«, sagte ich.

»Wir haben Taucher in der Gegend, Scharfschützen in der Nähe postiert, und Hubschrauber sind in Bereitschaft. Aber das bringt alles nichts, wenn wir nicht mindestens eine Person einschleusen können.«

»Aber offensichtlich bist das nicht du«, sagte ich, denn ich wußte, würde sie etwas anderes behaupten, dann würde ich das gesamte FBI, alle auf einmal, umbringen.

»In gewisser Weise gehe ich schon rein«, sagte meine Nichte. »Ich werde Toto steuern. He, Jim«, rief sie. »Wenn du schon dabei bist, kannst du noch einen Flugbefehl in die Steuerung eingeben.«

»Damit Toto Flügel kriegt«, kicherte einer. »Gute Idee. Wir werden einen schlauen Schutzengel brauchen.«

»Lucy, hast du eine Ahnung, wie gefährlich diese Leute sind?« platzte ich heraus.

Sie sah mich an und seufzte. »Also, was meinst du denn, Tante Kay? Glaubst du, ich bin bloß ein Kind, das mit einem Technobaukasten spielt?«

»Ich glaube, ich kann nicht anders, ich bin einfach sehr besorgt.«

»Wir sollten im Augenblick alle besorgt sein«, sagte sie erschöpft. »Schau, ich muß weiterarbeiten.« Sie sah auf ihre Uhr und atmete lange aus. »Möchtest du eine rasche Übersicht über meinen Plan, damit du zumindest weißt, was abläuft?«

»Bitte.«

»Es fängt damit an.« Sie setzte sich auf den Boden, und ich ließ mich neben ihr nieder, mit dem Rücken gegen die Wand. »Normalerweise wird ein Roboter wie Toto über Funk gesteuert, was in einem Kraftwerk mit soviel Beton und Stahl nie funktionieren würde. Und so habe ich mir etwas Besseres ausgedacht, wie ich meine. In der Hauptsache wird er eine Spule mit Glasfaserkabel tragen, das er wie eine Schneckenspur hinter sich herziehen wird, wenn er sich herumbewegt.«

»Und wo wird er sich herumbewegen?« fragte ich. »Im Kraftwerk?«

»Wir versuchen, das momentan festzulegen«, sagte sie. »Aber viel wird davon abhängen, was geschieht. Wir könnten verdeckt arbeiten, wie etwa zum Sammeln von Informationen. Oder wir könnten schließlich eine offene Aktion haben, wenn zum Beispiel die Terroristen ein Geiseltelefon wollen, worauf wir setzen. Toto muß bereit sein, auf der Stelle überallhin zu gehen.«

»Außer über Treppen.«

»Er bewältigt Treppen. Einige besser als andere.«

»Das Glasfaserkabel wird dein Auge sein?« sagte ich.

»Es wird direkt an meine Datenhandschuhe angeschlossen sein.« Sie hielt beide Hände hoch. »Und ich werde mich so bewegen, als wäre ich an Totos Stelle unterwegs. Die virtuelle Realität wird es mir ermöglichen, aus der Ferne dabei zu sein, damit ich augenblicklich auf alles reagieren kann, was seine Sensoren wahrnehmen. Und übrigens, die meisten sind in dem netten Grauton, den wir ihm verpaßt haben.« Sie deutete auf ihren Freund im Raum. »Seine schlaue Farbe hilft ihm dabei, nicht irgendwo anzurempeln«, fügte sie hinzu, als würde sie etwas für ihn empfinden.

»Ist Janet mit dir zurückgekommen?« fragte ich dann.

»Sie bringt die Geschichte in Charlottesville zu Ende.«

»Zu Ende?«

»Wir wissen, wer in den Computer von CP&L eingebrochen ist«, sagte sie. »Eine wissenschaftliche Assistentin aus der Kernphysik. Da bist du überrascht, was?«

»Wie heißt sie?«

»Loren irgendwas.« Sie rieb sich das Gesicht. »Gott, ich hätte mich nicht hinsetzen sollen. Weißt du, im Cyberspace kann dir echt schwindlig werden, wenn du zu lang drin bleibst. Eben ist mir wirklich beinahe schlecht geworden. Ah.« Sie schnippte mehrmals mit den Fingern. »McComb. Loren McComb.«

»Und wie alt ist sie?« fragte ich, weil mir einfiel, daß Cleta gesagt hatte, der Name von Eddings' Freundin sei Loren.

»Ende Zwanzig.«

»Wo ist sie her?«

»England. Aber eigentlich ist sie Südafrikanerin. Eine Schwarze.«

»Was den schlechten Charakter erklärt, von dem Mrs. Eddings redete.«

»Was?« Lucy sah mich verstört an.

»Wie sieht es mit einer Verbindung zu den Neuen Zionisten aus?« fragte ich.

»Offenbar ist sie über das Netz mit ihnen in Berührung gekommen. Sie ist sehr militant und regierungsfeindlich. Meine Theorie ist, daß sie ihr im Laufe ihrer Kommunikation eine Gehirnwäsche verpaßt haben.«

»Lucy«, sagte ich, »ich glaube, sie war Eddings' Freundin und Informationsquelle, und am Ende dürfte sie den Neuen Zionisten dabei geholfen haben, ihn umzubringen, wahrscheinlich über Captain Green.«

»Warum sollte sie ihm helfen und dann so etwas tun?«

»Vielleicht hat sie geglaubt, daß sie keine andere Wahl hat. Wenn sie ihm Informationen beschafft hat, die Hands Sache hätten schaden können, dann könnte sie in der Überzeugung gehandelt haben, ihnen zu helfen; oder sie ist von ihnen bedroht worden.«

Ich dachte an den Champagner in Eddings' Kühlschrank und fragte mich, ob er vorgehabt hatte, Silvester mit seiner Freundin zu feiern.

»Wie hätte sie ihnen helfen können?« fragte Lucy.

»Sie hat womöglich den Code seiner Alarmanlage gekannt, vielleicht sogar die Kombination seines Safes.« Mein letzter Gedanke war der schlimmste. »Vielleicht war sie in der Nacht seines Todes bei ihm. Was das betrifft, wissen wir nicht, ob nicht sie ihn vergiftet hat. Schließlich ist sie Wissenschaftlerin.«

»Verdammt.«

»Ich nehme an, du hast sie verhört«, sagte ich.

»Das hat Janet getan. McComb behauptet, sie sei vor etwa achtzehn Monaten im Internet auf eine Notiz in einer Bulletinseite gestoßen. Angeblich soll ein Produzent an einem Film gearbeitet haben, der mit Terroristen zu tun hatte, die ein Atomkraftwerk stürmen, damit sie die gleiche Situation wie in Nordkorea schaffen und waffenfähiges Plutonium bekommen könnten und so weiter und so weiter. Dieser angebliche Produzent brauchte technische Hilfe, für die er bezahlen wollte.«

»Hat sie einen Namen genannt?« fragte ich.

»Er hat sich immer ›Alias‹ genannt, als wolle er, daß man ihn für einen berühmten Mann hielt. Sie hat gedacht, sie hätte das große Los gezogen, und so fing die Beziehung an. Sie schickte ihm Informationen aus Diplomarbeiten, an die sie durch ihre Assistentenstelle herankam. Sie gab diesem Alias-Arschloch jedes Rezept, das du dir denken kannst, um am Ende Old Point zu stürmen und Brennelemente an die Araber zu verschiffen.«

»Wie sieht es mit der Herstellung von Kästen aus?«

»Richtig. Klau tonnenweise abgereichertes Uran aus Oak Ridge. Schick es in den Irak, nach Algerien, egal wohin, und laß es in Hundertfünfundzwanzig-Tonnen-Kästen umbauen. Dann werden sie wieder hierher verschifft, wo sie bis zum großen Tag gelagert werden. Dann hat sie sich ausführlich darüber ausgelassen, wann sich das Uran in einem Reaktor in Plutonium umwandelt.« Lucy unterbrach sich und sah zu mir rüber. »Sie behauptet, es wäre ihr nie in den Sinn gekommen, daß sie sich mit etwas Realem beschäftigt hat.«

»Und war es real für sie, als sie sich in den Computer von CP&L eingeloggt hat?«

»Das ist etwas, das sie nicht erklären kann, genausowenig wie sie ein Motiv angeben will.«

»Das Motiv ist wohl einfach«, sagte ich. »Eddings war an allen Anrufen in arabische Länder interessiert, die bestimmte

Leute gemacht haben dürften. Und er hat seine Liste über den Zugang in Pittsburgh bekommen.«

»Du glaubst nicht, sie hätte einsehen müssen, daß es den Neuen Zionisten wenig gefallen würde, wenn sie ihrem Freund half, der zufällig Reporter war?«

»Ich glaube, das war ihr egal«, sagte ich wütend. »Ich vermute, sie hat das Drama genossen, für beide Seiten zu spielen. Damit allein muß sie sich schon sehr wichtig gefühlt haben, was ihr in ihrer ruhigen akademischen Welt wahrscheinlich noch nicht untergekommen ist. Ich bezweifle, ob die Realität sie eingeholt hat, bevor Eddings bei der NAVSEA, in Captain Greens Büro oder sonstwo herumgeschnüffelt hat; und dann bekamen die Neuen Zionisten Wind davon, daß ihre Quelle, Mrs. McComb, das gesamte Unternehmen bedrohte.«

»Wenn Eddings es herausgefunden hätte«, meinte Lucy, »hätten sie es nie durchziehen können.«

»Sehr richtig«, sagte ich. »Wenn jemand von uns es rechtzeitig herausbekommen hätte, würde das jetzt nicht passieren.« Ich sah einer Frau im Laborkittel zu, wie sie Totos Arme so steuerte, daß sie eine Schachtel aufhoben. »Sag mir«, fragte ich, »wie hat sich Loren McComb benommen, als Janet sie verhört hat?«

»Abgeklärt. Absolut keine Emotionen.«

»Hands Leute sind sehr mächtig.«

»Das stimmt wohl, wenn du in der einen Minute deinem Freund helfen kannst und sie dich in der nächsten dazu verleiten, ihn umzubringen.« Lucy sah ebenfalls ihrem Roboter zu und schien von dem, was sie sah, nicht erfreut zu sein.

»Also, wo auch immer das FBI Mrs. McComb festhält, es ist hoffentlich ein Ort, an dem die Neuen Zionisten sie nicht aufspüren können.«

»Sie ist in Sicherheitsunterbringung«, sagte Lucy, als Toto plötzlich auf seinem Weg stehenblieb und die Schachtel schwer auf den Boden plumpste. »Auf wieviel Umdrehungen pro Minute habt ihr das Schultergelenk eingestellt?« rief sie.

»Acht.«

»Senkt auf fünf. Verdammt.« Sie rieb sich wieder das Gesicht. »Mehr brauchen wir nicht.«

»Also, ich gehe jetzt wieder zurück ins Jefferson«, sagte ich und stand auf.

Sie blickte mich sonderbar an. »Übernachtest du wie üblich im Sicherheitstrakt?« fragte sie.

»Ja.«

»Ich schätze, das tut nichts zur Sache, aber dort ist auch Loren McComb untergebracht«, sagte sie.

Tatsächlich befanden sich meine Räumlichkeiten neben ihren, aber im Gegensatz zu mir war sie eingeschlossen. Als ich mich im Bett aufsetzte, um noch ein bißchen zu lesen, konnte ich ihren Fernseher durch die Wand hören. Ich hörte, wie sie durch die Programme zappte, und erkannte dann die Klänge von »Star Trek«. Sie schaute sich die Wiederholung einer alten Folge an.

Für einige Stunden waren wir nur ein paar Meter voneinander entfernt, doch sie wußte es nicht. Ich stellte sie mir vor, wie sie Salzsäure und Zyankali in einer Flasche mischte und Gas in den Einsaugstutzen des Kompressors einleitete. Fast gleichzeitig mußte der lange, schwarze Schlauch im Wasser heftig gezuckt haben, und dann hatte ihn wohl nur noch die träge Strömung des Flusses bewegt.

»Sieh das im Schlaf«, sagte ich zu ihr, obwohl sie mich nicht hören konnte. »Für den Rest deines Lebens sollst du das im Schlaf sehen. Jede einzelne verdammte Nacht.« Zornig schaltete ich meine Lampe aus.

16

Früh am nächsten Morgen lag dichter Nebel unter meinen Fenstern, und in Quantico war es ruhiger als sonst. Ich hörte keinen einzigen Schuß von den Schießanlagen, und es schien, als würden die Marines ausschlafen. Als ich durch die doppelten Glastüren zu den Aufzügen ging, hörte ich, wie die Sicherheitsschlösser an der Tür neben meinem Zimmer klickten.

Ich drückte den Abwärts-Knopf und schaute mich um. Zwei Agentinnen in Hosenanzügen flankierten eine hellhäutige Schwarze, die mir direkt ins Gesicht starrte, als wären wir einander schon begegnet. Loren McComb hatte herausfordernde dunkle Augen, und sie war innerlich von Stolz erfüllt, als wäre das die Quelle, die ihr das Überleben ermöglichte und alles, was sie tat, zum Gedeihen brachte.

»Guten Morgen«, sagte ich unbeteiligt.

»Dr. Scarpetta«, begrüßte mich eine der Agentinnen ernst, als wir vier in den Aufzug traten.

Wir schwiegen bis zum Erdgeschoß, und ich roch die säuerlichen Ausdünstungen der Frau, die Joel Hand das Bombenbasteln beigebracht hatte. Sie trug enge, verwaschene Jeans, Turnschuhe und eine großzügig geschnittene weiße Bluse, die dennoch den eindrucksvollen Körperbau nicht verbergen konnte, der mit zu Eddings' fatalem Irrtum beigetragen haben mußte. Ich stand hinter ihr und ihren Bewacherinnen und sah nur einen schmalen Ausschnitt ihres Gesichts. Sie leckte sich oft die Lippen, starrte stur geradeaus auf Türen, die sich mir nicht schnell genug öffnen konnten.

Das Schweigen breitete sich so dicht aus wie der Nebel draußen, und dann wurden wir ins Erdgeschoß entlassen. Ich ließ mir Zeit mit dem Weggehen und beobachtete die beiden Agentinnen, wie sie McComb abführten, ohne sie mit einem

Finger zu berühren. Das brauchten sie auch nicht, denn wenn nötig, konnten sie das sofort tun. Sie eskortierten Loren McComb über einen Korridor und bogen dann in einen der unzähligen überdachten Flure ab, die Mäusegänge genannt wurden. Ich war überrascht, als sie innehielt, um mich noch einmal anzusehen. Sie begegnete meinem unfreundlichen Blick und ging weiter, einer langen Pilgerreise im Zuchthaus entgegen, wie ich hoffte.

Über eine Treppe erreichte ich die Cafeteria, wo die Flaggen aller Bundesstaaten an den Wänden hingen. Ich traf Wesley in einer Ecke unter Rhode Island.

»Ich habe gerade Loren McComb gesehen«, sagte ich, als ich mein Tablett abstellte.

Er blickte auf seine Uhr. »Sie wird den größten Teil des Tages verhört.«

»Meinst du, sie könnte uns etwas mitteilen, was uns hilft?«

Er schob Salz und Pfeffer zu mir. »Nein. Dazu ist es zu spät«, sagte er bloß.

Ich aß Rühreier und trockenen Toast und trank meinen Kaffee schwarz, während ich neuen Agenten und Cops der National Academy zusah, wie sie sich Omeletts und Waffeln zubereiteten. Einige machten sich Sandwiches mit Speck und Wurst, und ich dachte, wie langweilig es war, alt zu werden.

»Wir sollten aufbrechen.« Ich nahm mein Tablett, denn manchmal lohnte sich eine Mahlzeit nicht.

»Ich bin mit dem Essen noch nicht fertig, Chief.« Er spielte mit seinem Löffel herum.

»Du hast dein Granola verputzt.«

»Ich könnte mir noch was holen.«

»Nein, tust du nicht«, sagte ich.

»Ich bin noch am Überlegen.«

»Na gut.« Ich sah ihn an, neugierig, was er zu sagen hatte.

»Wie wichtig ist dieses Buch von Hand wirklich?«

»Sehr wichtig. Zum Teil begannen die Schwierigkeiten ja

erst, als Danny eines an sich nahm und es wahrscheinlich Eddings gab.«

»Warum hältst du es für so wichtig?«

»Du bist der Psychologe. Du solltest es wissen. Es sagt uns, wie sie sich verhalten werden. Das Buch macht sie durchschaubar.«

»Ein erschreckender Gedanke«, sagte er.

Um neun Uhr schritten wir an den Schießständen vorbei zu einer Grasfläche neben dem Reifenhaus, das dem HRT für genau die Manöverübungen gedient hatte, die jetzt wichtig waren. An diesem Morgen war niemand zu sehen, sie waren alle in Old Point, bis auf unseren Piloten, Whit. Er war schweigsam wie immer und stand in seinem schwarzen Fliegerdress neben einem weißblauen Bell 222, einem zweimotorigen Firmenhubschrauber von CP&L.

»Whit.« Wesley nickte ihm zu.

»Guten Morgen«, sagte er, als wir an Bord gingen.

Der Hubschrauber hatte vier Sitze, und es sah aus wie in der Kabine eines kleinen Flugzeuges. Der Copilot studierte eifrig eine Landkarte. Senator Lord war völlig in seine Lektüre vertieft, die Justizministerin ihm gegenüber ebenfalls mit Schriftstücken beschäftigt. Sie waren in Washington abgeholt worden und sahen nicht danach aus, als hätten sie in den letzten Nächten viel Schlaf gefunden.

»Wie geht es dir, Kay?« Der Senator blickte nicht auf.

Er trug einen dunklen Anzug und ein weißes Hemd mit einem steifen Kragen. Seine Krawatte war dunkelrot, und auf seinen Manschettenknöpfen war das Senatsemblem. Marcia Gradecki hingegen trug ein schlichtes blaßblaues Kostüm und Perlen. Sie war eine ehrfurchtgebietende Frau, attraktiv, weil sie Stärke und Dynamik ausstrahlte. Obwohl ihr Aufstieg in Virginia begonnen hatte, waren wir uns bis heute nicht begegnet.

Wesley machte uns miteinander bekannt, während der

Hubschrauber sich in einen vollkommen blauen Himmel erhob. Wir flogen über gelbe Schulbusse hinweg, die um diese Tageszeit leer waren, dann wichen die Gebäude rasch Sümpfen mit Entenkolonien und ausgedehnten Waldgebieten. Das Sonnenlicht malte Pfade durch die Baumwipfel, und als wir dem James River folgten, flog unser Spiegelbild uns übers Wasser hinterher.

»Gleich überfliegen wir Governor's Landing«, sagte Wesley. Wir brauchten nur, wenn wir mit den Piloten sprechen wollten, Kopfhörer, für Gespräche untereinander nicht. »Das ist der Immobilienarm von CP&L, und dort lebt auch Brett West. Er ist der Vizepräsident, dem die Betriebsleitung untersteht, und er wohnt in einem Neunhunderttausend-Dollar-Haus dort unten.« Er schwieg, während alle hinunterschauten. »Sie können es schon sehen. Dort. Das große Haus mit dem Pool und dem Basketballfeld dahinter.«

Zu der Siedlung gehörten viele große Häuser mit Pool und ergreifend junger Vegetation. Es gab auch einen Golfplatz und einen Yachtclub, wo, wie wir erfuhren, West ein Boot besaß, das im Augenblick nicht dort war.

»Und wo ist dieser Mr. West?« fragte die Justizministerin, als unsere Piloten nach Norden abdrehten, wo der Chickahominy in den James River mündete.

»Im Augenblick wissen wir es nicht.« Wesley schaute weiter aus dem Fenster.

»Ich nehme an, Sie glauben, er steckt in der Sache mit drin«, sagte der Senator.

»Ohne Frage. Als CP&L nämlich beschloß, ein Bezirksbüro in Suffolk zu eröffnen, bauten sie es auf Grund und Boden, den sie von einem Farmer namens Joshua Hayes gekauft hatten.«

»In seine Computerdaten wurde ebenfalls eingebrochen«, warf ich ein.

»Von der Hackerin«, sagte Gradecki.

»Richtig.«

»Und Sie haben sie in Verwahrung«, sagte sie.

»Ja. Offenbar hatte sie ein Verhältnis mit Ted Eddings, und so ist er dahineingeraten und schließlich ermordet worden.« Wesleys Miene war versteinert. »Also, ich bin davon überzeugt, daß West von Anfang an ein Komplize von Joel Hand war. Sie können jetzt das Bezirksbüro sehen.« Er deutete darauf. »Und wissen Sie was«, fügte er ironisch hinzu, »es liegt direkt neben Hands Gelände.«

Das Bezirksbüro bestand in der Hauptsache aus einem großen Parkplatz mit Nutzfahrzeugen und Zapfsäulen sowie Fertigbauten, auf deren Dächern rot CP&L aufgemalt war. Als wir darüber gekreist und über eine Baumgruppe geflogen waren, sahen wir auf dem Gelände unter uns plötzlich die fünfzig Morgen Land am Nansemond River, wo Joel Hand hinter hohen Metallzäunen lebte, die der Legende nach elektrisch geladen waren.

Seine Siedlung bestand aus einer Anhäufung unterschiedlicher kleinerer Häuser und Baracken; sein eigenes Herrenhaus war verwittert und hatte hohe weiße Säulen. Doch diese Gebäude machten uns keine Sorgen, sondern andere, die wir erblickten, lange Holzschuppen, die wie Lagerhallen aussahen und an Gleisen aufgereiht waren, die zu einem gewaltigen privaten Verladedock mit hohen Kränen am Wasser führten.

»Das sind keine normalen Scheunen«, bemerkte die Justizministerin. »Was ist von seiner Farm verschifft worden?«

»Oder dorthin«, warf der Senator ein.

Ich erinnerte sie an das, was Dannys Mörder auf der Fußmatte meines früheren Mercedes hinterlassen hatte. »Dort könnten die Kästen gelagert worden sein«, fügte ich hinzu. »Die Gebäude sind groß genug, und sie brauchen Kräne und Züge oder Lastwagen.«

»Das würde dann sicherlich eine Verbindung ergeben zwischen den Neuen Zionisten und dem Mord an Danny Webster«, sagte die Justizministerin zu mir, während sie nervös an ihren Perlen fingerte.

»Oder zumindest eine Verbindung zu jemandem, der in den Lagerhallen, wo die Kästen sind, ein- und ausging«, antwortete ich. »Mikroskopisch kleine Partikel abgereicherten Urans wären dort überall, was bedeutet, daß die Kästen tatsächlich mit Uran ausgekleidet sind.«

»Und so könnte diese Person Uran an den Schuhsohlen gehabt haben, ohne es zu wissen«, sagte Senator Lord.

»Ohne Zweifel.«

»Also, wir müssen eine Razzia auf dem Gelände machen und schauen, was wir finden«, meinte er noch.

»Ja, Sir«, pflichtete Wesley bei. »Wenn wir können.«

»Frank, bislang haben sie noch nichts getan, was wir ihnen nachweisen können«, sagte Gradecki zu ihm. »Wir haben keine hinreichenden Verdachtsmomente. Die Neuen Zionisten haben sich noch nicht dazu bekannt.«

»Also, ich weiß doch auch, wie das funktioniert, aber es ist lächerlich«, sagte Lord und schaute hinaus. »Da unten ist niemand, bloß ein paar Hunde, so wie es für mich aussieht. Haben Sie dafür eine Erklärung, wenn die Neuen Zionisten nicht beteiligt sind? Wo sind sie denn alle? Also ich glaube, wir wissen das verdammt genau.«

Dobermann-Pinscher in einem Zwinger bellten und sprangen in die Luft, die von uns aufgewirbelt wurde.

»Herrgott«, sagte Wesley. »Ich habe nie gedacht, daß sie alle in Old Point sein könnten.«

Das hatte ich auch nicht gedacht, und mir kam ein äußerst erschreckender Gedanke.

»Wir sind davon ausgegangen, daß die Zahl der Neuen Zionisten sich in den letzten Jahren nicht verändert hat«, fuhr Wesley fort. »Aber vielleicht ist das nicht der Fall. Vielleicht waren schließlich die einzigen Leute hier diejenigen, die für den Überfall ausgebildet wurden.«

»Und das würde Joel Hand mit einbeziehen.« Ich sah Wesley an.

»Wir wissen, daß er hier lebt«, sagte er. »Ich glaube, es ist sehr gut möglich, daß er im Bus war. Er ist wahrscheinlich mit den anderen zusammen im Kraftwerk. Er ist ihr Anführer.«

»Nein«, sagte ich, »er ist ihr Gott.«

Ein langes Schweigen entstand.

Dann sagte Gradecki: »Das Problem ist, daß er verrückt ist.«

»Nein«, wandte ich ein. »Das Problem ist, daß er es nicht ist. Hand ist böse, und das ist weit schlimmer.«

»Und dieser Fanatismus wird sich auf alles auswirken, was er dort tut«, fügte Wesley hinzu. »Wenn er da drin ist« – er wog seine Worte sorgfältig ab – »dann droht uns noch unverhältnismäßig mehr als eine Flucht mit einer Barkasse voller Brennelemente. Dann könnte das jederzeit zu einem Selbstmordkommando werden.«

»Mit ist nicht klar, warum Sie das sagen«, meinte Gradecki, die das überhaupt nicht hören wollte. »Das Motiv ist eindeutig.«

Ich dachte an das *Book of Hand,* und wie schwer es für einen Uneingeweihten zu begreifen war, wozu ein Mann wie dessen Verfasser fähig war. Ich sah die Justizministerin an, während wir über Reihen alter grauer Tanker und Frachter flogen, bekannt als »Tote Flotte« der Navy. Sie waren im James River verankert, und aus der Ferne sah es aus, als wäre Virginia unter Belagerung, und in gewisser Weise traf das auch zu.

»Ich glaube nicht, daß ich so etwas schon mal gesehen habe«, murmelte sie verwundert, als sie hinabschaute.

»Das sollten Sie aber«, erwiderte Senator Lord. »Ihr Demokraten seid für die Stillegung der halben Flotte der Navy verantwortlich. Wir haben schon gar keinen Platz mehr, um die Schiffe unterzubringen. Sie sind hier und da verteilt, Gespenster ihres früheren Selbst, und sind keinen verdammten Pfifferling wert, wenn wir rasch seetüchtige Schiffe brauchen. Bis sie die alten Kähne wieder flott gemacht haben, wäre der Golfkrieg schon so lange Geschichte wie jener andere Krieg, der hier ausgefochten wurde.«

»Frank, Sie haben sich deutlich genug ausgedrückt«, sagte sie spröde. »Ich glaube, wir haben uns heute vormittag um andere Angelegenheiten zu kümmern.«

Wesley hatte sich Kopfhörer aufgesetzt, um mit den Piloten zu sprechen. Er fragte nach den neuesten Meldungen und lauschte dann lange, während er auf Jamestown und die Fähre hinunterschaute. Als er die Verbindung beendete, machte er eine bedenkliche Miene.

»Wir werden in wenigen Minuten in Old Point sein. Die Terroristen weigern sich immer noch, Kontakt aufzunehmen, und wir wissen nicht, wie viele Opfer es drinnen gegeben hat.«

»Ich höre noch mehr Hubschrauber«, sagte ich.

Wir schwiegen, und da war unüberhörbar der Klang dröhnender Rotoren. Wesley stellte die Sprechverbindung wieder her.

»Hören Sie, verdammt noch mal, die Luftfahrtbehörde sollte diesen Bereich doch sperren.« Er hielt inne und lauschte. »Absolut nicht. Im Umkreis von einer Meile hat niemand Flugerlaubnis ...« Er wurde erneut unterbrochen und lauschte. »Ja, schon recht.« Sein Zorn wuchs. »Herrgott«, rief er, als der Lärm lauter wurde.

Zwei Hueys und zwei Black Hawks dröhnten laut an uns vorbei, und Wesley öffnete den Sicherheitsgurt, als wolle er irgendwohin aufbrechen. Wutentbrannt stand er auf und ging auf die andere Seite der Kabine, um aus dem Fenster zu blicken.

Er stand mit dem Rücken zum Senator, als er mit kaum verhaltenem Zorn sagte: »Sir, Sie hätten die Nationalgarde nicht hinzuziehen sollen. Wir haben hier ein sehr delikates Unternehmen, und wir können uns, ich wiederhole, wir können uns keine Einmischung leisten, weder in unsere Planung noch in unseren Luftraum. Und ich darf Sie daran erinnern, daß hier die Polizei, nicht das Militär zuständig ist. Wir sind doch in den Vereinigten Staaten ...«

Senator Lord schaltete sich ein. »Ich habe sie nicht gerufen und bin völlig Ihrer Meinung.«

»Wer dann?« fragte Gradecki, die Wesleys oberste Vorgesetzte war.

»Womöglich dein Gouverneur«, sagte Lord mit einem Blick zu mir, und ich merkte an seinem Verhalten, daß er auch wütend war. »Er ist imstande, so etwas Dummes zu tun, weil er nur an die nächste Wahl denkt. Schalten Sie mich in sein Büro durch, und zwar sofort.«

Der Senator setzte sich die Kopfhörer auf und scherte sich nicht darum, wer mithörte, als er ein paar Minuten später loslegte.

»Um Gottes willen, Dick, hast du den Verstand verloren?« sagte er zu dem Mann, der Virginias höchstes Staatsamt bekleidete. »Nein, nein, bemüh dich nicht, mir so was zu erzählen«, bellte er. »Du mischst dich da in unsere Operation ein, und wenn es Leben kostet, kannst du sicher sein, daß ich bekanntmache, wer die Schuld ...«

Er verstummte kurz, und während er zuhörte, wurde sein Gesichtsausdruck bedenklich. Dann brachte er weitere überzeugende Argumente vor, während der Gouverneur die Nationalgarde zurückbeorderte. Am Ende landeten ihre Hubschrauber gar nicht, sondern änderten plötzlich ihre Formation und stiegen höher auf. Sie flogen an Old Point vorbei, worauf wir nun sehen konnten. Die Kühltürme aus Beton ragten in die klare blaue Luft.

»Es tut mir schrecklich leid«, entschuldigte sich der Senator bei uns, denn er war vor allem ein Gentleman.

Wir blickten hinab auf Scharen von Polizei- und Einsatzfahrzeugen, Kranken- und Feuerwehrwagen, Satellitenschüsseln und Übertragungswagen. Zu Dutzenden standen Menschen draußen, als wollten sie den herrlich frischen Tag genießen, und Wesley informierte uns, daß dort, wo sie versammelt waren, das Besucherzentrum war, das als Befehlszentrale für den äußeren Ring diente.

»Wie Sie sehen«, erklärte er, »ist es nicht weiter als eine halbe Meile vom Kraftwerk und von dem Hauptgebäude dort entfernt.« Er deutete darauf.

»Im Hauptgebäude ist auch der Kontrollraum?« fragte ich.

»Richtig. Das dreigeschossige helle Backsteingebäude da. Dort sind sie, zumindest die meisten, glauben wir, einschließlich der Geiseln.«

»Nun, dort müssen sie sein, wenn sie etwas mit den Reaktoren vorhatten, etwa sie abzuschalten, was sie ja schon getan haben, wie wir wissen«, bemerkte Senator Lord.

»Und was dann?« fragte die Justizministerin.

»Es gibt Notgeneratoren, damit niemand ohne Strom ist. Und das Kraftwerk selbst hat eine Notstromversorgung«, sagte Lord, ein glühender Verfechter der Atomenergie.

Breite Wasserstraßen liefen an zwei Seiten des Kraftwerks entlang; die eine vom James River, die andere zu einem künstlichen See in der Nähe. Über weite Flächen waren Transformatoren und Stromleitungen verteilt sowie Parkplätze mit vielen Autos, die den Geiseln und den Menschen gehörten, die zu Hilfe geeilt waren. Es schien keinen einfachen Weg zu geben, sich dem Hauptgebäude ungesehen zu nähern, denn jedes Atomkraftwerk ist mit den striktesten Sicherheitsvorkehrungen geplant. Jeder Unbefugte soll ferngehalten werden, und dummerweise gehörten jetzt wir dazu. Ein Einstieg über das Dach etwa würde es erforderlich machen, Löcher in Metall und Beton zu bohren, und das ging nicht ohne das Risiko, entdeckt zu werden.

Ich hatte den Verdacht, daß Wesley möglicherweise über einen Zugang auf dem Wasserweg nachdachte, denn HRT-Taucher könnten unbemerkt sowohl in den Fluß als auch in den See gelangen und über den Kanal sehr nahe an das Hauptgebäude herankommen. Es sah mir danach aus, als könnten sie bis auf zwanzig Meter an die Tür heranschwimmen, die die Terroristen gestürmt hatten, aber wie die Agenten dann an Land unbemerkt bleiben sollten, das konnte ich mir nicht vorstellen.

Wesley äußerte nichts über irgendeinen Plan, denn der Senator und die Ministerin waren zwar Verbündete, sogar Freunde, aber sie waren auch Politiker. Weder das FBI noch die Polizei wollten, daß Washington sich in ihr Unternehmen einschaltete. Was der Gouverneur vorhin getan hatte, war schon schlimm genug.

»Wenn Sie sich nun die großen weißen Übertragungswagen in der Nähe des Hauptgebäudes ansehen«, sagte Wesley, »das ist unsere Befehlszentrale für den inneren Ring.«

»Ich dachte, die gehören zu einem Nachrichtenteam«, kommentierte die Ministerin.

»Dort versuchen wir, eine Verbindung zu Mr. Hand und seinen Spießgesellen herzustellen.«

»Wie?«

»Zunächst einmal möchte ich mit ihnen reden«, sagte Wesley.

»Hat noch niemand mit ihnen gesprochen?« fragte der Senator. »Bislang schienen sie sich überhaupt nicht für uns zu interessieren«, sagte er.

Der Bell 222 senkte sich langsam, aber laut herab, während sich Reporterteams neben einer Landefläche gegenüber des Besucherzentrums versammelten. Wir nahmen unsere Aktenmappen und Taschen und stiegen im starken Wind der Rotoren aus. Wesley und ich schritten rasch und wortlos aus.

Ich blickte nur einmal zurück und sah Senator Lord, von Mikrophonen umgeben, während die mächtigste Juristin unseres Landes gefühlsbetonte Äußerungen von sich gab.

Wir gingen ins Besucherzentrum mit seinen vielen Schautafeln für Schulkinder und Neugierige. Derzeit war der gesamte Bereich zwischen der örtlichen und der bundesstaatlichen Polizei aufgeteilt. Die Beamten tranken Limonade, aßen Fast Food und Snacks neben Plänen und Karten auf Ständern, und ich fragte mich, was jemand von uns anderes tun könnte.

»Wo ist dein Außenposten?« fragte mich Wesley.

»Er sollte bei den Einsatzkräften sein. Ich glaube, ich habe unseren Kühlwagen aus der Luft entdeckt.«

Er ließ seinen Blick schweifen, bis er an der Tür der Herrentoilette hängenblieb, die sich öffnete und wieder zuging. Heraus kam Marino, der sich die Hose hochzog. Ich hatte nicht damit gerechnet, ihn hier zu sehen. Ich hätte gedacht, daß schon seine Angst vor Strahlung Grund genug für ihn gewesen wäre, daheim zu bleiben.

»Ich hole mir einen Kaffee«, sagte Wesley. »Mögt ihr auch einen?«

»Ja. Aber einen doppelten.«

»Danke«, sagte ich und wandte mich dann an Marino. »Das ist der letzte Ort, an dem ich dich vermutet hätte.«

»Siehst du all die Kerle, die hier herumlaufen?« meinte er. »Wir gehören zu einer Einsatztruppe, damit alle zuständigen Behörden jemanden hier haben, der daheim anrufen und Bescheid sagen kann, was, zum Teufel, sich hier abspielt. Letztlich sieht es so aus, daß mein Chef mich dazu verdonnert hat, und nein, ich bin darüber gar nicht begeistert. Und übrigens, ich hab deinen Kumpel, Chief Steels, draußen gesehen, und es wird dich freuen zu hören, daß Roche unter Streichung all seiner Bezüge vom Dienst suspendiert worden ist.«

Ich antwortete nicht, denn Roche war im Augenblick nicht wichtig.

»Da könntest du dich doch ein bißchen besser fühlen«, fügte Marino noch hinzu.

Ich sah ihn an. Sein steifer weißer Kragen hatte einen Schweißrand, und sein Gürtel mit all dem Zeug dran knarrte, wenn er sich bewegte.

»Solange ich hier bin, werde ich mein Bestes tun und dich im Auge behalten. Aber ich wüßte es sehr zu schätzen, wenn du nicht ins Fadenkreuz der geladenen Flinte von irgendeinem dieser Spinner spazieren würdest«, fuhr er fort und strich sich mit der großen, feisten Hand die Haare auf den Hinterkopf.

»Ich würde es auch zu schätzen wissen, wenn ich es nicht täte. Ich muß nach meinen Leuten schauen«, sagte ich. »Hast du sie gesehen?«

»Ja, ja. Fielding ist in dem großen Sattelschlepper, den die Leute vom Bestattungsinstitut für dich gekauft haben. Er hat gerade in der Küche Eier gekocht, als wäre er beim Zelten oder so. Und ein Kühlwagen ist auch da.«

»Gut. Ich weiß genau, wo er ist.«

»Ich werde dich rüberbringen, wenn du willst«, sagte er nonchalant, als würde es ihm nichts ausmachen.

»Ich freue mich, daß du hier bist«, sagte ich, weil ich wußte, daß ich zum Teil der Anlaß dafür war, egal, was er sonst behauptete.

Wesley kam zurück und balancierte einen Teller mit Doughnuts auf den Kaffeebechern. Marino bediente sich, während ich aus den Fenstern in den klaren, kalten Tag blickte.

»Benton«, sagte ich, »wo ist Lucy?«

Er erwiderte nichts, und so wußte ich es. Meine schlimmsten Befürchtungen hatten sich also bewahrheitet.

»Kay, wir müssen alle unseren Job machen.« Seine Augen waren gütig, aber sein Ton war unmißverständlich.

»Natürlich müssen wir das.« Ich stellte meinen Kaffee hin, weil meine Nerven schon angegriffen genug waren. »Ich werde mal nach dem Rechten sehen.«

»Warte mal«, sagte Marino, der gerade mit seinem zweiten Doughnut angefangen hatte.

»Es geht schon.«

»Ja, ja, ich weiß«, sagte er. »Dafür werde ich sorgen.«

»Du mußt wirklich aufpassen da draußen«, sagte Wesley zu mir. »Wir wissen, daß an jedem Fenster einer ist, und sie könnten einfach anfangen zu schießen, wenn sie wollen.«

Ich schaute auf das Hauptgebäude weiter hinten und drückte die Glastür ins Freie auf. Marino war direkt hinter mir.

»Wo ist das HRT?« fragte ich ihn.

»Wo du es nicht sehen kannst.«

»Sprich nicht in Rätseln. Danach ist mir nicht.«

Ich ging forsch drauf los, und weil ich keine Spur von den Terroristen oder ihren Opfern sah, kam mir diese Zerreißprobe wie eine Übung vor. Die Feuerwehrautos, die Kühlwagen und die Rettungsfahrzeuge erschienen mir wie ein Teil einer Notfallübung, und selbst Fielding, der Katastrophenausrüstung in dem großen weißen Sattelschlepper, meinem Außenposten, aufbaute, kam mir unwirklich vor. Er öffnete gerade eine der blauen Armee-Feldkisten mit dem Stempel des Chief Medical Examiner, und darin war alles, von Achtzehner-Nadeln bis zu gelben Beuteln für die persönlichen Habseligkeiten der Toten.

Er schaute zu mir hoch, als wäre ich die ganze Zeit hier gewesen. »Haben Sie eine Ahnung, wo die Pflöcke sind?« fragte er.

»Die sollten in Extra-Kisten mit Beilen, Pinzetten und Metallschwellen sein«, erwiderte ich.

»Also ich weiß nicht, wo die sind.«

»Was ist mit den gelben Leichensäcken?« Ich überprüfte mit einem Blick die im Sattelschlepper aufgestapelten Kisten und Kästen.

»Ich schätze, die werde ich mir alle von der FEMA besorgen müssen«, sagte er. Von der Federal Emergency Management Agency.

»Wo sind die?« fragte ich, weil hier Hunderte von Leuten von zahllosen Behörden und Abteilungen waren.

»Wenn Sie rausgehen, dann sehen Sie deren Sattelschlepper gleich links neben den Leuten aus Fort Lee. Und die FEMA hat auch die bleigefütterten Anzüge.«

»Beten wir, daß wir die nicht brauchen«, sagte ich.

Fielding sagte zu Marino: »Was gibt's Neues von den Geiseln? Weiß man, wie viele die da drin haben?«

»Wir sind nicht ganz sicher, weil wir nicht wissen, wie viele Beschäftigte genau im Gebäude waren«, sagte er. »Aber die Besatzung war klein, als sie zuschlugen, was sicher zu ihrem Plan gehörte. Sie haben zweiunddreißig Leute freigelassen. Wir glauben, es sind noch etwa ein Dutzend drin. Wir wissen nicht, wie viele von denen noch am Leben sind.«

»Mein Gott.« Fieldings Augen blitzten zornig, und er schüttelte den Kopf. »Wenn Sie mich fragen, sollte jedes von diesen Arschlöchern auf der Stelle erschossen werden.«

»Ja, ja, also von mir werden Sie nicht das Gegenteil hören«, meinte Marino.

»Im Augenblick«, sagte Fielding zu mir, »können wir mit fünfzig umgehen. Das ist das Maximum, zwischen dem Laster hier und unserer Leichenhalle in Richmond, die schon ziemlich voll ist. Darüber hinaus ist das Medizincollege in Bereitschaft, wenn wir es für Einlagerungen brauchen.«

»Die Zahnärzte und Radiologen sind auch mobilisiert«, vermutete ich.

»Richtig. Jenkins, Verner, Silverberg, Rollins. Sie sind alle in Bereitschaft.«

Ich roch Eier mit Speck und wußte nicht, ob ich Hunger oder Übelkeit verspürte. »Ich bin über Funk zu erreichen, wenn Sie mich brauchen«, sagte ich und öffnete die Tür des Anhängers.

»Geh nicht so schnell«, beschwerte sich Marino, als wir wieder draußen waren.

»Hast du dir die mobile Befehlszentrale angesehen?« fragte ich. »Der große blauweiße Funkwagen? Ich hab ihn beim Herflug gesehen.«

»Ich glaube nicht, daß wir dorthin wollen.«

»Ich schon.«

»Doc, das ist der innere Ring.«

»Dort ist das HRT«, sagte ich.

»Wir sollten erst mit Benton sprechen. Ich weiß, du suchst Lucy, aber, um Himmels willen, behalte einen klaren Kopf.«

»Ich habe einen klaren Kopf, und ich suche Lucy.« Ich wurde von Minute zu Minute wütender auf Wesley.

Marino legte mir die Hand auf den Arm und hielt mich fest. Wir blinzelten uns im Sonnenlicht an. »Doc«, sagte er, »hör mir zu. Was da abläuft, ist nichts Persönliches. Niemand kümmert es, daß Lucy deine Nichte ist. Sie ist verdammt noch mal FBI-Agentin, und Wesley ist überhaupt nicht verpflichtet, dir über alle ihre Schritte Bericht zu erstatten.«

Ich sagte nichts, und er brauchte auch nichts hinzuzufügen, damit ich die Wahrheit einsah.

»Sei also nicht sauer auf ihn.« Marino hielt immer noch sanft meinen Arm. »Soll ich dir mal was sagen? Mir gefällt es auch nicht. Ich könnte es nicht ertragen, wenn ihr etwas zustößt. Ich weiß nicht, was ich tun würde, wenn einer von euch beiden etwas passierte. Und im Augenblick hab ich etwa soviel Schiß wie noch nie in meinem gottverdammten Scheißleben. Aber ich habe einen Job zu erledigen, und du genauso.«

»Sie ist im inneren Ring«, sagte ich.

Er schwieg kurz. »Komm schon, Doc. Sprechen wir erst mit Wesley.«

Aber dazu kamen wir nicht, denn als wir das Besucherzentrum betraten, sahen wir ihn am Telefon. Sein Ton war von eherner Ruhe, und er stand angespannt da.

»Tun Sie nichts, bis ich dort bin, und es ist äußerst wichtig, daß sie wissen, daß ich unterwegs bin«, sagte er gerade langsam. »Nein, nein, nein. Tun Sie das nicht. Nehmen Sie ein Megaphon, damit niemand in die Nähe kommt.« Er blickte Marino und mich an. »Bleiben Sie dran. Sagen Sie ihnen, es kommt jemand, der ihnen sofort ein Geiseltelefon bringt. Richtig.«

Er legte auf und eilte auf die Tür zu, wir direkt hinter ihm.

»Was, zum Teufel, ist los?« fragte Marino.

»Sie wollen mit uns sprechen.«

»Was haben sie gemacht? Einen Brief geschickt?«

»Einer von ihnen hat aus einem Fenster gerufen«, erwiderte Wesley. »Sie sind sehr aufgeregt.«

Wir schritten rasch am Hubschrauber-Landeplatz vorbei, und mir fiel auf, daß er leer war. Der Senator und die Justizministerin waren schon lange weg.

»Sie haben also noch kein Telefon?« Ich war sehr überrascht.

»Wir haben die Telefone im Gebäude abgestellt«, sagte Wesley. »Sie müssen ein Telefon von uns bekommen, und bis vor einer Minute haben sie keines gewollt. Jetzt wollen sie plötzlich eines.«

»Dann haben sie ein Problem«, sagte ich.

»Das sehe ich auch so.« Marino war außer Atem.

Wesley erwiderte nichts, aber ich sah ihm an, daß er versteinert war, und das kam äußerst selten vor. Die schmale Straße führte uns durch das Meer der Fahrzeuge und Menschen, die darauf warteten zu helfen. Das bräunliche Gebäude wurde immer größer. Der mobile Kommandoposten auf dem Rasen glitzerte in der Sonne, die konischen Kühltürme und der Kühlkanal waren so nahe, daß ich sie mit einem Steinwurf hätte erreichen können.

Ich hatte keinen Zweifel, daß die Neuen Zionisten uns im Visier hatten und den Abzug auslösen konnten, wenn sie wollten, um uns einen nach dem anderen umzulegen. Die Fenster, von denen aus sie uns beobachteten, wie wir vermuteten, waren offen, aber ich konnte hinter den Gittern nichts erkennen.

Wir gingen zur Vorderseite des Funkwagens, wo ein halbes Dutzend Polizisten und Agenten in Zivil um Lucy herumstanden, und ihr Anblick ließ mein Herz beinahe stillstehen. Sie trug eine schwarze Uniform und Stiefel und war wieder wie in der ERF an Kabel angeschlossen. Nur trug sie diesmal zwei Handschuhe, und Toto stand funktionsbereit am Boden, sein dicker Hals mit einer Spule Glasfaser verbunden, lang genug, um ihn bis nach North Carolina zu bringen.

»Es ist besser, wenn wir den Hörer festkleben«, sagte meine Nichte gerade zu Männern, die sie wegen der Cyberbrille vor ihren Augen nicht sehen konnte.

»Wer hat Klebeband?«

»Warte mal.«

Ein Mann in einem schwarzen Overall griff in eine große Werkzeugkiste und warf einem anderen eine Rolle Klebeband zu. Der riß einige Streifen ab und befestigte den Hörer auf der Gabel eines schlichten schwarzen Telefons in einer Schachtel, die fest in den Greifern des Roboters gehalten wurde.

»Lucy«, sagte Wesley. »Ich bin's, Benton Wesley. Ich bin hier.«

»Hi«, sagte sie, und ich konnte ihre Nervosität spüren.

»Sobald du ihnen das Telefon geliefert hast, werde ich zu reden anfangen. Ich möchte nur, daß du weißt, was ich tue.«

»Sind wir bereit?« fragte sie. Sie hatte keine Ahnung, daß ich hier war.

»Dann also los«, sagte Wesley, spannungsgeladen.

Sie drückte einen Knopf auf ihrem Handschuh, und Toto erwachte mit leisem Surren zum Leben, und das eine Auge in seinem kuppelförmigen Hirn drehte sich, als würde es sich wie eine Kameralinse scharfstellen. Sein Kopf schwang herum, als Lucy einen anderen Knopf auf dem Handschuh drückte, und alle sahen in stummer Erwartung zu, wie die Schöpfung meiner Nichte sich plötzlich in Bewegung setzte. Sie bahnte sich auf Gummiketten ihren Weg, das Telefon fest in den Greifern, während sich Glasfaser und Telefonkabel abspulten.

Lucy dirigierte Totos Reise wie ein Orchester, die Arme ausgestreckt zu sanfter Bewegung. Sicher rollte der Roboter über die Straße, über Kies und durch das Gras, bis er so weit weg war, daß einer der Agenten Feldstecher verteilte. Toto, der nun einem Gehweg folgte, erreichte vier Betonstufen, die zum gläsernen Vordereingang des Hauptgebäudes führten, und blieb stehen. Lucy holte tief Luft, während sie ihren Freund aus Metall und Plastik ihre Telepräsenz spüren ließ. Sie drückte einen weiteren Knopf, worauf sich die Greifer mit ihren Armen ausstreckten. Sie ließen das Telefon langsam sinken und stellten es auf der zweiten Stufe ab. Toto wich zurück und schwang herum, und Lucy schickte ihn auf den Heimweg.

Der Roboter war noch nicht weit gekommen, als wir alle sahen, wie die Glastür aufging und ein bärtiger Mann in Khakihose und Sweater schnell heraustrat. Er griff sich das Telefon von der Stufe und verschwand wieder nach drinnen.

»Gute Arbeit, Lucy«, sagte Wesley, der nun sehr erleichtert klang. »Okay, verflucht noch mal, jetzt ruft an«, fügte er hinzu, nicht an uns, sondern an sie gerichtet. »Lucy«, sagte er noch, »wenn du bereit bist, dann komm mit rein.«

»Ja«, antwortete sie, während ihre Arme Toto sicher über jede Senke und Kuppe dirigierten.

Dann stiegen Marino, Wesley und ich die Stufen hoch in die mobile Befehlszentrale, die grau und blau eingerichtet und mit Tischen und Stühlen ausgestattet war. Es gab eine kleine Küche und ein Bad, und die Scheiben waren getönt, damit man hinaus-, aber nicht hineinsehen konnte. Die Funk- und

Computerausrüstung war im hinteren Teil angebracht, und auf fünf Fernsehgeräten liefen bei gedämpfter Lautstärke die großen Sender und CNN. Ein rotes Telefon auf einem Tisch fing an zu klingeln, als wir den Gang entlangschritten. Es klang dringend und fordernd, und Wesley rannte hin, um abzunehmen.

»Wesley«, meldete er sich, während er aus dem Fenster blickte, und drückte zwei Knöpfe, um den Anruf aufzunehmen und uns mithören zu lassen.

»Wir brauchen einen Arzt.« Die Männerstimme klang nach einem weißen Südstaatler, und er atmete schwer.

»Okay, aber Sie werden uns mehr sagen müssen.«

»Verarschen Sie mich nicht!« schrie er.

»Hören Sie.« Wesley wurde ganz ruhig. »Wir verarschen niemanden, klar? Wir wollen helfen, aber ich brauche mehr Informationen.«

»Er ist ins Becken gefallen und ist nun in einer Art Koma.«

»Wer?«

»Was, zum Teufel, geht Sie das an?«

Wesley zögerte.

»Er stirbt. Wir haben den Ort vermint, verstehen Sie? Wir werden Sie zur Hölle schicken, wenn Sie nicht sofort etwas unternehmen!«

Wir wußten, wen er meinte, und so stellte Wesley keine Fragen mehr. Etwas war mit Joel Hand passiert, und ich wollte mir nicht ausmalen, was seine Anhänger tun würden, wenn er starb.

»Reden Sie mit mir«, sagte Wesley.

»Er kann nicht schwimmen.«

»Ich möchte mich vergewissern, daß ich alles begreife. Jemand ist beinahe ertrunken?«

»Hören Sie. Das Wasser ist radioaktiv. Da drin waren die verdammten Brennelemente, kapieren Sie?«

»Er war in einem der Reaktoren.«

Der Mann schrie wieder. »Sparen Sie sich Ihre verdammten Fragen, und bringen Sie jemanden her zum Helfen. Wenn er stirbt, sterben alle. Kapieren Sie das?« sagte er, während durchs Telefon zu hören war, wie laut ein Gewehr losging, und gleichzeitig vom Gebäude her ein Knall ertönte.

Alle erstarrten, und dann hörten wir im Hintergrund Schreien. Ich hatte das Gefühl, mein Herz sprengte die Rippen.

»Wenn Sie mich noch eine Minute warten lassen«, ertönte die aufgeregte Stimme des Mannes wieder in der Leitung, »dann wird der nächste umgebracht.«

Ich ging ans Telefon, und bevor mich jemand daran hindern konnte, sagte ich: »Ich bin Ärztin. Ich muß genau wissen, was geschah, als er ins Reaktorbecken fiel.«

Schweigen. Dann sagte der Mann: »Er ist fast ertrunken, das ist alles, was ich weiß. Wir haben versucht, das Wasser aus ihm herauszupumpen, aber da war er schon ohnmächtig.«

»Hat er Wasser geschluckt?«

»Ich weiß nicht. Vielleicht ja. Etwas ist ihm aus dem Mund gekommen.« Er wurde immer aufgeregter. »Aber wenn Sie nichts unternehmen, Lady, werde ich Virginia in eine gottverdammte Wüste verwandeln.«

»Ich werde Ihnen helfen«, sagte ich. »Aber ich muß noch ein paar Fragen stellen. Wie ist sein Zustand jetzt?«

»Wie ich schon gesagt habe. Er liegt in einer Art Koma.«

»Wo haben Sie ihn hingebracht?«

»In den Raum hier zu uns.« Er klang verängstigt. »Er reagiert auf gar nichts, egal, was wir tun.«

»Ich werde viel Eis und medizinische Ausrüstung mitbringen müssen«, sagte ich. »Dafür werde ich mehrmals hin- und hergehen müssen, wenn ich keine Hilfe bekomme.«

»Besser, Sie sind nicht vom FBI«, sprach er wieder mit lauterer Stimme.

»Ich bin Ärztin hier draußen mit anderen medizinischen Helfern«, sagte ich. »Ich werde jetzt kommen, um Hilfe zu leisten, aber nicht, wenn Sie es mir zu schwer machen.«

Er schwieg. Dann sagte er: »Okay. Aber kommen Sie allein.«

»Der Roboter wird mir beim Tragen helfen. Derselbe, der Ihnen das Telefon gebracht hat.«

Er legte auf, und als ich auch den Hörer sinken ließ, starrten mich Wesley und Marino an, als hätte ich gerade einen Mord begangen.

»Kommt überhaupt nicht in Frage«, sagte Wesley. »Herr im Himmel, Kay! Hast du den Verstand verloren?«

»Du wirst nicht gehen, verdammt noch mal, und wenn ich dich in Polizeigewahrsam nehmen muß«, schloß sich Marino an.

»Ich muß«, sagte ich einfach. »Er stirbt«, fügte ich hinzu.

»Und das ist genau der Grund, warum du dort nicht hinkannst«, rief Wesley aus.

»Er leidet an akuter Strahlenkrankheit, weil er im Becken Wasser geschluckt hat«, sagte ich. »Er ist nicht zu retten. Er wird bald sterben, und dann, glaube ich, wissen wir, was die Konsequenzen sind. Seine Anhänger werden wahrscheinlich die Sprengladungen zünden«, sagte ich zu Wesley, Marino und dem Kommandanten des HRT. »Versteht ihr nicht? Ich habe ihr Buch gelesen. Er ist ihr Messias, und sie werden nicht einfach abziehen, wenn er stirbt. Diese ganze Sache wird zum Selbstmordkommando, wie du vorausgesagt hast.« Ich sah wieder Wesley an.

»Wir wissen nicht, ob sie das wirklich tun«, sagte er zu mir.

»Und du würdest es darauf ankommen lassen, daß sie es nicht tun?«

»Und wenn er zu sich kommt«, sagte Marino. »Hand wird dich erkennen und all seinen Arschgeigen erzählen, wer du bist. Was dann?«

»Er wird nicht zu sich kommen.«

Wesley sah aus dem Fenster, und obwohl es im Funkwagen nicht sehr heiß war, sah er aus, als wären wir im Sommer. Sein Hemd hing feucht an ihm, und er wischte sich ständig über die Stirn. Er wußte nicht, was er machen sollte. Ich hatte eine Idee, und ich glaubte nicht, daß es eine andere Möglichkeit gab.

»Hört mal zu«, sagte ich. »Ich kann Joel Hand nicht retten, aber ich kann ihnen vorgaukeln, daß er nicht tot ist.«

Alle starrten mich an.

Dann sagte Marino: »Was?«

Ich stand unter wachsendem Druck. »Er könnte jede Minute sterben«, sagte ich. »Ich muß sofort da rein und euch genügend Zeit verschaffen, damit ihr auch reinkönnt.«

»Wir kommen da nicht rein«, sagte Wesley.

»Wenn ich erst einmal drin bin, könnt ihr es vielleicht doch«, meinte ich. »Wir können doch den Roboter benutzen, um einen Weg zu finden. Wir bringen ihn da rein, und dann kann er sie lange genug verblüffen und blenden, so daß eure Leute reinkönnen. Ich weiß, daß ihr die Ausrüstung dafür habt.«

Wesley schaute finster drein, und Marino sah elend aus. Ich verstand zwar, wie sie sich fühlten, aber ich wußte, was zu tun war. Ich ging raus zum nächsten Rettungswagen und holte mir von den Sanitätern, was ich brauchte, während andere Leute Eis auftrieben. Dann rückten Toto und ich unter Lucys Steuerung vor. Der Roboter trug fünfzig Pfund Eis, während ich eine große Arzttasche dabeihatte. Wir gingen auf den Vordereingang des Hauptgebäudes von Old Point zu, als wäre das ein Tag wie jeder andere und ein ganz gewöhnlicher Besuch. Ich dachte nicht an die Männer, die mich im Visier hatten. Ich weigerte mich, mir Sprengstoff oder den Lastkahn vorzustellen, der Material lud, das Libyen beim Bau einer Atombombe helfen sollte.

Als wir an der Tür waren, wurde sie augenblicklich geöffnet, vermutlich von demselben bärtigen Mann, der vor kurzem das Geiseltelefon geholt hatte.

»Rein mit Ihnen«, sagte er grob. Er trug ein Sturmgewehr an einem Gurt.

»Helfen Sie mir mit dem Eis«, sagte ich.

Er starrte auf den Roboter mit seinen fünf Taschen, die fest in den Greifern gehalten wurden. Er war scheu, als wäre Toto ein Pitbull, der ihn plötzlich anfallen könne. Dann langte er nach dem Eis, und Lucy befahl ihrem Freund via Glasfaserkabel, es loszulassen. Dann waren der Mann und ich im Gebäude, und die Tür war zu. Die Sicherheitssperre war zerstört worden, Röntgengeräte und andere Meßinstrumente waren herausgerissen und von Kugeln durchsiebt. Es waren Blutstropfen und Schleifspuren zu sehen, und als ich ihm um eine Ecke folgte, konnte ich die Leichen schon riechen, bevor ich die hingemetzelten Wachen sah, im Vorraum zu einem furchtbaren, blutigen Haufen aufgeschichtet.

Furcht stieg mir, bitter wie Galle, in die Kehle, als wir durch eine rote Tür schritten, und das Rattern der Werksanlagen ging mir durch Mark und Bein und machte es unmöglich, etwas von dem zu verstehen, was dieser Mann, der ein Neuer Zionist war, sagte. Als ich die große Pistole an seinem Gürtel bemerkte, dachte ich an Danny und die .45er, mit der er so kaltblütig umgebracht worden war. Wir stiegen eine rotgestrichene Gittertreppe hoch, und ich sah nicht nach unten, weil mir schwindelig werden würde. Er führte mich über einen Steg zu einer Tür, die sehr schwer und mit Warnungen beschriftet war. Dort gab er einen Code ein, während das Eis schon allmählich auf den Boden tropfte.

»Tun Sie nur, was Ihnen gesagt wird«, hörte ich ihn gerade noch sagen, während wir in den Kontrollraum gingen. »Kapiert?« Er stieß mir sein Gewehr in den Rücken.

»Ja«, sagte ich.

Drinnen waren etwa ein Dutzend Männer, alle in bequemen Hosen und Pullovern oder Jacken. Sie trugen halbautomatische Waffen und Maschinengewehre. Sie waren sehr aufgeregt und zornig und schienen die zehn an einer Wand sitzenden Geiseln gar nicht zu beachten. Deren Hände waren vor dem Körper gefesselt, und ihnen waren Kopfkissenbezüge über die Köpfe gestülpt worden. Durch die Sehschlitze darin konnte ich ihr Entsetzen erkennen. Die Mundöffnungen waren speichelbefleckt, und sie sogen die Luft in schnellen, flachen Stößen ein. Mir fielen auch hier blutige Schleifspuren am Boden auf, nur waren sie frisch und führten hinter eine Konsole, wo das letzte Opfer hingeworfen worden war. Ich fragte mich, wie viele Leichen ich später noch finden sollte, falls ich nicht selbst dann eine Leiche wäre.

»Dort rüber«, befahl mein Begleiter.

Joel Hand lag mit dem Rücken auf dem Boden, von einem Vorhang zugedeckt, den jemand von einem Fenster gerissen hatte. Er war sehr bleich und noch naß vom Becken, wo er Wasser geschluckt hatte, das ihn töten würde, egal, was ich noch unternahm. Ich erkannte sein Gesicht mit den vollen Lippen, von damals, als ich ihn im Gericht gesehen hatte, nur sah er aufgedunsener und älter aus.

»Wie lange ist er schon in diesem Zustand?« Ich sprach mit dem Mann, der mich hereingebracht hatte.

»Vielleicht anderthalb Stunden.«

Er rauchte und ging auf und ab. Er wich meinem Blick aus, eine Hand fingerte nervös an der Trommel seiner Waffe, die auf meinen Kopf gerichtet war, als ich die Arzttasche absetzte. Ich drehte mich um und sah ihn an.

»Richten Sie die nicht auf mich«, sagte ich.

»Du hältst die Klappe.« Er blieb stehen und sah aus, als würde er mir gleich den Schädel einschlagen.

»Ich bin hier, weil Sie mich darum gebeten haben, und versuche zu helfen.« Ich fixierte seine glasigen Augen, und ich klang professionell. »Wenn Sie meine Hilfe nicht wollen, dann können Sie mich gleich erschießen oder mich gehen lassen. Keines von beiden wird ihm helfen. Ich versuche, sein Leben zu retten, und darf dabei nicht von Ihrer gottverdammten Waffe abgelenkt werden.«

Er wußte nicht, was er sagen sollte, und lehnte sich an eine Konsole mit genügend Reglern, um uns zum Mond zu fliegen. Bildschirme an den Wänden zeigten, daß beide Reaktoren abgeschaltet waren, und auf einer Schalttafel leuchtete es rot auf, eine Warnung vor Problemen, die ich nicht begriff.

»He, Wooten, beruhige dich.« Einer seiner Kumpane zündete sich eine Zigarette an.

»Jetzt öffnen wir die Eisbehälter«, sagte ich. »Ich wünschte, wir hätten eine Wanne, aber die haben wir nicht. Da sind ein paar Bücher auf diesen Arbeitsflächen, und es sieht so aus, als gäbe es dort drüben beim Faxgerät mehrere Stapel Papier. Bringen Sie alles her, was Sie auftreiben, damit wir eine Umgrenzung haben.«

Männer brachten mir alle möglichen dicken Handbücher, Papierbündel und Aktentaschen, die, wie ich annahm, den Angestellten gehörten, die sie gefangengenommen hatten. Ich baute eine rechteckige Begrenzung um Hand auf, als wäre ich in meinem Garten und legte ein Blumenbeet an. Dann bedeckte ich ihn mit fünfzig Pfund Eis, ließ nur sein Gesicht und einen Arm frei.

»Wozu ist das gut?« Der Mann namens Wooten war näher gerückt, und er klang, als stamme er irgendwo aus dem Westen.

»Er ist akuter Strahlung ausgesetzt gewesen«, sagte ich. »Sein Organismus wird schwer angegriffen, und der einzige Weg, das aufzuhalten, ist, alle Funktionen zu verlangsamen.«

Ich öffnete die Arzttasche und holte eine Nadel heraus, die ich in den Arm ihres sterbenden Anführers steckte und mit Klebeband fixierte. Ich schloß einen Infusionsschlauch an, der zu einem Beutel an einem Ständer führte, der nichts als eine harmlose Salzlösung enthielt, die gar nichts bewirken würde. Sie begann zu tropfen, während sein Körper unter der zentimeterdicken Eisschicht kühler wurde.

Hand war kaum noch am Leben, und mein Herz hämmerte, als ich auf diese schwitzenden Männer blickte, die glaubten, daß dieser Mann, den ich zu retten vorgab, Gott war. Einer hatte seinen Pullover ausgezogen, und sein Unterhemd war fast grau, die Ärmel von jahrelangem Waschen abgenützt. Ich fragte mich, wo ihre Frauen und Kinder waren, und ich dachte an die Barkasse auf dem Fluß und daran, was in anderen Teilen des Reaktors vor sich gehen mußte.

»Entschuldigung«, ertönte kaum vernehmlich eine zitternde Stimme. Zumindest eine der Geiseln war eine Frau. »Ich muß auf die Toilette.«

»Mullen, bring sie hin. Wir wollen nicht, daß jemand hier reinscheißt.«

»Entschuldigung, aber ich muß auch«, sagte eine weitere Geisel, diesmal ein Mann.

»Ich ebenfalls.«

»In Ordnung, alle der Reihe nach«, sagte Mullen, der jung und groß war.

Ich wußte zumindest eines, was das FBI nicht wußte. Die Neuen Zionisten hatten nie vorgehabt, noch jemanden freizulassen. Terroristen stülpen ihren Geiseln Kapuzen auf, weil es leichter ist, Menschen zu töten, die kein Gesicht haben. Ich holte eine Ampulle Salzlösung heraus und injizierte fünfzig Millimeter in Hands Infusionsschlauch, als würde ich ihm eine magische Dosis verabreichen.

»Wie geht es ihm?« fragte einer der Männer laut, als noch eine Geisel zur Toilette geführt wurde.

»Ich habe ihn für den Augenblick stabilisiert«, log ich.

»Wann wird er wieder zu sich kommen?« fragte ein anderer.

Ich fühlte ihrem Anführer wieder den Puls, aber er war so schwach, daß ich ihn kaum finden konnte. Plötzlich kniete sich der Mann neben mir auf den Boden und befühlte Hands Hals. Er schob die Finger unters Eis, preßte sie aufs Herz, und als er zu mir aufblickte, war er erschrocken und wütend.

»Ich spüre nichts!« kreischte er, ganz rot im Gesicht.

»Sie sollten auch nichts spüren. Es ist ausschlaggebend, daß wir ihn in einem hypothermischen Zustand halten, damit wir das Ausmaß der Strahlenschäden an den Blutgefäßen und Organen eindämmen können«, sagte ich ihm. »Ich habe ihm starke Dosen von Diethylen-Triamin-Pentacetyl-Lösung gegeben, und er ist noch ganz lebendig.«

Er stand mit wildem Blick auf und trat noch einen Schritt auf mich zu, den Finger am Abzug seiner Tec-9. »Woher wissen wir, daß du nicht irgendeinen Scheiß machst und seinen Zustand verschlimmerst?«

»Das wissen Sie nicht.« Ich zeigte keine Gefühlsregung, weil ich mich damit abgefunden hatte, daß ich an diesem Tag sterben würde, und ich hatte keine Angst mehr. »Sie haben keine andere Wahl, als darauf zu vertrauen, daß ich weiß, was ich tue. Ich habe seinen Metabolismus stark verlangsamt. Und er wird so schnell nicht wieder zu sich kommen. Ich versuche nur, ihn am Leben zu erhalten.«

Er wandte den Blick ab.

»He, Bear, bleib ruhig.«

»Laß die Frau in Ruhe.«

Ich kniete weiter bei Hand, während seine Infusion tropfte und unter der Barrikade schmelzendes Eis durchsickerte, das sich über den Boden ausbreitete. Ich prüfte mehrmals seine vitalen Funktionen und machte mir Notizen, damit es so aussah, als sei ich mit seiner Betreuung sehr beschäftigt. Ich konnte es mir nicht verkneifen, immer wieder aus den Fenstern zu blicken und mich wegen meiner Kameraden zu wundern. Kurz vor drei versagten seine Organe, wie Gefolgschaften, die plötzlich ihr Interesse verloren haben. Joel Hand starb ohne ein Zucken oder Geräusch, während kaltes Wasser in kleinen Bächen durchs Zimmer rann.

»Ich brauche Eis und noch mehr Medikamente«, sagte ich und blickte auf.

»Und was dann?« Bear kam näher.

»Dann müssen Sie ihn irgendwann in ein Krankenhaus bringen.«

Niemand antwortete.

»Wenn Sie mir das, was ich verlangt habe, nicht besorgen, kann ich nichts mehr für ihn tun«, stellte ich nüchtern fest.

Bear ging ans Geiseltelefon, das auf einem Tisch stand. Er gab durch, daß wir Eis und mehr Medikamente brauchten. Ich wußte, nun mußten Lucy und ihr Team aber handeln, sonst würde ich womöglich erschossen werden. Ich entfernte mich von der immer größer werdenden Pfütze um Hand, und als ich in sein Gesicht blickte, fiel es mir schwer zu glauben, daß er so viel Macht über andere besessen hatte. Aber alle in diesem Raum und auch die im Reaktor und auf dem Lastkahn würden für ihn töten. Sie hatten es bereits getan.

»Der Roboter bringt das Zeug. Ich geh raus, um es zu holen«, sagte Bear, während er aus dem Fenster schaute. »Er ist jetzt auf dem Weg hierher.«

»Wenn du da rausgehst, brennen sie dir womöglich eins auf den Pelz.«

»Nicht, wenn sie hier ist.« Bears Blick war feindselig und irr.

»Der Roboter kann es Ihnen bringen«, überraschte ich sie.

Bear lachte. »Denk doch an all diese Stufen! Glaubst du, daß dieser Blecharsch die bewältigt?«

»Der schafft das ausgezeichnet«, sagte ich und hoffte, daß es stimmte.

»He, laß ihn das Zeug reinbringen, damit niemand rauszugehen braucht«, sagte ein anderer Mann.

Bear holte Wesley wieder ans Geiseltelefon. »Lassen Sie den Roboter die Sachen in den Kontrollraum bringen. Wir gehen nicht raus.« Er knallte den Hörer auf und erkannte nicht, was er gerade in Gang gesetzt hatte.

Ich dachte an meine Nichte und betete für sie, denn ich wußte, dies war ihre schwerste Herausforderung. Ich zuckte zusammen, als ich plötzlich einen Gewehrlauf im Nacken spürte.

»Wenn du ihn sterben läßt, bist du auch tot. Kapiert, du Hure?«

Ich rührte mich nicht.

»Bald werden wir von hier absegeln, und es wäre besser, wenn er bei uns ist.«

»Solange Sie mich mit dem Notwendigen versorgen, werde ich ihn am Leben halten können«, sagte ich ruhig.

Er nahm das Gewehr aus meinem Nacken, und ich injizierte die letzte Ampulle Salzlösung in den Infusionsschlauch ihres toten Anführers. Schweißperlen rollten mir über den Rücken, und der Kittel, den ich über meine Kleider gezogen hatte, war naß. Ich stellte mir gerade Lucy draußen in der mobilen Einsatzstelle in ihrem Cyberhelm vor. Ich malte mir aus, wie sie Finger und Arme bewegte und hierhin und dahin schritt, während das Glasfaser es ihr ermöglichte, jeden Zentimeter des Terrains auf ihrer Videobrille zu erkennen. Ihre Telepräsenz war die einzige Hoffnung, daß Toto nicht in einer Ecke steckenblieb oder hinfiel.

Die Männer schauten aus dem Fenster und gaben ihre Kommentare dazu, als die Gliederketten den Roboter über die Behindertenrampe hinaufzogen und er hineinging.

»So einen hätte ich auch gern«, sagte einer von ihnen.

»Du bist zu blöd, um zu kapieren, wie man ihn steuert.«

»Überhaupt nicht. Dieses Baby ist nicht über Funk gesteuert. Keine Funksteuerung würde hier funktionieren. Hast du eine Ahnung, wie dick die Wände sind?«

»Er wäre toll zum Reintragen von Brennholz, wenn so ein Sauwetter ist.«

»Entschuldigung, ich muß mal die Toilette benutzen«, sagte eine der Geiseln ängstlich.

»Scheiße. Nicht schon wieder.«

Meine Spannung wurde unerträglich, als ich mir voller Angst ausmalte, was geschehen würde, wenn sie hinausgingen und nicht zurück wären bei Totos Auftauchen.

»He, laß ihn noch warten. Verdammt, ich wünsch mir, wir könnten diese Fenster schließen. Es ist scheißkalt hier drin.«

»Eine so saubere, kalte Luft wirst du aber in Tripolis nicht mehr haben. Genieß sie lieber, solange du noch kannst.«

Einige von ihnen lachten, als gleichzeitig die Tür aufging und ein Mann hereinkam, den ich noch nicht gesehen hatte. Er war dunkelhäutig und bärtig, trug eine schwere Jacke und Arbeitskleidung, und er war zornig.

»Wir haben erst fünfzehn Brennelemente draußen und in den Kästen auf dem Kahn«, sagte er nachdrücklich. Er sprach mit schwerem Akzent. »Ihr müßt uns mehr Zeit geben. Dann können wir mehr holen.«

»Fünfzehn sind schon gewaltig viel«, sagte Bear, der sich von diesem Mann anscheinend nicht beeindrucken ließ.

»Wir brauchen aber mindestens fünfundzwanzig Brennelemente! Das war so vereinbart.«

»Das hat mir keiner gesagt.«

»Er weiß es.« Der Mann mit dem Akzent schaute auf Hands Leiche am Boden.

»Aber er steht dir für eine Diskussion gerade nicht zur Verfügung.« Bear drückte mit dem Stiefelabsatz eine Zigarette aus.

»Begreifst du?« Der fremde Mann wurde wütend. »Jedes Brennelement wiegt eine Tonne, und der Kran muß es von dem gefluteten Reaktor ins Becken ziehen und dann in einen Kasten verfrachten. Das geht sehr langsam und schwierig. Es ist sehr gefährlich. Du hast versprochen, wir würden mindestens fünfundzwanzig kriegen. Jetzt drängelst du wegen ihm und wirst nachlässig.« Der Mann deutete erzürnt auf Hand. »Wir haben eine Abmachung!«

»Die einzige Abmachung, die ich habe, ist die, mich um ihn zu kümmern. Wir müssen ihn auf den Kahn bringen und die Ärztin mitnehmen. Dann bringen wir ihn in ein Krankenhaus.«

»Das ist Unsinn! Er sieht mir jetzt schon tot aus! Ihr seid verrückt.«

»Er ist nicht tot.«

»Schau ihn doch an. Er ist schneeweiß und atmet nicht. Er ist tot!«

Sie brüllten einander an, und Bear ging mit polternden Stiefeln auf mich zu und wollte wissen: »Er ist nicht tot, oder?«

»Nein«, sagte ich.

Schweiß strömte ihm übers Gesicht, als er die Pistole aus seinem Gürtel zog und sie zuerst auf mich richtete. Dann zielte er auf die Geiseln, und alle duckten sich. Jemand fing zu weinen an.

»Nein, bitte. Ach, bitte«, bettelte ein Mann.

»Wer muß so dringend aufs Klo?« brüllte Bear.

Sie schwiegen zitternd, während ihr Atem die Kapuzen leicht bewegte und weiße Augen daraus starrten.

»Warst du das?« Die Waffe zielte auf einen anderen.

Die Tür zum Kontrollraum war offengelassen worden, und ich konnte das Surren von Toto im Gang hören. Er hatte es über die Treppe und den Steg geschafft und würde in Sekunden hier sein. Ich nahm ein langes metallenes Blitzgerät, das von der ERF entworfen worden war und das meine Nichte mir in die Arzttasche gesteckt hatte.

»Verdammt, ich will wissen, ob er tot ist«, sagte einer der Männer, und ich wußte, mein Täuschungsmanöver war zu Ende.

»Ich zeige es Ihnen«, sagte ich, als das Surren lauter wurde.

Ich richtete das Blitzgerät auf Bear und drückte auf den Knopf. Er kreischte bei der betäubenden Lichtexplosion auf und griff sich an die Augen, während ich den schweren Blitz wie einen Baseballschläger herumschwang. Knochen in seinem Handgelenk krachten, die Pistole klapperte auf den Boden, und der Roboter rollte mit leeren Greifern herein. Ich warf mich flach auf den Boden, bedeckte Augen und Ohren so gut wie möglich, als der Raum in blendend weißem Licht explodierte und eine Druckwelle den oberen Teil von Totos Kopf wegriß. Schreiend und fluchend fielen die Terroristen gegen die Konsolen und übereinander, und sie konnten nichts hören oder sehen, als Dutzende von HRT-Agenten hereinstürmten.

»Keine Bewegung, ihr Schweine.«

»Keine Bewegung, oder ich puste euch eure verdammten Gehirne weg!«

»Keiner rührt sich!«

Ich rührte mich nicht in Joel Hands eisigem Grab, als Hubschrauber die Fenster erzittern ließen und die sich rasch abseilenden Agenten die Gitter eintraten. Handschellen schnappten zu, und Waffen schepperten über den Boden, als sie aus dem Weg geschubst wurden. Ich hörte Menschen weinen und merkte, es waren die Geiseln, die weggebracht wurden.

»Es ist alles in Ordnung. Sie sind jetzt in Sicherheit.«

»Oh, mein Gott. Oh Gott, dank dir!«

»Los jetzt. Wir müssen Sie hier rausbringen.«

Als ich endlich eine kalte Hand an meinem Hals spürte, merkte ich, daß die Person nach Lebenszeichen suchte, weil ich wie tot aussah.

»Tante Kay?« Es war Lucys angespannte Stimme.

Ich drehte mich um und setzte mich langsam auf. Meine Hände und die Gesichtshälfte, die im Wasser gewesen war, waren taub, und ich blickte mich benommen um. Es schüttelte mich so, daß meine Zähne klapperten, während sie sich neben mich hockte, die Waffe in der Hand. Sie blickte sich im Raum um, während andere Agenten in schwarzen Kampfanzügen die letzten Gefangenen herausbrachten.

»Komm, ich helf dir auf«, sagte sie.

Sie reichte mir ihre Hand, und meine Muskeln zitterten, als bekäme ich gleich einen Anfall. Mir wurde nicht wärmer, und das Dröhnen in meinen Ohren wollte nicht aufhören. Als ich endlich stand, sah ich Toto neben der Tür. Sein Auge war versengt, sein Kopf geschwärzt und die Kuppel verschwunden. Er stand still am Ende seiner kalten Glasfaserspur, und keiner beachtete ihn, als die Neuen Zionisten einer nach dem anderen abgeführt wurden.

Lucy blickte auf die kalte Leiche am Boden, das Wasser und das Infusionsgerät, die Spritzen und die leeren Salzlösungsbeutel.

»Gott«, sagte sie.

»Können wir jetzt gefahrlos raus?« Ich hatte Tränen in den Augen.

»Wir haben gerade die Kontrolle über den Sicherheitsbereich übernommen und den Lastkahn in derselben Minute gestürmt, als wir den Kontrollraum einnahmen. Einige von ihnen wurden erschossen, weil sie ihre Waffen nicht fallen ließen. Marino hat einen auf dem Parkplatz erwischt.«

»Er hat einen von ihnen erschossen?«

»Mußte er«, sagte sie. »Wir glauben, wir haben alle – schätzungsweise dreißig –, aber wir nehmen uns noch in acht. Alles hier ist mit Sprengstoff ausgelegt. Komm jetzt, kannst du gehen?«

»Natürlich.«

Ich öffnete meinen nassen Kittel und riß ihn mir herunter, weil ich ihn nicht mehr ertragen konnte. Ich warf ihn auf den Boden, zog mir die Handschuhe aus, und wir gingen rasch aus dem Kontrollraum. Sie schnappte sich das Funkgerät aus dem Gürtel, und ihre Stiefel tönten laut auf dem Steg und der Treppe, die Toto so gut überwunden hatte.

»Einheit einundzwanzig an Mobileinheit eins«, sagte sie.

»Eins.«

»Wir kommen jetzt raus. Alles sicher?«

»Hast du das Päckchen?« Ich erkannte Benton Wesleys Stimme.

»Ten-four. Päckchen ist wohlbehalten.«

»Gott sei Dank«, kam die für einen Funkspruch ungewöhnlich emotionsgeladene Antwort. »Sag dem Päckchen, wir warten.«

»Ten-four, Sir«, sagte Lucy. »Ich glaube, das Päckchen weiß das.«

Wir schritten rasch an Leichen und geronnenem Blut vorbei und betraten eine Lobby, die keinen mehr empfangen und keinen mehr abweisen konnte. Sie zog eine Glastür auf, und der Nachmittag war so strahlend, daß ich die Hände vor die Augen halten mußte.

Ich wußte nicht, wo ich hintreten sollte, und fühlte mich sehr unsicher auf den Beinen.

»Vorsicht, Stufe.« Lucy legte mir den Arm um die Hüfte. »Tante Kay«, sagte sie. »Halt dich einfach an mir fest.«